书林忆趣

学人与旧事

周啸天 著

四川人民出版社

图书在版编目（CIP）数据

书林忆趣：学人与旧事 / 周啸天著. –成都：四
川人民出版社，2025.1. –ISBN 978-7-220-13845-4

Ⅰ. I267.1

中国国家版本馆 CIP 数据核字第 2024QH2327 号

SHULINYIQU XUERENYUJIUSHI

书林忆趣：学人与旧事

周啸天　著

出 版 人	黄立新
责任编辑	刘姣娇
版式设计	张迪茗
封面设计	张　科
责任校对	刘　静
责任印制	周　奇

出版发行	四川人民出版社（成都三色路 238 号）
网　　址	http://www.scpph.com
E-mail	scrmcbs@sina.com
新浪微博	@四川人民出版社
微信公众号	四川人民出版社
发行部业务电话	（028）86361653　86361656
防盗版举报电话	（028）86361653
照　　排	四川胜翔数码印务设计有限公司
印　　刷	成都东江印务有限公司
成品尺寸	145mm×210mm
印　　张	12.25
字　　数	275 千
版　　次	2025 年 1 月第 1 版
印　　次	2025 年 1 月第 1 次印刷
书　　号	ISBN 978-7-220-13845-4
定　　价	69.00 元

本书插图说明

002 页：祖母徐敬周（1884－1962）。

014 页：1946 年父亲、母亲和练姐。

024 页：1948 年母亲、啸天（婴儿）和练姐。

035 页：1979 年春节全家福，一排右起：父亲、母亲、幺姑、姑父、练姐，二排右起放弟、更妹、春芝及安儿、啸天、陈芬（放弟媳）、六妹，三排右起：何本禄（更妹夫）、七弟、改弟、表弟劳炼、邢小勇（六妹夫）。

133 页：1959 年合影，一排左起：更妹、六妹、表弟全辉，二排左起：改弟、放弟、啸天、练姐及七弟。

166 页：书法（颜筋柳骨）。

181 页：2020 年与马识途、王蒙合影于成都经典汇。

188 页：书法（无尽藏）。

205 页：书法（花非花）。

209 页：书法（若烹小鲜）。

252 页：书法（顽石点头）。

268 页：书法（杜诗斗方）。

271 页：书法（岁月更新）。

277 页：书法（善护念）。

293 页：书法（行书扇面）。

326 页：1987 年春芝在乐山。

349 页：2019 年春芝、啸天于康定。

355 页：书法（如履薄冰）。

359 页：书法（苏词一首）。

363 页：书法（行书扇面）。

367 页：书法（与乐拔苦）。

370 页：书法（隶书斗方）。

373 页：篆刻（印蜕四枚）。

375 页：2022 年儿子周宁、儿媳郑胜兰和孙女春陵。

前　言

王　甜

啸天叔叔与我父母是从小到大的好友，两家算是世交。多数人对啸天叔叔的了解局限在其诗歌创作与古诗词研究，我看到的，却是一个更立体的他。不过，是怎样的一种立体，三言两语还真形容不出来。有道是文如其人，要想认识周啸天其人，不妨读读他的散文。

对于散文创作这件事，啸天叔叔有着自己的认识与思考。2010 年，他受命主编以"知青回忆录"为主题的纪实文集《背城年华》，面对一群人生经历丰富却写作经验赤贫的老知青，他要言不烦，明确要求："就是'讲出你的故事'……讲出你平日间曾经向亲爱者痛切地讲过的，向别人一而再、再而三津津有味、兴致勃勃地讲过的（故事）"，"不要抒情，不要议论，甚至也不要太多的感想。"（《背城年华序》）话虽简单，这里面却包含了两个重要问题。

一是所谓"会不会写"。啸天叔叔说：小说和诗歌需要文学才华，不是人人能写的；但散文却不一样，只要你会说话、会讲故事，那么把你经常对别人讲的故事写下来，即是现成的叙事散文了。所以，"天下有不会写小说的人，天下绝没有不会写散文的人"（《背城年华序》）。

二是"怎么写"。讲故事的时候，为什么不要抒情、议论甚至感想呢？那是因为，"故事"是"实"的，最硬核的部分，把它写扎实了，就像建房子搭好了地基与框架，整篇文章就稳了；而"抒情"之类则是"虚"的，属于装饰的部分，需审美认知、文字表达有较强能力才能做好，否则，容易画蛇添足，或者东施效颦。既然都是业余作者，多数人还是第一次写作，"讲故事、不抒情"相当于扬长避短了。

在此思想指导下，《背城年华》做成了一部相当优秀的纪实文集。我自己买了多本，分送给作家朋友，跟他们介绍说"干货满满"。可见，一本书的主编（确切地说是主编的编审观念）有多重要。

啸天叔叔在父辈朋友圈里，一直是最具亲和力与影响力的那个人。我曾亲耳听到某阿姨与丈夫吵架吵到昏天黑地时大呼："不得行，找啸天！""找啸天"就是请啸天叔叔做裁判，把鸡毛蒜皮捋个来龙去脉，对错分个几斤几两。可见他的威望并不仅仅在学问上。

这一特点释放在他的散文里，便是他对一个个鲜活人物的细腻揣摹，对其性格、心理的精准把握，借此展现出社会风貌、世态炎凉，继而将更广阔的时空舞台推到我们面前。

《金锣人物素描》是一组人物画像，其中有我认识的长辈，也有听说过的——他们都在文字里有了青春，有了喜怒，有了一呼一纳的气息。打头的人物"蒋华东"，学生领袖的气势拉满，贯穿始终。当宣传队排练《沙家浜》时，没人肯演反角，他把桌子一拍，干脆亲自上场！要知道，这出戏的女主角可是他属意的女生，与属意的女生配戏却是演"刁小三"这样的丑角，换个度量小点的，真撑不下来。

后来，蒋华东有了女友道玉，带着她参加朋友聚会。朋友元松和他开玩笑，故意复制起了"刁小三"的表演场景，道玉脸色一变，站起来就要往外走，"我急向元松摇手示意，好不容易把道玉拦了下来"。几句话就刻画出三个人物形象：忘形到不免有些促狭的"损"友、急于平息事态的和事佬以及敏感、脸上挂不住的恋爱中的女青年。

更妙的是随后一句："华东未动声色，不以为忤。"——女朋友、铁哥们儿不小心把场面弄僵，核心人物却云淡风轻，置若罔闻，事情本来不大，不理自顺。我仿佛看见二十岁的华东披挂着六十岁的平静，坐在一旁，默默端起了一杯茶。这等气派，他不做领袖谁还能做？

《金锣人物素描》还有一个令人难忘的细节："我"在屋里闲着没事画裸女玩，忽然来了两个女知青，"我"吓得赶快把画塞进抽屉，但女知青坚持要"我"把画拿出来给她看，怎么说都不听，于是"我"说，是你们自己要看的哟！于是把画取出来。女知青们看了，面红耳赤地走了。后面有一句："此后，绝口不提此事，好像从来没有发生过这回事似的。"看似很简单的一件事，淡淡提起，背后却有着很多微妙的情感，都无法细究，耐人玩味。

又如《祖母》。祖母是作者人生的第一个重要人物，她予他文学的启蒙——唱儿歌、讲故事、猜谜语；予他最大程度的疼爱

——自己每天的零用只有五分钱，只够买五个汤圆，也要给"我"留一个。但她在老去，病痛增加，直至失明、卧床，每当"我"到她床前，"她会用手仔细摸我的脸，五官皆不放过。感觉一样都不缺了，才放心地让我去玩儿"。

"感觉一样都不缺了"——好好的五官，又不是泥巴捏的，怎么可能缺一样呢？——事实上，这是一种带心理色彩的形容，祖母像探查一般，一寸一寸、仔仔细细地抚摸孙子的脸，那是用手代替眼睛，把他认真地"看"了又"看"。她脑海里一定浮现出孙子昔日的模样，可他在长大呀，眉眼在长，鼻子在长，嘴巴在长，她是多想亲眼看到他现在的脸啊！

而祖母的手，在之前就提到过，"我"幼时因为夜里怕黑，睡觉必定要抱着祖母的手，"抱住它才有安全感，没有它就不能入睡"——那是"我"对这双手的依恋；而现在，换过来，成了这双手对"我"的不舍。幼时"我"在黑暗中寻找"手"，现在"手"在黑暗中辨识"我"。

前后的呼应不显山不露水，但却将祖孙之情刻画入骨，更让人隐隐体悟到一种更高维度的生命哲学。

有一篇写人的——《王珏》。主人公是一名活得灰头土脸的知识分子，年过半百还打光棍，终于时来运转，娶了比自己小三十来岁、有几分姿色的农村女青年。他有了妻子，妻子有了城市户口。明眼人已经能看出些什么来。果然，情节朝着意料的方向发展：妻子喜欢大大方方朝人"放电"，根本不把丈夫放在眼里，"后来，王珏明知道她在别人的屋里，武大郎一样地找上门去——可那是防盗门，外面打门，里面可以照样做事。折腾了几个小时，最后不了了之"。

我觉得最有趣的点在于——"那是防盗门"。本来应该是王珏防"盗"，现在反过来，别人把他家"盗"了，还顺手把他王珏给"防"了。真是比武大郎还惨，至少武大郎拍的是木门，还拍出了回应。一句话的黑色幽默，一混沌的灰色人生。其实，多少人都曾经拍打过一扇门，想要一个结果，一个说法，一种真相，然而都被命运拒之门外，最后也只有不了了之。

　　这一类细节，这样的人物，用在小说里都是极出彩的，写进散文里，由于非虚构，更有了一重"天然去雕琢"的实感，不得不说，啸天叔叔绝对有一双慧眼，眼神尖锐，直刺世事与人心。

　　这本书里，最沉重的篇章莫过于《用心陪伴》。我父亲生前曾说：人生在世，除了生死，其他都是小事。《用心陪伴》写的就是生死大事，而它的切入口，却偏偏都是琐碎得不能再琐碎的日常小事。

　　肖姨（啸天叔叔的爱人）七十岁之后不幸罹患阿尔茨海默症，在四年时间里病情逐渐加重，最后因多种病症并发，溘然长逝。此文记叙的，便是这一阶段前前后后的具体经过，可以看出，啸天叔叔以细腻的柔情、悉心的照顾陪伴了妻子最后的时光。

　　作品字数达到一万六千余字，这篇长文让我好几次都不得不停下来，平复好心情再看。作者用平实无华的语言记叙了肖姨最后的时光，她的音容笑貌、作者的款款深情都跃然纸上，是世间最动人的文字！我已经过了苦苦寻求人生意义的阶段，对很多东西均已看淡，但仍在这些字里行间感受到许多温暖的鼓励。作者像认认真真写一本书一样，认认真真地爱一个人，耐耐心心地与她说话，照顾她、陪伴她走完一生，敌过了多少海枯石烂、天崩地裂。

　　我之所以看得揪心，因为这不是我记忆中的肖姨。我所认识的肖姨乐观、爽朗、大方，笑声响亮，是"女汉子"类型的。如文中所写道："我在安徽芜湖读研究生，春芝（即肖姨）由闺密马洪文护士陪伴，在重庆生下安安，九斤，顺产，痛苦可想而知。春芝却骄傲地对我说，产房里就她一个人没有叫喊，只是双手抓紧床当头的抓手，拼命生孩子。"只她一个没有叫喊，那是多么的"刚"！

　　可那么"刚"的她，还是老了，病了，失忆了，面对命运的厚厚墙壁，终于胆怯、自卑。幸有爱人不离不弃，她的痛苦可以被温情包裹。妈妈告诉我，那几年，天南海北很多单位请啸天叔叔去讲课，而他走到哪就把肖姨带到哪，置她于视线范围内，不放心留她在家。肖姨到哪里都非常配合，让人看不出她有什么病。这大概是"相濡以沫"最直观的解释吧？

　　当我还是小孩时，某一年啸天叔叔一家回到渠县，与好友四五家人一起到渠江边游玩。夜里月光朗朗，沙滩上的大人们就着录音机的音乐跳交谊舞。舞池中最打眼的便是啸天叔叔和肖姨，他们的舞姿有着庄重的学者气质，节拍踩得恰到好处，从脖子到背板都直得一丝不苟，啸天叔叔特别绅士地认真引领，每到某个节点，他会把一只脚跟向后轻轻抬一下，做出一个小定格；肖姨则微微笑着，配合着他的主导，紧随着他的舞步，举手投足间，两人像合扣在一起的套装工艺品，完美又精致。

　　我是俗人的思维，忍不住要做一番今昔对比，会感慨，会难过。但把文章认真读下来，任是谁都会发现，啸天叔叔在写法上，基本都是客观呈现，不到万不得已，绝不抒情、绝不评判，和他倡导的"讲出你的故事"观念一致。

"一天，春芝在客厅竟然失声痛哭，口中喃喃念叨自己没有做错什么事，怎么会沦入这样困难的境地，哭得好伤心好可怜——又不像是为身体，而是为处境，有很强的被迫害的感觉，比如说提到'一群人''小本本'之类。我不明她所想的究里，只好一直说着宽心话，帮她释怀。人生进了下半场，恰如《红楼梦》写到八十一回，张爱玲说，天日无光。"

这里写到肖姨的哭，几乎是崩溃，换个人来写，多半会强化、渲染，毕竟是情绪激烈的时刻，太容易让人与之共情。但啸天叔叔只是如实记录，借用了张爱玲《红楼梦魇》中的一句酷评，来表达内心的复杂感受。除此以外，别无多言。

在这个问题上，我认为并不仅仅是"创作观"使然，更是啸天叔叔"生命观"的体现。多年前，我父亲突遇车祸离世，我久久陷于悲痛之中，有一次与啸天叔叔同坐一辆车，他对我说了一番话，大意是：我们迟早都会到达生命终点，离开这个世界，去者先行一步而已，世法平等，谁也不比谁优越或更加值得同情，如果你为亡者过于悲伤，倒把自己的地位放置在逝者之上了。

安慰的话听过很多，偏偏啸天叔叔的这番话令我记忆深刻。他的思想颇有道家之风。正是这彰显极致平等的生命观，让啸天叔叔面对爱妻日渐远离时，保持了一份坦然，他接受命运的所谓无常，像面对春华秋实凋落，剩一世白茫茫的大雪。遵循自然，所以平静。

另有一个细节："当她前脚出门牵狗遛弯，我后脚就跟出去，把她说馨人的两件绒衣，撂进捐物柜了。近年我遵循'七不留'的原则，一年未穿的衣物，管它好不好，都撂进捐物柜，腾出收纳空间来。"表面上看只是说"断舍离"的收纳习惯，但细想一下，其实也是在表达对人生的态度。肖姨在一天天失去，失去岁月、失去回忆、失去活力，而啸天叔叔则握着她的手，从容相随，甚至主动舍去，舍去那些拥有过的东西。再重要的东西，它所带来的幸福感与满足感已停留在享受的彼时，现在失去与舍去，有什么打紧？不留，也是一种平等。待人如此，待物亦然。

恰恰是这般万物平等、万事随缘的心态，铸造了世间独具一格的啸天叔叔！

2024 年 10 月 8 日于江津

目录 Contents

祖母

六岁前，我是在祖母徐氏膝下成长的。在我一生的重要他人中，祖母是最早的一位。我儿时脾胃虚弱，患病几死，全赖祖母悉心照料，延请老医师邓征一处方，调理以中药，始得痊愈。

"你这条命是捡来的。"祖母说。

这句话影响了我的一生，造成了我不可救药的知足主义——捡了一条命，占了大便宜，"应该满足了"——最后一句话是小平同志说的，然而不见于《邓小平文集》，估计也不会收入全集，但他确实说过。我是听邓先芙（小平长妹）亲自讲的，她说，邓小平在金牛宾馆吃完饭——就四菜一汤吧（小平还有句话是"四菜一汤好"，同样未必收入全集），出来独自坐在院坝一张藤椅上，邓先芙听见他自言自语地说了这句话。这句话既不风趣，也不深刻，绝无编造之必要。所以我相信小平确实是说过的。小平同志耳背，耳背者更容易旁若无人，所以，我又相信，老人家说这话时一定神色闲畅。

按照族谱，我当属"延"字辈。然而，我生之初，新中国刚刚建立，胡风诗云："时间开始了！"这代表了整整一代人的想法，都觉得移风易俗改造山河，正在我辈。父亲本人名字虽是按

"懋"字辈起的，他给我起名，却不按"延"字辈起。乡下族人或呼我"延天"——其实不对的。

我曾有一个异母的哥哥，倒是按老规矩起名，叫作"延敬"。我没有见到过延敬哥哥——因为他夭折了。父亲娶延敬的母亲罗妈妈（长父亲两岁）时，仅仅十六岁，是由祖父包办的。可怜父亲自己还是个孩子，哪里懂得如何做父亲！延敬的夭折与此有一定的关系，太可怜了。后来罗妈妈患妇科病死了。延敬的不幸，换来了我等的幸福——父亲到三十多岁上，续弦娶了我母亲，买了许多育儿书看，生了七个孩子，至今无一闪失。

延敬哥哥小时，极是聪明——祖母这样说。他在幼稚园，每期都能得第一名，由三叔打着马马肩到学堂去领奖——与幺叔在幼稚园的表现形成反差，幺叔和他是老庚（同年出生），总是被他告状。祖父去世时，延敬和幺叔在大人指导下跪地叩头。叩头的时候，他还干涉幺叔，说东张西望干什么。然而，知事的延敬夭折了，东张西望的幺叔倒和我们共同生活了许多年。祖母常对我说："你是延敬转世投胎。"我知道这是夸我聪明，却不知道这是她自作宽解——"维以不永伤"。

儿时我害怕夜晚，准确说是害怕黑暗，因为它的深不可测。一次，半夜醒来，发觉床上空无一人，立马梭下床来，光着脚丫哭着喊着，乱走乱摸，黑暗中踢翻了无数的凳子，却始终没有找到门边——记忆到此，总是戛然而止，结局可能是，大人深夜回家，发现我睡在地板上，我被抱回床上但是没有醒。

我克服恐惧的办法只有一个，就是抱着祖母的手睡。祖母的手对童年时代的我，其重要性不啻挪亚方舟，不啻弥赛亚。抱住它才有安全感，没有它就不能入睡。知青时代我还写过一首两段体的新诗，第一段的主题句是"祖母的手我记得住你"，第二段的主题句是"爱人的身体让我抱得住你"，觉得太幼稚，毁掉了，至今只记得这样的残句。

我最初的审美教育是由祖母无意中完成的。祖母粗记姓名，斗大的字不过认识一箩筐，却有满肚子的谜语、儿歌和故事。我从小就喜欢谜语，喜欢它的智慧，喜欢它的有趣，喜欢它的朗朗上口。

一个铜盆
滚过城门
要想去捡
不知多远

这是太阳。夸父追日，就是要捡这个铜盆——夸父是个大儿童！

奇怪奇怪真奇怪
大拇指恁大个娃儿织粗饼卖

这是蜘蛛。"粗饼"是当时民间蒸饭的甑子里垫底的圆形竹编，用来形容蛛网，大体形象。同一谜底还有一个谜面："南阳诸葛亮，独坐中军帐，摆起八阵图，要捉飞来将"，更整饬更精致更有文气，简直是一首绝句。但我更喜欢前一种表达的活泼和民间气息。

一个娃儿白又白
翘起鸡儿去请客

这是茶壶——瓷茶壶，一般是素色的，"鸡儿"——即男孩的把儿（小弟弟），喻壶嘴。这个谜语我也很喜欢。想到客人来时，那茶壶就调皮地向他杯里尿尿，觉得很好玩儿。

大哥大肚皮
二哥两头齐
三哥戴铁帽
四哥生痦疙瘩
五哥披麻戴孝
六哥巾巾吊吊

这个关于蔬菜的谜语我也喜欢，谜底分别是：南瓜、冬瓜、茄子、苦瓜、苞谷（玉米）、豇豆。它的博赡、它的切贴、它的乐府似的铺排，都曾使我痴迷，令我叫绝。

"谜教"本身已包含诗教，更纯粹的诗教则是儿歌。

大月亮，小月亮
哥哥起来学篾匠

嫂嫂起来纳鞋底

婆婆起来蒸糯米

隔壁娃儿闻到糯米香

打起锣儿结姑娘——

这首儿歌中表现出来的对自然、对人伦、对和平生活的迷恋和解读，还有它的美感，纯民间的趣味，简直一点也不逊于李白诗。

王老婆婆王老汉儿

背上背个哑酒罐儿

脱了裤子耍花样儿

这个儿歌有点邪，念起来好玩，意蕴却是成人的，从儿童口中道出，就很天真，好像说着杂耍。第二句是形容驼背。那时祖母每天要带我上一趟街，散步呗。累了就在熟人家歇一下气。有一家的主人叫王婆婆、王公公。王婆婆很慈祥，王公公有一嘴胡须，他们膝下无子，待人甚善。一走到王婆婆、王公公家，我就会自然地想起"王老婆婆王老汉"那首儿歌，琢磨起两者间的关系，却并未想明白。

推磨，摇磨

推馍馍，请婆婆

婆婆不吃冷馍馍

推粑粑，请家家

家家不吃冷粑粑

推豆腐，请舅母

舅母不吃冷豆腐

打你舅母的白屁股

　　这首儿歌前三段犹是风诗之叠咏，妙趣天成。最后一句是恶搞——恶搞中隐含中国人对人伦亲疏关系（血缘纽带）的体认。还有一首儿歌，大意是到外婆（家家）家作客，受到舅舅热情款待，而舅母做脸做色，结尾道："舅舅问我几时来，石头开花我才来"。要之，儿歌也是研究民俗大可琢磨的文本。

　　儿时我喜欢听故事。祖母给我讲了不少故事，成为我最早的叙事教育。祖母信佛，在民国时代常随信众去庙会听圣谕——圣谕是庙会上由说书人讲述的扬善惩恶，宣扬因果报应的故事。祖母去庙会那些年辰，我还没出生，庙会什么样子我不知道。我生之初，代庙会而起的，是群众集会和政治学习。

胜利的旗帜哗啦啦地飘

千万人的呼声地动山摇……

嘿啦啦啦嘿啦啦啦

天空出彩霞呀

地上开红花呀……

乡下姑娘真可怜

从小就把脚来缠呀……

　　歌颂宣传，不绝于耳。祖母却仍给我讲她熟悉的圣谕。比如，有个男子娶了一个麻脸的老婆，因为男子心肠好，做了善事，这老婆在生了一场大病后，麻子全都脱了，变成一个十分美貌的女子——旧中国太落后，种牛痘未能普及，出天花太普遍，民间的麻子很多。这样的故事并不能使我感动。因为那时人太小，完全不懂娶一个麻脸老婆对一个男人来说有多么沮丧，娶一个漂亮老婆对一个男人而言有多么开心。

还有就是鬼的故事，祖母大概属于最后一代传播者。关于鬼故事、鬼文化产生的原因，流沙河《鬼文化之遽衰》一文探讨过，"旧时深宅大院，油灯所照，光亮数尺，稍远则暗，令人生疑易致幻觉闹鬼"，"旧时乡村，随处见土馒头（坟墓）尸馅其内。丛葬则名官山，飞萤走磷，似有'鬼唱秋坟'，难免幻听惊惧"。听鬼故事的感觉，如同看恐怖片，又害怕，又过瘾。"小儿听了，疑心床下门角堂上厕中到处有鬼，睡不敢出头看床前，行不敢回头瞧背后。"但是这次听了，下次有新的，还想听。

听故事的真正意义在于，它使我学会了叙事，学会了讲故事。上小学时，就轮到我给祖母讲故事了。我的故事多是从《民间文学》（汪曾祺办过这个杂志）上看来的，祖母也会听得笑逐颜开。

祖母形象，在我头脑中的定格是老妇，头上包着黑色的帕帕儿。那时候，无论是城里人还是乡下人，稍微上年纪的都包这种帕帕儿，可能是体质较差，赖以御寒吧，这也是一道风景。她零零星星讲起陈年旧事时，我总觉得那些事儿就像河外星云一般遥远。也许是坚持共产党员的立场吧，父亲对那些事儿从来是讳莫如深的。

从祖母的唠嗑中，我隐隐约约知道她是独生女儿，初嫁乡下。夫亡无子。再嫁祖父。祖父前妻育有一男一女。女长大后，嫁给一个叫楚肇雄的读书人（我小时家中有几本字帖上都钤有这位姑父的名印），人称楚大姐。男长大后，被杨森的二十军抓了丁，在川北和张国焘领导的红四方面军作战，打死了。

祖母再婚后，育子女五人。长子即我父亲。次为二姑，被送进丝厂，年纪轻轻患肺痨死了。次为三叔，上中学时游渠河不幸溺水身亡。其次为幺姑，新中国成立后定居重庆。最小是幺叔，时为小学教员。祖母在讲述往事时，形容相当淡定，我记不起她掏手帕擦眼睛时，是否是揩眼泪。有一点却是肯定的——那些逝去的事和逝去的人，是无法从她的记忆中抹去的。她注定要在余生中不断地倒带，回放这些故事。

我四岁时，父母两个人的工资加起来也就一百来元，家里连保姆共九口人。以后人口逐年增长。祖母的零花钱每天只有五分。五分钱是什么概念呢？早上能吃一碗小吃——徐汤圆五个。这五个汤圆她还不能全吃，总得留下一个，让我吃。家人戏称"吃虱子也要乜个脚脚"（乜是读音，掰也，俗字不知怎样写）——那时卫生条件差，捉虱子也是一道风景，人们捉住虱子，有一个习惯性动作，就是放到嘴里咬破——这个以牙还牙的动作，大概就是所谓"吃虱子"吧？然而虱子到底不是螃蟹，不成其为美味，偏这样说，取其微乎其微也。

我上小学时，祖母出了一趟远门——幺姑接她到重庆住过一段时间。这是祖母第一次离开渠县，重庆是她一生中走得最远的地方。回来那天，坐在父亲的"校长室"（父亲当校长，宿舍外有这样一牌子）讲述重庆见闻，白天出门如何赶公共汽车，晚上上鹅岭公园看重庆的夜景灯光何其繁多，还有，就是坐缆车的新鲜感。她说："那个车就在坡上慢慢地爬，真是个'懒车'呀。"

　　大约就在那个时候，祖母的视力出了问题，诊断为青光眼。紧接着，饥饿的年代便到来了。营养的不良，加速了病情的发展，爸爸买来鱼肝油丸给她吃，效果也有限，终于双目失明了。祖母的活动范围一天天缩小，终于躺在床上，从此没有再站起来。

　　祖母念过佛，卧病几年，一直很平静的样子，从不大声呻吟。我有时会到床前看她，替她捶捶腿，或者讲个故事。她会用手仔细摸我的脸，五官皆不放过。感觉一样都不缺了，才放心地让我去玩儿。

　　幺姑回渠县探母，有一句话，祖母只对幺姑说过——伙食差不打紧，但是有好的背着她吃，她为此有点儿怄气。幺姑则不以为然，力陈灾荒为祸之烈，祖母就不再吭气。幺姑讲这事时，倒唤起我一个记忆——某个深夜，昏昏沉沉中我被母亲推起，她声音放得很低。我撑开眼看时，面前有一小碗热气腾腾的肉汤，汤里炖着雪豆，在当时是极为稀罕的。我喝完倒头又睡。我不能断定这两件事情是不是有联系，但我知道声音可以压低，那诱人的香气则是捂不住的。

　　那时没有电热器，一到冬天，祖母就靠烘笼煨着窑灰过日子。她上呼吸道经常发炎，吐不完的黏液，用的纸，全是从父亲用废旧的作业本对裁后订成的小本儿上扯下来的。有一天，幺叔小声告诉我，他发现夜里祖母难受时，曾将一块帕子填进喉咙里，想把自己噎死，没有达到目的，最后还是悄悄地扯了出来。

　　祖母生命的最后时刻，意识非常清楚。姐姐到床前为她擦脸时，我听见她轻柔地对姐姐说："幺儿，轻一些，就这几天了。"——意思是就麻烦你们这几天了。

祖母说，她看到祖父就坐在门槛上——接她来了。我生也晚，未能见到祖父。祖父长祖母十余岁。杨森的二十军抓兵时，几个当兵的想把祖父抓走，祖母上前一把扭住，央告说："这是我家的老人（即父亲），不能抓他！"一面就塞给当兵的钱，当兵的见了钱，才将祖父丢开。祖父平生爱吃肥肉，中了风躺在床上，还要人往他嘴里填肥肉，喂得慢了，他会生气地用牙齿咬碗边——祖母回忆说。

祖母享年七十八岁。她走的那个早晨，家里静悄悄的。我蹓到她房间门口，看见她直挺挺躺在地下一块门板上，眼窝下陷。爸爸蹲着，阴沉着脸，一言不发地为她穿寿衣。我心悲凉，早知道会有这一天，没想到就这样来了。稍晚，学校的老师就到办公室来，帮忙折了许多小白花。乡下的亲戚也闻讯而至，当天就将遗体抬回老家，在看好的坟地下了葬。我们几姊妹也跟着到了乡下。祖母下葬后，父亲引我们站立在她的坟前，郑重地掏出一页纸，念了写好的一段话，前面说什么不记得了，最后说，他一定照顾好么叔（其时病休在家），请她不再牵挂。

许多年过去了，弟媳谢蓉刨根问底，要听祖母的龙门阵，当我讲到姐姐替祖母洗脸一节时，怆然出涕，就讲不下去了。

晋人李密《陈情表》① 说，臣少多疾病，九岁不行，祖母刘愍臣孤弱，躬亲抚养，伶仃孤苦，至于成立。又说，刘夙婴疾病，常在床蓐，臣侍汤药，未曾废离。又说，臣今年四十有四，祖母刘今年九十有六，是臣尽节于陛下之日长，报刘之日短也。乌鸟私情，愿乞终养。又说，皇天后土实所共鉴。又说，生当陨

---

① 本文根据作者之心境，对《陈情表》的引用调整了语序。

首，死当结草。等等。

我对此文的作者抱有无限的好感和同情。

附三弟留言：

有一段时间，父母工作忙，住在学校。我们则随祖母留居在北门祖居，祖母则兼起了替爸爸妈妈管教我们的职责。为防我们打架角鬥，祖母为我们姐弟四人准备好四根篾片（戒尺），各自一根，以备不时之需。篾片制作完成后，把我们姐弟四人召集起来，让我们先尝尝干笋子炒腊肉（篾片打屁股）的味道。水浒中林冲入监时要先尝"杀威棒"，祖母学了过来，而现在则称为产品试用。

姐弟四人排成一排，姐姐既为老大，当然先试。挨了婆婆一片子之后，皱着眉头，强作欢笑地说："不痛!"。老二又上，挨了一下，眼圈红了，但镇定了一下情绪，说："不痛，就像蚂蚁咬了一下!"其实他心里可能想的是不能哭出来，一则丢脸，二则后边两个弟弟可能因此而知难而退。

我排老三，向来要与老二逞强，此时也不甘落后，咬牙而上，挨了一下，立马觉得手心被火烧了一般，眼泪在眶里转了几圈才强忍回去没掉下来。但还是说了一声："真的不痛!"

可怜老四当时只有不足五岁，不知前面哥哥姐姐挖下坑来等着自己跳，满脸天真，以为祖母不会重打，于是也要来试用一回，哪知祖母半点不打让手，认真给他来了一下，顿时，老四痛苦地号哭起来，硬不依教："当真打嗦!"

父亲

　　父亲是木匠之子，木匠是农民之子，农民叫周昌言。周昌言有两个儿子，大的叫周德元，接着务农；小的叫周德兴，送进城里学木匠，这就是我的祖父，周家进城的第一代人。在渠县城关镇北大街 256 号，现在渠县第二小学的对面，一个四进二楼的住宅，就是祖父的木铺，也就是我家在渠县城里的老房子。我家宅后的晒楼，对着的是后溪沟的农田，远处马鞍山板楯丫，是太阳落山的地方，景致极佳。我父亲出生时，五行缺金，起名铁生，后来更名懋图，又写作茂图或孟图。他有机会上学读书，成为周家第一代文化人。

　　父亲生在辛亥革命那一年，到我出生时，父亲年近不惑，又迎来新中国成立。所以他的一生经历了两次改朝换代，两见沧海桑田。渠县是座古城，民国虽然成立，风俗并未改变。父亲刚满十六岁，就由家长安排，与罗姓女结婚，并育一子。孩子不到两岁，其母病故，送到外婆家暂住，从二楼楼梯上摔下来，没怎么就医，也死了。那个年代死个人怎么这么容易呢。母子尸骨未寒，媒人又上门，提亲蒲姓经纪人之女。哪知此女有一张马脸加一副烟瘾，父亲不爱，事情就闹掰了。

多年过去，父亲缓过劲来时，家里又小心翼翼地给他提了一门亲事，这回他没有拒绝。女子姓刘，出于对门识户。高小毕业，死了父亲，不能升学，与其母相依为命。生得眉清目秀，能言善歌，擅长刺绣。我珍藏着一张老照片，是他们的订婚照，非常年轻、非常般配的两个人，男方身着灰色长衫侧身坐在前面，女方身着白色短袖长衫正面站在他身后，那时谁想好景不长呢。不到一年，她有了身孕。说起来不过百年间的事情，而当时社会之落后，超乎今人之想象。在那时，孩子的生日是娘的受难日。生头胎如同过生死关。渠县虽有西医，却是私人诊所。刘母迷信土办法，一切她说了算。孕期要吃豆筋麻油，女随母住，男方连寝室都不能进，临产不得惊动邻居，说是多一个人知道，就会多捱一份时间。

有一天刘家人不出房门了，请来一个走阴的女巫，父亲以为孩子就快出生，却迟迟没有。等到第三天，刘家人手忙脚乱起来，原来羊水破了两天，娃娃总不下地。不知道已胎死腹中了。那时渠县又没有医院，父亲急了，赶紧找私人诊所的赵直卿医生，带了助手来家，使用抱钳，把胎儿从母腹中拖出来。可怜我的刘妈妈已经奄奄一息，大小便失禁，进入疲惫不堪的状态，口里还不停叫着爱人呀爱人呀，直到咽气。我想，假如当时有条件输液的话，刘妈妈也不至于死吧。这一桩婚姻有那样美好的开头，却以这样悲惨的场面收尾。父亲的心死是可想而知的，这使他在 35 岁之前，绝口不再谈婚。

还有一件事，也潜伏着杀机。就是我的木匠祖父，为了在生意上避免地痞流氓的骚扰，受"高人"指点，花了一笔钱，给他儿子（即我父亲）捐了一个国民党区分部书记的头衔。这件事在

当时十分稀松平常，长远看却绝对凶险。作家余华说："我的祖父不是一个正经人，我们却很

感谢他。我的祖父曾经拥有两百多亩田地，从祖上继承过来的。但是他没有继承勤劳节俭，而是热衷于吃喝玩乐，到1949年的时候差不多把田地卖光了。就这样，他把地主的身份卖掉了。而买田人成了地主，在此后被不断地批斗，他们的子孙也是不敢抬头走路。"我家情况正好相反，祖父是一个正经人，花了一笔钱买来一顶帽子，相当于埋下一颗定时炸弹，差一点使子孙不敢抬头走路。幸亏我父亲年轻时代结交了几个神仙般的朋友，将这一血光之灾化解于无形。

父亲25岁开始从事教育工作，新中国建立前历任渠县城关初级小学、成都染房街小学、渠县中滩小学、青龙小学、城南小学、来仪中学、救济院等学校的教师和教导主任等职，致力于国民教学。单身生活，所得薪酬用于生活、购书，及支助贫苦学生。新中国建立后，曾任四川省委党校副书记副校长的康电，渠县北大街人，中共地下党员，他在学生时代，就受过我父亲的支助。成都电子科大原保卫科长周延清，因是堂侄，受到我父亲的支助，更是不在话下了。

20世纪40年代，渠县的中共地下党组织活跃，后期隶属上川东临委，为第六工作委员会，也就是地下党渠县县委。上川东

临委书记王朴历尽千难万险，到上海与中共中央长江局接上头，钱瑛代表长江局指示王朴，在华蓥山区组织武装暴动，拖住国民党军队，以减轻解放战争中我军承受的压力。父亲加入地下党就在这一时期。其实，早在 1937 年，父亲就受中共地下党员唐毅领导，投入抗日救亡宣传运动，翌年成立抗日救亡宣传团，被委任为总务股长。先后与唐毅创办"爱知读书会""新宿书摊"，与杨景凡集资开办"八濛书店"，用国民党区分部书记的身份，登记书店法人经理。不经意间，就把祖父埋下的"定时炸弹"引信给摘除了。

书店与重庆、上海的几家进步书局联系而获得进货书源，同时开展代购新书和代售旧书的业务。父亲是个生活俭朴而嗜书如命的人，有了这样的便利，自己也购置了大量的藏书。他在加入中共地下党后，受命发展壮大组织，任党小组长。父亲在 35 岁时，与我母亲结婚。1946 年生下姐姐周练。1948 年，生下我。当年，川东临委在渠县龙潭发动起义，父亲在熊扬的领导下，在城南小学建立联络站，接待过往同志和进行邮递工作，并为龙潭山上购置医药用品。1949 年 12 月渠县解放，渠县城第一幅毛主席巨幅画像，是用我家床绷子作画架，由一位叫叶昌璧的画家绘成，从我家地下室里抬出来的。

渠县解放时，父亲出任过渠县人民解放委员会委员，旋即被派任渠县城关完小（今渠县第一小学）首任校长，在这个职务上一干就是十七年，我童年时代大部分时光，都是在这所学校度过的。这所小学的经历非同一般，它原是清代的试院，俗称考棚，占地面积十余亩。在同治年间的《渠县志》上有图——除大门外照壁及左右旗杆而外，图上的建筑格局和我儿时看到的校园大致不差。进大门是一个院坝，向里走是一个四合院，有幼稚园教室，以及教务处和总务处。正面廊道上有一面巨大的穿衣镜。两边是教研室，右边教研室内，是校长室。再向内下几级台阶，是一个更大的四合院。正中有两间教研室，东西两侧各有五间相连的大教室，南面则是一个大礼堂，大礼堂后有两个四合院，分别为教师住宅和学校伙食团。在县志图上，都可以找到对应的位置。

清光绪三十一年（1905）废科举、立新学，渠县知事于考棚内创办了官立高等小学堂。辛亥革命（1911）后，改名为县立高等小学。1919 年成立渠县中学堂，与小学合办。因为学生人数增多，1922 年小学部一度迁往风洞子渠江书院，改名为县立第一小学。1931 年，渠县中学迁往新校址，小学又迁回考棚原址。

小学大门正对渠县文庙，文庙坐落石子岗上，依山取势，建筑为三进四合院院落式框架结构。渠县文庙的地标式文物，是建于乾隆五十九年（1794）五楹六柱的棂星门。建材多为整石连雕，比山东曲阜孔庙棂星门高出一米，牌坊上的石雕，多为镂空透雕，两面对称，图案为二龙戏珠、双凤朝阳、仙鹤穿云、五蝠（福）归真、鱼跃龙门等，技艺精湛，气势恢宏，罕有其比，被誉为"蜀中第一石牌坊"。文庙戟门前石台阶上，原有一座半球面的石雕盘龙，造型之美亦属罕见，是我儿时经常玩耍的地方。可惜这座盘龙，在 1966 年被外地红卫兵用二锤砸了。石牌坊因为体量大，老虎吃天，无从下口，而逃过一劫，是渠县之大幸。

父亲出任一小校长后，分到三室一巷，在家中的巷道里摆放了几个书架，几摞书箱，做成一个家庭图书馆。我儿时的许多时光，便是在这个巷道里度过的。诚如高尔基所说，"每一本书都替我打开了一扇新的窗子"。在一本《谈天才》的小册子中，有几句名言使我受益终身。一句是："人所知道的，我都想知道。"一句是："要学好一门学问，先学好它的 ABC。"一句是："要循序渐进。"（巴甫洛夫）还有一句是："要精通一门学问，最好写一本关于该学问的书。"（朱光潜）从《语文学习》期刊上，我翻到一份"文艺工作者必读书目"，使阅读变得系统起来。有一本《中国诗学大纲》，其实是把《诗经》到元曲中的精品罗列了一遍，这些书对我的启蒙作用很大。

上海师大教授曹旭到渠县，在研讨会上做了一个题为《书到今生读已迟》的发言，说："啸天兄有些书，是上辈子读下来的。我这辈子还读不过来。"他说的"上辈子"，其实是上半辈子。当然，任何人的阅读都会是有限的。我的阅读，受限我拥有的那份"必读书目"，以及父亲书架上的书。我后来发现，祖祖辈辈为渠县人的王小波，他父亲书架上的书，和我父亲书架上完全不同。我父亲书架上的外国名著，多为苏俄文学。而王小波阅读并终身受益的几本西方文学名著，并未在我的那份"必读书目"上。

父母一生养育四男三女，两个人的工资加在一起不过 110元，那时祖母健在，还请有一个保姆，省吃俭用，能维持全家温饱。纵使数米而炊，父亲仍坚持为每个儿女各订一份不同的报刊，包括《小朋友》《少年时代》《少年文艺》《连环画报》《集邮》《新少年报》《中国少年报》等，各管一份，交换着看。年终装订成册，上架妥存。这些读物兼有知识性，趣味性，新闻性，丰富着我们儿时的精神生活。我最喜欢的插图画家是张乐平、丰子恺、戴敦邦、董天野等，连环画家是刘继卣、王叔晖、张令涛、胡若佛等，终身好之不倦。

父亲在一小工作，乡下经常来人，来必留饭。学校教育的方针，重要的一条是教育与生产劳动相结合。父亲要求我们勤工俭学，参加体力劳动，他自己也身体力行。在困难时期，校园的房屋周边，及山坡上，种满了蔬菜，除草施肥，他样样都干。父亲以身作则，重视动手能力的培养，从生活中的生火、做饭、洗衣、安装、维修，到工艺美术的泥塑、木雕、剪纸、灯笼及风筝制作等等，让我们学会自己动手，不依赖于人。他的这些举措使孩子们兴趣广泛，长大后皆有很强的独立生活能力。例如七弟买套房子，都能自己装修，因为他有那个兴趣。

父亲热爱生活，喜欢收藏。我从他那里学到了积极生活的态度，懂得享受生活乐趣。父亲的短板是不会唱歌。记起小时候他教我唱歌，唱得上气不接下气，似乎天生不是唱歌的料。他的老朋友中有像夏白、潘载桃那样优秀的歌唱家，给人感觉是天分高，条件好，天生就是唱歌的料。后来我知道事情不是这样的，会说话的人就会唱歌。网红简老师就说她自个儿的肺活量不行，偏偏懂得唱歌；游泳运动员肺活量大，却不一定懂得唱歌。要有今天这样的学习条件，网上有阎维文、简杰这样的老师调教，学会打开口腔，运用气息，建立声音通道，他也可以唱好歌的。

新中国成立之初，百废待兴，学校教师年轻，主人翁意识很强，除了搞好本职工作外，每周有两三个夜晚，轮流到居民中宣传党的路线方针时事政策。学校组织起文艺宣传队，演出时新歌剧《刘胡兰》《血泪仇》《王秀鸾》《白毛女》等。每到周末演出，先向城中张贴海报，城里的群众一个传一个，自带凳子，争来看剧。礼堂内外，人山人海，来晚了居于后排的观众，往往不得不站板凳，把板凳踩烂的事时有发生。那时没有电灯，用煤气灯照明，服装之类，公家没现成的，都靠辗转相借，将就而已。至于道具，多是父亲带头动手做的，诸如制作景片，舞台布景，演员化妆，所有活动分工明确，而每项工作父亲亲自过问，基本上充当了编导的角色。

每逢节假日，学校还举办各种展览，内容涉及运动、法制、卫生、科普、美展等等，大四合院的十间教室和大礼堂，便是现成的展室，依次悬挂上面颁发的成套的挂图、标本、实物、作品等等，就像一个流动的博物馆，只要走上一圈，就可以学到许多课本以外的知识，获取大量的信息。周末没有演出时，学校大礼堂会放幻灯片，配合解说词，也是一种寓教于乐的形式。1952年抗美援朝时，这十间教室驻扎过志愿军新兵，他们从这里开赴前线。

小学时我曾和父亲睡一张床，清早醒来时看见他坐在床头就着罩灯伏案看书，看的是《人民教育》，他说有个叫敢峰的人杂文写得很好，然后念给我听。《人民教育》杂志的封二上，当时刊登过郭沫若的一段题词："培养中小学生写好字，不一定要人人都成书家，总要把字写得合乎规格，比较端正、干净，容易认。这样养成习惯有好处，能够使人细心，容易集中意志，善于体贴人。草草了事、粗枝大叶、独行专断，是容易误事的。练习写字可以逐渐免除这些毛病。"道理讲得十分通达，对我也有很大教益。

人生成功的非智力因素，是兴趣和习惯的养成。而兴趣和习惯紧密相关，兴趣的驱使，可以导致习惯的养成。上高小时，父亲经常讲徐特立的一句话："不动笔墨不读书。"于是，我养成写读书笔记和写日记的习惯。我觉得日记是每个人都可以写的一本书，而且怎样写都行。人生难免心灰意冷，心烦意乱，日记一写，即有定力。过后一翻，日子都在这里，往事并不如烟。坚持每天写作，结果是坐到桌前，就能进入状态；临场作文，总能思如泉涌。

父亲有摄影的爱好，但那时留影远没有现在这么方便。他有一台德国产的老式相机，当年已不能用，成了一个古董，却舍不得扔。每年节假日，父亲总要带上全家到城内丁崇义开的照相馆，照一张全家福。每逢会议或活动，都有集体照保留下来，父亲都会在照片上题写上时间、地点事由。这些老照片经过编排，贴成若干本相册。这些相册，一直陪伴着他到卧病在床的残年。

20世纪60年代开始，每到暑假，学校就成了县上开三级干部会的地方，我在路过农村干部分组讨论的场所时，有时上午看到一个人垂头丧气地被批斗，下午这个人又在慷慨激昂地批判他人，我只听到一些只言片语，却不能甚解他们说的具体内容。那时候我已上到初中，升入高中。只觉得政治运动频繁起来，一个接着一个。假期中教师常常集中政治学习，干部需要人人过关。那时我住北大街老房子，每到一小，感觉空气紧张，人际关系沉闷冷漠。那时父亲和我个别谈话，说在政治运动中个人难免受到委屈，不算什么，不做校长还可以做老师。暗示他的问题不大。然而，在后来针对他的一次批判会上，他实在控制不住情绪，对工作组发飙，弄得工作组很尴尬，只好说："大家看啰，这就是阶级斗争的新动向。"不过有一个叫罗庆凯的根红苗正的工友，却站出来替父亲说话。那场运动的结果，父亲因态度问题受到一次党内警告处分。

1966年大学停止招生，造反派起来。父亲遭到的冲击更大，不但靠边站，住进学校收发室成了守门和敲钟的人。还不断地非正式地被扣上各种各样的帽子。其中有一顶叫"三开人物"，一是说国民党时候吃得开，因为有国民党区分部书记的头衔；二是说共产党来了吃得开，因为有中共地下党员身份；三是说日本人来了吃得开，然而日本人并没有来过渠县，只在渠县上空投下了炸弹，父亲曾组织居民救过火，所以"三开"不成立。

1969 年即我上山下乡那年，忽听爸爸不经意叹道："人到了老年真没有意思。"我万没想到这种灰心的话，竟出自于从小觉得很强大的爸爸之口。他那年才 58 岁，此前从来不说这种话的，可见他当时处境之艰难。

十年之中，父亲失去人身自由，成天写交代材料，有些问题须重复交代，纯属折腾。监管人员不经意发现，他每次写的交代材料都是一个样的，于是起了疑心。于是突然袭击，搜查他的床铺，发现他在写交代的时候，总是用复写纸保留着一份底稿，压在席子下面，这是他对付折腾的一个取巧的办法。

父亲活过了幸龄，看到中国的改革开放。晚年因遭遇车祸卧床，住在渠县体委内五妹家。我主编的《诗经楚辞鉴赏辞典》出版，四川辞书出版社在成都举行首发式，父亲从当晚的四川新闻中听到消息，欣慰地说出两个字："争气。"

1992 年 3 月父亲病逝，灵堂设在渠县灯光球场。整整三天，我看见形形色色的人，自发地络绎不绝地来灯光球场吊唁，多见大人领着小孩，到灵前叩头上香，口中念念有词。原来半城人家，家家都有城关完小的学生，家长们对掌校十七年的和蔼可亲的老校长有着深刻的印象，一定要用这样的方式来为他送行。

母亲的童年

母亲余洪毅，又名余洪珍，小名翠萍，是贫民的女儿。但她的外祖父是一个文化人，是她生命中的贵人。

母亲的外祖父叫王之绪，原是一位教书先生，攒下钱，买了田地；娶妻蔡氏，生下一女一男。女儿王化贤，小时因夏天坝凉席睡地坝，患了严重的风湿病，成了罗锅背，带了残疾。到她成人时，王之绪便征求她的意见，是愿意嫁人呢，还是愿在家当一辈子老姑娘。王化贤见过一些世面，看到过一些老姑娘在家受气，处境凄凉，就愿意嫁人。

于是王之绪从住在清溪场的远房兄弟家里，物色到一个小长工，叫余清如，是个孤儿，六岁上父母双亡，为表亲王家收留，做了放牛娃。白天放牛割草，晚上查房守夜。平时没有鞋穿，冬天冻得不行，就用箍草捆在脚上，盖一件烂蓑衣。生活相当悲惨，还是活下来，长到了十多岁。王之绪见他勤快，人也长得伸抖①，便找媒人一说，婚事就成了。王之绪给了一笔钱，小两口在清溪开店推豆腐，卖豆腐。后来又给了渠县南街一间房子，小

---

① 伸抖：川话方言，指人的模样好看。

两口就迁到县城，做起小本生意，并生下一男一女，叫成基和翠萍。

王之绪教私塾，带上成基跟读。成基要心大，记不住课文，挨了不少打。翠萍才两岁多，听外公教哥哥，在旁边偷听，虽然认不得字，课文却能倒背如流。1934年，王之绪病重，知将不起，便把女儿王化贤叫到跟前，说："成基读书读不得，今后就让他学个手艺。翠萍读得，砸锅卖铁也要送她读书。"

就这一句话改变了我母亲的命运。不管我外公怎样地不同意，我外婆都坚持执行了其父的临终遗言，让我母亲读上了书。

母亲先就近上保国民学校，学校不正规，管理很乱，第二期就到福音堂去读。福音堂在渠县马家巷子，外婆怕母亲是穷人的孩子，在学校受人欺侮，所以上学的衣服必须穿得光光生生，回家才换成补疤的衣服。由于学校男生调皮，喜欢搞恶作剧，下一期又转到半边街女子小学报名，因为个子比别人高，自尊心又很强，所以母亲一去，就报了个二年级四册。想到上学不容易，所以母亲读书特别勤奋，转学后那一期就考个第一名。第二学期就报名上六册，把五册丢了。六册一读，又考了第一名。于是第三期就报八册，不读七册。女校校长董蕴华，从老师处知道这个情况，就问她道："余洪珍，你光跳班，这怎么行呢，这样跳学习会跟不走的。"动员她读七册，母亲不肯，说："我自己努力，跟得走的。"读完八册又考了第一名。

那是1939年，抗日战争期间，学校配合抗日宣传，老师编节目学生演，儿童节还要开展活动，有唱歌比赛、踢毽子比赛、讲演比赛等等。母亲上八册的那个儿童节，参加了三样比赛，唱歌、演讲比赛两项都得了第一名，毽子比赛得了第二名，奖品是藤编的书包，里面装着笔和本子，还有抗日故事书。于是全校老师同学都认识她了。

渠县离重庆很近，常遭敌机骚扰。母亲读书时，经常跑空袭警报。每天上学，老师都是抓紧时间上课，生怕被警报声中断。民间称之为"拉未时"，警报声响起来呜呜呜的，像哭的声音一样。只要听到警报声，各个学校师生啊，都争先恐后地往城外跑，一般是跑向后溪沟，因为那边有成片的竹林，有绿色作掩护，还有一条河沟，想起来很安全。

1940年8月12日，渠县遭到日机的轰炸。母亲刚考完高小，那天在城南高石口麽幺姨家玩，麽幺姨炒了些苞谷泡、花生米、干胡豆，拿出个哑酒罐，正在往桌上摆，便听见飞机的声音。母亲跑到竹林坝里，从竹梢的缝隙中，看天上成队的飞机，便数着一架、二架……起初飞机的编队是个"人"字，忽然变成"一"字，头往下栽，然后听到嚓嚓嚓的声音，知道是飞机在丢炸弹。母亲想到爹妈，心里着急，来不及对麽幺姨说，就从高石口往城里头跑，刚跑到一个叫塌水桥的地方，就撞见我外婆，手里拿个叉叉，吓得失魂落魄，见了母亲，一激灵清醒过来，说她正在收衣服，就遇到轰炸，吓得衣服也没收，叉叉也没丢，就跑出城来。

母亲把外婆送到麋幺姨家，还想回城去看。然而城已进去不到了。前一批飞机投弹后，第二批飞机又来了。爆炸声接连不断，渠城上空一片火光。只听城里逃出来的人说，城里的房子正在烧啊。母亲和外婆在城外躲了几天，大火熄了，四处冒着黑烟。她们进城看时，只见渠县城里一片焦土，满街瓦砾，树枝上挂着人畜的肢体和肠子。原来跑空袭警报的次数多了，人跑疲了，就放松了警惕，敌机轰炸那天，很多人都躲在家里，有的全家人都被炸死，说不出多么悲惨。

渠县原来是一座美丽的江城，城市街道整齐，通是一楼一底，两边街沿上都有走廊，木头栏杆都有雕花。街道两边全是杨槐树，一到夏天一片绿荫，进学校不用戴草帽打伞，便很凉快。经过日本飞机的轰炸，使古城的风貌毁于一旦。逃过一劫的城市居民心有余悸，一时争往农村投亲靠戚。母亲随爹妈暂时避往外家，就在城北睏牛石坝一带。起初靠亲戚接济一点粮食，勉强维持生活。母亲已考上高小，还要继续读书。

城里南街她舅舅家有一套房子，楼上空荡荡的，可以寄宿。她的亲哥哥过继在舅家，为她买了童子军服以及裙子、鞋子、袜子。还差帽子、皮带和褡裢，母亲不好意思再向哥哥开口要，就在邻居杨伯母家坐着发愁。杨伯母知情后，便去找她正在玩牌的舅舅说情，她舅舅顺手就给了两块钱，于是把服装制齐，可以到学校报名了。舅舅家有个小灶屋儿，母亲每天就捡一点柴柴棍棍，早上煮点红苕稀饭吃。晚上麻起胆子住到空楼上面，楼上无床，就找了一个大的簸箕当床睡。冷空气袭来时，就盖一件夹袄。

日机轰炸之后，半边街女子小学撤销，与泮林街小学合并，成为男女合校的渠江镇小学，也就是现在的渠县第一小学。这时母亲又住回睏牛石坝，上学要走十二里路。每天早晨天一亮，喝碗稀饭，就往城里跑。中午不吃饭，在学校看课外书，也就是平常所得奖品书，看得饭都不想吃。书上看来的内容，有些就写进作文里，所以母亲的作文在班上是写得最好的。

后来，母亲在邻居杨家搭伙，每月交 30 斤米，不用交钱。每天中午一碗冒儿头饭，一碗菜豆腐，一点萝卜儿咸菜。就这样把高小第一学期度过了。但爹妈没做生意，住在农村只有支出，没有收入。到放假时，外公来跟母亲说："每个月给你交了米，我和妈妈就没得吃的了。这一学期读了别再读了，回来学点手艺织布，也好维持生活。"那时母亲虽小，已很懂事，眼看家里为她一个人读书，父母几乎吃不上饭了，心里过意不去。尽管很想读书，但家境如此，有什么办法呢。只好放弃了继续读书的想法，平静接受命运的安排。

学校放假，母亲回到睏牛石坝，外公就带她到堂屋，堂屋里摆了四架织布机，其中一架是给她准备的，线子都牵好了。她的舅妈就教她怎样坐机斗，怎样踩机子，怎样甩梭子，手脚并用，像学校里老师踏风琴一样。没练多久，母亲就打到了套头，梭子也甩会了，手脚也配合协调了。舅妈就教她线子断了如何接头。一来二去，一下午不过两三个钟点，就织了两尺布。所有长辈和邻居都很惊奇，有人说："那个余洪珍才聪明呢，才一下午，布也织会了，线子也结来了。我家那背时女儿呢，半年都学不会。"母亲面对长辈的表扬，不说得意吧，总算增加了一些织布的兴致。

于是母亲承担起家庭生活的重担。她织布，外公卖布。从一天织两尺，到三尺，到五尺，以后小场（三天）可织个短杖杆（三丈），大场（五天）可以织个长杖杆（五丈）。每逢当场，外公就取一匹布，拿到街上卖。每次看到外公赶场回来，手里没有布匹，提的是盐包米包，就知道布卖出去了，母亲就心里高兴；如果手上还挽着布回来，说明生意不好，母亲心里就犯愁。

抗战形势越来越严峻，土布也越来越没有市场，布卖不出去，母亲织布的心劲就没有了。在乡下住着亲戚的房子，要种庄稼没有地，也没有劳力。亲戚有地，也抛荒了。母亲一家不能再住下去了。母亲就对爹妈建议，还是搬回城里老家，经营一点小生意，总比在农村挨饿要好。爹妈想想，也是这个道理。离开农村前，舅妈请她织一个长杖竿，便是母亲最后织的一匹布了。

回到城里，南街的旧居因幸免于火烧，一家人住下来，摆一个簸箕摊摊，经营点小本买卖。母亲无事可做了，又提出上学读书。爹妈也没有反对。那时小学已开学一周多了，渠江镇小学的校长老师都换人了，托人找到一个姓周的青年教师，是学校的教导主任，人很和气，他说"如果努力，应该跟得上去"，于是母亲插入了五年级二班学习。

母亲当时有一个感觉，就是学校的一批新面孔的老师，与以往的老师不同。他们比较年轻，朝气蓬勃；不仅有知识，有思想，而且有血性。不仅从学习上、生活上关心学生，而且从思想、政治上关心学生。这些老师上课都要结合抗战，讲国家大事。让学生认识到自己身处在一个什么时代，应该为国家做些什么事情。经过这个学期，母亲明白了很多事理，过去只知道读书识字才有出息，才能避免被人瞧不起，现在明白了还应该对国家、对社会尽到个人那一份应尽的责任。期末考试，母亲又考了个第一名，得到的奖品是一本字典，于是学会按偏旁部首查字的方法，顿时如获至宝，好像又多了一个好的老师。

教导主任周先生建议她："下一年可以不读六年级了，直接去考中学吧。明年我们也要离开这所学校了。"在周先生推荐下，她和高一个年级的黄咏梅一起去考渠县女中。黄也是一个勤奋向上的学生。不出意料，母亲果然一考就考上了，遗憾的是黄咏梅没考上。黄的家住有庆，家境很好。为了等候放榜，当时寄住母亲家里。放榜后的那天晚上，家中桌上炒了一碗胡豆，晚上照例喝稀饭。母亲鼓起勇气对爹爹说："明年我要去读中学。"外公迟疑一下，道："屋里饭都吃不起了，哪里找钱读书呢？"

那天晚上，她和黄咏梅两个都吃不下饭，相对而哭。母亲哭的是考上中学，家里没钱让她读书。黄咏梅哭的是上得起学，却未能考上。殊不知两个人的一哭，倒把外公感动了，唉声叹气道："读不起书喂，偏偏又考起了。读得起书喂，偏偏又没考起。好，好，好，去读，去读。"

后来周先生出面斡旋，向渠县女中介绍了黄咏梅在小学的学习成绩和一贯表现，女中破例也把她录取了。这样两个人都上了中学，进了同一个班级。那时读中学，学生每期除交自己的口粮外，还要交三斗尊师米。在周先生的关照下，学校免除了母亲的学费和尊师米。母亲因为学习成绩好，开学就被选为班长。第二学期，就有童子军教官，到班上发展三青团，并说："加入了三青团，成绩好的将来就容易升高中、升大学，家里困难的，可以享受助学金免费入学。"于是母亲也就登记了，并指定为那个班的分队长。

到了周末假日，母亲去八蒙书店借书，见到周先生，就把加入三青团的事对他讲了。周先生听了一怔，脸上的笑容就消失。回头便与同事沈汉、杨景凡、周茂基等同事合计，觉得这个女生家境穷，能够读到中学，实在不容易，遇到复杂的政治环境，容易走上歧途。便做出一个决定，安排母亲转学。

于是周先生出面，对母亲讲："别在渠女中读了，转学去南充。南充有所教会学校，叫民德女中，校长江兴渠是渠县人，老师周茂基、杨弘道等也是渠县人。学校办得不错，不搞什么组织。转学时，不要征求渠女中校方的同意，也不要扯转学证，直接走人就是了。"母亲道："我在渠县读书，家里都交不起学费。到那么远去读书，咋读得起呢。"周先生说："你尽管去，那边学校会给你解决一切困难。"

那是1943年的暑假，母亲收拾一个小被盖儿、一个篾编行囊，与一帮渠县籍的师生同行去南充。那时从渠县到南充不通车，须步行经清溪、巩市、新市、蓬安、岳池，然后到达南充，须走三天三夜，晚上歇宿栈房——俗称幺店子。次日起过大早，饭一吃，又上路。路上的饭钱都是由女中的江校长管了，全程都由她带队。

就这样，母亲进了南充民德女中，更名余洪毅。这个教会学校的主教叫王维成，知道母亲是贫困学生，便免了她的学费。每月伙食费从家里寄来，其实都是周先生寄的，只不过没有说穿而已。这位周先生，便是我的父亲。

母亲生前为渠县城关一小教师，一度出任渠县托儿所所长，后回一小，被评为四川省模范班主任。退休前任渠县人民代表大会常委会副主任。《渠县志》有传。

幺姑走好

端午节前一天，下午有课。正在讲古诗十九首的"去者日以疏"，手机突然震动起来，一条短信飘然而至，便念了这诗的首句，道一声："起"，学生朗读起来。我赶紧偷觑一下短信，放弟发来的，只有简短四个字：

幺姑走了——

诗读完了，我赶紧集中思想、阐释说，这首诗主题句是"去者日以疏"，虽然也说到"来者日以亲"，却没有做这一面的文章，以下都是对"去者日以疏"的发挥，诗人看到宇宙间一切事物都是变动不居的、渐行渐远的，诗意感伤，甚至消极，但非常深刻，很有哲理性，全是真的感受，是很好的一首诗——

幺姑走了——享年八十六岁。她在轮椅上生活近十年了，按照她的意愿，大儿子全辉辞去了司机的工作，在家全职护理，十年如一日，毫无怨言。上个春节我回重庆看她，她坐在轮椅上，由一家人围着。年老的姑爹亲自用汤匙一勺一勺地给她喂食，一面和她唠嗑。我出生后，幺姑曾经带过我一段日子，对弟妹们都不大认得，但对我的名字似能记忆。我蹲下去喊她时，她嗫嚅了一下，一颗清泪就从脸上掉下来。

幺姑生来脾气温和，新中国成立之初，她和西南革大毕业的姑爹一起去了重庆，幺姑做了机关幼儿园的保育员，姑爹做了粮食局干部，实是平凡得不能再平凡的国家干部。然而，小时候我并不这样想。小时候，幺姑家和重庆市对于我来说是一组同义词。在幼稚园，我也常拿"我幺姑在重庆"对小朋友夸口，一次对方急了，就说毛主席是他家的亲戚，我明知他胡说，却也不能证伪。

祖母在世时，幺姑经常回渠探亲。听到幺姑要回来的消息，我们兄弟姊妹会一连兴奋许多天，扳着指头算日子——因为幺姑的到来意味着玩具和糖果，自然还有花花绿绿的糖纸——仅这几样东西，已足令我视重庆为天堂。

1958年幺姑回渠县生孩子，姑爹乡下的亲戚领着一个残疾的小儿来看幺姑——正确的说法是给幺姑看。这便是我的大表弟，唤做逢一。逢一患脑膜炎留下后遗症，四肢瘫痪，寄养在乡下。后来，大人干活时将背篼放在田边，没想到逢一把背篼坐翻，栽进沟中淹死了。常言道祸不单行，那一年，姑爹也遭遇了一桩麻烦的事。

事情的经过是这样的。有个星期天，姑爹游枇杷山公园，遇到下雨，便躲进路边的亭子里，这时亭子里还有个躲雨的女学生，姑爹就和她闲聊起来。很巧，这女学生也是渠县人。问起她的家庭情况，非常之穷。在粮食局工作的姑爹想给她一点接济，但身上没有钱和票，就约她下个星期老地方见面。

女学生回校后，把这事和辅导员讲了，没想到那位辅导员政治警觉非常之高，下个星期天，便代替那女子到枇杷山来，扭住姑爹进行盘问。姑爹自以为正大光明，说得脱走得脱，便把工作单位如实告诉对方，那人便把"问题"反映到姑爹的单位。时值政治运动，单位正愁抓不到阶级敌人交不了差，这下好了，姑爹够不上地、富、反、右，就把一顶坏分子的帽子扣到他的头上，成了五类分子——可是他并没有动过那女学生一指头。

为此么姑怄了好几年的气——因为姑爹被单位送到农场"劳教"，直到"文化大革命"前夕才回到家中。姑爹后来回忆这件事，欣慰地说，幸好到了农场，灾荒年才没有饿饭，每次探家还能捎带一点粮食蔬菜，也算是因祸得福了。姑爹这人特别想得开，天大的事不影响睡眠——与人对床夜语，前一秒还在说话，话音一落鼾声即起，数十年如一日，如今九十岁的人了，不但思路清晰，在重庆还每天散步，爬坡上坎，能走几条街。姑爹的字写得好，凡是家书，都是由他执笔，我们兄弟姊妹手里，都有他写的家书，许多的家常话写得井井有条，感觉十分的亲切。

大儿子被抹掉，么姑又生了两个儿子——全辉和劳炼，么姑称他们为大娃儿、小娃儿。虽为一母所生，这两位表弟性格迥乎不同——全辉娴静少言、见人就红脸；劳炼则是个"话八哥"、见人自来熟。动乱岁月，小哥俩道听途说，一个支持"八一五"，一个支持"反到底"，在家中闹派性，最后还是得服从父母的一元化领导。

小时候，到重庆，曾是我的一个宏愿。到重庆，就是到么姑家。我们兄弟姊妹七个，渐次成人，轮番去重庆，把么姑家变成了一个接待站。运动中，我和两个高中同学步行串联，走了五天，到达重庆，寻到瓷器街五四巷，实现了我的宏愿，看到了重庆和幺姑的家。

一条深深的巷道，两边是高达六七层的穿斗式木楼，开着许多窗户，就像许多的鸽笼。在张乐平的漫画中，我很熟悉这种景象，虽然他所画的是上海的里弄，但风味极其相似。幺姑家在五楼，只有一个房间，仅十二平方米。对面是另一户姓黄的人家，户主是个退休老太太，人称黄老师。中间有一个公用的过道。幺姑一家四口，客人来时，女人和孩子住里间，男人们在过道上打地铺、睡凉椅。五四巷里，终日弥漫着蜂窝煤呛人的气味。居住在楼里的人，久而不觉其呛。

夏天，重庆天气炎热，家里不能住人，人们就上大街过夜。近傍晚时分，便和表弟一起到街边拣一块地皮，用自来水把水面泼湿，退凉后铺上竹席，睡前一定要点蚊烟。那时家家清贫，社会治安却很好，夜不闭户。大街两旁躺满男男女女，互不相妨，曾是重庆的一道都市风光——后来我在长江沿岸别的城市也曾看到这种景象。

据姐姐回忆，她上西南师大（北碚）时，星期天到重庆，幺姑和姑爹一大早就到车站守候了。客人若是初次到来，还亲自陪同到解放碑、鹅岭、枇杷山公园等处漫步。若是常客，陪同逛街，更多的时候是表弟的任务。我第一次去幺姑家，领着两个同学，一样受到热情接待。幺姑说多来几个人没得关系，晚上就在过道打通铺。就在那时候我领教了姑爹的能睡。第二天幺姑和姑爹要去单位，先买好面条，让我们起床后自己煮。因为没烧过蜂窝煤，一锅水还没开，我就将所有面条倾入锅中，煮成一锅糨糊，三人将就吃了，那两位同学才分头各寻亲戚。

幺姑家的相框里，装满一寸二寸的老照片，有不少是我们兄弟姊妹童年时和父母的合影，背后有父亲的题字，有的照片在我家也找不到。姐姐和我，也许还有下面的几个弟妹，都从这个相框里偷过照片。所以，相框里的老相片就越来越少。幺姑发觉后，也只当是物归原主，从不生气。邻居的黄老师听幺姑说我喜欢篆刻，竟把祖传的几方印章慷慨相赠，记得有一方马纽圆形印、文曰"郡丞直牧之私印"，我欢喜了几天，便三文不值二文地将它磨平，用来练习刻字。

我们到幺姑家，照例是空手而去。离开幺姑家时，她通常都会塞给我们十元、二十元的票子。我们上中学乃至上大学，因为家境的缘故，没有从父母处得到过零花钱。收了这十元、二十元的票子，就有一种发财的感觉。许多年后，当我们兄弟姊妹都成了家，不管谁去幺姑家，只要领着孩子，临走时幺姑就会把钱塞到孩子的怀里。

许多年过去了，我们兄弟姊妹长大成人，工作单位先是分布在自贡、凉山、彭州，最后集中到成都，姐姐家成了一个新的接待站。在重庆，幺姑也几易其居，侄男侄女登门就不像过去那样勤了。幺姑、姑爹退休后，与我父母的联系却更密切，有时和他们一起出游，到各地探视侄男侄女。春节期间，兄弟姊妹相聚于渠县，关于重庆瓷器街五四巷的记忆，永远是一个温馨的话题。

幺姑去世消息到来时，姐姐一家正准备去青城山，四弟一家人正准备去达州，妻正准备从重庆返回成都，都立刻改变了计划，相约次日即端午节去重庆奔丧。回想十多年前，父亲（八十二岁）临终时，幺姑、姑爹赶回渠县，一家人都守在他的身边。父亲是在姑爹的怀里咽下最后一口气的，对这一点，我一直不能忘怀。母亲猝然离世时，幺姑卧病不能回渠，姑爹只身赶回老家

送母亲最后一程。这次轮到我们送幺姑，自然是都要去重庆，一个也不能少。

前不久，姐姐、江哥提议过兄弟姊妹一起到重庆，为姑爹祝九十大寿。姑爹婉言推辞道，想活到一百岁，做了寿，人就会松懈，一百岁再做吧。谁也不好驳他这个理由。没想到，大家很快就一起到重庆了，却是为了送幺姑最后一程——幺姑过了一条河，已登上了河的彼岸。这条河，此岸的人可以过去，而到了彼岸，就再也过不来了。

夜梦幺爸

夜梦幺爸。已经多年没梦见幺爸了，算来他因心脏病去世，已四十六年了。而他去世时，也不过四十六岁吧。

接到噩耗那天，我正当知青，在张家庵小学代课。匆匆赶回渠县。那是个冬天，七弟早上端饭给他，饭一直凉在那里，人已走了。那个时候没有空调、暖气等御寒设施，就靠一个烘笼，长夜难熬呀。我回县城，见他停在卧室，脸上覆盖着一张纸，我还揭了一下，看到他蜡黄的面皮，散大的瞳孔。四十六岁，终身未婚，多么不甘呀。唉唉。

当天爸爸还在学习班背书，未及见到幺爸最后一面。妈妈找到黄厚礼叔叔，买了一口水泥棺材，我找到好友朱定中，朱定中又找来伙伴雷云贵，帮忙把棺材抬到板车上。他们在前头拉着棺材，我一路丢草纸，一直送到明光村周家老湾。大爷已经找人看到了墓地——因为幺爸是光棍，所以在墓园外找了一个地儿，远对着一个丫口，定中、雷云贵还有延华哥哥从小路把棺材抬到墓地，举行了简单的葬礼。

亲人按下不表，这帮朋友是多么的仗义呀。唉唉。

金锣人物素描

一　蒋华东

华东出身"工人",运动之初成为学生领袖,大联合中进入县"革委",上山下乡那会儿,他是领导小组成员。我呢,出身"小土地出租",听起来怪怪的,恨不得将起这个名字的人找到揍他一顿。我爸爸当校长,后来成了走资派,我就有些破落的感觉。

起初,我打算和四弟五妹一同下大峡,只知道大峡产煤,完全是忙人无计,病急乱投药。1月18日渠县知青大规模下乡的前一天,华东登门了。

他说,你不要到大峡去。那边掌权的属于对立的一派,将来话不好说。鲜渡区是红联站的天下,金锣条件不错,原红联站的老三届高中生,如杨柱、周江、李盛全、张永中、汪世学等等,都下那边去了。红联站宣传队的主角朱景丽、郑中艾也下那边去了。你也到金锣去吧。

我就这样下了金锣。下乡第一天,天气晴和,当一片浅丘走出头,发现自己站在岩坎边,眼下一望无际,土地平旷,屋舍俨然，竹树环合，阡陌交通，农人往来种作，远处是鲜渡河，河对岸有宝塔山——这就是徐家坝，我插队的地方。我来对了。

不久，华东也下金锣了。虽然当了知青，仍有县"革委"成员的身份在，他出入公社，郑书记也敬他三分。他和郑书记合计，成立起知青文艺宣传队，他是头头。华东不会吹拉弹唱，却有很强的组织协调能力。不但把有才艺的男女知青召集到一起，就是啥都不会的，只要是哥们，都招进宣传队，或跑龙套，或打杂，比如李盛全就专打煤气灯。把一个宣传队办得风生水起，逐个大队巡回演出。知青们免去了重活累活，还能走村串队吃油大①。好不快活。如果没有宣传队这回事，我们的知青生活会暗淡许多。

华东的惊人之举，是出演刁小三。

在排练《沙家浜》缺少这样一个演员时，伍二娃几个涎着脸说，你是队长，你不演谁演。和自己属意的女主角配戏，却是演一个猥琐的丑角，换了别人，是一千个不干的。然而华东把桌子一拍，道："演就演，只怕老子比你演得好些。"于是真的演了，在舞台上放得开，真个比别人演得好，至少比郭建光演得好。华东当头头，无人不服气。我不扮刁小三谁扮刁小三——这是一种气度，换了我就办不到。

说到"属意"这个话，不完全是捕风捉影，因为别人都这么说。何况暗恋女主角的人还多，我也算一个。我曾私下问过他，有没有"属意"这回事儿。华东没有正面回答，他只说："选对象嘛，当然还是要选样方儿伸抖些的。""样方儿伸抖"在渠县方

○　吃油大：川话方言，指吃油水足的东西。

038

言中，就是模样标致、很养眼的意思。

华东不缺少女性崇拜者，在当年，他的夫人道玉就是其中的一个。道玉身材高挑，是临巴溪样方儿最伸抖的女子。

华东第一次带道玉来我家亮相，道玉身着红色大衣，十分阳光。

那是年节期间，元松和另外几个朋友正在我家向火。

元松是回乡知青，家在静边，他和华东是开惯了玩笑，说话不慎口的。道玉方才坐定，元松就拿演刁小三的事来损华东——"格老子蒋华东，演刁小三，在舞台上，画这么大一坨眼屎，把皮带这么一甩，'抢包袱！老子还还要抢人呢'——"

语犹未了，道玉神色为之一变，脸上就挂不住了，站起身，就要往外走。我急向元松摇手示意，好不容易把道玉拦了下来。

华东未动声色，不以为忤。

他是个性情中人，因为根正苗红，当头头，优越感强，与人说话，作上官语。杨柱比华东高两个年级，在宣传队演李玉和，兼管钱物，是挑大梁的。有次华东耐不住性子训了他几句，杨柱如何受得了，他就坐下来，把所管的饭票摊得一地都是，自言自语道："这一摊子事，哪个想来接，就来接？"华东见势不对，即顾左右而言他，不复与之理论。过了一阵，杨柱见无人来接，才慢慢弯下腰，把饭票拾起来。这样各退一步，小事化了。

有次华东过生日，在他队里的家中做了几道菜，那天，我是唯一座上客，听他大谈红案白案，备料及烹调，比起烹专老师讲课毫不逊色。

他是个语言有味的人，喜欢蜀籁即四川方言及老百姓的言子。就像刘邓喜欢说"黄猫黑猫"一样，我至今还记得他说"拜佛老婆婆还怕油炸豆腐",意思是"巴想不得";"变了泥鳅还怕黄泥巴糊眼睛",意思是"只能接受"。

二　熊维

熊维兄弟。不是兄弟，胜似兄弟。

他小我两三岁，是追随我下乡到金锣来的，都在七大队，我住六队，他住七队，两个人搭伙，要么我这边，要么他那边，同一锅煮饭，同一床睡觉，夜话很多。

熊维一表人才，是个"俊友"。我最初看见港星刘德华的照片，第一个感觉是：真像熊维。他喜欢唱歌，特别是雷振邦谱的电影插曲，唱得很动情。我一唱时，他就笑我五音不全。弄得我没有信心，干脆不唱了。

熊维待人和善诚恳，有极好的人缘，每月回家拿副食，都要给四邻五舍各家捎带一包盐，联络联络感情。熊维的女人缘更好，老少通吃——不要误会，我的意思是说，谁见了他都一见倾心。他在金锣有好几家亲戚，都是认的。或称嬢嬢，或称姐姐。我随他经常去串门，因为白天都要干活，串门常在晚上。主人总是拿出好东西，腊肉、豆腐干、花生米、新麦煎饼之类，很香很香的，招待我们。于是我们就有"处处家"的感觉。

坝上阎姓人家很多，有位阎老师，生了一堆女儿。娘子虽过中年，腰身细、脖子长、风韵犹存。由于隔熊维住处离阎家只有几根田坎，所以走动最多。阎家小女儿常常上门来请，年纪约莫十三四，站在门外等着，模样斯斯文文，很像沈从文笔下人物。阎家对熊维，就没有舍不得的东西。阎老师有几本珍贵的书，他不在家时，熊维也能拿走，最后全都"进贡"给我了。

岩上有户人家姓王，女儿贞慧当赤脚医生，未婚，模样标致，坏了一只眼睛，但不容易觉察出来。王家爷爷还在，年轻时习过武，贞慧的弟弟贞云，在他的指导下练气功。熊维也跟练了一段时间。贞慧妈妈对人和蔼。晚上点了油灯，贞慧妈妈一边生火，一边讲些陈年旧事，感觉很温馨。

大队宣传队到鲜渡河演出，那个晚上风雨交加，回徐家坝有十几里远，路上满是泥泞。好不容易溜到我们住的地方，熊维却坚持要把贞慧和一个叫友三的女孩子送到家，再回来，于是我依着他，又在泥泞中溜了几华里，回来又溜几华里。这就是熊维做的事。后来我在《金锣竹枝词》里写道："隔河两社竞宣传，各有红妆二八年。鲜渡河边遇疾雨，知青夜送村姑还。"说的就是这件事。

岩上更远的地方，熊维还认了一个同姓的姐姐，人挺能干，里里外外操持家务，极为好客。那家有一个小小的院坝，树上有果，池里有鱼，"物其多矣，维其嘉矣"。我同熊维去，总是被待若上宾。熊姐姐进城，也上熊维家走动，两家就像亲戚一样。

不过，熊维的爱不在这里，他的爱在远方。渠县武斗时，他随父母去巴中，认了一家亲戚，也是教师，姓何。何家有个女儿，叫玲，照片我看过，模样和熊维般配。熊维爱的就是这个玲。

熊维经常和她通信，怕自己信写得不好，就令我代笔。我代他写情书，心里想着另一个人，这样就把自己放进去了。玲姑娘回信总是说，她最爱读熊维的信了，带在身边，读了又读。但她从不谈未来，好像很忌讳。对此，熊维很郁闷。

邻队女知青陈珍，模样长得王丹凤似的，和弟弟住在一起。

有位哥们暗恋上她，下乡来找熊维撮合。熊维到了陈珍那里，却发现女子喜欢的是他本人。一时冲动，就吻了一下。女子遭到袭击，逃进厨房面对墙壁，死不开口。熊维既兴奋又沮丧，回来和我讨论这件事是否存在道义上的问题。我极力向着他说，不存在，他才稍感释然。

不久，我们就一起进了公社宣传队。他表演，我打杂。

胥德珊也在宣传队，他是我初中时代的朋友，关系亦如熊维。我们三个人常在一起活动，游泳，偷青，听留声机，剥花生，嚼甘蔗，读泰戈尔诗，讨论苏联电影，无所不谈。

熊维身上经常掏得出糖来，分给我们吃。一问才知，是某个痴心女子塞给他的。

有一次我们两个一道回城，走到半路天就黑了。熊维就提议上邳个女子家去。面对不速之客，女子受宠若惊。抱柴，生火，做饭，打整床铺，着实忙了一阵。女子话不多，看着我们狼吞虎咽地吃，当晚让出床位，自己上别家搭铺去了。

农村的蚊子很多，帐子须关得严严实实的。帐外的蚊子，密密麻麻，是无孔不入的。在帐里，我们却闷得心慌。原来那女知青整理床铺时，在里面洒了太多香水，气味散不出去，历久弥甚，令人窒息。两个人辗转反侧，直到鸡鸣时候，还没睡着。这个夜晚的经验，是我一辈子不能忘记的。

熊维出生教师家庭，却有一个"地主"成分，这是无论如何让人想不通的。我的"小土地出租"成分虽然难听，受到的歧视却小一些。宣传队解散不久，公社就通知我到小学代课去了。

在农村，老师是受羡慕的职业。农民在地里干活，到了星期六，看老师回家路过，就阿 Q 似的说："老师星期日，农民天天日。"这不过是说葡萄有些酸罢了。我当代课老师，队里粮食照分，每月关饷，虽说只有二十几块钱，除掉生活费用，可以买一双皮鞋。已经超过我的期望值了。

我去公社那天，早上有点小雨，适逢大姐五妹下乡看我。我简单打点了一下行装，作别熊维。熊维显得从容平静，内心应是失落的。换位思考，他的心境，我是明白的——我们是两个人一起来的，如今我一个人走了，留下他独自在生产队，那是一个什么滋味。

但我们都小心避开这个话题。

我在大姐五妹的陪同下，到公社去了。在岩上，熊维帮我们拍了一张照片。

不久，熊维就投亲靠友，去外省插队，永远地告别了金锣。

三 戴宁

戴宁下金锣，落户七大队五队。也就是说，在徐家坝上，背靠一面岩，熊维在我的左边，他在我的右边。

戴宁是我的小学三年级时的同学，还有陈朝，我们三个要得很好。陈朝早慧，那时已读过一本《新婚必读》，还读懂了。他对我们讲了一些内容，比如说"如果女方要求，可以再来一遍"，我们基本听不懂。

陈朝课内书没读好，没考上二中。戴宁考初中那年发高烧，考场失利，第二年以高分考入二中，比我矮了一个年级。

戴宁在中学时，成绩很好，但生性腼腆，容易脸红。他没有文娱细胞，属于左手左脚那种。所以在金锣时，他没有进宣传队。

后来他上了渠县师范，据说参加了舞蹈队，还上街跳了舞，令人十分吃惊。一问才知道，因为是颜曼丽当文娱委员。曼丽是我妈妈的学生，从小能歌善舞，生性活泼大方。所以我得出一个结论——"戴宁上街跳舞，是爱情力量的伟大"。

我在学校教书，戴宁也在，住两隔壁，如果忽略墙壁，我们实在是床头抵床头。床头下方有一个鼠洞。所以曼丽什么时候去他那里，他们怎样用一个脚盆洗脚，戴宁怎样一边笑一边说"不要挠我的脚板心嘛"，我都听得一清二楚。

曼丽走了，我就和戴宁开玩笑。说到鼠洞，对了，我要讲一个黠鼠的插曲。

那个鼠洞，晚上有老鼠出入。尽管门窗关得很严，检查了又检查，还是有老鼠出入。直到有一次，我亲眼看到老鼠在墙上飞跑，才知道它是从门楣上方的缝隙进来，顺着线路下墙的。于是我和戴宁商量，一定消灭它。于是我们各自准备了一把扫帚，准备在老鼠进屋时，对它实施夹击。

夜里，听到作作索索的声音，立刻拉开电灯，喊起戴宁。老鼠刚上墙，我就一扫帚打去，打了个空，老鼠掉地，窜入戴宁屋里。戴宁追打一阵，它又窜了回来。反复数回，无可奈何。戴宁想出个主意，他用脚盆扣住鼠洞，让我追打。

于是老鼠钻过去时，就扣在盆中，一阵乱响后，复窜回来，我赶紧一打，扫帚慢了半拍。老鼠又钻进盆里，又是一阵乱响，又窜回来，扫帚又早了半拍。就这样，扫帚不是早半拍，就是慢半拍，弄得人哭笑不得。

接着，奇怪的事情发生了，当老鼠窜回时，突然不见了。什么是恐怖，不是走夜路，不是看到狰狞鬼脸，而是有一个东西明明在你面前，却莫名其妙地消失了。比如说有一根针，明明在桌子上的，回头看时，没有了，满地找不着，找遍所有的角落找不着，明明刚才就在桌上，又没有别人进来，就是找不着，遇到这种情况，你会发疯。

屋子只有十平方米，我用扫帚东敲一下，西敲一下，想把它震出来。但屋子静悄悄。我俯下身体把地面仔细看了一遍，没有。又把墙壁四面连角落都看了一遍，还是没有。屋里除了一张无抽屉的、看得通通透透的木桌，没有任何家具，老鼠怎么就不在了呢。

戴宁在那边说，你把床头床尾，桌子的几方都找一找。

我看到了。你想都想不到，在朝里的一个床脚背光的一面，那只老鼠倒栽着趴在中间一段，不管你敲打多大的声音，它就是一动不动。而那个地方，是不好实施打击的，我把扫帚像钢钎一样握起来，朝那面床脚往下一戳，用力虽猛，戳了个空，老鼠又不见了。屋里依前安静。这一回，我把四面床脚都看了，不知它哪儿去了。

于是我仰面倒在床上，浑身散架一样，没辙了。歇了一会儿，当我抬起身来，忽然看到平生从未看到过的一个情景，那只老鼠从桌子的那一边，探出半截身子，伸长脖子，立起两只耳朵，瞪大漆黑的两颗小眼珠——它在朝我眺望！看得我汗毛倒竖。有个成语叫"鼠目寸光"，意思是老鼠只能看眼前的东西，不可能朝远方眺望，更不可能有人的神情。然而在那个夜晚，我的知识被颠覆了。

我赶紧推开一面窗，拉了灯，蒙头而睡。让那只老鼠逃生去吧。

自那以后，老鼠没有再来。

四　郑述贵

郑书记是个快乐的人。

他名叫郑述贵，出身贫苦，新中国建立之前，他父亲是卖烘笼的，人称"郑烘笼"。

但不管当面还是背后，我们叫他郑书记。不像别的书记，如陈廷文、王良渊，背地里就直呼其名——仿佛不直呼其名，别人就不懂似的。

运动初起，金锣乡的造反派斗争他，揭发的人念了错字——"老实交代，你诬'茂'过造反派没有！"

郑述贵也不加更正，一本正经地交代："我真的没有'诬茂'过造反派呀。"

一句话就把革命群众逗乐了。

"解放"了，仍做书记，排名在陈书记之下，是第二把手。然而，金锣乡的人，还是认郑书记，不认陈书记。这意思是，郑书记的威信高过陈书记。他确实是公社干部中的灵魂人物，水平高。

知青下乡那一天，郑书记带着雷友国，亲自到渠县城来，接知青下乡。到了公社，院坝里整齐地摆满了长凳，知青们都坐下了，各大队来的贫下中农代表，站在四周。一阵掌声之后，郑书记开始讲话。

郑书记是个风趣的人，是个说人话的书记，也就是说，他不说套话。说着说着，动情起来，对在场的贫下中农代表说："我看这些知青，有的还很小，十六岁都不到哎，个子才那点高，弄到乡下来，好造孽哟。娘老子咋个放心嘛。你们要好好关心他们，把他们的生活安排好一些。活路吗，就跟妇女一起做。自留地里的菜，莴笋呀，萝卜呀，多送一点。"

郑书记很勤政，各大队的知青，都经常在路上看到他的身影。金锣产烟，男知青大都抽烟，一般情况只抽八分钱一包的经济烟，有时也抽五牛、红芙蓉，就算高档了，抽中华牌，就更高档了。郑书记走到各队，都要看看知青，知青给他散烟，他总是风趣地说：

"什么牌子的，我看看，今天表现怎样！"

郑书记待下很和善，但是个不会谄上的人。能力很强，却在公社书记的位置上干了多年。

那时候，毛主席经常批评党内有些干部"不读书，不看报"。郑书记不是这样的人，他热爱学习。对历史和地理都有浓厚的兴趣，有一次他到我们代课的小学来，看见墙上有一幅世界地图，就指着苏联那一块说："我知道嘛，亚洲欧洲的分界线在这里，乌拉尔山，乌拉尔河，里海黑海高加索——"，十分得意的样子。就像我上幼儿园的时候，脖子上挂个小黑板，手里拿着粉笔，对小朋友说："你知道'艾森豪威尔'这几个字，是怎么写的吗？"

1973年高校招生，要考试三门课程，一下难住了许多知青，特别是那些有臂膀子的人。"有臂膀子"，在当时是流行语，意思是有靠山。于是我认为自己的机会到了。当郑书记来串门的时候，我就不失时机地向他提出："希望公社推荐我去参加考试，我想上大学。"

郑书记说，今天你散这个烟的牌子很好，可以考虑。过了一会儿，他忽然把手背靠到我胸前，开玩笑道："摸看，你的心凉了没有。"

那年公社真的推荐了我，我也如愿以偿地上了大学。

五　雷友国

雷友国是退伍军人，时任公社青年干事，但他给人的第一印象更像文教干事。

我在华东家第一次见到他的时候，他衣着整洁，披了一件棉衣，上衣兜里别着钢笔。在当年，别着钢笔是有文化的表现。他表情庄重，喜欢皱眉头，不了解他的人，还以为是故作深沉。他对知青，尤其是我们几个高中生，一向是敬重的。

后来他到毗邻的李渡乡做文教干事，在那里，他和我的同窗好友彭兴国相处融洽。

那年，知道我被推荐考大学，他就决定助我一臂之力，要去找区委管文教的书记刘某某，为我说几句好话。

刘书记是刚从临巴区调过来的，还带了一个漂亮女知青过来。熊维原来认识这位女知青，现在路遇了，他说，她的神色很不自然。

一次，我回城去。在通往李渡的路上，远远来了一个行色匆匆的人，走近了，才认出是雷友国。他眉头蹙得比往常更紧，见面就说："刘书记这一关你必须要过。我找过他了，我才提起你的名字，他就说：'这个知青我知道，他爸是'三老会'的。'话不投机。刘书记这一关你必须要过。"

说起刘书记，他喜欢女知青，那是出了名的。记得马克思恩格斯收集的民歌中，有一首《弗朗西斯科神父》，前几段歌词，唱的各色人等去找神父，神父都推口忙，"不见！"最后一段歌词说，有个少女找神父，神父听说少女长得很漂亮，就说："见漂亮姑娘比吃蜂蜜还甜，快快请进来与我相见。"每次说到刘书记，我都会想起这一首德国民歌。

我曾问一位女朋友——普通的那一种，刘书记是不是有点坏。对方回答说，刘书记不坏，天啊，你不知道，另外有个家伙才坏，我就不说他的名字了。他在路上看你的眼神呀，就和狼一样，射人。

既然是这样，喜欢女知青也没有什么不好。要命的是，刘书记歧视所有的男知青，因为他总是要给男知青设置障碍。这种性别歧视，让人受不了。

路遇雷友国后，我就开始发愁。于是我找到桂芳，她是临巴知青，在学校时，算得上是校花之一。听说她和刘书记走得较近，称他刘叔叔，于是我就央求她对刘书记说，你就说你是我妈妈的学生，叫刘书记放我一马。

桂芳为人豪爽，一口就答应了。真是千恩万谢。

我高兴了一阵，忽然又想，刘书记磨不过桂芳的面子，口头上一定会答应的。但是否付诸行动，还是一个问题。欲加之罪，何患无辞。于是又高兴不起来了。

打听呀打听，打听到刘书记曾在公安局工作。我就想起一位表姐夫张哥哥当过渠县公安局长，就去找他帮这个忙。

张哥哥听了我的陈述，为难地说："弟弟呀，不是哥哥不愿帮这个忙，实在是因为刘在公安局时，我一点也没有照顾过他，说不准还得罪过，他那时是个不起眼的小角色。谁知道后来搞四清运动时，派他去跟地委李书记打杂，李书记临走时，竟然把他提起来了，如今做到区委书记，我去打招呼，怕会帮倒忙哟。"

我赶紧求他说："那么你千万不要对刘书记讲。"

一把钥匙开一把锁，我一定要找到这把钥匙。长话短说，最后很遇缘，在一个偶然的聚餐中，我姐夫的姐夫，曾在县民警队干过多年队长的萧哥哥，不紧不慢地说："哦，刘某某哦，他当初转业的时候，打了一段时间的烂账，是我给他解决了工作问题的。这个事情我去说一下。"好像是说小菜一碟。

当萧哥哥找到刘书记，请他帮忙时，刘书记回答很爽快："这个知青，表现很好嘛。"你看，是不是天方夜谭，芝麻就这样开门了。后来我就上了大学。

在我上大学后，听说刘书记倒台了。而扳倒他的不是别人，正是雷友国。

后来我问过雷友国，这是怎么回事。雷友国说，很简单，本来我们关系好好的。同村有一个干部，是个同宗，因为自己的过错丢了工职，却疑心是我告发的——其实哪有那回事呢。于是他成天寻思报复，就找到一个小妖精，说起来还是个堂妹，跑到刘书记屋里去坏我。刘书记那个耳朵，哪里听得妖精说话呢，从此以后，老是给我小鞋穿。有一次还把我叫到办公室，训话而且威胁。我一下毛了，就写了大字报，进城，贴到渠县县委门口，题目是："刘某某，你不要稳起。"下面罗列了他和一些女知青的苟且。这一来事情闹大了，县里就派调查组来调查。调查的结果，就是罢免他的官。

刘书记罢了官，雷友国也没好果子吃。因为县里管干部的干部，与刘书记私交好，对雷友国的犯上之举大不以为然。从此，凡是鲜渡区打来的报告，只要有雷友国的好事，这人都把雷友国的名字杠掉，把雷友国的路短死。

雷友国一气之下，干脆辞掉公职，下海去了。

如今他生活得有盐有味的。今年我还见过他。

六　伍二娃

伍二娃名遐龄，一作霞林。在家排行第二，人呼伍二娃。

伍二娃的父亲是渠县城里的名医，妈妈是川剧票友，开茶馆。伍二娃在茶馆里长大，那时渠县中学的一帮名师如雍国泰等，时常出入这个茶馆，高谈阔论。他从小在一边听，耳濡目染，收获颇多。吹拉弹唱，都懂一些。

由于家庭出身的缘故，他最早被惩罚下乡，到边远的义和，后来通过结婚，迁徙到了金锣。因为会弹三弦，伍二娃到知青宣传队当乐队伴奏。

那时，由于城乡差别太大，多数知青都不愿在乡下结婚，不想累及子孙。伍二娃想法不同，觉得反正出不了农村，不如找一个分配不错的生产队，不嫌弃自己的岳家，敬重自己的妻子，过一种安乐的生活。在宣传队里，他天上知道一半，地下全知道。十处打锣，九处有他，是一个活跃分子。全无自卑情绪，这一点是我最欣赏的。正是：人必自卑而后人卑之。人不自卑，其谁能卑之！

伍二娃嘴馋。新婚之后，有一次和别人谈到房事，他说"那不能当干饭吃"，成为一句名言。还有一次，我听他亲口说的，他去别人家做客，酒席超丰盛，都吃得打饱嗝了，还在上菜。他不得不去厕所，在指头帮助下，把前面吃的吐了，以便后面再吃。

有一次，伍二娃对我说，他觉得宣传队有个姓牟的农村女子，身段、模样是村姑中百里挑一的，和胥德珊很般配，他看见过德珊独自教她唱歌，应有一定的想法。他说，那女子的父亲最近到铁路上去了，她一个人在家，机不可失。宣传队又有个空档，不如成全他们一下，顺便捞一碗醪糟蛋吃。

我觉得好玩，就同意了。

然后，我们就约上德珊，说是到附近转转。于是，伍二娃引路，我们三人，越陌度阡，迤逦而行，来到牟家。

面对三个男知青突然登门，那女子脑子一片空白，脸上早已绯红。她还是很有礼貌，忙不迭地端了板凳，让客人坐定。自己跑到灶下生火，说要煮点开水。"开水"哪要煮嘛。在渠县农村，"煮开水"就是煮荷包蛋、煮醪糟蛋的意思。

德珊起初见了那女子，还没有反应过来。坐了也就坐了。当女子下灶，说要煮开水时，他似乎明白了什么，偌大一间屋子，一时如坐针毡，手脚没了搁处，便起身示意我们二人"快走"。然而，见伍二娃屁股生了根似的，我亦没事人一样，好像是在合谋算计他，于是自个儿夺门而去，生怕慢了一拍，被我们扣住似的。

我们追出门时，德珊已跑过几根田埂了。

我们二人也只好悻悻然离开了牟家。

走了很远，回头看时，牟家女子还在倚门张望。

她一定不明白，这三个人"何所闻而来，何所见而去"。

七　易清芳

说到易清芳，得把话扯远一点。

中国人有个陋习，就是歧视女性，牵连妈妈。诀人①必诀"他妈的"，就是鲁迅所说的"国骂"。这个国骂有个变格，就是"×你妈"。有些人用它做口头禅。曾见两人聊天，有个人每讲一段，就要说一次"×你妈"，频率不超过一分钟。听的人兴高采烈，一点都没有影响情绪。有一次坐公交车，我坐前排，有人横穿马路，把女司机吓了一跳，惊魂未定的她，竟朝着那人背影大骂："×你妈哟！"满车的人都听见了，觉得很自然。要是她诀别人的爸爸，就会成为一大笑话。

渠县人发展了这个陋习，妈妈的血亲跟着遭殃——呼不是舅舅的人为"舅舅"，喊不是外公的人为"外公"，都是诀人的话。外地人并不如此。《西游记》里的孙悟空，见了妖怪就自称"孙外公"，好像还占了妖怪的便宜，在渠县人看来，真是搞不懂。

清芳在宣传队时，就叫我"幺舅舅"。一则因为她妈妈姓周，二则因为她觉得这样还占便宜。我没奈何，只好由她。

她生性活泼，能说会唱，在宣传队扮演沙奶奶。同队的兴蓉，有点狐臭，清芳见别人嫌着她，唯独对她好，所以两个人就像城隍庙的鼓槌，形影不离的。

后来，我们都到公社小学代课，抬头不见低头见。

一日无事，我坐在书桌边画裸女玩。突然有人推门而入，吓我一跳。不及转身，就听见清芳声音，大声武气。

"幺舅舅，在做啥子?"

我立马把抽屉拉开一道缝，把纸顺进去，关上，但已经迟了，这个小动作被清芳和兴蓉看在眼里。就像稽查队见了转移赃

---

① 诀人：川话方言，意即骂人。

物似的，非查个水落石出不可。

我一时难乎为情，挡住抽屉不让看。她两个倒越发上脸，一人攥住一只胳膊，拔萝卜似的，使劲往后拖。一面喘着气，一面嘻嘻地笑。

我不得已放了手，说："你们自己要看的哟。"她们把抽屉拉开，水落石出，赃物查到，笑声反倒没了。两人面面相觑，一言不发，都红到了耳根，立刻向后转，轻脚轻手地走了。

此后，绝口不提此事。好像从来没有发生过这回事似的。

不久，家里给清芳介绍了一位男朋友，姓郭，现役军人。在那个年头，女子择婿特重出身成分，工人、军人，都是很好的选择。但对方文化不高，清芳似乎并不满意。我们称那军人为"郭老解"，简称郭老，并老拿这事寻开心。

郭老解到学校来探亲时，是清芳最不自在的时候，她总防着郭老似的。白天，在教室和办公室里忙上忙下，让郭老一个人在屋里发呆。晚上，郭老睡在她的房间，她到别人空出的房间去睡。完都完了，一点意思都没有。

冬天的夜晚，风雨交加。半夜醒来，看见屋顶的缝隙处电筒乱晃，听见过道里有人跳脚，很无助的声音。我问，谁呀。我呀——是郭老。

我赶紧开了门，点上灯，看见郭老赤身露体，着一条短裤，在巷道里跳。问他咋了，他说晚上起夜，到巷道口撒尿，大风一吹，嘡的一声，寝室门关上了，钥匙还在屋里。他去敲清芳的门，声音都喊失了，就是喊不答应。清芳弄死不开门。

我看他直哆嗦，赶紧请他进屋，发扬阶级友爱，让出半边床，让他对付了一夜。

不久，郭老回部队去了，从此没有再见到他。

同校代课的仁兄对我说，清芳心里恋着别人，我没看出迹象。

一天，学校所在的大队演坝坝电影，记不清放的是什么了，大概是老三战之类。就像一首顺口溜唱的："地道战，寡①好看，看了一遍还想看。"

电影放到中途，有人拍我的肩膀，回头一看，是仁兄。他神秘地说，快别看了，你跟我来。

我领会这个肢体语言，准有好事，不消问，起身就跟他走。他竟把我带回到学校。学校静悄悄的。仁兄悄悄说，一会儿有好看的。于是他把我领到操场的一个地方，正对着那一排平房的一扇窗户，是清芳的房间。屋里有灯光，可以看通透。屋外是漆黑的夜，屋里的人看不见我们的。

我看见床上躺着个人，是清芳，好像生病的样子，朝向巷道的房门掩着。我们站了一会儿，仁兄说"注意"，于是看见房门打开，有一个人从外面闪进来。仁兄又说"注意"。进来的人在床前的椅子上坐了，像是在问病，具体怎样问，一点也听不到。

我们站了很久。脚都站麻了。想起迅哥儿看社戏，"老旦终于出台了。老旦本来是我所最怕的东西，尤其是怕他坐下了唱。……那老旦当初还只是踱来踱去地唱，后来竟在中间的一把交椅上坐下了。……我忍耐地等着，许多工夫，只见那老旦将手一抬，我以为就要站起来了，不料他却又慢慢地放下在原地方，仍旧唱"。

_____

① 寡：川话方言，非常的意思。

可是，那个人连手一抬的动作都没有，连一点咿咿呀呀的声音都听不到。

田野上人声大作，是电影放完了。社员们鸳鸳鹭鹭地回家，学校的人马上就到了。

我和仁兄这才断定——"好看的"不会发生了。

我们当晚算是白站了。

八　朱景丽

渠县城不大，统共有多少美女，大家都看在眼里的。按年龄序数，赵宗丽、朱景丽、严美俗、刘白珍……一个一个都是眼睛会说话，眉毛会唱歌，人见人爱的。

赵宗丽高我几个年级，早嫁了刘秉全——刘白珍的哥哥，一对金童玉女，上街下街，路人都会目送。夏天的时候，双双到河对面沙滩上"洗澡"——其实是游泳，渠县人老土说不来游泳，就说"洗澡"——曾是渠河上最美丽的一道风景。

严美俗低我一个年级，和我对门识户，已被王建纬号了，因为建纬托我帮他递过情书。唯有朱景丽名花无主，根本不和男生玩。美俗恋上了王建纬那阵，据景丽的闺密透漏，她有一字褒贬曰傻。因为王父是被镇压了的。

景丽下金锣，住张家庵。那是何等地方，公社小学所在。张家庵本来就是一片田坝，净吃白米，相当富庶。田坝中央，居然有这样一个四合院的小学，原来是个庵子，环境之清幽，和普救寺也差不多，只合景丽那样的人住。据说这是华东帮了忙的，所以关于"属意"的流言，并非子虚乌有。但华东有华东的矜持，并没有表白，也就没有号上。既然没有号上，那么大家都可以想的。

一次，舅舅专程来找我，说金锣有个女知青，模样标致，对我评分很高，又和我一个宣传队。舅舅说，他和她爸爸是哥们，在一起议过，有心撮合此事。我一问，那个标致的女知青并不是景丽，就讲了些遁词，没有接他的招。

一次，熊维对我说，听雷一礼、张永中几个人摆，景丽说过一句话，就是，她要找一个有真才实学的人。于是他们认定，我比较有戏。这话就被我放在了心上，于是，托好友定中去问景丽，到底有没有这句话。

定中和我一样，也是受人之托，忠人之事的人，真个就问了。回答是令人失望的。"真才实学"这四个字倒是说过，但原话是："人还是要有真才实学的"，因为说了这句话，景丽被认为有"白专"思想，被团支部狠批了一阵子。还能犯第二次错误吗。

景丽在宣传队，除了台上，是不和男生说话的。

有一次，她找我说话：听说你抄了一本中外名歌，能看看吗。

为什么不呢，我想《白蛇传》不就从借伞开始的吗。

于是我就回生产队翻出那个抄本，也是书读多了，所以想多了，在抄本前面的白页上，批了一首《卜算子》：

古涧一枝梅，免被园林锁。

路远山深不怕寒，似共春相躲。

幽恨有谁知，托契都难可，

独自风流独自香，明月来寻我。

我想，要是她还抄本给我的时候，在上面批上"待月西厢下，迎风户半开"，不就成了吗。词都是现成的。

顺便说，当时我正在代熊维写情书，顺便还写了一组小诗题为《月下的花朵》，虽然熊维等朋友看过，但从没有出示景丽。所以直到现在我都深信，情诗是单相思的产物，《关雎》《汉广》《蒹葭》等概莫能外。日本俳句说："接吻的时候，是不会唱歌的。"

景丽还我抄本的情况是这样的，她通知我上门去取。我拿过抄本，翻了一翻，没有一句批语。她也没有再提借书的话。只是和我面对面正襟危坐，没话找话。我就知趣地走了。

不久，她设法脱离了农村，找了一个工人结婚，也算是求人得人了。

回想往事，还是觉得挺好的。

九　朱定中

老友朱定中，平生酷爱灯谜。

入院后通过夫人杨志碧拨通电话，告知其肿瘤为恶性已转移，希望见一面，我说近日走不脱，下旬可回渠县。过两天，又通过其婿拨通电话，我简单问了一下病况，其婿说：痛。睡不着觉。

前天陪春芝回重庆途中，收到雷一礼在朋友圈里发相关图片，预感不妙。便缩短在重庆的行程，回到渠县。在一礼兄陪同下进县医院住院部，四楼 10 床，家属不在，唯有一护工。只见定中全身乱颤，眼皮不眨，六神无主，我心想：糟了，没法交流了。一礼说，比昨天严重多了。

过几分钟，定中平静下来。遂出示请一礼事先在纸条上写好的一条灯谜："灵台无计逃神矢"，打一字，定中用手在手心上画了一"忠"字，猜中了。于是再出示一条"长风破浪会有时"，他摇摇头，然后我告诉他，还是"忠"字，他颔颐认同。最后我在记事本上写了"请放心"三字（意思是会照他的心愿，编一本《渠县灯谜》），他做了个合十的动作。我展示给他外孙的一幅字"天道酬勤"，他又合十，动作已做不到位了。

两日后朱定中去世，享年七十五，今生不可逢矣。

十　张泉勇

下午从微信群里，看到雷一礼发"张泉勇在去天堂的路上一路走好"，甚为惊讶。

泉勇是我在渠县北大街的街坊邻居好友，"文化大革命"开始的那几年，经常一道下河游泳，同时参加了"炮打司令部"活动，是快乐的玩伴。下乡时我和他原说好一起去大峡，但下乡的前一天晚上，华东说服我调换到金锣，就没有下到一处，他为此小有失落。后来顶父亲的班，他到武汉地质队工作。我考上研究生，去安徽芜湖读书。那些年不兴坐飞机，每次去学校都从重庆上轮船，在长江上行驶五六天，才能到达目的地。途经武汉时，曾专程拜访泉勇，虽然隔得老远，交通也不便，心理上却觉得靠得很近很近。那个时候的感觉就是，在这条漫长的道路上有一个朋友，这一辈子就不算孤单。后来到我成都工作，泉勇也辗转到了成都，工作单位在骡马市某职专，过从甚多。退休后泉勇别无爱好，当过好多年股民，成天在股市交易所看行情，这件事不利于健康。后来发现肠癌，转移到骨、肺。前两年来我家露台与朋友聚会，情绪是乐观的，置生死于度外的。最近一次华东邀聚，离他家近，我电话联系他，才知道他住院了。疫情放开后，他未能逃过一劫。有首歌这样唱道："朋友一生一起走，那些日子不再有。一句话，一辈子，一生情，一杯酒——"

更妹跟帖说：张泉勇是闺密张萍的表哥，她舅的儿子。兄妹俩从小寄养在婆婆家，三婆孙相依为命。"文革"期间，停课闹"革命"，大家都无所事事，我、志朝、代丽、六妹、刘世惠成天就跑到张萍家玩。张婆婆脾气很好，由着我们胡来，宽大的架子床就成了我们的舞台，每人可自由轮番地上去自编自演节目，不亦乐乎！张泉勇看到我们到来，就不声不响地离开家门，直到我们玩够了离开后他才会回家！1970年上山下乡，张泉勇和我都下到大峡公社，平时很难见面。1973年招生推荐在即，公社早就表态，我和改哥两兄妹下乡，这次一定把妹妹推荐出去。因此我跑几十里路到金锣公社，让啸天哥哥指导我复习功课。几天后我做了个梦，梦见一架飞机停在渠江中坝，我背着行李跑去登机，结果飞机起飞了，飞行员伸出头给我挥手说："没座位了，下次来。"我决定回城探结果，刚走到二中，就碰到了张泉勇，他耷拉着头告诉我：你知不知道，昨天我们两个都推荐掉了。他那无奈无助的表情让我至今难忘。张泉勇一生孤僻，腼腆，对人谦和，与世不争，由于病魔让他较早地离开了人世，只愿他一路走好，往生无苦。

下乡日记

1969年12月24日　星期三　阴

年底了，蒋华东约我几次，今天决定和他往林坝区走一遭。同时邀约了袁南桥。此行的目的，是为即将到来的下乡踏勘落脚点。

原来像天气一样阴沉的心情，很快被农村的风吹走了。我们来到一处竹树葱茏的地方，一个牛头从草棚里露出来。一个农妇搂着个小孩，坐在一串串萝卜干底下，旁若无人地奶着孩子。我转过头，看竹林边一个荷塘，便想起一段课文：

一阵大雨过了，那黑云边上镶着的白云渐渐散去，透出一派日光来，照耀得满湖通红。……湖里有十来枝荷花，苞子上清水滴滴，荷叶上水珠滚来滚去。王冕看了一回，心里想道：古人说"人在图画中"其实不错。

胡乱想着，来到林坝区。乡镇不算小，依山傍水，是个有办法的地方。依山有煤烧，还有竹木药材，而且一个火电站正在修建。傍水则交通方便，农田水利搞得好。这里又是火车将来经过的地方，越往后越有办法。

我们来到林坝街道。一个屠宰场外的小巷里，拥挤着许多农民，是来割肉的。案桌上堆放的肉多，有几个女子，孙二娘一般熟练地操刀割肉。街道上还有许多店铺，各营其业。有不少缝纫店，轧轧千声的。馆子里热气腾腾，跑堂的人吆喝着，腔调抑扬顿挫。

在镇上转悠一圈，碰到一个熟人，县委机关的廖恒。华东喊住他，拉起话来。旁边一位青年农民打量了华东一番，嚷道："哎哟，你是蒋委员嘛，我在城里听你讲过话，你要带头下乡了哇。你那天发言没有打稿子吧？这儿一下，那儿一下，还是渠中那个女娃儿口才好，膛都不打一个……县大老爷下乡，好得很。"

我们在廖恒的带领下，找到了华东此行要找的一个人，林坝区产生的县"革委"委员，身份是农民，我没有问他的名字。将人带到一家商店的楼上坐下，他们攀谈起来。那个农民委员诉了好一阵苦，我和南桥听得不明不白。大概意思是新成立的公社"革委会"派性未除，红联站一派受压，他们使劲推上去一位副主任，现在反过来压他。说着掏出一个红皮笔记本，一条一条说将起来。

华东打断他问道："你自己为什么不当这个副主任？你这个县'革委'委员是做什么的。"那人回答道，怕别人说他"抓权"。华东一听火了："你这是慕虚荣处实祸，现在说没用了。你要少和人家吵，多收集材料，要有理有利地写呈县'革委'，李参谋长还是要看的。要做工作，下面要有人，有人应和，上面也要有人，怎么会斗不过他们呢。你我这些委员，本来没啥了不起，有几个人一捧，就可以捧多高。关键是要挎得拢人。你不是说对方的一个人在向你靠拢吗？这种人要拉。"

"拉他捞毬！他是个啥东西。"

"哎，你看你。要拉，要拉，有一天他在你胯下了，再一屁股坐下去不迟。"

说得大家都笑了。

华东又说："本来想到你们这儿找个落脚的地方，哪晓得你们搞得这么不堪。"

归途中，华东对我和南桥说道："看来这里不是个地方。到处都不是地方！还是城东好。"

我和南桥都不了解情况，我心想："城东乡就那么好么？"

1970 年 1 月 2 日　星期五　阴

昨天晚上爸爸把我们几个子女召集到一起说话。

爸爸说，元旦回到家里，一上午都见不到你们几个的踪影，各找各的朋友玩儿去了。本来有话想在节日里对你们几个讲的，这也是惯例了。没想到一个也不在，心里空落落的。所以下午就一个一个地通知，晚上别再出门，大家坐一处谈谈，往后这种机会天知道还有没有呢。

自从"文化大革命"开始，爸爸被打成"走资派"，家长的威信就没有了。我对年夜一家人规规矩矩坐在火盆边听他讲大道理，也心生抵触。改弟有一次和老人家发生冲突，竟对面抢白："你先把自己的问题想清楚"，气得老人家一句话也说不出来。

爸爸说，一家人散了心是不行的，丢了筷子各走各的，这算什么呢，好歹是一家人嘛。当然我这几年走下坡路，人倒霉，喝水都能塞牙齿。过去我一直认为我的历史是清白的，没想到在不断革命中，过去的革命力量也可能成为下一轮的革命对象。你们要关心政治。你不过问政治舍，政治会来过问你，所以要多学毛主席著作。

然后就说到上山下乡。爸爸希望我们认识它的伟大意义，应该积极报名到乡下去。不要顶着，也不要附和别人的落后话。毛主席搞运动历来是抓典型，打击少数人，教育大多数。莫当少数人。作为父母，总是希望子女少走弯路。父母的问题会连累子女，反过来，儿女的错误，也会追究父母。谈到新中国建立后历次运动的教训，最重要的是四个字"谨慎言行"，要讲政治。乱说话是要付代价的。

这才是爸爸找我们谈话的目的。这是一次家庭上山下乡动员会。

1970 年 1 月 6 日　星期二　阴

彭兴国从广安返回渠县，准迁证都拿到了，他准备到代市的叔叔那里插队落户。要离开好朋友，都是怅怅恋恋的心情。他爸爸也对他作了动员，他也是听话的孩子呀。

上山下乡动员工作，在各居委会开展起来，居委干部、解放军代表、学校教师都行动起来，召集大会小会，宣传上山下乡的伟大意义，要待在家里的中学生自愿报名申请。

关于"自愿"有这样一个故事，1955 年搞初级社的时候，有个徐贫农，在土改时分得一块黄泥巴地，锅厂经常要买这块地的黄泥巴做铸造的模子，是他的经济来源，所以他对加入合作社这事很犹豫。于是问工作组，入社是真自愿还是假自愿，工作同志说："当然是真自愿。"他说："如果是真自愿，我就不入社。"后来为这事儿，被戴上"坏分子"帽子。

今天上午，我和弟弟周改、妹妹周更就"自愿"报名申请下乡了。没想到刚才报完名，就有消息说，今天下午就要贴出首批下乡青年的光荣榜，不用说我们榜上有名了。说难听点，要挨头刀了。居委会动员工作远未深入，甚至许多中学生还不知道报名申请这回事，工作人员也没有挨家挨户宣传，一切都才排头。而首批下乡的名单，居然就形成了。

熊维听说这事，满脸不高兴。他刚从乡下回城，本想和我抱团共同行动，没想到我擅自行动，闻讯就像一盆冷水当头淋下。他问哥哥熊陈的主意，哥哥不肯代他定夺，只说"人生很多情况都是押赌"。熊维受到暗示，就打算拖下去。元松下乡为他妹妹元柏下乡的事奔波，还未返回。袁南桥张泉勇听说我们报了名，而且一家报了三个名，都很惊讶，而且恐慌。他们原不准备自愿报名，又说尚不知道有此事。

我家妈妈呢，天天关心这个事儿，所以听到的全是这个报了名，那个也报了名，生怕报晚了吃亏。于是我们只好想下一步棋，就是下到哪里了。

1970 年 1 月 16 日　星期五　晴

为了插队落户的事，足足跑了五六天腿。

华东在我的要求下，找林坝区"革委会"文主任谈过，我没有直接接触，他们怎么谈的我不知道。只知道：1. 我们肯定分到林坝区；2. 然后肯定分到大峡公社，因为还有名额；3. 至于分到哪个大队，区上就不管了。华东说舒理全有办法，他和大峡公社的人熟。

11 号我骑自行车上卷硐门，和林丰见面谈了一夜，次日兜着晨风，骑车返回县城。13 号因张治安哥哥的建议，和张泉勇去大峡煤矿找到张老伯，一同去拜访工农大队支书刘毅，因为这个大队尚无一人挂钩联系，刘毅欣然表示欢迎，由于当天遇到渠中同学罗遴逵，气氛似乎更加融洽。14 日返回县城。15 日为稳妥起见，妈妈又催促我们再去一次大峡，这次刘毅的口气大有改变，说公社有可能统一分派。

今天步行回家，又听到一些流言蜚语，说什么分到大峡的知青 30 名中，将有 25 名被分派到条件最差的保卫大队。华东来舍下，劝我不如改下鲜渡区的金锣乡。余兴礼、袁南桥、张泉勇、张永中轮番来舍下，讲得昏天黑地。我心烦意乱，干脆出门，免得再有人找。

走在渠城街上，想到 18 号就要启程下乡，还不知道我的乡下在哪里。于是乎悲伤起来，《王风·黍离》的诗句浮上心头："行迈靡靡，中心摇摇。知我者谓我心忧，不知我者谓我何求。悠悠苍天！此何人哉？"

1970 年 1 月 17 日　星期六　夜

杨林丰从卷硐进城，例住我家。吞下早饭，就和他进城去找华东。

华东听我说了这几日的囧境，决然叫我调换到鲜渡区金锣乡，现在叫立新公社。适逢李白尔领着公社干部雷友国到华东家来，华东（时为县"革委"委员）便当面要他增加一个接收名额，雷友国对面难推。华东就拿着我的迁移手续，到城关镇上山下乡办公室去完善手续。

当时我从别的渠道听说，这种事情很难办时，我感到心灰意冷。没想到 30 分钟后，华东就顺利地把这事办妥了，余光普（书记）居然没有打他的麻烦。

现在的问题是周改、周更的安置了。华东再三委托舒理全，通过他与公社的关系，将改、更安排到海拔低一点的大队。同时想出一个主意，就是推荐他们进公社"革委会"宣传队，以便得到一些额外的照顾。

今天也忙坏了妈妈，购买行头，料理行装，都是她的事。现在夜已深了，她还在为我们打点明天的行李。"临行密密缝，意恐迟迟归。"颜姨、田伯娘、余昌菊姐姐、张治安哥哥，都很关心我们下乡的事，各送来一些礼品。

1970 年 1 月 22 日　星期四　雨

从上车离别渠城那天算起，这是第五天了。虽然只有五天，已经是天遥地远的感觉。

这里是鲜渡区金锣公社四大队，老地名叫徐家坝。刚来的那天，听区里的张文书对我们数了一数渠县的七八个"幸福坝"，徐家坝即在其中。这坝子又大又平，离鲜渡只有四华里路，距县城则有三四十华里。这地方出产甘蔗、花生、烟，粮食分配中等水平，饿不死人。这里土质松软，活路好做，农民自夸"饿着肚子可以挖三天"，"插根扁担就会生根发芽"。一年到头，闲暇的日子不少，农民说是"吃得孬，要得好"。这对我是正中下怀。不好的是生柴做饭烟灰太多。要是人不吃饭，在这里就能过上神仙般的日子。

徐家坝的上游是三大队七生产队，下游是四大队三队到七队，坝处中段，人称保肋肉。因为地势低，1952年、1965年两河大水，把坝子淹了，而农民不以为患。因为涨一次大水，下一季庄稼就长得特别的好。所以过几年，社员就希望再淹一次。

18号我们到公社的时候，各队派来的干部，就像等待着选牲口一样，候在公社的院坝里了。郑述贵书记讲了一番话，他套话不多，然后就讲人话，他指着杨建对八大队的社员说，你看这些娃娃好小嘛，下乡做活路好造孽，妈老汉儿咋放心嘛。你们社员要关心照顾他们一些，自留地的蔬菜经常给他们送一点嘛。因为李白尔有个渠中同学郭修云（雷友国的内弟）在四大队四队，临时说好，让我也到四大队，安排在六队，腾房子需要时间，我只得暂住四队郭家。四队和六队中间隔着五队，五队分了两个知青，一男一女，男的是我小学时的同学戴宁，女的是渠二中的女生党承珍，党裁缝的宝贝女儿。

20号知青们又被通知到公社开会，互相交流信息，看来40多名知青安排得还不错。这两天认识了不少社队干部，将来少不得和他们打交道。会到渠中同班同学张永中，他分在三大队七队，地处徐家坝最上游。他好像已经习惯了这里的一切。我现在的感觉则是变了泥鳅儿，还不习惯黄泥巴糊眼睛。

听说六队为我安排的住处，是队里没收的一所富农的房产，临住进了一家人，等旧历十五（也就是今天）才搬新居，不知此时搬也未搬。我打算雨小一点了，就去看看，毕竟老住郭家不是个办法。

1970 年 1 月 24 日　星期六　雨

我已经另立门户了。

我永远不会忘记，开始独立生活时，自己动手做的这两顿饭。灶刚打好，就开始生火，队里派人送了柴来，却是被雨水打湿过的。天色已晚，我将剩下的半支蜡烛点上，开始生火，由于柴不干，火总烧不旺，又没有扇子，只得用嘴吹，吹出来的浓烟把人熏得倒退两步，泪水长流。又没有柴刀，只得用手析柴，重新生火。三番四次后，便心灰意冷，想着把早上剩下的萝卜汤热来充饥算了。这时灯突然灭了，弄得人哭笑不得，在黑暗中摸索着找到另一截蜡烛，不知擦了多少根火柴才点好灯。我弄得筋疲力尽，好在四邻都已睡去，没有人看见我狼狈的样子。我把一半碗萝卜倒进鼎锅里烧热，这才发现，我没有饭瓢，用什么舀呢，最后只好端起鼎锅往碗里倒，结果糊了满手的黑灰。手脏了却没有热水洗，就用冷水吧。没有桌子，碗不知道往何处搁，洗锅没有刷把，也没有抹布。管它呢，此之谓万事开头难。

次日，屋子还未收拾停当，来客了。22 日下午，熊维和改弟冒着雨，溜着泥巴，看我来了。鲁滨孙在荒岛在见到"星期五"，就是这么高兴。改弟说，他和更妹分到大峡公社前锋大队的某队，队长待他们还好。熊维头发和毛领沾湿，他带来华东一封信，他已下决心落户到这里来，25 号就会下乡。华东愿帮这个忙。这就完全解除了我这几天"花间一壶酒，独酌无相亲"的心理问题。

23 日上午，借公社贫协副主席刘叶纯的灶弄了一顿早饭，改弟掌厨。熊维昨晚住在张永中那里，于是也一并过来。前些天从公社割回的一斤半肉，因为农村柴灶总是熄火，肉没有炖粑，只好将就着吃了。

熊维、改弟走后。一个人坐在空落落的屋子里，靠里边墙壁是一张破床，草席下七拱八翘地铺垫着稻草。床头是一个装粮食的扁桶，里面有一包米，一包盐，几只碗。右首是昨天生产队派人来帮助打好的灶，由于买不到石灰，灶面都是泥巴糊的，才烧两顿饭已经开裂。左首墙壁下有几个大萝卜，是队长从社员那里要来的。屋角有一口水缸，一个尿桶。

五队的戴宁还没有分到房子，住在社员家里，甚是无聊，不知从哪儿找来一副棋子，对弈了几局。有一个戴撮撮帽，年纪约莫40上下的阎姓男子，面容和善，站在旁边观棋，时而搭一句白。他走后，旁人说他是个"分子"（历史反革命），不要和他搭白。

四队五队之间，路之难走，回来时一步一步地扭秧歌。雨虽然住了，天色仍未开朗。回到屋里，一个人显得很瓜。刘叶纯虽常来问问，也就是那几句话。对门有个叫张元的小伙子，倒是十分殷勤，昨夜就要求过来陪我睡觉，被我一口拒绝了。

邻居姓阎，阎是四大队的大姓。这家两个女儿，都生得俊。大姑娘已经出嫁，这两天正走娘家，晚上抱着两岁的侄儿过来，对着油灯问这问那，一种自来熟的样子，很有好感。据张元说，她和队里一个徐姓男子一同赶场，曾钻过苞谷地，名声有点问题。她妹妹十四五岁，喜欢倚在门边对人笑，很少说话。

1970 年 1 月 27 日　星期二　阴

我成了六队社员关注的中心。

他们轮番站到我的门口来，和我搭话。在小路上迎面走来时，和我打招呼。我外出没有按时回屋，他们会相互打听。

院子里小孩不少，加起来有四五个，有一个绰号"讨口儿"是副队长的儿子，特别顽皮。我住这间保管室，是双合门，两扇门拉拢锁上，只要一推，高门槛后就会隙出一个大洞，"讨口儿"们就会从这里钻进钻出。

屋子里虽然没有什么东西好拿，但接着我会搬些书来，那就不放心了。有了"颜如玉"，还会放心吗。

1970 年 2 月 1 日　星期日　晴

熊维插户到这里来了，安排在相邻的七队。只隔几根田坎，我们就住在一起。

1 月 28 日那天，天下着雨，渠县第二批上山下乡知青一百来号人，各奔前程，殊途同归。据说场面比 1 月 18 日那天冷清多了。因为华东的运作，熊维一个人下到了金锣乡，但有一大群陪送，华东、熊陈、汪喳闹、王征明、放弟、七弟，连同熊维，共是七人。王征明是李树平家寄养出去的哥哥，最近才回渠县。放弟也是最近回渠县，李白尔最近告诉过我这个消息。因为下乡对我们来说是件大事，所以他们都来看看。

当天我们一起去了鲜渡街上，在鲜渡河边合了一张影，午饭是在街上吃的。陪送的人除王征明而外，其余的都随华东返回县城。王征明直到熊维安置妥当，我们三个人才一同返城，这已经是 31 日的事了。

今天姐姐和江哥回渠县，准备过春节。全家六七年来第一次大团聚，甚是可喜。

1970 年 2 月 17 日　星期二　阴

从乡下回城，十八天过去了，江哥、练姐、放弟几天后就会离开，我就回乡下，一家人就散伙了。好像一场春梦。

王建纬来舍下，其时王征明、熊维正在我家谈天，我在用666 药粉熬成的糨糊裱褙一个纸箱子，准备用来装书下乡。建纬脸色不大好看，心事重重的样子。

等到征明、熊维走了，建纬才宣告："我和严美俗结婚了。"

我问啥时候。他说："2 月 10 日。"

然后就失语。过了很久，他又说：

"我感到一种胜利后的空虚。成功得太容易了。我好像突然登到了山顶，一下子看到山脚下了。"

他说新婚之夜，还悄悄痛哭了一场。"悄悄"，我感到奇怪，难道背着美俗的？建纬又说："我想，你是不会落到这个境地的，我这人太软弱了，感情太纤细，你也许会理解我的心情，但你永远不会落到我这样境地——你比我坚强。"

我突然被"坚强"，心中不是滋味，一时找不到话来安慰他。

晚上朱定中请上他家吃饭，建纬临走要我把这事对定中转达。

月光满地。定中听说建纬结婚，心情不好，说出一句泰戈尔诗："鸟儿愿为一朵云，云儿愿为一只鸟。"熊维听后，很不痛快。直说："啥喜事。悲剧。"彭兴国听了，则是一副忧心忡忡的样子。正是：静默十分钟，各自想爱经。

1970 年 2 月 20 日　星期五　阴

回到乡下去。临行分别告辞袁子琳老师、朱定中、蒋华东，同时送去前几天拍摄的照片。

建纬在前一天送来《安娜·卡列尼娜》下册，同时交给我一封信，让我去鲜渡街上找他的一位朋友，叫作阎家焕，职业中医，渠中毕业，高中学历，家里藏书多，有几挑箱《四部备要》影印本。可以交个朋友，赶场天可以到他那里坐。

我和熊维冒雨冲风上了徐家坝，先到张永中处小坐，吃了晚饭，乘着十四的月光回到六队。狗一叫，惊醒了副队长娘子。第二天早上，全队的人都知道我回来了。

1970 年 2 月 22 日　星期日　晴

昨天赶鲜渡场，第一件事是买供应米，第二件事是找阎家焕。米买了，人没找着，却找到阎母，说阎家焕上凉滩去了，建纬的信就留在伯母手里了。

夜里和熊维同睡，话自然就多。也讲了一些要我保密的事情。其一曰：某女追求熊维的某哥们儿，这哥们儿不答应，理由是某女曾和他的同窗好友好过，某女与这哥们儿通信，彼此交换照片，某女在信中否认她和这哥们儿的同窗好友好过。这是第一件。

第二件事，还是这哥们儿，看中了和熊维同姓的某女郎。他向熊维求助，请从中撮合。撮合之间，某女郎直接向熊维表示好感。熊维被夹在了一对男女当中，不好做人。

熊维又讲到巴中姑娘郝玉玲，我问他关系发展到何等程度，他说："我是有意的，她是无意的。"我不信，于是他从衣袋里掏出一封信来，在被窝里打着电筒让我看。看累了，彼此静静躺好，各想各的心事。

1970 年 3 月 1 日　星期日　阴

徐家坝岩上有一观音庵。而今是四大队小学，同时又是四大队办公地点。

上周区委刘德远、庞佑仁书记到这里主持过抓大批判的会。四大队五个知青李白尔、戴宁、党承珍、熊维和我，被通知到这里来，加入到大队宣传队的排练，兼办大批判专栏，暂时脱离生产劳动。

宣传队有一个回乡知青自编的牢记血泪仇的剧本（根据新中国成立前当地农民因为六个鸡蛋而丧失一份田产的事改编），从内容到形式都很稚弱，有待打磨。这就轮到李白尔夸夸其谈，他对庞佑仁书记说："剧本剧本，一剧之本。你不能光强调农民苦难的一面，而忽略其反抗性，那就不符合毛主席'哪里有压迫，哪里就有反抗'的教导了。"庞书记立刻对他刮目相看，请他担任艺术指导。

李白尔又就大批判专栏发了一通议论，如应该先搞什么，后搞什么，第一期内容主题应该是什么，第二期主题又应该是什么。这几年在城里参与派性斗争，虽然他很少写稿，既不抄，也不画，但对办批判专栏这个事，知道得还是挺多，讲起来头头是道。大大提升了知青在庞书记眼中的地位。

庞书记一走，我们相对哈哈大笑。李白尔道："格老子，我比蒋华东，又是小巫见大巫了。他那嘴巴才是操转了的。那天你没回城，你们家招待郑书记，他作陪，他那嘴巴才利索，比主人还主人。等他下乡来了，你我不做活路都要得工分。"

1970 年 3 月 6 日　星期五　晴

连日下雨，天天去观音庵，光是走路这一条就愁煞人了。今天天气晴了，上午赶鲜渡场，道谢阎家焕，上回吃他的药，咽炎好了。下午去观音庵。中午有点空隙时间，在自留地的边角点下豇豆和四季豆，我哪有这个能干，是刘叶纯等帮着做的。

大批判专栏基本完事，只差两条标语，放到明天再做。在乡下，工派给你，怎么做是没有人管的。又不比得城里，缺什么东西开口就有的。

大批判专栏的内容总结起来有三条：1. 东拉西扯；2. 借题发挥；3. 天下文章一大抄。李白尔肚子里有一本批判专栏百科全书，他说我抄，合作之妙有如狼狈（狼用前腿，狈用后腿）。我很高兴有这个搭档，各尽所能。

四大队是"清队"试点单位，大批判专栏是工作的第一步。批判对象及题目，早有下达，无非是"三四三"，即"三自一包""四大自由""三和一少"。这些名目几乎人人知道，但到底是哪"三自"、哪"四大"、哪"三和"、哪"一少"，却人人说不具体。包括庞佑仁书记。一次生产队小组会上，有人就当着庞书记提这个问题，庞书记转过头来问我，我不知问谁，最后不了了之。

好在大批判专栏办出来，是没有人会从头读到尾的。李白尔说，只要大方向正确，文字慷慨激昂，不需要那样烦琐。戴宁对我说，你画的漫画才是专栏的王牌，哪个社员不是只看漫画嘛，所以字莫写多了，空白处全画漫画。

熊维收到郝玉玲的近信，事情有进展。信长达三页，我从头到尾读了，"像喜亦喜，像忧亦忧。"概括起来两条：1. 此生不嫁别人。2. 不出农村不嫁人。这两条有点矛盾。没希望好像有希望，有希望又好像没希望。但事情总是在进展。

1970 年 3 月 11 日　星期三　雨

"清队"进行到第二部曲，召开大批判会。

8 号写了三篇发言稿。一篇是替民兵队长徐明元写的，这是李白尔嫁"活"于人，推到我头上的。另一篇是为四大队知青代表写的，因为大家都推荐党承珍发言，但她不会写稿，大家又推定我写，谁叫她长那么乖呢。第三篇是替生产队政治指导员改稿，等于推倒重来，所以就写了三篇。反正活路出到手上，会者不难。

熊维这两天遇到高人，今天才对我说。原来徐家坝有一个武林高手，在岩上住的一位老者名叫王大，其弟王二与兄齐名，名声在外几十年，新中国成立以后隐姓埋名。据说熟语"除了王大，还有王二"，出处就在这两兄弟。熊维想要拜师学艺，当然不是直接跟着王大，而是找到了王大的孙子，一个年纪与熊维相同的青年，名叫王尊骐。据说已得祖父真传，熊维和他处得热烙，打算就跟他学，也可以算是嫡传。

大队宣传队这两次的演出，因为化妆，大放异彩，这是我的杰作。原来的演出化妆，不抹粉底，一个个在焦黄的脸上搽点胭脂，煤气灯下，难看死了。而我知道戏剧的化妆，必须先抹粉底，毛主席教导我们说："一张白纸没有负担，好画最新最美的图画。"就是这个道理。所以演员一登舞台，宛若天人。

在张元看来，帮女演员抹粉底，等于随便摸人脸包儿，羡慕得不得了，悄悄对我说："你高兴怎么摸就怎么摸，还不犯错误！"

我不禁哈哈大笑道："你也来试试。"

他说："我不会。"

他告诉我，家里给他说了门亲，刚上照相馆照过订婚照。我便指着他说："你摸过她脸包儿。"他矢口否认，至于脸红筋胀。

1970年3月12日星期四　阴，间隔有雨

熊维东跑西跑，还没着屋。

胡道述约我一同去宝塔公社，为了他订制的一口箱子的事，去找那个木匠，让我陪着他去。正是冻桐子花的时候，有几处李子花已经开繁，很好的风景。一路上有点毛毛雨，风刮得很猛，衣服现湿现干。

胡是鲜渡区的一位青年干事，因为"清队"派到四大队做联络工作。而我们先前就已经认识，最早是在永中家里。他们什么时候认识的，我就不得而知，或者说不甚关心了。我发现他在永中家，完全像在自己家。对人知疼着热，只是有些女态。他能洗衣，能做饭，最要个人赶的，是他擅长女红。永中和他哥哥发生了一次激烈的纠纷。胡又帮永中收拾房屋，另起炉灶，干泥水工的活。他最自恋的一句话是：

"你看，我这个样子如果下乡落户，不会饿饭吧。"

他特别关心永中的婚恋之事。我知道两次，他都打了破锣，理由是对方的"成分"高了。为此，熊维对他十分反感。后来他到生产队来，要熊维和我的衣服洗，熊维立刻脱衣服给他，我正

在犹豫，熊维叫我脱，我就脱了。于是老胡卷起袖子，一阵搓，打上肥皂，一阵洗，一阵透，最后抖伸，晾了。这一来，把熊维的反感，消去不少。

同我们混得熟了，老胡谈到他在清溪有个家，也有老婆也有女儿。忽然他十分感伤地说，要是将来被下放回清溪，他要不时到徐家坝来走动，帮我们做点力所能及之事。我不明白，像他这样的好人，可能犯什么错误。老胡三十出头，中等个子，面白无须，手劲比永中大。

1970 年 3 月 15 日　星期日　晴

13 日夜和熊维聊天大半夜。话由是保管员徐明发在说他和党承珍的小话。从党承珍聊到郝玉玲，从郝玉玲聊到某女郎，尽是桃花人面的故事。

我没有少年熊维之条件，也没有少年维特之烦恼。当局者迷，旁观者清。熊维说到某处困惑的时候，我就给他点评——完全是纸上谈兵，并无实战经验。他说，在得到郝玉玲爱的承诺（此生不嫁别人）时候，同时感到了对不起某女郎。我的点评是他没有什么错。

我背诵了海涅的一首绕口令般的诗，冯至所译："一个青年爱上一个姑娘，那姑娘爱上另一个人，另一个人爱上另一个姑娘，而且和她结了婚。"诗的结尾说："这是一个古老的故事，可是它永远新鲜，谁要是遇上这样的事，他的心儿就分成两半。"

又聊到海涅的另一首诗，很不叫话的一首诗，钱春绮所译："两人都是十分可爱，我到底选谁做情侣，母亲依旧是一位美人，女儿是一位漂亮的少女"，"我的心像一匹灰色马，对着两捆干草，正在犹疑不决，不知哪一捆是更好的饲料"。海涅如果生在中国，将有一顶"坏分子"帽子戴。

熊维提出一个至浅至深的问题：为什么爱情只能一对一，造成人间那么多痛苦。

我说，道理我不知道，结果我知道：如果你不专心爱一个女人，不小心让这女人察觉到了，哪怕她会很痛苦，她也将骄傲地拒绝你。

明天，熊维要和戴宁的弟弟戴小毛一道去星火公社，目的是要见某女郎，她插队落户在那里。至于将说什么，他没有告诉我。

1970 年 3 月 20 日　星期五　阴

19 日回城购买演出舞台效果需要的爆竹，同时取回李白尔委托邓天柱老师修改的剧本。听说第三批上山下乡，镇委没有那么客气了，"革命不是请客吃饭"，这次采取强硬措施，通知直接发到各户，一个上午撵走了三百多人。

城里正在上演《列宁在 1918》。与放映《列宁在十月》，观众一场又一场专看四只小天鹅不一样，我一连看了三场，着迷于列宁在在米黑尔索那工厂的那一段演讲：

苏维埃俄国被敌人包围了。反革命的暴动像火焰一样，从这一端烧到那一端。……他们要攻击我们的苏维埃俄国。我们在流血，我们的伤口在流着鲜血。我们正处在最困难的环境中。我们在挨饿。煤和煤油的来源被截断了……我接到一张纸条子，你们大家听我来念一念："你们的政权反正是不能维持的，你们的皮将要剥下来做鼓面。"（人声鼎沸）安静一点儿，安静一点儿，同志们。我看出这些字不是工人的手所写的。恐怕写这张纸条子的人，我看他未必有胆量敢跑出来站在这儿。（人声：让他站出来试试看。）对的，同志们，我猜他是不敢站出来试一试的……让资产阶级去发疯吧，让那些无价值的灵魂去哭泣吧。工人同志们，我们的回答就是这样的，加上三倍的警惕和小心，还有忍耐。大家应该守住自己的岗位。同志们你们必须记住，我们只有一条出路，那就是胜利。还有另外一条路——死亡，死亡不属于工人阶级！

看过这两部电影，更加崇拜列宁。列宁同志的演讲是如此深入人心。近来的大会小会，人们已学到了他的腔调：

"同志们安静一点，同志们——"

1970年4月2日　星期四　晴

生产队根据上头的布置，组织社员开会学习讨论中共中央中发（69）88号文件。

队长先念文件，然后叫社员发言。社员发不起言，队长只得再读，读一条，问一句："是不是这样的?"社员众口一声地回答道："是!"

队长觉得没趣，很无奈地说："又不是叫你们逐条通过。"下午的会不开了。

于是趁着阳光明媚，我和熊维邀上王尊骐一道过河踏青。我们登上对岸的宝塔山，软人的天气和陡峭的山坡弄得我们气喘吁吁。于是坐在宝塔阴影下，把徐家坝好好地看了一遍。从三大队七队张永中的茅屋，看到熊维所住的四大队七队，直至坝尾的八队。

坝上的麦田，恰如划出表格的大张碧绿笺纸。我们努力分辩各队的田地。看清楚五队叫"滑铁嘴"的那块沙地，如何地蚕食掉我们六队的沙地。又看清楚八队的中坝怎样地大得惊人，难怪他们叶子烟的收成比我们的要好。

天色渐晚，熊维建议就地"跳一次丰收舞"，这个意思是说，到较近的地里掐一点豌豆尖回去，像迅哥儿那样，不需要问是谁家的。

晚上熊维借来两斤面，同到戴宁家煮豌豆尖下面，吃得很是爽快。

1970 年 4 月 6 日　星期一　晴

我 4 号回城的。打算买一口箱子，装书下乡看。

熊维需要端正态度，我更需要学习，必须找一本"爱经"来读。这本爱经就是朱定中借我的泰戈尔《园丁集》。书是他幺爸买的，扉页上从左到右呈 45 度倾斜写着"于渠城 60.9.1."，铃着一个图章"朱正恩印"。

这本书的译者是吴岩。泰戈尔的献词写着："献给 W．B．叶芝"。这本书有助于我们端正爱的态度。全书 85 首诗，是编了号的。最重要的是一头一尾，中间就是第 59 首，一共三首。

开头的一首写的是一个臣仆和皇后的对话，我揣摸作者的意思是，爱是对所爱的一种奉献，臣服，或心甘情愿地被占有。

最后一首是写给一百年以后的读者的，性别都模糊了，我揣摸他的意思是，博爱是可以穿越世纪，从这一百年到下一百年的。

第 59 首说："女人啊，你不仅是上帝的杰作，也是男人（men）的杰作。"意思很清楚。冰心有一个译本，译成："女人啊，你不仅是上帝的杰作，也是人（men）的杰作。"在这里，men 只能翻成"男人"，翻成"人"就莫名其妙了。

第 59 首最后一句画龙点睛："你一半是女人一半是梦。"

我发誓把《园丁集》通本抄一遍。

1970 年 4 月 7 日　星期二　晴

这次回城和建纬见面，剧团的"清队"工作即将开展，他预感有挨整的可能，打算申请下乡，而且就下鲜渡河，然后把美俗从林坝迁过来。

川交七处即将遣散，定中在家守着大叠发票、单据，和熊琳一起斗票据充账。过去大家用钱，现在他们必须厘清这笔账。据说刘兆龙还有 20 多元钱的账未斗足，定中正在帮他设法。七处一遣散，定中或者下乡，或者打工养家糊口，后者的可能性更大。

我打算明天一早赶船回鲜渡。晚上提着包裹下正街找熊维，遇见华东和余兴礼。余兴礼因抗拒下乡，和城关镇干部扯了几天皮。因为出身贫苦，母亲是居委会主任，城关镇硬来不得。竟由县"革委"出面，为他和老红军子女刘连拴、袁朝统共三家，办一个学习班，学习毛主席语录，尚未学成正果。

华东的牢骚话也多了起来："有什么抱负可谈，我看都算毬了。下乡不要多少时间，兴趣就会转移到人家的小菜务得好，鸡蛋下得多。男生想讨婆娘，女生想找靠得住的丈夫。人家有了小家庭，自己就会着慌。男生择偶标准嘛，不外希望对方标致一点。女生又不同，工人，当兵的是首选。"

1970 年 4 月 11 日　星期六　风

这两天挖林坝里的荒地，不比得坝上的沙地，把我的新锄头都挖缺了。

歇下来就伏在长凳上抄《园丁集》，已经抄了大半本，抄得兴致勃勃。

今日赶场去了鲜渡，见到了阎家焕，讲了建纬的近况，作了一次长谈。知道他在渠中念高中时，也爱文史哲，有许多梦想，甚得冯秋校长赏识。只是运动一个接一个，没有机会深造，身体又出了问题，于是理想破灭。回到鲜渡街上，娶妻杨绍容，鹅蛋脸儿，身段窈窕，可是鲜渡街上的美人儿。然后开业行医，家里养几桶蜂子，小日子过得丰裕。建纬说他有许多藏书，但这次没有说到这个话题上来。

1970 年 4 月 22 日　星期三　晴

21 号下午四大队宣传队赴鲜渡为正在那里开会的军宣队演出，到夜深才渡河往徐家坝走。这时突然天降大雨。时值旧历十六，由于哑月亮的缘故，地上明晃晃的，好走夜路。

一部分男人不怕滑，由民兵队长徐明元领着，从坝高头抄近路走了。剩下王尊慧姐妹、雷友三、党承珍姐弟怕滑，加上我和熊维，仍沿着平坦松软的沙滩往徐家坝的下游走。

人说"男女搭配，干活不累"。没想到赶路也是如此。走在我前头的雷友三，不时滑到一边的麦地里，我因为穿着筒靴走得较稳，不时用手提她的背篼。虽然一路歪歪扭扭，如跳秧歌，却也说说笑笑，加上胡思乱想，甚是开怀。

王尊慧姐妹的路最远，为安全起见，我们劝她俩在雷友三家住了，不然就到我们队住，免得熊维送她们回家，来回须走更多的路。最后她们在雷家住了。

我和熊维回到家中，浑身湿透，换了衣服，倒头便睡。

1970 年 5 月 11 日　星期一　雨

夜里屋外刮着猛烈的风，夹着雨点呼呼地吼。昏睡中惊醒，幻觉中出现一个万丈空谷，所有的水都灌注其中，砰崖转石万壑雷。时不时一道电光划破黑暗，接着是雷声轰轰，一阵凉意穿透身体，不禁瑟瑟发抖，只得抓起被子蒙住头，等待险情消除。

这两天心情极不痛快，极其郁闷。想起郭沫若早年写的一首诗："黑暗的夜，夜！我真正爱你，我再也不想离开你。我恨的是那些外来的光明：他在这无差别的世界中，硬要生出一些差别起。"

起因是这次基干民兵团调工参加湘渝铁路建设，公社点名把党承珍从这里弄走，对我们来说是极不愉快之事（虽然对党承珍来说却是一步登天）。这是"硬要生出一些差别起"。

接着，在鲜渡遇到永中，穿了一身绿军装，喜气洋洋，原来他也被核准修铁路。又接着，还有个王尊骐，家庭出身上中农，本来不容易批准，据说是徐明元为他两肋插刀，而徐明元本人先已占去一个名额。

王尊骐一走，熊维练功的事准泡汤。真是：屋漏更遭连夜雨，行船更遇打头风。

我和熊维还得打起精神，打上二两白酒，脸上堆笑，为他们表示祝贺。席间徐明元对王尊骐细说运作经过，津津乐道。为宽我们的心，王尊骐则不失时机地建议，是否可以增加个把知青名额？其实心知肚明：徐明元没有这样的本事。

　　一桌人中，熊维是郁郁寡欢，我则是强颜欢笑。好不容易等到客人兴尽而返，我和熊维就相互安慰（他爸爸妈妈都是小学教师，但他家庭成分填的是地主。我爸爸明明是地下党员，政治历史问题却没有结论），如鱼相处于陆，相濡以沫，相嘘以湿。

　　这是《庄子》里的话，后面还有一句："不如相忘于江海"。

1970 年 5 月 13 日　星期三　雨

　　薅秧这活儿，还是头一回干。带一根拐棍，是拄路用的。薅秧则全凭光脚板，荡稀泥巴。倒也轻松省劲。一面薅秧，一面默诵古诗，可以做到两不误。

　　收工很早，对门识户的张元在昨夜大雨中，到堰缺捞得不少小鱼儿，拿到我们这里来，和熊维一起打平伙，把鱼炸着吃了。这小伙子也是要去修铁路的，将来见面的机会就少了。

　　"一打三反"运动在四大队轰轰烈烈开展起来。庞佑仁书记和解放军代表今天路过院坝，在我们门口歇脚时说，四大队在公社算是阶级斗争形势最复杂的，有几个人在"文革"中骂过毛主席，还有人抓挪过公款，还有人与自由钟分子过从密切，本人竟然还是政治工作员，总之，比别的大队要复杂。所以四大队的"一打三反"，不愁找不到打的对象。

　　昨天熊维哥哥未来的小舅子丁云川，下乡来看熊维，说县城的小学也在开展清队工作，从教师中揪出一批人，加以批斗。风声鹤唳，草木皆兵。树欲静而风不止。欲加之罪，何患无辞。要说我一点不担心父亲，那是假的。四大队明明风平浪静，工作队说这里阶级斗争复杂，那就是复杂。

1970年5月18日　星期一　阴

一连几天都是在熊维这边开饭，晚上也住他这儿。因为我那边没有蚊帐。

刚才我把生产队分到的柴火立在门口，从保管室分到打下的新麦，天上出了红月亮，是下雨的预兆。我赶紧到熊维这边来，门还紧锁着，我有钥匙，进得门来，就生火做饭。不一会儿熊维回家，他也分到了新麦，进门一言未发，用手电往锅里看了一下，自个儿推磨去了。我也没有作声儿。都是闷闷不乐，倒像在较劲似的。

饭做好，用热水往身上抹了几帕。整天扯胡豆、割麦子粘上许多粉尘、麦芒，弄得全身发痒，有几处还起了疙瘩，感觉这种收割的劳动，远不及插秧清爽。

生产队的社员，丢下集体劳动，大多数时间都花在自留地里。我们呢，是一有空就坐下来看书看报。所以不断有邻居苦口婆心地在耳边唠叨：你自留地的苞谷薅得了哟。你现在用的是集体的粪肥，将来还是要靠自己的哟。你现在还有供应米吃，将来呢，恐怕要靠把菜地做好哟。烦人。

月圆之夜，五队的玉成请客，主题是提前给王尊骐饯行。新麦煎饼、烧洋芋、花生、面条，加上一点儿肉，真香啊。多喝了几口酒，乘着月色，敞开单衫，腆着肚子归来，小径上竟满是露水，正是"道狭草木长，夕露沾我衣"呀。安逸。

1970 年 5 月 22 日　星期五　晴

21 号，熊维收到一封巴中来信，是一位名叫单德蓉、熊维称之单姐的人写来的。信中直截了当告诉熊维，郝玉玲和一位叫杨天荣的知青好上了。他们插在同一个队，而且在同一口锅里舀饭吃。单姐开导熊维，弟弟你那么好的条件，上哪儿找不到朋友呀，不要再追根问底了。

今天熊维的妈妈陈老师下乡来，和她一起来的还有云川。云川给熊维捎来一封蒲冬尔的来信。信上说："我从别人口里获悉，王建纬已被停职反省，据说是因为参加地下俱乐部的事吧。据说严迅也弄到学习班去了。打草惊蛇。这些都是我近来特别想下乡的原因。"

蒲冬尔还拜托了熊维一件私事。熊维压低声音对我细说他本人的难处，陈妈妈忽然走进里屋，好像要找什么东西，熊维立刻噤声，不再说下去。等到妈妈出去后，熊维又开始说。说到紧要处，妈妈忽然借故又走进屋来，熊维又打住不说。妈妈笑道："搞什么鬼，什么需要保密的事呢，连妈妈都听不得？"熊维道："说别人的事呢，又不是说我。"

1970 年 5 月 30 日　星期六　雨

昨夜熊维突然发高烧，昨天松了一点。

为了给病中的他一些安慰，我让他看了我写的一组无的放矢的情诗，并让他看了我写的部分日记，当然是我允许他看的部分。有一次他一眼瞟到 5 月 4 日的一篇，便指定要看这篇。我慌忙把日记本夺过来，自己先看一遍，觉得"少儿不宜"，就把这一页扯掉了。

今天下着雨，熊维下定决心要回县城一趟，因为近来他感觉健康每况愈下。起初是病在肠胃，然后是病在腰脊，就怕病入膏肓。"这样下去不行，"熊维说，"我必须回城一趟。"

于是我想找阎家焕聊聊，这个念头来得很猛烈，虽然并无事由，却不能打消。

阎家焕是一个老成持重的人，他穿着拖鞋，背微微有些佝偻，说话慢条斯理，脸上总是露一种看破世态人情的笑容，说话一点也不偏激，也不海阔天空。一切都和建纬形成鲜明的对照。杨绍容说些家长里短，处处透着天真。我问到家焕的藏书，他说，最近运动风声大，所以将书籍转移他所，等一段时间再说吧。

回坝的路上，天色益发昏暗，山水都蒙在水汽中，四野断了行人。河边的小路被混浊的积水淹没了，岸上堆放着麦垛，路被雨水泡得十分松软，满是泥浆，奇滑而陷脚，走草比较稳当。大水在坝上切割出许多沟堑，须是逢沟跳沟，逢堑跳堑，有时要迂回包抄，找最窄处跳过。人生不就如此么。但愿这是我人生中最难的一段路。

1970 年 5 月 31 日　星期日　雨

昨天回程过鲜渡河，在渡船上遇到渠江糖厂的殷眼镜。他是城关一小的毕业生，我爸爸从建国到"文革"，一直在那个学校当校长。所以他也算是我爸爸的学生，当然认识周校长的大儿子。

我向他打听建纬和严迅的消息，他说最近糖厂生产和学习任务多，时间紧，很少进城。许多事也是道听途说。坐在他旁边有一个人插嘴道："江政委说渠县的地下俱乐部案情严重，严迅屋里贴了许多电影画报上剪下来的美男美女照片，专门腐蚀青年，谈情说爱，传阅'封资修'文艺书刊，严迅的卧室现在正办现场展览。"

开船时，插嘴者上岸走了，殷眼镜说这人是鲜渡区"革委"领导小组成员，群众组织代表。他又说，其实严迅最危险的罪名是"破坏军婚"，这事还没有落实，全看女方的说道。刚才那人讲的，不过是资产阶级生活方式，至于收听敌台，不过是嫌疑而已。只要"破坏军婚"一事不成立，就判不了刑，最多是受受教育，对严迅倒是好事。至于建纬，殷说，据传闻他母亲梁天真是特务，他本人又有杀父之仇，所以不能出一点点别的问题，出了就麻烦。

殷眼镜告别时说的一句话是："还是你们当农民的好啊。"嗬嗬。

回到队上，熊维走了。桌上有留言条，上面压着两元钱。我下地摘一把四季豆，回屋独自做饭。晚上还得过他那屋去睡，因为日记本放在那边。我提着马灯，穿过黑暗和雨水，沿着水渠走，不断听到小青蛙跳水的声音。

进屋是9点10分，写完日记是11：50。

1970年6月3日　星期三　阴

今天上下午出工，挑了一整天粪。从我们院坝的粉房的粪池，一直担到河边去灌叶子烟的秧苗，距离甚远。要不是必须把这一天的感受记下来，我就要一头栽进床铺沉沉睡去。

"长工活，慢慢磨。"原是社员的口头禅。适合以下情况，那就是挑粪的人多，淋粪的人少，间歇时间长，挑粪的就能得到喘息，可以避免太累。

今天我是第一次参加挑粪劳动，出工的全劳力少，挑粪的人不多，淋粪的就搞得转。一桶粪挑到地头，早有一副空桶等着你，没有片刻间歇时间，人就成了机器，不停地运作。

上午挑粪，一路上还可以小跑，心里头还可以默诵诗文，半天中人均十六挑粪。到了下午，肩疼腿软，脑子一片空白，不但不能背诗文，连胡思乱想都没有了。只能勉力支撑下去。

挑粪的全劳力也都叫起苦来。起初是闷着声儿挑，然后由于天阴，就议论起太阳大概有多高，又埋怨记工员忘记时间，不叫休息，有一个老社员叹气道："今天我们也算上对得起天，下对得起地，中间对得起婆娘娃儿。"

收工前十几分钟，社员们开始磨洋工，速度放慢下来。记工员出于同情，宣布再挑一挑就收工。收工哨子一响，都像获得大赦似的，都嚷着要回家去炒胡豆下酒喝。

我应该是最累的一个，回到家也咕噜了两口白酒，又倒一点酒在湿毛巾上，把肩膀擦了。然后拆开冬尔捎来的香烟，抽上一支，感到分外受用。于是又贾其余勇，支撑着再担一挑粪，到很近的自留地里，把菜畦浇了。

回到院坝，有许多社员聚集在那里等待分麦子，见了我都问："今天啃苞谷没有？"啃苞谷者，吃力之谓也。听说公社即将组建宣传队，进了宣传队，就可以脱产排练，队里照记工分。主意是郑书记和华东出的。现在我可以睡了。

美丽的意外

我念铁佛寺中学那会儿是班上语文和美术两科的科代表。最幸运的是赶上了石治平先生教语文，最不幸的是由朱伯伯接替石先生教美术。

美术课排在下午头一节。有一次上课钟声响后，五分钟——，十分钟——，朱伯伯总不露面。我便去家属院找他。铁佛寺中学的家属院是一个斗拱式的四合院平房，中间有从铜鱼洲运来的卵石砌成的花台，四周布满了麦冬草，院中的榆树正结榆荚，树头蝉声高唱。

窗户大开，屋里传出一阵均匀的鼾声与屋外树上的蝉声协奏着。我双手攀上窗台，踮起足尖朝里一望，朱伯伯面壁而卧，桌上摆着半瓶酒、一只杯子、一盘残余的花生。

我憋足劲儿喊："朱老师！——朱老师！——"

朱伯伯被惊动了，快要翻身了，迸出一声："妈卖×!"——晴空里一个惊雷。

吓得我连忙把头一缩，猫着腰飞快地逃回教室。喘息未定，教室外就传来一阵脚步声，由于下脚很重，地板在颤动。随即朱伯伯出现了，眼睛里布满血丝——坏了，他将要追查了——我想。然而他没有追查。道歉自然也不会。只见他迅速拿起粉笔，在黑板上画了一条地平线，和连结着交点的几条斜线，讲了几句透视原理，然后习惯性离题万里，讲起他本人平生亲历的军旅及拳脚斗殴之事，一会儿便眉飞色舞了。这半堂课，他讲了一件陈年旧事——蒋中正如何一声"娘希匹"，将一个违纪军人正法之事。

下课铃突然响起，自然是且听下回分解。

朱伯伯来我家，与家父一见面就摆龙门阵，说本城近日发生了一件大事——达县（今达州市）专区京剧团因经费等问题面临解散，居然被本县全盘接收。原来，本县只有川剧团，没有京剧团。而县城"掌权"的全是南下干部北方大汉，听惯了京剧，觉得川剧锣鼓吵人，曲调不如京剧好听。所以每次上专区开会，必须看一场京剧，好比那些年打一次牙祭，回到县上可以眉飞色舞吹上几天。一听到剧团即将解散的风声，县长立即亲赴达县。团长将打好被盖卷的艺人全部召集起来，听县长亲口宣布接收决定。那些艺人绝路逢生，高兴得喜极而泣，围着北方大汉县长又跳又唱。

县上仅有的大礼堂，是川剧团固定的演出场地。京剧团后不僭先，只能安排在文庙的戏台演出。时而趁川剧团下乡巡演，空出场子，京剧团才能乘机到大礼堂演出几场，而那几天晚上，吵人的锣鼓没有了，换了悠扬的胡琴和高亢的唱腔在小县大街上飘荡，正是：香风吹得路人醉，直把小城当通州（通州，达州古称）。

京剧团三十多人，有不少演技一流的名角儿，给小城增添了靓丽风光。一次放学回家，经过正街，见新华书店门口，有一群人围在那里看招贴画，乃是北京京剧院的大牌杜近芳表演贵妃醉酒的剧照。人群中一个小女孩，红色的裙装套一件绿罗襦，黑油油两条辫子，头上扎着蝴蝶结，非常打眼。她操着一口京腔，对画报上的杜近芳指指点点，那声音圆润悦耳，好听极了。一道的同学附在我耳边小声说：她爸爸妈妈都是京剧团的，好漂亮啊。

朱伯伯下一次来我家冲壳子①，说的是抗日战争爆发时，冯建吴——大画家石鲁的哥哥，也是个大画家，曾劝阻他投笔从戎，并预言他肯定战死沙场，永无后会之期。这话并没说中。抗战胜利后，朱伯伯幸存下来，不过画业荒疏。

朱伯伯的另一个本事是治印，家父那里有他刻的一方闲章，一方名印。闲章是白文的，带狮纽，文曰"物必自腐而后虫生之"，九个字作井字形分割。名印是朱文的，只有两个字曰"铁生"，作铁线篆。铁生是家父的曾用名，因为五行缺金，先生就为他起了这个名字。新中国成立后，这方印已多年不用。见我喜欢，家父便把这两枚印章交我保管。

我真正迷上治印，倒是受了石老师的影响。石治平是铁佛寺中学极具才华的风雅人物。他已故的父亲是本县著名的开明绅士，新中国成立前与中共川东北地下党便有往来。龙潭起义失败后，石家掩护过一批中共地下党员，使之幸免于难。新中国成立后石家老爷子还担任过县政协委员。石治平从小念私塾，曾向一位晚清的秀才学过篆刻。年轻时被送进上海艺专，受业于刘海粟，专向金石书法一道发展。新中国成立后返回本县服务乡梓。他在中学先教美术，后因缺主科教师，改教语文。被称为"豆芽

---

① 冲壳子：川话方言：吹牛，聊天的意思。

科学"的美术，由朱伯伯接着上。

听石治平讲课完全是一种享受。他讲起课来字正腔圆，连《粮食的故事》也能读得声泪俱下。说起话来语言有味。要是你在作文里把"卵"错写成"卯"字，他在评讲时，就先在黑板上写个"卯"，然后砰砰添上两点，自问自答道："这两点少得吗？少不得，少不得。"男生便伏在桌上吃吃地笑。石老师又说，念别字很危险——有人转轮投胎，阎王问其想变什么，竟想变母狗——原来那人将《礼记》"临财毋苟得，临难毋苟免"的"毋苟"念成"母狗"，这多危险！

石老师讲《从百草园到三味书屋》和《社戏》，也讲他自己的"朝花夕拾"，却并非离题万里。例如，讲他上私塾时，老师姓包，一脸的大麻子，打起人来不软手，学生私下送他个绰号——"包打铁"。包打铁出了个对课的题目："皱皮柑"，石老师请教表兄对了个"歪嘴桃"，大得包打铁赞赏。再出一个"六角扇"，石老师又去找表兄，别的几位兄弟也跟着他去。表兄笑着说："我给你们每人写一个，但不准互相看，不然有这一次，就没有下一次——"作业交上去，包打铁咆哮起来。学生挨个儿吃干笋子炒腊肉（篾条打屁股）。原来表兄捉弄他几个，全给写了同样三个字——"二面麻"。"二面麻"者，清末通行的一种两面汉字的铜钱之俗称也。与"六角扇"天然佳对。只因犯了麻子之忌讳，又像是学生合谋犯上，这才倒了大霉。

一次，几个男同学晚饭后聚在开水房门口聊天，说起某某男生·这期之所以退学，是因为奉父母之命业已完婚。石老师那时前妻亡故，刚刚续了弦，脸上泛着红光，站着旁听，听后无比同情地说："可怜可怜，青涩的果子不甜——他哪能知道个中的乐趣！"我们听得似懂非懂的，也跟着摇头叹息说，可怜可怜。

因做科代表的缘故，我是石老师在校住室的常客。近水楼台先得月，我得到一个消息：师母远房的侄女因随父母迁居本县，就要转学插到我们班里，名叫海云。使我的内心充满好奇和期待。

过了几天，早忘到九霄云外去了。

一天正午，我正在石老师处帮他号作业，突然听到门外传来一阵嘈杂之声，接着，石老师便领进一个人来。窗户上已经堆了几层圆乎乎的好奇的脑壳。石老师领进来一位女孩，红色的裙装上套一件绿罗襦，黑油油两条辫子，头上扎着蝴蝶结，哇，原来是她。

我见过这双明亮迷人的眼睛。这回却正眼对我瞧了一瞧，立马又被墙上的一幅高马得的戏画吸引过去——画上有俩戏装的人儿，一个执拂的旦角，一个执篙竿的丑角，寥寥几笔，煞是生动。

石老师对我介绍说："这是海云。"

海云哦哦答应着，眼睛未离画面，自语道："画的是川剧《秋江》嘛。"

"你听过'陈姑赶潘'吗？"海云回过头来，脆生生地问我。

我点点头。

有了知音，她于是高兴起来，滔滔不绝道："陈书舫灌制的唱片，很好听喔，是不是？"又笑道："自小听京剧，耳朵都听起茧巴，才发现自己是个川剧迷。川剧的清音好听，川剧小生的扇子功，太美了。"

海云声音才好听，正好搭配那样的眼睛——"笑嫣然舞翩然，当垆秦女十五语如弦"，谁写的写谁的暂且不管，我常常会从这两句词想起海云，或从海云想起这两句词，有时还会想起"弦上黄莺语"这样的诗句。

后来我知道，海云从小跟爸爸妈妈到全国各地巡回演出，去过西藏和新疆，见闻之广，为足不出县城的我辈，所不能望其项背。她会唱戏，会拉胡琴，会边唱边拉，课余教女同学练身段。课间休息时，她坐在课桌前演示舞台眼神，眼珠冉冉在眶中转动，女生们佩服得要死，当她的视线横扫过来时，男生赶紧低头目光朝下，不敢与之对撞。很快，同学就忘记了她是插班生，好像她从来就属于这个班级，天生的一个文娱委员。与海云同桌，对别的女生从不服气的姝丽，常趴在课桌上侧着头看她，还说恨不得自己是个男生。

海云心直口快，乐于助人，不会做假，从不隐瞒自己的观点。有时别人夸她一句，她就接着自夸十句："其实呀，我的眼睛生得最好，我姑说'水汪汪的迷死人'，其实也没有那么夸张……"

海云开口就叫石老师"姑爹"。石老师纠正她说："在同学面前要喊'石老师'。"她即刻应答道："是，姑爹——"纠正了几次后，石老师就听其自然了。

在石老师处见面的时间多，我俩厮混熟了，较其他同学别有一种亲昵之处。

海云喜欢文字游戏和玩脑筋急转弯儿。

有一次，她姑爹即兴出了个谜语，谜面是"一双儿女不得打灯谜"（打一成语）。

我翻眼睛望天花板，海云说她已经猜着了，猜着了就是不对姑爹说。我不肯相信，她便凑着我耳朵，渗来一股醉人气息，道出四字："两——小——无——猜。"

我点头拍手道："有啥说不得的呢？"

海云便望着她姑爹，用手儿指指我又点点她自己道：

"你我便是'一双儿女'——'不得打灯谜'，猜中了也不能说破呀。"

她姑爹就惊奇地从镜片上沿看过去。片刻又问她：

"知道这话出处么？"

海云便学着姑爹的样子，踱着台步比画着，曼声吟诵道：

妾发初覆额，折花门前剧。

郎骑竹马来，绕床弄青梅。

同居长干里，两小无嫌猜……

海云插班，语文不赖，数学带账太多，石老师让我给她补一补。

学数学的秘诀是：一步不懂不学下步。补这一课，就发现问题出在上一课。补上一课，发现问题还出在上上一课。补来补去，了犹未了，不得不从头捋起。

海云有几次领我到她家里补课。她家房子大，布置考究，居然有吊灯，还有地毯，可以直接坐在地上。每次去都碰不到她爸爸妈妈，我猜他们工作太忙，或者巡演去了，却不好问得。补到歇气的时候，海云就会掏出一张她着装扮戏的照片让我瞧，逼着问："美不美？"艺术照比真人，别有一种可人之处，但是，怎么说呢。见我没词儿，她撇一下嘴儿收拾起来。再要看时，不再给了。

我咳嗽一声，准备讲题。她关切地问道："你感冒啦？"

我说："哪有啊。"

她说："你明明咳嗽了，还不承认。"

"不是咳嗽是清嗓子。"

"原来是清嗓子，"她忍俊不禁地道，"那你管漱口叫什么呢，是不是清嘴儿呢？你一天到晚要清几次嘴儿呢？"

说罢发出一串儿笑声，像泉水注入石潭一般，笑倒在床上。笑罢坐起来，睫毛上挂着泪花。见我傻傻地看她，她微赧了脸皮，赶紧摆摆手儿道："好，好，不闹了，不闹了——你这人，真是太好玩儿了。"

有时她会主动提议，"给你唱一段吧，川剧哟。"然后清清嗓子，打开留声机就开始唱：

一把手拉官人断桥坐

妻把这从前事儿细对我的夫说

你的妻原本不是人一个——

海云突然把留声机暂停，开始铺排起来，像一个导演调度一个演员似的摆弄我："你坐这边，打比是许仙哈，——我站这边，是白娘子，青儿挡在身后——假比有的话。"当她的手指触碰身体时，使我感到一种愉快的心悸带着那么一点儿难为情。她则浑然不觉，接下来清唱：

千错万错还是妻有错

自己错了去对谁说——

　　她很入戏。妙曼的清音，忽悠得我如痴如醉，仿佛自己就是做了那些个亏心事的许仙，就是不得不坐在断桥头一面提心吊胆地觑着青儿的刀剑，一面诚惶诚恐地听着白娘子数落的许仙。随着旋律的变化，海云眼儿一翕一张，闭上时睫毛显长，张开时眸子又黑又亮——哪里是一位人间少女，分明是天上仙女儿下凡。

　　唱罢，海云忽然提出一个问题：

　　"你说许仙这人到底咋样呢？——哎，问你呢。"

　　"哦，"我一面看墙上挂钟一面说，"窝囊噻！"

　　海云瞅着我，不依不饶地追问："白素贞咋那么放他不下呢？"

　　"当局者迷呗。依我说，让小青一剑结果了他，岂不干脆！"

　　"No，No，"她摇摇头，自言自语地说，"青儿自有青儿的道理，白蛇自有白蛇的道理，——戏文是有大道理的。"

　　我睁大眼睛看她。她又问：

　　"你说许仙对白素贞好不好呢？"

　　"好呀——借她一把伞，惹出许多事。"

　　我又看了一眼壁上的挂钟。

　　"No，No，岂止是一把伞，那可是一片心啊。唉，谁叫她是一条蛇精呢。"她沉醉在自己的思绪中。把"你的妻原本不是人一个"这句重新哼了一遍，点点头，像是证明好了一道几何题似的。然后，她长长地舒了一口气，便赶紧坐下来说："Sorry，继续补课。"

　　于是继续补课——了犹未了。虽则是不了了之，我还是觉得和海云独自相处，是愉快的人生体验，觉得这种体验是天赐的恩物，是一种福报，是别的同学梦想不到的。

海云出入石老师处所，石老师从不叫她号作业。海云撇嘴儿说："姑爹好偏心哦。"但我认为，石老师这才是偏心呢。不叫她分散时间和精力。号作业就成了我的专利。

号完作业，我就在石老师的书架上随意翻阅。一次，我提出要借《活叶文选》，石老师二话不讲，就借我。《活叶文选》上逐处钤有"石治平印"，表明这一篇一篇的活叶的文选是石老师买来自个儿合订的。我喜欢印章，觉得每一方印章都是一个窗口，可以看到一片风景，觉得在方寸之间分红布白有着无穷的乐趣。忍不住，有空便向石老师讨教这方面的知识。石老师取出一本《金石索》，一本印谱，要言不烦地讲了一下材料、起稿和落刀，"疏处可以跑马，密处不容藏针"的道理，就让我自己看去。我趁机提出了蓄谋已久的请求——"石老师，您得空时帮我刻方印章好不好？"

几天之后，石老师便叫我去取印，先出示印蜕，我的心快活得蹦了出来——一厘米见方的朱文印，精细地镌刻着我的名字。然后，他小心翼翼地交给我一块牙骨，便是那印章了，印材是石老师自己找的。

我很惊讶："石老师，你平常戴老花镜，能刻这么小的字吗？"

"你知道微雕吗，微雕艺人在头发丝上刻诗，在骨牌上刻全本《赤壁赋》，能用眼刻吗，不，只能是神刻。有人把它叫作肌肉记忆。"

我正玩味石老师的话，海云进来了，一眼瞥见印章，眼热道："姑爹又偏心了，我不干！"石老师慈祥地说："那么给你也刻一个吧。

"一模一样的。"她强调。

石老师说:"不要老刻朱文,刻方白文好吧。"

我从石老师那里懂得了一点刻印常识,粗略地学了一下说文部首,从文具店买来一把平刀,找来几块骨牌,急不可耐地刻将起来。我鬼迷心窍似的,居然将"物必自腐而后虫生之",用一张细砂纸,偷偷磨掉,用作自己练刀的石材——这是我当年没少干的焚琴煮鹤的事件之一。毕业前,我把习作给石老师看。石老师大为惊讶,称我"无师"自通,好像他从来没有教导过我似的。

海云则两眼发亮,背着姑爹竖起手指用念戏曲宾白的语气夸奖我道:

"青,出于蓝而胜于蓝——"

石老师不知从何处搞到一块锋钢,找工匠打了一对儿刻刀。我想起干将莫邪之事,问他:"是'雌雄刀'吗?"石老师见我说得有趣,情绪一上来,便顺着我说:"这把'雄刀'就送给你呗,毕业后也好留个念想。"

"'雌刀'呢?"海云问。

"自然我留下——你拿去又没用。毕业时,我那里放着一支金笔,送你好了。"

海云觉得亏欠,却也无可奈何。便央我给她刻一方印章。我半开玩笑半认真地说:

"你姑爹都许你了,我干吗班门弄斧?"

"许是许了,没兑现呀。"

海云是张口便说,我却是十分上心。

上哪儿找材料呢？偏远小城，比不得北京，有琉璃厂。也比不得成都，有送仙桥。眉头一皱，就想起所剩那方"铁生"来。世间之事，有了第一回，就不愁第二回。于是我又找出那张细砂纸，将这一方印，也来细细地磨平。

我磨这方印，很下了一番功夫。它大过一厘米，和石老师为我刻那方印，大小不般配。为了替它瘦身，除印面需要磨平而外，四边都得磨一磨。磨了一阵，竟然萌生出一丝儿愧意，觉得我破坏了原作，是煞风景，对不住朱伯伯。但又想，朱伯伯曾误了我一学期的美术课，相当可恨。这一来，算是扯平了吧。

按石老师的说法，得刻一方白文印。石老师的书架上的《篆刻字典》也派上了用场。因为"海"字笔画稍繁，"云"字笔画得简，好在篆书中有一个象形的"云"字，就像是一笔画。正是：不怕做不到，只怕想不到。因为想到了，所以印稿之成也，如有神助。

那时我对用刀，已悟到一点法门。觉得印稿是一种平面设计，块面划分非常重要。又发觉线条之美，全在字口。所谓字口，说白了就是线条两边的形态，前人说"以锥画沙"，说"屋漏痕"，全是说的字口。最好一刀而就，取其自然浑成。刀可以复，字口不能伤。人怕伤心，印怕伤字口。字口一伤，前功尽弃。正因为我悟到这些，"海云"二字印，才称得上我早年的绝作。

刻完最后一刀，端详了一下印面，就一蹦三尺高。

当我把"海云"的白文印蜕，与石老师所刻那一方朱文印蜕，摆到一起，真是绝配。海云也看呆了，惊奇得合不拢嘴。看罢印蜕，她小心拿起两方印，细细打量，接着刨根问底。怎么这方字是凹的，这方字倒是凸的。

我耐心讲解。她一面听，一面点头道：喔，喔，原来这个是阴的，这个是阳的。

突然想起《红楼梦》有这样一段，说的是一个端阳节，湘云、翠缕到贾府见过贾母，主仆二人，来到大观园。从楼子花说起，扯来扯去，竟扯到了"阴阳"的话题。翠缕觉得湘云讲的抽象，就要她举例。湘云说："比如天是阳，地就是阴。火是阳，水就是阴。日是阳，月就是阴。"翠缕插嘴道："怪道都管日头叫太阳，管月亮叫太阴。"湘云说："阿弥陀佛，才一说你就明白了。"翠缕又问："难道那些蚊子、虼蚤、蠓虫儿、花儿、草儿、瓦片儿、砖头儿也有阴阳不成？"湘云道："怎么有没阴阳？比如那一个树叶儿还分阴阳呢，那边朝阳向上的便是阳，这边背阴覆下的便是阴。"翠缕又问手里的扇子，湘云道："这边正面的是阳，那边反面的是阴。"翠缕猛然就瞅见湘云宫绦上系的金麒麟，却问这个是公的，还是母的。这真是曹雪芹的生花妙笔呀，人虽然走神了，话却没有跑题。翠缕说罢，忽然又冒出一句："这也罢了，怎么东西都有阴阳，咱们人倒没有阴阳呢？"湘云觉得这个问题太弱智，又不便说穿，只好啐她一口道："下流东西，好生走罢，越问越问出好的来了。"

那一天，海云倒成了翠缕了。

一高兴，我就忘乎所以，竟然讲起儿时趣事一桩。上幼儿园时，有一阵子，我很嫉妒那些女孩子。因为那时常看苏联电影，看到集体农庄的女孩子都是衣着光鲜，相形之下，男子的衣着却色彩单调，近于邋遢。我小心试探妈妈，看她能不能为我做一件花衣服。谁知道妈妈却说："天底下没有男孩子穿花衣服的道

103

理。"使我愤愤不平。

于是有一度，我老琢磨着"变性"的事儿，虽然那时这个词儿还没发明出来。我曾背着父母，请教过一位木匠叔叔。他蓄着络腮胡子，性格却随和，喜欢和有礼貌的小朋友拉话。我觉得他是天文地理，无所不知的人。

那天，他骑坐在一根横梁上，一边用凿子打孔，打得木屑四溅；一边说话，说得唾沫横飞。他歇气抽烟了，我便抓紧时间，向他请教男变女的问题。

木匠叔叔听罢，一本正经地说："这事可简单了，你脱了裤子，骑到对面来，我用这个锋快的东西，把小弟弟给凿掉就行了。"

"亏他讲得出来。"海云忍不住放声大笑，道："你讲完了，我也讲一个。"

她说："你想变女生，我倒想变男生呢。理由很简单，女生骂不过男生。念小学时同班有个男生，专门欺负女孩子。下雪天气，竟往别人脖子后塞凌冰。我抱不平，他随口骂我一句，我照样还他。街边有个妇人替他帮腔，数落我道，他可以这样骂，你却不可以。他有那东西，你却没有。你一个笃杵杵，拿什么去操别人的妈妈。天哪，我哪里知道，我妈在家从来没有对我说过这样的事呀。"

说话之间，石老师回来了——左手拎着筐子。

海云切换话题，赶紧将两个印蜕把来他看。石老师偏过头来，右手扶着眼镜脚架，说："你已经帮我刻好了呀，这个刻得可好，深得黄牧甫神髓。'海'字的并笔还有点白石老人的味道。"

海云接过石老师手中的筐子放在桌上，筐子里有十来个鸡蛋。

海云拍手笑道："给姑爹道喜——得了老幺儿了！"

原来师母生了。

石老师打着哈哈，一半自嘲一半打趣说："'老'是真的——'幺儿'吗——何以见得？何以见得？"

我俩一同辞别石老师，出门后，海云一把拉住我悄声问："我哪点儿说得不是？"

我说："你说得很是。可你姑爹的意思是，说他'老来得子'是真，说'幺儿'就不然了——何以见得师母就不再生呢？"

海云嗔道："你们男的真可恶，生孩子那么简单嗦。"

然后，发生了一件微不足道之事。改变了事情的走向。

一天，海云突然提出借书。

我便指着石老师架上的书，故意恼她："这不是书吗？没看完吧？"

她撇嘴儿，用手拂着书架子说："这儿的书没有好看的，除了这本《聊斋》，却又是竖排，又是繁体，又是文言——看起来吃力。"

"那你要看什么书呢。"

"小说——"

"《家》《春》《秋》？"

摇摇头。

"《暴风骤雨》？"

还摇摇头。

"《青春之歌》？"

她扫了我一眼，凑近道："不是哪——就是那本什么的烦恼来着？"

我确有一本汉英对照的《少年维特之烦恼》，是费尽心机用两本书的代价，从哥们儿维扬那儿交换到的，是我藏书中的珍品。我用于交换的那两本书，一本是《中外名歌 100 首》——其中有一首《嘎俄丽泰》，是维扬作为校园歌手的保留歌曲；一本是匈牙利作家尤里·巴基的《秋天里的春天》，写一对少男少女的短暂交往，是一个温和而悒郁的故事，我特别喜欢故事的结尾："像这个秋天里的春天这么美丽的春天永不会来了。"

只因熊掌与鱼不可得兼，才割爱给维扬的。

那年代的稀缺之物就是书。初中生从课文《孔乙己》学到一个歪理：窃书不算偷。好书一出手，大概率收不回来。不知道海云怎么会提到这本书——她才不当回事儿呢，必然会转手别人，一转手就收不回来。经验告诉我，这种事打招呼没用。于是，便扯了个垛子①道：

"我没有这本书——"

"你有，你有。我听你对姑爹讲过，你就有。"

"别是听错了吧。"

"抬起头来看着我的眼睛。"海云杏眼圆睁，较上劲了。

我一抬头，眼光就躲闪了一下。海云的脸上忽然挂不住，转身就走："不借就不借。赶明儿送我还不要呢。见不得这样小气的人！"

她一走，我肠子都悔青了。回到家里，找出那本书，摩挲了

---

① 垛子：川东方言：撒谎的意思。

半天。心想，得找个机会雨后送伞啰。难怪海云笃定认为许仙可爱，雨中借伞与陌路之人，换个主儿做得到吗？我就没有做到。

俗话说：天大的口子，扯个布条条儿就缝合了。

俗话又说：补起是个疤。

不料第二天，维扬找上门来。

维扬的父母和我的父母在同一所小学教书，我俩是从小一块儿长大的哥们儿。他小我一岁，是个俊友，凡有拿不定的主意，就来找我磋商。我俩那个好呀，恰如老辈人的形容：城隍庙的鼓槌儿——是一对儿的。维扬这次来，偏偏也是为了歌德之"烦恼"。他说想拿回去用一用，用毕一定再交还我。我想起戏文中"将相和"的故事，和氏璧到了秦王之手，却又叫蔺相如略施小计赚回完璧归赵。便多了个心眼，不肯轻易把书拿出来。

我一定要追问他要拿"烦恼"做什么，他吞吞吐吐半天，原来是想要抄一段话，和姝丽套近乎。正是"有女怀春，吉士诱之"。维扬见我迟疑，不再提索书之事，只是提出一个条件——要我代他给姝丽写一封情书，不要多长，但必须用上"烦恼"书中的话。这有什么要紧。该写什么话，我都想好了。

第二天，趁着石老师和海云不在，我号完作业，就从书架上找出一叠稿笺，趴在石老师的书桌上凝神构思。先写一句"亲爱的姝丽"，撕掉，揉成一团。再写一句："姝丽，我的绿蒂"，觉得比较符合维扬的口吻。正待继续写时，门却霍地被推开了——

完了，完了，海云站在我面前。

我的应急反应是拉开抽屉把信笺塞进去再迅速关上，强作镇静——其实满脸惶恐，如芒刺在背。

"什么东西看不得，拿出来——"海云吩咐道。我不依从。

她便不由分说，上来就拉抽屉。我用胸口将抽屉死死顶住。她拉不开，便转而抱住我右臂，使劲向后拽，边拽边说："偏要看，偏要看。"我差点儿被她拖倒，竭力稳住重心，和她僵持。最后，海云的手一下松脱。她突然蹲在地下，呜呜地哭起来，像是受了天大委屈，口中数落道："好哇，你这——"

我伸手去拉她，她却一把推开我，扶着书架站起来，然后夺门跑开了。当她一走，我赶紧取出那两页纸，塞进裤袋；又从裤袋里掏出来，找个僻静的地方，划根火柴点着了。

办完这事，我就陷入万虑不安的苦闷之中。心想，都上了全武行了。最要命的是，这事没法解释。世间有些事能做不能说，有些事越抹越黑。代写情书之事，尤其不能对海云说。海云对我有天大误解，也只能听之任之，让时间去化解。而海云也表现出她的倔强，从此不再理我。

转眼已到毕业文艺晚会。海云的节目是压轴的。

那天，她穿了一袭水红对称纹样女花帔，拿着把彩扇子载歌载舞——自编自导的。她总是这样地给人以惊喜。随着曲声《梁祝》之"化蝶"响起。海云翩翩起舞，幻如蝶之飘飞，演绎着如诗如醉的意境：

春日迟迟，花事将繁，原本丑陋的蛹开始了蝶变。彩蝶纷飞，轻灵地躲过了狡猾的蜘蛛编织的罗网，逐天风而上。万紫千红，蛱蝶在花园里忙碌。夜来风雨，红雨成阵，蛱蝶在花园中哭泣。花事将阑，蛱蝶纷纷飞过墙外，追逐远去的春天——在舞蹈中，海云轻轻抖动手中的彩扇，有时双手并握，仿佛就有万千蛱蝶从那舞扇下飞出来，成群结队在空中绕圈子，然后飞远了，最后她自己变成一只大蛱蝶，缓缓飞向后台，突然转身亮相——

这以后发生了许多不可思议的事情。

"造反有理"的标语刷满了大街，也刷满了铁佛寺的墙头。寺里的铁佛被推倒，运到化铁炉里炼成了铁水。老师倒霉，学生打翻天印，在学校成了司空见惯的事。石老师和朱伯伯在一夜之间，被红卫兵打成了"牛鬼蛇神"，同一天关进牛棚。

石老师寝室抄了个底朝天，《金石索》《治平印谱》一应抄走——没有当场焚烧，据知情人报料，被一个有康生之癖的造反派头头贪污了。

师道尊严的观念在我心里扎根很深。老师，我恨不起来。对这场运动，只觉得莫名其妙。甭管别人怎样想，我通过朋友疏通关系，决定去牛棚探望一下石老师。事先带了十来斤粮票，看过师母。师母独自带着儿子度日，处境维艰。

牛棚原是乡场上的一所中学校园，由于停课闹革命，业已丢荒。我到时，离探监还有一段时间。一个身着红色连衣裙的女子，拎着个水瓶，背立在那儿，翘首以盼。

果然是海云。

她见到我时，没有表现出一丝惊诧的样子，不嗔不喜，也不多话。仿佛知道我会来这里似的。探监的会客室是一间教室。

石老师面容清癯，眼袋较以前更大，见面时竟从鼻梁上摘下眼镜，仔细打量我俩，似乎不敢相信自个儿的眼睛：

"难为你们，难为你们——你们长大了，长大了。我是该老了——"

一会儿，监守出去了。石老师用指头将镜片向鼻梁上一推，神色黯然压低声音说：

"出事了——朱老师，朱老师！一进学习班，朱老师就是批斗的重点对象，罪名是'课堂放毒，美化蒋中正'。逼着写交代材料，接着就挂黑牌戴高帽子斗争。那天挂黑牌，几个大汉上去要褪他的神光，不料他大吼一声，举起牌子扑翻几人，最后被摁到地下，拳打脚踢，那个狠哪——家属送来药酒，前天中午喝了些，说是上厕所，便没了人影儿。出动了好多人四处搜查，后来在河里发现尸体——"

海云目瞪口呆。我则如遭雷殛——家父知道了如何是好啊。

"石老师你可要稳住喔——我们知道你是好人，活着就有希望。死了，就说不清了。"

"是啊是啊，不死会相逢啊，死了就说不上了。"

监守进来了。石老师立刻眯缝起眼睛，打量海云，又打量我，眼神温柔起来：

"看到你们好，我感觉好多了。"

"看到姑爹，我也安心。"海云点头道。

石老师分明以为我俩是相约而来的。这一层，海云没有觉察到。会客时间结束，海云给监守一个笑脸，顺手就把水瓶交给石老师。监守只作没有看见。

出牛棚后，我提议到河边坐坐，海云没有反对。学校后面有一面坡，坡的尽头是条无名的小河。河畔杂草青青，高出一截的狗尾巴草随风摇摆，使我突然想起"漫道豺狼摇尾"词句，觉得和平的景色中潜伏着杀机。我俩在河岸找到一片青石坐下，木然地盯着河水发愣。然后，我对海云讲起了朱伯伯一些事：

朱伯伯生性憨直，年轻时习武又习画——就是张飞那种性格。石鲁小时候，朱伯伯常牵他上街买糖果。抗战爆发后，朱伯伯决意投笔从戎。行前，冯建吴泼冷水说："搞美术也是抗日！

上战场，不是我咒你——依你的脾气，必定冲锋在前，冲锋在前，必定死得早！罢罢，你我朋友一场，断无见面之期——"朱伯伯却说："人活一口气，树活一张皮，老子咽不下小日本这口气！"没想到他的性命没有断送在战场，却断送在这条无名河里——

海云掏出手绢唏嘘道：

"最记得朱老师在学生食堂值周遇到打牙祭时老是说'慢一点儿，慢一点儿，一个人动快了，全桌紧张'。"

她边说边用手绢在眼边摁一摁。混浊的江水静静流淌。

海云站起身来，走到草坪上，采了一把野花，束成一捆，置之河岸。放好了，还回原处坐下，一言不发了。

话头断了，就像线头断了，一时捕捉不住。飞来了一只翠鸟，站在河边的枯枝上，一动不动地注视水面，忽然，刷的一下栽倒水里。好像扑了个空。那翠鸟在空中兜了一圈，很快飞回到原地，又一动不动了——

不知过了多久。海云开口说："我们还是回去吧。"

"那本书——"我旧话重提。

"别提了，"她轻轻把手一扬，似要堵我口，将脸别到了一边："完全不干书的事——"

我说出的话显然不是她要听的。她期待的话我却没有说出。

石老师被抓很突然，被放也很突然。我还没得到信息，他就亲自登门。

石老师的不期而至，使我喜出望外，便拿出从废品站购回的一本《郑板桥墨迹》——书后附有两个页码的篆刻，让他分享喜悦。石老师看了看"板桥用印"，点着头，接着便翻到板桥手书元人马东篱《双调·夜行船·秋思》，诧异道，这个极是难得。
说罢情不自禁吟哦起来：

眼前红日又西斜

疾似下坡车

晓来镜里添白雪

上床与鞋履相别

休笑鸠巢计拙

葫芦提一向装呆

我仿佛回到了课堂，跟着他摇头晃脑。

我指着"上床与鞋履相别"一句说，"这话好生奇怪。"

"不怪不怪，是句俏皮话。俗话说，'今天晚夕脱了鞋，不知明天穿不穿'。'人到中年万事休'，头上添了白发，应该视死如归。"说到这里，石老师啪地将书本一合，惨然失色道："迷上了，又迷上了——"像是说鬼魂附体。

我便问："石老师，你就不想找回《金石索》？你就不惦记你的《印谱》？铁佛化成了铁水，你就不心疼？"

石老师叹一口气道："时代不同了，天地翻覆呀——"

见我没吭声。他突然将话题一转，问道：

"最近见到海云吗？"

"毕业后见过一面——就是到牛棚看你那天，还是偶然碰到的。"我据实以告。

"海云这会儿很不幸啊！"石老师便告诉了我海云的近况。

运动一起，剧团禁演古装戏了，连唱戏的行头也烧了。高台教化千古伦常忠孝节义那一套，也做糟粕来批了。海云爸妈各参加一派组织。她爸和同派一个女的结下了战斗友谊。两口子更是反目成仇。闹得最厉害的那一次，她妈深夜把她爸关在门外，她爸竟然拿把刀把门劈了，差点儿出人命。近来海云不大落屋，只住在女同学家。爸妈分居了一段日子，婚也离了，好端端一个家就散了——

海云恓恓惶惶的样子浮上我的脑海。

"你觉得海云怎么样？她对你可有好感呀。"

"是吗。"

"她接我出牛棚那天，我问过她——将来嫁什么样男人？她说有真才实学就行。我就提到了你。"

"她咋说呢？"

"没说，也是一说。机会要自己把握——过了这个村儿可没这个店喔。"

那一夜，我通宵失眠。乱糟糟地设定了许多的情景，拟好了很多的台词。第二天把那本歌德找出来往包里一塞，便上姝丽家打探海云的消息。

姝丽见了我这个不速之客，说话就有些卖关子，绕来绕去，总不肯直说海云何在。彼此问答未已，海云却从姝丽的阁楼上下来了。

"让他进来吧，"海云不冷不热。

姝丽满脸无奈地说："我出门办点儿事，你们慢慢聊哈。"

我随海云上了阁楼。阁楼上堆满杂物，里墙奇奇怪怪地贴着一张招贴画，画里红旗招展，工农兵形象高大，一手紧抱红宝书一手指向画外，画的下沿是一排黑体的红字——"把革命进行到

底!"我突然情绪紧张,思维短路,笨嘴拙舌起来:

"你喜欢有真才实学的人?"

"我不知道。"

"你说过,有人亲耳听你说过。"

"别是听错了吧。"

我像一个蹩脚的演员,台词一句都记不上来,脸上搁不住,心里巴不得阁楼突然起火,使自己有一个尽快逃离的理由。

海云埋头用两只手抚弄本来就平平整整的裙边,一声不吭。

我则盯着那幅咄咄逼人的招贴画,画上的工农兵像是在喝问:"你参加运动了吗?"以千夫所指之势,压得我喘不过气来,心里掠过一阵一阵莫名的恐慌,喉头堵得厉害。红旗红书红字,映得阁楼就像冲洗底片的暗室,桌上的闹钟发出滴答滴答的响声——

海云忽然开口:"姑爹说你恋'旧',这不大好。"

"有什么不好?"

海云不接嘴。又说:"有件事儿倒要请教你。"

我看着她,等她说下面的话。

"我妈给我介绍了一个男友,成分好、有正式工作、月薪挺高,如何是好呢?"

这话听起来,倒像是说我成分差,在家吃闲饭,靠父母那点工资过活——我的心一点一点地冷上来,真想大喊一声:你嫁他好了——话到嘴边却完全变了,态度竟然变得诚恳起来,而且说出这样的话:

"现时而今眼目下,这样的条件,打着灯笼都没法儿找呢——"

海云抬起头来，深深打量了我一眼，忽然眼中闪出一点碎光，连忙又低下头，垂下了长长的睫毛。

我和海云的八字没有一撇的事，就这样告吹了。那本歌德简直就没机会拿出来，它已成了我无尽的"烦恼"。

不久，听说海云结婚了，举办了婚礼。

她不请。我也不去。

"知识青年到农村去接受贫下中农的再教育很有必要——"的最新指示，不失时机地解救了我，没等居民委员会派人说服，我立马报名当了知青。

"小妹妹采槟榔，谁先爬上谁先尝，谁先爬上我替谁先装……"抢先选择下乡地点是明智的——想吃大米，占田坝；想挣工分，去河西；想看风光，上大峡。而我去了金锣。

维扬也跟着我下了金锣。

金锣公社在鲜渡河边，大片的沙地，一锄下去锄身自己往地里钻，全不像山地，一锄下去金星飞溅鬼火直冒。马克思说过人的解放程度是看有多少自由支配的时间。我需要自由支配的时间，用来读爱读的书。

嫁女莫嫁大河边
一季萝卜一季烟
大水来了喊皇天——

沙地好种花生、种萝卜、种烟，清晨四点出工，八点收工，下午五点再出工，白天有八九个小时自由安排，在堂屋里拖根板凳就可以观书。哪有那么多的大水，大水几年一至。即使大水来了，还有政府救济呢。嫁女不嫁大河边，干卿何事！我早抱定一个主意，不出农村不结婚的。不结婚就不谈恋爱的。谈恋爱，可不是闹着玩儿的。

我虽不谈恋爱，却写情书。写了一封又一封，倾诉之中驱使着现成的歌词，封封情书都交到维扬手里，由他抄写一遍，洒上几滴香水，听其在信笺上慢慢浸开，形成的渍子活像是泪滴，然后，就寄给远在巴中的珮玲——维扬现在的心上人。

总能很快收到珮玲的回信。珮玲在信中说，维扬的信是她的"最爱"。她经常带在身上，有空就掏出来读，简直像黛玉读《西厢》——痴迷起来连饭都不想吃。有时边看边哭，有时边哭边笑，读完以后，有时会伤伤心心地哭很久。

我常想，一个人的爱好倾向可能包含着这个人的命运密码。要不然，维扬和珮玲的故事为什么与《嘎俄丽泰》歌词和《秋天里的春天》的故事那样的相似呢？

县城即将爆发武斗，维扬随爸爸避地巴中，在爸爸朋友的家中，认识了这家的乖乖女珮玲。两个中学生一见钟情。但珮玲的妈妈满心想的是军人、工人、根红苗正的人，坚决排斥"臭老九"家庭的孩子——虽则她本人也是"臭老九"，却正因为领略够了"臭老九"的卑微辛酸，才不让女儿重蹈覆辙。

武斗风声过后，维扬随爸爸返回本县，告别了珮玲。不久，珮玲终于来了——由妈妈领着，算是一次回访。两个人你看我，我看你。"空有相怜意，未有相怜计。"最后一个晚上，维扬设法搞到两张票，让母女俩去大礼堂看文艺表演。维扬及早到楼座为自己抢占了一个位置。可怜他哪里有心看节目，从头到尾，他忧郁的目光里只浸泡着珮玲的背影。

别时容易见时难，维扬和珮玲从此只能以"两地书"的形式进行不可能有任何结果的爱情长跑——珮玲那边由一位朋友代她收转信件。

那段恋爱的时光里，维扬有空就唱歌，一唱就唱《嘎俄丽泰》。唱得那样投入，唱得四邻无声，唱得人满墙头，唱得院坝洒满月光，每当他动情地唱到"嘎俄丽泰，嘎俄丽泰，我的心爱"时，我也会忧郁地沉入遐想。

插秧季节的田间太阳当头，社员干活渴了累了，就会有人提议：

"维哥儿唱一个歌噻！"

"唱一个吧，唱一个吧——"

"唱个'高——利贷'好不好？"

维扬得了令牌，甩下手中的秧子，一屁股坐上田埂，清清嗓子，便引吭高歌。一会儿就进入情境，唱得情不自禁，唱得回肠荡气：

啊，嘎俄丽泰，嘎俄丽泰

我的心爱——

田里社员就不时直一下腰，抹一把额头的汗水，停一下手中的活儿，趁机歇一口气。

我就默想珮玲的那些回信，还有当我坐到桌前写下"玲，我的绿蒂"这一行字，就能马上找到感觉，进入一种写作状态——寻寻觅觅好像爱上了谁，却又不知道爱上了谁。心头充满倾诉的渴望，却又不知向谁。笔底有千言万语，滔滔汩汩不择地而出。

在石老师那儿和海云相处的日子里，我原是充实的舒坦的，从来没有过现在这种骨鲠在喉的感觉。自从与海云分手，这种感觉就与日俱增，终于使我变成一个情书写手。于是我就知道了——情书本是寂寞心境的产物，日本情歌云："正在接吻的嘴儿，无法歌唱呀！"维扬就是那"正在接吻的嘴儿"，歌唱自然应该由我来完成。

出于感恩，维扬也关心起我的事来了。我经不起他再三追问，终于把海云和我的故事和盘托出。第一次听说代他给姝丽写信给我招惹上那么大的麻烦，维扬深感内疚。我讲述的过程中，他竟有几次坐不住，站起身来，在茅屋里踱来踱去，掏出一杆烟来划根火柴点着，大口抽将起来，却被一口烟呛得泪水长流——

当我讲述到姝丽家发生的那一幕时，他突然把头偏起来，用了一种惊诧和质疑的眼神打量我，好像打量一头怪物：

"老兄，你糊涂！"

"怎么？"

"你不懂女人的矜持——心里想着，口里就承认？有些话说出来便错。依着我啊，不如干脆上前一把搂住她省事！"

我也用质疑的眼光打量他："她不依呢？"

"她会依的！"

"她叫起来咋办。"

"你不会堵她呀，用嘴。"

在一次讲话中，一个领导把川东北地下党批点得一无是处。"一批双清"时，石治平受到牵连，被打成"三老会""五一六"，成为专案组重点审查对象，唱了"二进宫"。

乡下消息闭塞，道里遥阔，和城里已无关系。要看一下石老师，不是那么方便了。

海云嫁人后，断绝音讯。

光阴荏苒，日月如梭。突然时来运转，我得到一个上大学当工农兵学员的机会，离开了农村，去了一个较大的城市，念了数学。学员文化程度参差不齐，我在班级当学习委员，同小组的女生春芝是晚我两届的中学校友，做不起题时就向我请教，常约了我在一块儿打羽毛球。

就这么傻乎乎地打着羽毛球，维扬来看我了。这次分别时，他对我耳提面命道："老兄跳出农门，恋爱就该提上日程，耍朋友要在学校里耍。一旦毕业上班，圈子便窄了。瞅准了，该出手时就出手，该摊牌时要摊牌——切记切记。"

维扬走后不出两天，我便把羽毛球拍一扔，向春芝摊牌。于是大局已定。

假期回家，听说石老师早已开释。登门拜访吃了闭门羹。四下打听，方知他出狱后，双目失明，业已退休，近来息交绝游，每日在茶馆与人下盲棋消磨时日。这个假期就没见到石老师。一夜，恍惚来到一处甚觉眼熟，仔细一看，原来是石家门首。门虚掩着。推门而入，室内空无一人。进到里间，只听梁间吱吱嘎嘎作响，抬头一看，梁上悠悠晃晃悬着一人，面目不清，室内光线微弱红光摇曳，像是姝丽家的阁楼，墙上隐隐约约看得见那张红彤彤的招贴画。我惶感发狂，回头夺路奔逃，然两腿软绵绵的不能移动半步，张口却喊不出声音——醒来时，汗衫沾湿，心悸不已。我素不信邪，将这梦境作谈资告诉春芝，春芝安慰我说，梦是反着解的，做噩梦往往是手压住心口的缘故。

下个假期回家，再访石家，依旧关着门。寻到茶铺打探，一老者两指夹着纸烟，戳进胡子叽了一下，吐一口烟，呸一口痰，摇一摇头：

"来晚了，见不着了。是个好人哪——"

我傻了，这不可能！

再一打听，原来石家祸不单行——石先生被关后，么儿突然失踪，家人找遍车站、火车站，没个下落，八成让人贩子拐走了。出狱后，前妻之子又裹进一个团伙，顶风犯案，从重从快判了死刑。判决书下达的当晚，老石就一根绳子上吊死了。结果呢，毙是毙了几个，他儿子并没有立即执行，后来改判了无期——可不是造化弄人。

真是一场噩梦！——他原是那样乐观的人，那年去牛棚看他时，他还那么笑笑地说"好死不如赖活着"，没想到"赖活"也是有底线的。他到底与朱老师殊途同归了。

我一个人在茶铺苦坐良久。末了，摇摇晃晃地走了。

石老师走了，海云来了。

久不见面，海云变了。她身着白府绸大开领的衬衫，化了淡妆，多了戒指、耳环、项链、高跟鞋。较之昔日更成熟更丰满，该细的地方还是很细，下巴颏多出一个酒窝。她手里牵着个男孩，又粗又黑，足足有两岁的样子——这是谁家的孩子呢？

我忍不住问。

"喊呀——喊伯伯。"她对孩子说。

"这孩子像他爸。"海云不自然地笑笑，在我书桌对面坐下，掭出一张用画报纸裹着的东西。图穷匕见，一件眼熟的物事摆在面前——石老师那把刻刀！早是锈迹斑斑。

"姑爹到底把它留给我了，"海云说，"可我拿它做什么呢？

120

再说，看它落单，我也于心不忍，不如一并交给你，让它们配成一对儿吧。"

对坐了一阵，却失落了话题。

孩子哭了，吵着要走。海云没好气地说："这孩子人小，鬼可大了，容不得我和陌生男人说话——老要吵我。"

我眼光停留在信上，只听海云在说：

"十个男儿九粗心——连姑爹也这样。你记得那一回我拎了个水瓶吗——水瓶中装的是大白兔奶糖！姑爹看都不看就拿去打开水。开水满流了，糖全泡汤了，只好倒出来给室友分了——"

她趴在桌子角上，一段雪白的玉臂蜿伸在墨绿的桌布上，像一条白蛇在草地里游走，捉它不住。只听她口中喃喃道："那会儿，他们诈我，要我揭发，问些牛都踩不烂的话——"

我一下打断她，问：

"戏还唱吗——你？"

"不唱。"

"胡琴还拉吗？"

"不拉。拉来谁听——我那口子吗？对牛弹琴吗？"她勉强笑笑。

"有朋友吗——身边？"

"朋友？谁是朋友？小学时不懂事。长大了太功利。只有中学时代的朋友是真心朋友，一生的朋友——"她睫毛忽闪忽闪着，眼里噙了泪花。

我心发紧，迅速从抽屉里拿出那本歌德，放在桌上，推给她：

"你要的书，给——"

她怔了一下，没碰那本书，却问：

"有一句话不知当讲不当讲。"

"什么不可以讲——"

"反正都过去了——你是不是真的爱过我？"

我的话哽在喉头，呛不出来。随手便拖过那本"烦恼"，打开扉页写下一句替维扬"捉刀"时写过的话：

你是我今生最美丽的意外

写罢推过去——像是交出一封属于别人、而被我无端羁押早已过期的信，惴惴不安。她看到这行字，僵了一下，一下把书翻转，将字扣到底下，身子俯得很低很低，脸埋进臂弯，良久良久，当她抬起头来，已是泪流满面。

"你为什么不提那种要求呢？"

"哪种要求？"我很茫然。

"男人都会提的那种要求——"

维扬说得对——她真会依的。

"不过，我知足了——"

她撂下最后一句话，带着孩子走了。不久，就听说她离了婚，孩子判给男方，自己跟一位带兵的人远走他方了。

凡是能够打听的地方我都打听过——她没有留下任何联系方式。

于是我老想起维扬最爱唱的那首哈萨克名歌：

嘎俄丽泰，今日实在意外

122

为何你不等待？

野火样的心情来找你

帐篷不在你不在——

啊，嘎俄丽泰，嘎俄丽泰

我的心爱

我徘徊在你住过的地方

已是一片荒凉

心中人儿几时才能见面

怎不叫我挂心怀？

啊，嘎俄丽泰，嘎俄丽泰

我的心爱

有谁告诉我

你搬向哪一带？

（**注**：本文为保护相关当事人隐私，所涉人物大都使用了化名。）

关于 《背城年华》

一

2010 年 8 月，先后接到渠县打来的两通电话，说的是同一件事——由有识之士廖占渠出资、渠县政协许平主席挂帅、专门班子负责组稿的渠县知青回忆录正在紧锣密鼓的编纂中，希望我提供文章，并为这本书题写书名。

说实话，起初我并不在意。同一性质的出版物过去有过一些，内容体例比较冗杂，有一本《青春无悔》，影响比较大，渐渐也无人道着了。我不知道渠县的这一本，能不能超越前人。近来手边事情还多，想起去年刘国老校长对我曾有过一次访谈，其中提到我在知青岁月的耕读生活，便摘录一段，用以塞责。

不久，我从"濛山论坛"网"渠县知青"栏目中，陆续读到一些挂在网上的征文，有一些文章使我感到欣喜。例如李明春的《山梁上的足迹》，洋洋洒洒近两万言，完整地记录了作者上山下乡的始末，既是家常话，又富于传奇性，充满丰富的细节，读之不觉其长。王友成的《难忘的 1964》，讲述渠县最早的一批知青的经历，往事历历在目，真是如数家珍。老友胥德珊的《苦乐年华》，抒情性的笔调，写农村薅秧季节的对歌，写出了艰难岁月中的诗意，不可多得。还有一些平时并不舞文弄墨的作者，如廖占渠，如喻家兄弟，对"知青生活点滴"，对已往岁月中的辛酸和乐趣，娓娓道来，无不动听。

就是这一类的文章，使我对这本书的编纂刮目相看了。

然而，小有遗憾。很多著名知青，未见提供文章。我想他们不是不愿意写，而是不知情。只在网上发布征稿启事，是远远不够的。必须一个电话一个电话地打，一个菩萨一个菩萨地拜。写不写由他，拜不拜在我。这件事，与其强人所难让老弟们去做，不如我做起来，于是越俎代庖，首先给手头有电话号码的、当过知青的朋友，如彭兴国、伍霞林、张泉勇、朱景丽、严美俗等等，还有我当过知青的弟弟妹妹——周改、周六等等，挨个挨个地打电话，摇唇鼓舌，广而告之，替编委会征起稿来。

我说，渠县政协正在编的这本书，是一本口述历史，它的宗旨，借《鲁豫有约》一句话，就是"讲出你的故事"。不要抒情，不要议论，甚至也不要太多的感想，不要写纪念文章，只要讲出你的故事就行。讲出你平日间曾经向亲爱者痛切地讲过的，向别人一而再再而三津津有味、兴致勃勃地讲过的，那些知青生活中最难忘的故事。要知道，这才是精髓，是生活对你的赐予，你应该把它们从心里掏出来，和别人分享。就算是你对生活的回报。千万不要让它烂在肚子里。就像唐代人王质夫对白居易面对面说的那个话——"夫希代之事，非遇出世之才而润色之，则与时消没，不闻于世。"好东西，千万不要让它"与时消没，不闻于世"。

我又说，其实不需要润色，不需要做文章，不需要考虑遣词造句，甚至句子写不通顺也不要紧——编辑是拿来做什么的！小说贵虚构，而散文贵实录。小说无中生有，散文本来就有。天下有不会写小说的人，天下绝没有不会写散文的人。竹筒里本来就有豆子，你直接把它倒出来就是了。邓小平教人写作，道"只要意思好，文字可以打磨"。古代有个笑话说，一秀才娘子笑话老公："我看你写文章呀，比我生儿子还困难。"那秀才苦笑道："你肚子里有，我肚子里没有呀。"而这本书中的文章，都是肚子里有的。

这一番话还真的管用，甚至报应如响。伍霞林不过一天，就寄来一篇《义和社办林场点滴回忆》，我夸了他一番，提高了他的兴趣。于是，第二天他又寄来一篇《立新公社宣传队轶事》。两篇文章，我都在第一时间转寄给喻、李，他们随即便挂到网上，立刻就有人抢沙发、灌水（回帖）。这个感觉很好。

别的人也差不多。朱景丽写了一篇《被贼惦记》，意犹未尽，隔天，又写了一篇《智斗》。周改写了一篇《破摔记》，隔天，又写了一篇《知青偷趣》。周六写了《逃离沙溪》，意犹未尽，又写了一篇《糗事一箩筐》。顺便说，《逃离沙溪》也是一篇佳作。老友彭兴国远从北京寄来他的《我和农民大叔的情缘》，还写了一纽诗。

我由衷感谢这些朋友和弟弟妹妹，他们持有一颗感恩的心——对生活，而且顾念旧人。更重要的是，有很好的心境。即使是生活或他人曾经亏待过自己，也早已"相逢一笑泯恩仇"（鲁迅）。由于有一个好的心情，就能够坐下来从容优雅地回忆往事，像抚弄夹在书中的片片红叶，而不是心浮气躁地，写不成书。他们的惠赐稿件，甚至令我惭愧，赶紧收回先前塞责之文，另起炉灶赶写一篇来替换。

9月，我回到渠县，在政协会议室与廖占渠及此书的编撰人员见了面。在会上，我说，要做书，就要做一本"拜得客"的书。历史的价值在于实录，口述历史之可贵，就在于它只讲述真正发生的故事，让别人自己去判断。《史记》中最精彩的部分是楚汉风云，而其所以精彩，就是因为有口述历史。司马迁说："吾适丰沛，问其遗老，观故萧、曹、樊哙、滕公之家，及其素，异哉所闻。方其鼓刀屠狗卖缯之时，岂自知附骥之尾，垂名汉廷，德流子孙哉？"这本书不要诗歌，不要议论，要保证纯粹的叙事性。只要做到这一点，体例就不会冗杂，就会有生命、有读者、有价值，一定会成为继《诗文渠县》之后，又一本渠县人拿得出手的书，拜得客的书。

我又说，"渠县知青回忆录"应该是一个副标题，还要有一个正标题，也就是书名。书名不要大路货，"青春无悔"呀、"知青年华"呀，大家都在用，早已没有新意。要只此一家的书名，我想到一个，无妨抛砖引玉，就是"背城记"。知青故事无不始于被城市吊销户口，而终于回归城市。关键词就是"背城"二字，背离的"背"，城市的"城"。有了副标题，别人不会看不懂的。此外，中国有个成语叫"背城借一"，意思是背靠城市拼命一搏，因此，这两个字是耐人玩味的。编委会经过斟酌，觉得四个字比三个字更上口，于是定名"背城年华"。

苏联作家阿·托尔斯泰《苦难的历程》有这样的题词："在清水里泡三次，在血水里浴三次，在碱水里煮三次，我们就会纯净得不能再纯净了。"对大多数知青来说，下乡的岁月是苦难的岁月。苦难的岁月锻造的，就是"纯净得不能再纯净"的人，用毛泽东的话说，也就是"纯粹的人"。本书就提供了这样的例证。读一读赵家琳《一个编外知青的回忆》等文章，什么是纯粹的人，就了然于心了。

人的记忆是奇怪的，它会对事实进行筛选，会淘汰太多的平凡、灰暗和郁闷，除了保留下令人锥心之事，还会更多地保留下令人开心之事——哪怕是穷开心。记忆会比事实更美好一些，更浪漫一些，更有趣一些。恰如杨升庵所说："是非成败转头空，青山依旧在，几度夕阳红"，"一壶浊酒喜相逢，古今多少事，都付笑谈中。"口述历史具有话题价值，可以充作茶余酒后的谈资，这也是阅读历史的一种乐趣所在。

本书附有 1964 年至 1977 年十余年间渠县上山下乡知青名录，累计 7675 人，可能还有遗漏。而书中仅收文章七十余篇，知青作者五十余人，还不到全县知青人数的千分之七。相对于全省及至全国上山下乡知青总人数，就更加微乎其微。正是弱水三千，仅得一瓢饮。然而书中的故事已颇为可观。要是照此办理，让各个城市都编一本这样的书，让知青讲出他们的"背城"故事，那该是一笔多么宝贵的纪实文学的财富呀。这笔财富不加抢救，不知有多少连小说家都编不出来的故事，将"与时消没，不闻于世"呀。由此看来，这一本书还有一种示范的意义。

二

今年《渠江文艺》将要复刊。该刊执行主编陈平既请杨牧兄题写了刊名，又请我写发刊词。我在电话中说，发刊词是宣告办刊宗旨的文字，理应由主编或编辑部写。他说，那你就写一点希望吧。我说，那也行，但我写了，刊物不一定实行。所以，你须到成都来，当面聊一聊，统一认识后，我半天之内就写好。

于是陈主编即来成都，当日匆匆在川大一个水吧见面，着重议一个问题，就是刊物的特色。我认为，特色——是一个刊物存在的理由。

我说，《渠江文艺》的特色，无须拍脑袋发明。它就在那里，已经由两大作家奠定。有两个关键词，一个是"纪实"，这是由杨牧《天狼星下》奠定的。当代中年以上的中国人所亲历的社会历史生活，是一笔丰富的文学资源，囤积很多，当代人有责任予以书写，不能让故事烂在肚子里，不能让一代人的集体记忆随风消逝。现在正需要一个平台，《渠江文艺》的复刊，可谓适逢其会。

为此，刊物牺牲一点消遣、牺牲一点抒情、牺牲一点风花雪月，多一点实录，多一点口述历史，值。司马迁写楚汉相争以前的事，大都有所假借，或借于《左传》，或借于《国语》，或借于《战国策》，是嚼别人嚼过的馍。唯独楚汉相争这一段，是第一手资料，包含许多口述历史。质言之，司马迁曾采访过许多事件亲历者和知情人，所以关于楚汉相争这八年的历史，相当精彩，有许多细节，无比生动。

刊物有纪实的品格，姑不言藏之名山，传之久远。至少可使刊物厚重、实沉，成为一种文化积淀，而不至于成为读者的"不藏书"。

另一个关键词是"本土"，换言之、即渠县特色，这是由贺享雍农村小说系列所奠定的。而罗宗福之小说、张人俐之剧本、邓天柱之说唱，为之张目。本地风光，家乡土产，可以独家经营，他人无法克隆。家乡人，人见人爱。外乡人，则耳目一新。

何乐而不为耶?

最后我说,由渠县政协编出了的《背城年华——渠县知青回忆录》,其所体现的、弘扬的,正是以上两个特色。所有抓住了这次"讲出自己的故事"的机会的作者,最后都发现自己不亏。因为人总是要死的,而故事长留天地间。错失了这次机会的人,则很可能将他的故事烂在肚子里。

这本广受好评的书,不但出了许多好文章、好作品,还涌现了不少具有写作才华和潜力的作者,像李明春、胥德珊两位,就沿着一纪实、二本土的文学之路继续前行,而且大有一发不可收拾之势。这些人是《渠江文艺》的财富。陈平主编闻此雀跃,当即一一记下了不少姓名和通讯地址,纳入刊物的人才资源库。

这就是《背城年华》一书为渠县文学做出的贡献。

放弟生日

放弟生日要我作诗。便想起小时候，我老二他老三，年纪只差两岁，个头却差不多，遇事不相让，经常打架角孼。父母兴说服教育，讲孔融让梨的故事。但我们有一个活思想，便是"你当孔融"，就有了一句："宁让孔融毋让梨"。浮想联翩，又想到小时候看齐白石画，画上两只小鸡争虫，互不相让，题词曰："他日相呼。"我不懂这四字是什么意思，父亲答道："近日相争。"于是七步之间，二韵已成，诗曰：

行年三四五六七，宁让孔融毋让梨。

鸡虫得失高堂笑，他日相呼更不疑。

关于儿时，放弟记忆最深的一件事——父亲新买一把剃头推剪，要拿我俩做实验。我当孔融，让他先上。放弟没反应过来，父亲已经操作起来，因为角度不对，竟推成一个马桶盖，不好收拾了。我见状而还走，嫁祸于人矣。

改弟更妹

　　四弟名改，是土改那年生的，起名如此。后来妈妈经常埋怨这个名字起拐了，一辈子都在"改"。"文化大革命"起来时，他正上民中，已是倒懂事不懂事的年龄，对父亲的历史问题有一点儿窝火。趁着父亲受审查，家里没人管，他早出会三朋四友，回家则养鸽子玩。一个星期天，父亲请准假，回到家里，发现后门外多了一个鸽棚，听说是改弟养的，气不打一处来。因为照父亲的正统思想，认为养鸽子之类，实属玩物丧志，是旧社会公子哥儿干的事，气不打一处来。改弟正好回家了，父亲沉住气，对他说："你们青年人，还是要多干一些正事……"话还未了，改弟突然放声高唱：

　　　　你们青年人朝气蓬勃，
　　　　正在兴旺时期
　　　　好像早晨八九点钟的太阳……

　　父亲脸色大变，怒冲冲道："老子跟你说正经，你还吊儿活甩。"

改弟回话道："各人还是先把自己的问题搞清楚。"

父亲那天气的呀，可想而知。于是，他一时冲动，操起门背后的扁担，不是朝改弟，而是朝后门捅翻了鸽棚，鸽飞蛋打。改弟要夺扁担，被我从后拦腰抱住，他便暴跳，失声痛哭，口里喊着要烧房子。

这一闹惊动了五邻四舍，吓得都从后门跑出来，道："使不得哟，使不得哟。"

自从那次闹了以后，改弟脾气收敛了一些，父亲对他和气了许多。算是达成一次妥协。

五妹名更，从小最有主意。六妹受了气往外跑，扛着不吃饭，直到饿得不行了，还是乖乖回来就范。五妹受了气，则一边抹泪，一边使劲吃饭，吃得比平时还要多。家里人都说，六妹是假机灵，五妹是真机灵。

周七

一

大巴山接米仓巅，宕水奔腾流此间；
杨李周张齐辈出，人文自不负江山。

此唐木《题酒家壁》诗。"周"谓周氏兄弟，周七其一也。

周七，渠县（古称宕）人。生于庠序之中，长于"文革"之际。父母皆教师，多子女，七最幼。生逢多事之秋，老亲无心名之，呼以排行，遂为名。七上初中，教员有左派者，浅薄轻狂，常挂出身于口头，或责令学生于课堂自报成分及家长政历问题，意在羞辱。七心恶之，乃逃学，一头扎进画室。画于周七似是宿命，手执笔，心如止水。乐此不疲，数十年间，未尝有一日之中辍。子曰："知之者不如好之者，好之者不如乐之者。"（《论语》）锲而不舍，终于有成，岂偶然耶！

周氏一门，鹡鸰情深。七幼从长兄习诵诗文，雅好搜书。于时文化凋敝，一书难求。七邀伙伴行孔乙己故事。事发情急，遂负行囊，徒步爬车，远走凉山。因三哥周放（时为四川音乐学院学生下放在凉山）之绍介，得以师事钱来忠（时为四川美院学生亦在凉山，后为四川省美协主席），遂遵道以得路。日往野外写生，悉心揣摸。眼中丘壑，手上功夫。日积月累，成速写数册之多。归来见伙伴，伙伴皆惊惶。

七下乡插队，年不过十六，初知稼穑之艰辛，世态之炎凉。巴山云水，抚慰人心。士女百态，山水情结，是为日后取用不竭之源泉。回城后，供职渠县文化馆，先后染指版画、连环画、书籍插图创作，屡参展屡获奖。后入四川美术学院绘画专业，师从马一平、庞茂琨、康宁等专攻油画，心无旁骛，如平生之用情然。

七调成都，先入青羊区文化馆，继而供职四川美协，为《四川美术》《现代艺术》杂志编辑，兼在川师文理学院艺术系执教，时得出游各地。其于康巴，情有独钟。谓水土既厚，人脉亦佳。风月男女，尽宜入画。或应接不暇，即辅以摄影。七善抓拍，能一手操持数码相机，火急追捕，虽行家里手不过也。于寻常路人，尤有观察之兴趣。尝谓晴天坐公共汽车，移步换形，光影屡变，是为抓拍之良机，每得无人之态。归来整理编集，与诸兄为一笑乐。七画肖像，形神兼备，画谁是谁，心想笔随，良有以也。

七天性淳厚，怡然自得，于人无羡，处世随和。唯商量画事，极是执拗。盖自具理念，一心守拙，不能俯仰从人、迎合市场。我行我素，我写我心，怀抱利器，待价而沽。多画风景人物，游戏笔触。擅点彩，重传神。出入于传统与现代之间，求索于巧拙、虚实、犷腻、似与不似之际。色调丰富，造型生动，语言独到，风格卓异。人过中年，渐臻佳境。作品选送全国及省级美展屡获奖，甚为业内人士所激赏。

七生活简朴，好自己动手。喜淘宝，善还价，广收明清石雕及木器。笃于亲情，父母在时，持孝甚谨；兄姊有急，虽跑腿出力不辞也。幼年生疮害病，两度危重，皆遇贵人（一周姓江湖郎中，一王姓外科医生）扶持，始得化险为夷。感恩之心，无时无之。古人云：心正则笔正。是知画品，必有得于人品矣。

二

周七是越画越神气了。十年前，他以点彩为主，而现在，画面上的点彩都流动起来，融成了块面，色彩单纯而丰富、不乏细节而又浑成，像秋日荷塘呈现的情景，又像国画的写意与泼彩，挥洒自如。过去他画点彩，一幅风景要磨蹭两三个月时间，而现在，一两天足之够矣。然而，没有当初那样的磨蹭，就不可能有今天这样的潇洒。唐玄宗说："李思训数月之功，吴道子一日之迹，皆极其妙也！"

油画是色彩造型艺术。有人说，这幅画画得不错、就是色彩差一点，在汪曾祺看来，这种话是不能成立的，就好像说一篇小说写得不错就是语言差一点之不能成立一样。反之，如果色彩造型好，你就很难说这张画不好。周七在少年时代饱看俄罗斯油画的印刷品。他说，今天回头再看列宾、列维坦，就觉得他们画得太老实了——当代摄影艺术捕捉自然超过了人之手眼，这件事深刻地改变了油画的创作。

在周七的画室里，有几张风景画是表现冰雪的。周七指着它们说，按照以往的清规戒律，纯白是不能用的，原色也是不能用的。然而，我就用了，感觉还特别好。他指着一张肖像脸上的绿色说，人脸上有这样的颜色吗？没有，从来没有。但是我有这个感觉。画画，就是要画出心中的感觉。

周七醉心若尔盖。自从第一次去若尔盖，他就迷上了那里，那一方水土那一方人。他一次又一次地去当地采风，从来没有厌倦过。他的脑子里储满若尔盖印象——草原风光、藏族汉子和女人。要不是偶尔有一件事扯住了他的后腿，五一二那天他就会在若尔盖与大地震相遇。神秘的九寨沟近在咫尺，周七却没有去过——他不去那里。有人劝他去看一看那里的水，并预言说，也许他看了就会一头栽进去。别人越是这样说，他就越是觉得不能去。他坚称九寨沟的色彩入画易落艳俗，不如留给镜头去表现。何况他已深深地爱上了若尔盖，任何的移情别恋对于他来说，都是不可忍受的。

周七是个天性快乐而随和的人，有时候，又是个执拗的人。在他的画室里有一幅巨幅的人体，一个面带倦容的母亲抱着熟睡的婴儿蹲在前景中，大面积的胴体与青灰的背景构成的旋律撼人心弦，一只怀孕的狗在背后偷窥，使得这幅画具有一点神秘的寓意。别人问他可不可以像陈逸飞那样把女人画得更乖一点、优雅而入俗一点，适合挂在任一客厅。周七笑而不答。事实上，凡是生动的姿态与面孔都能使他着迷——不管是粗犷的男子、硕壮的妇人、神气活现的僧侣、患青光眼的老者，还是脏小孩，对他来说，一张从茫茫人海中偶尔捕捉到的脸，比起标准的美人面孔，画起来更加过瘾。因此，周七笔下的人物总是生气四射，而且充满野趣。

最近，他的一幅题为"老者"的作品，从"研究与超越——

第二届中国小幅油画展"之六千应征作品中脱颖而出，绝非侥幸。

众所周知，当代绘画跟风、同质化的倾向相当严重，成千的人攒在一个地方画同类的画，这种现象并不少见。周七对此敬鬼神而远之，他喜欢一个人躲起来画自己的画，独自享受创作的过程。一批作品出来，第一观众是他自个儿——当他把画摆满整个屋顶花园，孤芳自赏时，那种兴奋和愉悦是难以言表的。这种兴奋和愉悦，又会转化为创造性情绪，催促下一张作品的诞生。周七说，一幅画好与不好，衡量的标准其实很简单，就看它留不留得住人，就看你有没有回头再看一眼的欲望。

周七衣食无忧，舍不得卖自己的画，他的这点"悭吝"在圈内圈外是小有名气的。恰如一位策展人形容的那样——周七把作品当作孩子，恨不得全都搂在自己怀里；明明知道孩子终将四海为家，却痴心不改，希望搂的时间长一点、再长一点。周七说，当买家从我这里拿走一幅画时，我总是依依不舍，不免失落，甚至有那么一点点沮丧——这件事真是不可思议。

然而，那位策展人接着说："周七手里持有那么多的好画，看了确实让人惊艳。"

王珏

    王珏，笔名王重三，另一个笔名是王仍之、一作王乃之，就从这点点灵机上，就可看出他是何等喜爱舞文弄墨。新中国成立之前，在老区参加革命，后来他的部下有干到省军级的，他却因文贾祸、龌龊了好多年，终生不见老下级。

    胡耀邦伸张正义、平反冤狱那些年，王珏已属二毛之人，落实政策后，被派到高师政史系做教员，并参与创办学报。那时王珏迫不及待的一件事是著书立说。我研究生毕业不久，便在那所学校中文系任教。彼此虽然隔着十多二十岁的年纪，却因学报频频开会，过从较密，互称老师，对他的事便知道较多。

    黑黝黝的皮肤，推着个浅浅的平头，发色花白，四个兜的干部服，从头到脚灰扑扑的——从第一次见到王珏起，他永远就是这个形象，这身打扮。就这样一个人，偏偏文思敏捷，命题作文立就——从短小的札记、到洋洋洒洒的论文，写起来都思如泉涌、文如宿构，恰如俗话所说，要个人来赶的。王珏上课不怎么样。有一次教学观摩，为了表现上课的生动，他在台上突然唱起三大纪律八项注意，甩动手臂左转右转走队列步伐，令人哭笑不得。所以我说他上课不怎么样。作文是他平生唯一顺心的事。

王珏为文并不考究，却是下笔千言，倚马可待；永远达不到美文的程度，却因杂学旁搜、"天上的事知道一半，地下的事全知道"，而信手拈来，左右逢源——单凭这种状态，也就差不到哪儿去。自恨去日苦多，王珏著书慌不择路，竟从中学作文指导写起，连著三本，每本都薄薄的，虽不如叶圣陶之高屋建瓴，倒也全是经验之谈。

书成之后，王珏就打算自费出书。当他把想法告诉我时，我把头摇得拨浪鼓也似，期期以为不可。我认为写作是一件为我的事情，作文不赚钱是可以的，却断断不可掏这个钱，花了心血还往外掏钱，就是用你的骨头熬你的油，就是赔了夫人又折兵，心理上不受用、面子上下不来。除非是为了评职称，损失还可以捞回来。但作文指导书评职称是用不上的。这种失本买卖我不干，也劝王珏不要干。

但王珏名心一点，牢不可破，我的话他哪里听得进去，开始省吃俭用、开始"剥我身上帛，夺我口中粟"、开始自虐——这话的意思是，他开始一点一点地攒钱。灰扑扑的他从此灰得更加厉害。他鬼迷心窍，就不按常规出牌。他做得最差劲、最离谱、最不近情理、最为人不齿的事有两桩，说起来如同天方夜谭，信不信由你。

第一桩是逼着白发苍苍、年纪与他差不多的岳母大人洗冷水头，他说他自己就是这样做的，他说这样做也是为了健康——其实完全是为了省钱。为此，他得罪了岳母和妻子。第二桩是让刚上小学的儿子休学，理由是与其在学校跟不上趟，还不如留在身边自己教——其实留在家里、他又何曾自己教来，只是他自己觉得儿子智商体了他妈，不堪造就，就想省下学费，用到出书上去。因为这两件事，王珏不但与家人不共戴天，连邻居都觉得他荒唐。本来就不大爱说话的孩子就更难喊他一声爸了。

早先，王珏来高师报到时，虽年过半百，却是光棍一条。时来运转，便娶了比自己小三十来岁的妻子，也倒是两相情愿。妻子解决了农村户口问题，他则好好补偿了一下几十年的亏欠。妻子虽然没读过几天书，却有几分姿色，黑如点漆的一双眼珠滴溜溜乱转，喜欢含笑和人对视而且站着不走，不管别人自在不自在，从来就没把王珏放在眼里。后来，王珏明知道她在别人的屋里，找上门去——可那是防盗门，外面打门，里面可以照样做事。折腾了几个小时，最后不了了之——这是后话。

写过作文指导书，王珏又成了《水浒》专家，将一本《水浒》读得滚瓜烂熟，写了不少论文。他的论文颠覆了农民起义说，主张施耐庵是为市民写心，与圈内几个学者桴鼓相应。王珏在自我炒作上是无师自通的：他化名为自己撰写书评，四处投递，屡屡见报；又将论文摘要寄到各地的文摘报，屡屡转载；又将这等文章汇集编书，由是声名大噪。后来，他与人合撰几本论《水浒》的书。据他说是自己执笔，别人负责联系出版，共同署名。不久，为署名排序问题与人翻了脸，闹上法庭，却没有赢得官司。

前此，他自费印制作文指导书时，就曾和印刷厂在经济上发生过摩擦。双方争执不下，王珏便拟动粗，安排了几名学生，扬言要到印刷厂去拆卸人家的机器。殊不知印刷厂老板也不认这个黄，邀约一批泼皮，手持铁棍在厂守候，吩咐见了学生，往死里打便是。幸亏王珏事先得到风声，怯了场、收了手，不然那一次就出大事了。

由此可见王珏不是盏省油的灯，所以他终于出事了。事情是这样的：他不知从哪里弄到许多的通讯地址和姓名，擅自以学报名义，向全国各地的学校、单位和个人投寄成批的订单，征订他自办发行的书籍。却没想到，因为收信地址、姓名的不确，订单雪片似退将回来，纷纷落到校办的桌子上。东窗事发，惹得学校领导生气了，后果便很严重——王珏不但被逐出学报编辑部，而且声名狼藉。

王珏退休之前，申报了高级职称——副的。学校评审那一天，程序为上午开会、下午投票。中午十八个评委一起进餐，我是其中之一。在餐桌上，不知何故，话题便集中到王珏。众评委你一言我一语，几乎所有的人都在讲王珏的笑话、评他的劣迹、对他漫画化、拿他开涮也拿他开心，我这才知道什么叫"口水也能淹死人"，下午的投票将是个什么结果已不言而喻。我便思忖无论如何得拉他一把。

下午的程序是先评议、后投票，轮到评议王珏，我便抢先发言。我劈头就说，王珏这个人毛病很多，一是假公济私例如什么什么，二是为老不尊例如什么什么，三是什么什么——总之，把别人在饭桌上讲到的先来个一网打尽。接着话锋一转，便说但是——关键就在这个但是——王珏有追求，他这一辈子什么都舍了，吃也没吃上、穿也没穿上、儿不以他为父、妻不以他为夫，图的就是著书立说成个名。现在他都要退休了，我们连个副教授的名分都不肯给他的话，我认为，这是中国知识分子莫大的悲剧。

话音一落，全场哑然。那天下午的投票，只有一个申报者得了全票即十八票，那个人就是王珏。这个结果也出乎我的意料

——明明是冒全体评委之大不韪，居然在关键时刻扭转局面、令所有的人都倒了戈，此事如有鬼助——但凡如有鬼助之事，结果未必好，为此我把尾巴夹紧好长时间。由于这件事不可思议，全校都知道了。只有一个人不知道，那就是王珏。据说职称评下来后，有好事者对他作过暗示，但暗示的话王珏不一定能懂。

后来我工作调动到了川大，王珏还经常来找我——只为一件事，就是借书查资料。依然是一头花白的浅发，依然是四个兜的衣服，依然推着一辆半新不旧的自行车，依然精神矍铄。因为本来就老，所以不显老。俗话说身体是革命的本钱，王珏别的没有，唯独有这个本钱。他说，他已离婚，找了一个半老徐娘管自己的生活，在成都西郊安了新家，依然埋头码字儿。码字的间隙，就骑着自行车在图书馆、杂志社和出版社之间穿梭，日子倒也快活。王珏借书从不碍口。凑手的书我就借他。要我代跑图书馆，我则婉言谢绝。

后来很长一段时间不再有王珏的消息，高师领导也几易其人。我再一次听到王珏的消息，是他的死讯。死因是车祸也只能是车祸——因为王珏那样结实的身体，若非成温路上的大卡车是撞不死的，他原本可以源源不断地写那些有它不多、无它不少的书的。然而，大卡车偏偏从自行车的背后撞来，把一切都终结了。传讯者语气平平，一点没有惋惜的意思——那意思是死了就死了。连我也找不到兔死狐悲的感觉。

不知道世上还有几个人记得住王珏。关于《水浒》，早已有了新说。他的那几本不算严谨的书，或许早已被人淡忘了吧。

成都逸人丁季和

有的书编得不算好，却让人爱不释手，以其有内容也。

比如最近看到的一本《丁季和（丁季和先生诞辰八十周年纪念）》。这本纪念集以书法为主，兼收诗词、联语及杂著。书中收文不多，有小品文数通，却是第一等文字。

如《自述》：

野庵鹤者，同荣期之二乐，而天意未婚，终生未娶，只影自乐。曾致力于道，致力于文，致力于诗，致力于书，皆未得观成。其旁收杂拾，虽为非寡，亦未得济。久经患难，颇稔世情，则颇旷达。平生不遇，而以不遇为大幸。接物待人，宽厚直致。所绝交数辈，皆不得已也。所见未弘，顾不谬以奖人，谬以自卑。就其所是是之，所非非之，他人为鉴，从之改之。嗜酒不多，嗜茶颇浓，别无所好。行年已深，体质素弱，不谦不亢，漫记其实云耳。癸酉丁鹤，时年六十又七笔。即代自传，后为遗言，不亦可乎。

"同荣期之二乐"乃抛文，意即男性公民。"终生未娶，只影为乐"，可浮一白。盖终生未娶之人，多少孤癖，而丁为人慈祥，晚居郫县太和乡，弟子填其室，或课童习字，幼人之幼，俨得天伦之乐，是一奇也。"平生不遇，而以不遇为大幸"，可浮一大白。盖世间不遇之士，多少怨天尤人，一股腌臜之气不能自已，鲜有心气和平者，更无论"以不遇为大幸"了。有人说他"没有丝毫的悲凉、失意与苦寂"，其文皆出于至性，非作态也。

丁于书道，持论甚高。

虽不治印，其序罗祥止六十印谱云："印，形学也。主精神。故以尚雄强为宗。汉刻为不祧之祖，而特重刀法，是为正宗。"可谓片言据要。论书类如此，谓"写字须一路砍杀，又要法度严整"，"字贵沉着飞动，八面开锋，不在于快。此事甚关学养，非可力运"。眼毒，于古人评头论足，说："怀素伤野，孙虔礼伤弱，智永伤拘，赵松雪伤俗，董其昌伤寒俭。"又说："黄山谷作字，落笔取势，如正三角形，以一点之力，覆及一面，不可取。作字取势，当如倒三角形，以一面之力，落到一点。"于今人独赏谢无量，谓其"不衫不履，忘人忘我，逸气了不可及"，札云：

谢无量殚精学术，不事书艺，信笔作字，高入逸品。于右任力追书家，极意草体，自为标准，徒成画字。沈尹默、沙孟海、赵朴初三氏尽意追二王，亦颇见腕力，得登能品。其余自郐。若仆者，倘得十年临池，或可入于恶札之列欤。

"逸品"取决于天分，"能品"是功夫字。"自郐"是微不足道的意思。这篇文字的口气，绝类李清照《词品》，纵然嗤点前贤，只为真体内充，故绝非轻薄为文。又评："米芾周信芳皆有作态之嫌"，令人错愕。又评："启功写若干幅字，只看他一幅就行了。"不能不说是一针见血。自谓"倘得十年临池，或可入于恶札之列"，语似甚谦，实甚自负。但他有本钱，说得起这个话。其自创丁体，"出于散氏盘，熔以隶意"，看他的字，不能不服气。

小品文外，当推联语。

丁受业于徐鸿冥，与其子无闻为至交，而性格迥异。徐无闻为中共党员，西南师大名教授，精通金石书法，名满天下。丁闲居乡里，不名一文。徐荐丁参加《汉语大字典》的编纂，因不在体制内，竟未获署名。丁尝说："徐无闻是个善菩萨，什么样的人，都不拒绝。他这样的人不能为政。我和他相反。当然，我也不能为政。"又说："徐无闻有一印曰：'与司马相如同里'。要是我，就刻成'与严君平同里'。"又说："我也不是踏实用功的人，……我赶不上徐无闻。龟兔赛跑，他跑到了前面。"读之如见其人，又如见徐无闻。徐无闻死，据知情人说，丁"上香焚纸，口里念念有词，不吃不喝，除了跪拜，就是昏睡，如此达半月之久"。撰联曰："如公安可死，与我最相亲。"挽联之绝唱也。他如自题西畴居联云："此地无崇山峻岭，其人乃孤陋寡闻"，题琴台故径联："故径忆琴台怀音响乃如人在，文豪生锦里继诗骚而以赋传"，题武侯祠联："蜀汉得公三分鼎，成都有桑八百株"，题三苏祠联："岷峨秀色独无二，唐宋文豪八有三"等，皆对仗工整而出人意表，佳作也。

丁对徐无闻之死，虽极悲痛。及其面对死亡，则至为从容。札云：

三月十三日（正月廿六）是我旧历生日，上午就附近访一老医，以全部病状奉告。此老有经验，很谨慎，诊断认为不是一般喉症，力嘱找西医检察，并斟酌一方试试。最后告我可能是食道上的大问题。我来此的目的，就是要得点旁证，怕自己过于主观，于是心安理得。绝对不寻医求药，自讨苦吃。返家已过十二时，廖汇芳诸友已到，相聚甚欢，也写了点字。至阴历二月初七，吞咽更形困难，精力大减，少动多喝，亦无甚大苦。借经旧游之饿乡，以入于无何有之乡，正此时也。不惊动亲友，临时只通知丁萍姐妹，钟显全，王体云三处，迅速焚化，雅安付费，不要骨灰。事毕方缓缓通知。此乃常事，何用诧怪。平生得力友情，谨向至可宝贵之友情道别！

丁鹤

刚好一页纸，一手好字，从容不迫，只有一两处改动。医生宣判死刑，常有人吓得半死。而丁氏"心安理得"，与来访诸友"相聚甚欢"，不扫别人的兴。"绝对不寻医求药，自讨苦吃。"明明"吞咽更形困难"，感觉却"无甚大苦"。一生坎坷，有忍饥挨饿的经验，故曰"借经旧游之饿乡，以入于无何有之乡，正此时也"。又嘱不要惊动亲友，只通知至亲甥侄处理后事，要求"迅速焚化""不要骨灰"，又说"此乃常事，何用惊诧"。这绝不仅仅是对人生的看淡，还有"看浓"者在："平生得力友情，谨向至可宝贵之友情道别！"这个叹号原文就有。我觉得，这样的文章可以入选中学语文课本，教学生以通达的人生观，懂得什么叫善待人生，又懂得什么叫视死如归。

丁为诗散缓，而笔端有口，以古风为得体，有《卖血咏》，自叙卖血经历，一波三折，颇见世态，兼杂自嘲，是一篇诗体的"卖血记"。

　　见说血堪卖，吾欲卖吾血。而难买血处，云深不可觅。识途烦老马，辗转始相及。高坐白衣冠，傲然视肥瘠。照片须两张，交验户口册。年行未五十，差幸尚合格。举步见艰难，不能掩残疾。执事怫然怒，推我出行列。不卖正尔佳，无失斯为得。归来亦自笑，此计毋乃拙？岂必无菜根，清甘大可啮。

　　另有一首七古曰《题群殴图》：

　　群氓何事不从容，攘袂挥拳乱哄哄。细数其间十人者，一其拔足去匆匆。另有手行刖脚子，义犬相依自叫穷。知机远害诚多智，不管闲事亦明通。其余八者俱鼓努，大张挞伐竞奇功。敬惜字纸收破烂，得钱微末岂能丰。毒杖加之亦何忍？劝善衲子竟逞凶。帮凶助战出奇计，猛掷烘笼用火攻。别有王家苦鏖战，战云惨澹塞寒空。空手焉能制敌命？不惜乐器作兵锋。持鬃挽发坚不让，此时苦煞美髯翁。惨败新都求道准，仰天无泪哭秋风。呜呼公等皆有长技在，何不江宽湖远各西东？

　　夹叙夹议，纵横捭阖，穿插变幻，引人入胜，唐宋诗即有此体。创于杜甫《韦讽录事宅观曹将军画马图》，苏轼则有《韩干马十四匹》，皆写马群情态。而此诗的创意在写世态人情，一起"群氓何事不从容"、结尾"呜呼公等皆有长技在，何不江宽湖远各西东"，皆如当头棒喝，反对斗争内耗，呼唤社会和谐，有事可据，有义可陈，语言有味，诗意盎然，真佳作也。

面对这样一本奇书，读者最想知道的是作者何许人也。然而从头翻到尾，没有小传，也没有年谱。这是一大缺憾。虽然封底上名片似的写了几个头衔"学者""诗人""书法家""文字学家"及生卒年月。但信息太少，根本不能满足读者的好奇心。还有，有了"文字学家"一衔，"学者"就纯属多余。又，丁书清嘉庆丙辰年状元赵文楷联"春气遂为诗人所觉，夜坐能使画理自深"，书中把上下联弄颠倒了。这是一个低级错误，本来单凭书家的下款就可以认定序关系。此外还有一些图版制作和校对上的问题。所以说编得不算好。

下载到丁先生传略，参考丁氏自叙、稍加修润，附录于后：

丁鹤（1927—1999），字季和，号野庵。四川成都人。生于中医之家，少年时代以作诗敏捷，曾获谢无量赏识并赠字。又获张大千赠扇面画。旧时与王伯岳交好，曾于王家认识俞振飞、于非闇、钱穆等名流。新中国建国前夕，被《重庆世界日报》聘为驻成都特约记者。1953 年毕业于成都光华大学，经西南局人事部门统筹，分配至原西康省人民政府商业厅业务科担任民族贸易专职科员。1955 年因受聘特约记者事，被定为"反革命分子""中统特务"。愤而跳楼，造成腰椎骨折，左髋关节骨折，幸免一死。1956 年初秋准回成都就医，月发十六元补贴，勉强度日。西康并入四川，单位关系转至商业厅所属雅安百货公司。1958年公司以其不在单位上班，除名。由此生活困顿，曾操缝补、剥云母等业为生。竟至流离失所，幸赖恩师易均室收留，得玉泉街一 9 平方米居所栖身。1982 年平反，雅安百货公司以退休人员安置。经徐无闻力荐，参与《汉语大字典》编撰工作，因不在体制内，而未获署名。又因徐荐，任《龙门阵》杂志编辑，因与主编意见不合，拂袖而去。川师刘君惠爱其才，欲为其安排教职，因政不果。遂以诗酒自娱，寄情翰墨。浙江方介堪遣林乾良来蓉寻访故友易均室，得遇先生于庐舍之中，由是与方书信往来，诗文唱和，得方所刊十方印章，遂以"十方石室"名其居。故宫博物院李心田见丁书法，叹为当世罕有，累牍相誉，纳为知交。1990年后，先生移居郫县太和乡团结镇，署其室曰西畴居，日以课童习字为事。时有素心人来往，赏奇析疑，指天画地，以为快事。晚拟董理早年所发明的"五首查字法"，事未竟而终。

成都今有Y先生

我居成都，未尝见流沙河。然读其诗文，想见其为人，总是十分佩服，以为有如先生者，始可称文化成都之一块招牌也。看似另类，其实正宗。

流沙河原名余勋坦，认识他的人或呼"沙河先生"，或不尽恰当。而其所著《Y先生语录》自称Y先生即余先生，这个称谓才是合乎中国人习惯的。或以"Y先生"为贬词，又不然也。自古通人，皆能自嘲，此其一也。又，鲁迅说：自称盗贼的勿须防，得其反是好人；自称君子的必须防，得其反是盗贼。以此推之，自称Y者，其实不Y也。

提到流沙河，人皆知其为诗人。记起一件旧事：老画家吴一峰生前自编诗集（《远行集》），其长女吴嘉陵委我通阅全稿。见1958年《砍柴》联句有"斧影刀光锯声里，大柴纷纷变小柴"二语，为集中绝佳之句，不类他作。细观其注，始知为青年右派流沙河所续也。

又记起木斧的一篇文章，说写诗的人很多，就像一群人游水，时间长了，总有人会游到前面去，成为大诗人。木斧真诚地说：就我辈而言，这个游到前面的人就是流沙河了。然而，流沙河*人似不乐以诗人自居。尝著文，劈头就说："光阴何其速也，不诗十二年了。非我不写也，写不出来也。亦非写不出来，写不出新花样也，老一套令我厌也。黔驴技穷，此之谓也。"（《给诗算个命吧》）我觉得那是一篇警世的文章，值得头脑发热的诗人认真读，好好想。流沙河淡出诗坛，有些见好就收的意思；他自称"逃兵"，又有些不乐与时辈为伍的意思。

不乐以诗人名世的流沙河，却有很深的学者情怀。1957 年被划"右派"，单位罚他作资料室保管员，殊不知是投其所好。流沙河乘便勤读不辍，颇究心于小学，撰《字海漫游》。稿虽毁于"文革"，功夫并不白费。清人钱大昭撰《迩言》六卷，广搜古籍中的俗语俗事，溯其源流演变，并加考订。流沙河更拈流行俗语，征之古籍，以见所谓俚语，往往出于雅言——如"散眼子"即"散焉者"出于《庄子》，"盖浇饭"即"羹浇饭"出于《玉篇》等等，益人心智。知堂老人为《亦报》作随笔，曾希望有人将人人耳熟能详而未必能写的日用杂字，对照器物绘制图书，认为这对于增加读者的知识，大为有益。他说，假如有人肯出版，自己一定要预订一本。而今出版界有此见识者，似不一见。

1988 年《新华文摘》创刊十周年，流沙河作《大姐你好》一文，讲文摘类刊物对他增进学问，用壮文胆的好处。别人恐不如此做，更不如此说也。古人说"后生可畏"，殊不知先生为学如此，尤可畏也。高校硕士生扩招，不少人跨专业考入文科专业，常恨文史功底不足。我向他们推荐此文，勉之曰：倘能坚持，十年之间必能成就一学者。

流沙河既好读书，亦喜读书之人。蜀中学人龚明德因汇注

《围城》而吃官司，先生为文为之宽解。说汇校新文学小说名著，非不必要，只是出版法规尚欠周密，牵涉作者权益，即蜀谚所谓"起得太早，遇见鬼了"（《流沙河短文·新文学札记序》）。青年作家冉云飞好学不厌，先生亦与青睐，尝调之曰："龙潭放尿惊雾起，虎洞喝茶看云飞。"（《流沙河短文·虎洞喝茶看云飞》）昔人周乘语云："吾时月不见黄叔度，则鄙吝之心已复生矣。"（《世说新语·德行》）龚、冉二君，想亦尔尔。

冉云飞为《华西都市报》作《流沙河读书生活识微》一文，洋洋洒洒，颇有可观。有一节写流沙河之从善如流云：

我读《旅游三香》一文，看到先生提及"天街小雨润如酥，草色遥看近却无"为宋人作品。我打电话提醒他，说这是韩愈的作品《早春呈水部张十八员外二首》中的一首。屈守元、常思春主编的《韩愈全集校注》、陈迩冬《韩愈诗选注》以及一般的合集选本都敬选不弃……他说大概是以前读《千家诗》误记为宋人作品了，而且在电话中接连表示谢意。

按韩愈在唐是别开生面的诗人，颇为宋人所宗，虽属名句，亦难免记误，且欢迎纠错，固未为失也。既是"全集"，就不能说"敬选不弃"。文中说"他（流沙河）的为人及学问，我万不得一"语，虽有夸张，也是实话。

因为学问好，流沙河文胆既壮，而文心复细。偶为联语及小赋，皆得心应手，游刃有余，读者的感觉十分轻松。如"偶有文章娱小我，独无兴趣见大人"之类，对仗工稳而外，颇示己志。换了他人，不免捉襟见肘——吃力未必讨好，弄巧可以成拙。

语言学大师王了一，生前招研究生，不要写字不好的人，说："不肯好好写字的人，还肯好好做学问？"此言也许偏执。想起一个故事："柳亚子作书极草率，不易识，唯姚大慈均能识之，盖姚作书，更草率于亚子。一次，亚子致书曹聚仁与张天放，信尾注：你们读不懂的话，隔天见了面，我再读给你们听。"（郑逸梅《艺林散叶》一一九）流沙河似不属于那种"大不拘"的名士，他写字认真到了一笔不苟，和他为学的态度一模一样，字体于瘦硬中，颇饶风神，在唐时，杜甫是最欣赏这一路的。

因为学无止境，所以真学者是越学越虚心的。而大千世界，无奇不有。台湾出了个李敖，老而更狂。于《凤凰卫视》中文台辟"李敖有话说"之专栏，作广告词曰："让李敖读书，我们读李敖"，直是小视天下读书之人，无聊之至。流沙河借庄子之口以咻之："日月出矣，而爝火不息，其于光也，不亦难乎？时雨降矣，而犹浸灌，其于泽也，不亦劳乎？"（《庄子·逍遥游》）又尝撰《小挑金庸》《再挑金庸》，指陈金庸先生书中知识性错误，实话实说，也是爱护作者之意。

海峡对岸的Y先生余光中，是流沙河服膺推重的人士之一，尝自谓初读余光中，就有始见真龙的感觉，遂推介不遗余力。又感于余光中"在海外，夜间听到蟋蟀叫，就会以为那是在四川乡下听到的那一只"之语，作《就是那一只蟋蟀》一诗，今已选入中学课本。两个Y先生，出处虽不同，风味相似乃尔。

流沙河曾著《庄子现代版》一书，其深心在于：对立文化对主流文化的批判，实有非常积极之意义。不过，如果说先生就是当代庄子，也不尽然。从其所著诗文和公开发表的言论看，其于社会民生还是相当关注、颇具杜甫情怀的。

袁子琳先生二三事

袁子琳（1899～1979）名森，以字行，渠县清溪镇人，川东名师、书法家。我最近一次对人详细说起袁子琳先生，是去年上半年的事①。当时渠县县志办公室特聘编审文兄从渠县来，言及将增修县志人物传一事。我问增补名单中有无袁子琳，文兄说没有——理由是原渠中教师入县志者已达四五人之多，各方面关系不好平衡。我便说，此事大不可思议，在我们渠县，若论精于一艺而影响卓著之士，袁子琳在上一代人中，是无出其右的。袁老师兼长各体书法，而行书自成一家——可称"袁体"；他写《张迁碑》字，也达到了入化的境地。袁老师出身四川国学院，新中国成立前，辗转川东各地中学从事国文教育，是名牌的教师；新中国成立后以党外人士入主渠中政协，任常务副主席近二十年，那时的县政协是渠城文化界、教育界人士出入聚会场所，在团结知识分子方面起到了不可忽视的作用。别人问及渠县人物，我首先想到的是袁子琳先生。因此，县志中找不到袁子琳是没有道理的。文兄闻言赧然道：关于袁子琳的情况，我还真不大了解；你

---

① 编者注：此文写于 2005 年。

今天讲的这番话，我还真是第一次听到。

我初识袁子琳先生，是在 1956 年，那时袁老师已五十多岁，我还只是一个刚刚发蒙的小学生。渠县北大街 256 号——这个数目是 16 的平方，所以好记——是我的木匠爷爷传下的私房，有十多个房间，距离渠中很近。当时尚在渠中教书的袁老师，就写了我家当街的一楼一底居住。在渠县方言中，"写"是租用的意思。那通房子前面有一个地下室是猪圈，有一段时间被当作厕所使用，所以在蹲厕所时，有时会遇到袁老师。我上小学时已迷上绘画，课余常在小纸片上画包公或其他古装人物，曾得到过袁老师的表扬，心下十分得意。新中国成立之初的渠县中学冯秋掌校，一时名师云集，老教师有冉三角、欧几何、喻化学之目，在国文方面，袁子琳是首屈一指的，渠县人对他习惯的称呼是袁老师。袁师母姓甘，讳玉德，当时三十来岁，为人甚是贤惠。我记得有一位姓傅的贫困女生，长期在她家中搭伙，兼熬中药。她和袁家女儿学苏形同姊妹，袁师母对她亦视为己出，给人印象很深。而袁老师给我的印象，除了和气以外，就是早就听人说他是渠县字写得最好的人，"渠县大礼堂"几个大字就出自他的笔下，只此一端，已足够引起我对他的景仰。此外，袁老师还酷爱川剧。我放学回家，经常见他坐在门口，压低嗓门哼戏，我不知道他唱的是哪一出，因为我实在不懂川剧。在一次县城的文艺会演中，我还见过袁老师登台票戏，他唱的是哪一出，我还是不知道。

袁老师小时候就有音乐天赋，六七岁即能打耍锣，锣鼓铙钹样样都会，成为当时渠县东门耍锣班子最小的成员，人称"袁大锣"。因为打耍锣和听东门外茶馆说评书，他常挨到深夜，有时因城门关了而不能落屋。在青年时代，袁老师学会了打竹琴和唱玩友——玩友指一种业余爱好者自行组织的川剧坐唱。川剧一行有"七分白，三分唱"之说，由于在发音上训练有素，袁老师说起话来有板有眼，听他讲话便是一种享受；教起书来字正腔圆，也曾在课堂上用竹琴演唱课文中的韵语，备受学生欢迎。雍国泰先生《巴山渠水杂家文人袁子琳》一文回忆说：袁先生喜爱川戏，特别研究咬字吐词。早年在成都，拜访了不少名角，学习唱腔，研究剧本，加以声音洪亮圆润，颇受行家的赞扬。袁先生每到一地，先拜会的是川剧茶社，那时农村文化生活非常贫乏，一听到袁先生要到本地唱川戏的消息，晚上音乐茶社人山人海，拥挤不通。锣鼓响了，只要袁先生放出一腔，全场鸦雀无声，袁先生的川戏就有这么大的魅力。但一地住久了，掌握的几折戏唱完了，就必须另换地方，这也许是袁先生辗转各地执教、每地只住上一年半载的原因之一。坐唱川剧要锣鼓，动员的不是一二人，竹琴（又名道情筒）一人独奏独唱，方便极了，在教学之余，人们常要求袁先生唱一段竹琴。竹琴唱法多与川剧同腔，袁先生自唱自打，悠扬自如，很能吸引群众。"苏小妹三难新郎""伯牙碎琴""单刀赴会"等，是他的拿手好戏。词句经过他的修改，雅俗共赏。

南桥对我讲过这样一件轶事：1941年秋，袁老师在巫溪中学聘任期满，准备回家。从巫溪回渠县是逆水行舟，须经三峡、过瞿塘——李白所谓"五月不可触，猿声天上哀"的地方。当时行李已搬上了一艘装载药材的小船，正要走人，不想当地军中一位团长硬要留袁老师下来唱玩友，而且不由分说地让士兵将他的行李搬上了岸。这一留非同小可，居然救了袁老师的性命。因为当天晚些时候就传来消息，说那艘药船在三峡翻了船，船上人掉进江中喂了鱼。

当袁老师做县政协副主席时，他家搬到政协去住，我那时上初中，彼此见面往往是在春节期间。当年春节，初一至初三的晚上，县政协的大门口都会摆出一个一米见方的大灯笼，白纸糊壁，四面通明，每面都贴着两行谜语，标有赏格。灯谜是中国特有、益人心智的文字游戏，袁老师善于出灯谜，他所出的灯谜，艰深的文化界人士也百思不得其解，如"无边落木萧萧下"（杜甫《秋兴》句，打一字，谜底：日），一般人会从写景方面去猜，而不会想到从历史方面去猜，因为南朝宋齐梁陈中，齐梁两代帝王都姓萧，所以"萧萧下"扣一个"陈"字，繁体"陈"字去掉偏旁（无边），再去"木"字（落木），剩下的就是一个"日"字。所出浅显的灯谜，少年学生也能猜，如"一粒粟中藏世界"（打毛主席诗词句一，谜底：小小环球），"顶峰"（打毛主席诗词句一，谜底：头上高山），虽浅显，却切贴，又耐人寻味。那时每逢年夜，我都会去猜，哪怕半晌猜不出一条，也不肯轻易离开的。归来则自制灯谜，与窗友朱定中互猜为乐。有一夜，因为猜中数条谜语，袁老师很高兴，不但给奖品，还请到办公室用茶。政协的谜会在"文化大革命"中被当作"四旧"破掉以后，每逢春节，我和朋友们不甘寂寞，就聚到朱定中家猜谜，自娱自乐。袁老师知道后，也曾让南桥捎了谜语来，为我们助兴。后来，我偶尔借到一本民国时代印行的《春谜大观》，序云："当此玄黄扰攘之秋，新旧党人奔走运动、争名夺利之日，而寒江伏处数十穷指大之学问、之经济、之气概，日销磨于文字游戏，竭其一得，仅仅博游艺场所之欢迎。高踞一席，自鸣得意。幸乎不幸，我同人对此感情为何如耶?"署名新旧废物。这段文字像斗大一颗橄榄,令我咀嚼了很久,也明白了很多事体。

袁老师的书法功底很深厚,早年长期习碑,1923年入四川国学院寓居成都时,曾师事四川书法家颜楷等名家。他既聪明又勤快,广临碑帖,加之高明指点,篆隶行楷无所不工,精于张迁碑,又以碑法作行书,字体刚劲,潇洒自如,自成一家。新中国建立前袁老师的书法笼罩了巴山渠水,影响深远。庙堂匾额,大户人家的壁挂,多有他的墨宝。新中国建立后袁老师的书法在地区颇享盛名。1966年开始的"文化大革命"虽是一场文化浩劫,写字却不在文禁之列。大批判专栏曾经是"文革"中的一道风景,袁老师那时也曾为革命组织所用,抄写过大批判文章。因为无事可做,又经常得到各方面的请求,所以"文化大革命"反倒成了袁老师书法创作的一个高产时期,书法的内容大多是毛主席诗词或语录,而且对纸张不甚讲求,很多作品都是用廉价的白书写纸写成的。时有写在宣纸上的,那就很珍贵了。

那个特殊时期袁老师无事可做,不免寂寞。他的寓所已搬到渠县体育场附近,我每天晚饭后上街散步,经常会到袁老师家坐一坐。每次去,他都特别高兴,都要随意摆一些老龙门阵和地方掌故。在"武斗"闹得最凶的那段日子,南桥随渠县红联站的造反派远走达县(今达州市),久未返渠。袁老师心下着急,三天两头来我家打听消息。南桥回来后,一连几天住我家避风,与我抵足而眠。此后,我和袁老师过从更密。每次和袁老师见面,我都会笔墨伺候,请他写字,他也总是有求必应,而且多多益善。除了单条、横幅而外,还为我写了整整两本字——《毛主席诗词》和《鲁迅论文艺》。我将自己的书法习作呈袁老师请教,袁老师勉励我说：你字秀挺可喜，但不要软弱；颜筋柳骨，甚是紧要。又交给我一枚"子琳花甲以后书"的印章，嘱我磨掉，改刻为"子琳古稀以后书"。现在想起，始觉原章应该珍藏，不妨另择印石为之。可惜那时我人太年轻，兼之地处一隅、石材颇不易得，就完全照办了。

1977年，达县地区举办书法展览，渠县文化馆上送袁老师各体书作十余件参展，内容多为毛主席诗词或语录。地区文化馆某公以繁体字不便工农兵欣赏为由，悉黜退之，袁老师闻讯，无可奈何地说："书法艺术又不比扫盲，非用简体字不可？"袁子琳书法造诣虽高，却生不逢辰，故不甚为外界所知。青年书家唐木少时曾就教于袁老师，并得到他的墨宝，当时不甚爱惜。多年后整理故物，偶然检出昔日所存袁子琳墨迹，始为之惊愕道："其书笔力雄强，端严朴厚，上追唐贤，兼熔两汉，且炉火纯青，自有云垂海立之势，直逼有清刘石庵（墉）、伊汀洲（秉绶）、钱南园（沣）诸大家。其实书坛热闹多年，吾稀见有袁公作品境界者，乃悟寂寞之道，不能以标奇炫异、浮躁得之。"（《认识袁子琳先生》）

改革开放近三十年来，中国书法创作出现了空前繁荣的局面，主流虽然是好的，但也有一些忽略传统、不讲基本技法的倾向，刮过一阵流行书风，好在书坛已收视反听，大多数人已达成共识，认为汉字书法还是应当尊重传统，须在很好掌握传统的用笔、结构、布局、气韵的基础上，博取众家之长，充分体现书家的学养、气质和个性，才能有经得起历史检验的创新。当此之时，如果将袁老师的书法精品编选成册广为介绍，应该是一件嘉惠书林的善举——这是渠县人应尽的责任。

袁老师的书法造诣，还得力他深厚的学养。我曾听他追忆往事，说当初应试国学院，试题为"拟颜延年《五君咏》"，不少胡子很长的考生竟不知颜延年为何人、《五君咏》为何诗，而他却非常得意："题都出到我巴篓里了！"按，《五君咏》是颜延之题咏魏晋名士阮籍、嵇康、刘伶、阮咸、向秀五人的五言诗。诗见萧统《文选》。颜延之字延年，南朝刘宋诗人，与谢灵运、鲍照号元嘉三大家。"颜延年"三字平声同韵，念起来特别好玩，所以袁老师每次念起这个诗人的姓字，都要呵呵一笑。成都一度霍乱流行，袁老师因与成都二仙庵（今青羊宫）住持相熟，曾寄居道观月余，为道士讲《道德经》。那时他人年轻，记忆力又好，头天晚上预习，次日便能讲得头头是道。直到晚年，袁老师回忆当初情景，还盛夸二仙庵的南瓜饭好吃。不过，袁老师在国学院只读了一年，就遵照父命而转学，原因是袁父鉴于其长子袁荣留日的教训。

　　袁老师兄弟二人，其兄袁荣字子朴，年长弟弟十余岁，晚清考取官费留日，在成都东文学堂曾与郭沫若的长兄郭开文同窗，到日本后入早稻田大学，又结识了孙中山。袁荣通英、法、日等国文字，且思想先进，广闻博识，曾参加孙中山领导的革命党。孙中山在日出版的《太平天国战史》一书首页，即载有他的和诗10首。袁荣在日本与中国驻日公使的女儿相恋，后因公使大人反对而破裂，从而导致了他的精神分裂。回国后，曾一度被袁世凯拘留，后知其为"疯子"，才放回渠县。袁父痛心地说，这好比一只鸡，杀好洗净，放锅里蒸熟，正想吃它，却突然飞了。袁荣回乡后情况稍有好转，遂亲授其弟诗词文章，他认为读书要接触社会，透彻人情，闭户攻书，决无成就，遂不惜巨资送其弟东出夔门，远游京沪，就学成都。而袁父觉得国学院学制太长而无关功利，才坚决要求袁子琳改上学制较短的又比较实惠的四川省监狱专门学校。而当袁子琳从这个学校以第一名成绩毕业时，他本人却放弃了在别人看来油水很多的管狱职位，毅然回乡教书。

从1926年到1949年以后，袁老师一直做中学国文教员，辗转于渠县、重庆、蓬溪、达县、阆中、大竹、万县、巫溪、合川、广安等川东各县，而以在渠县的时间为长。2003年10月，我因摄制《邓小平与四川》专题片需要采访，来到邓小平同志的母校广安中学，在校长办公室翻看老照片，意外地从一张1945年11月12日广安中学初中部八三班毕业留影中，发现前排教师中身着长袍的一位就是袁子琳，经查证，先生当年45岁，是该校最年长的老师之一；顺藤摸瓜，我还找到了袁老师在该校留下的墨宝："以社会为学校，以大自然为先生"——这番遭遇就像和先生久别重逢了一样，使我感到十分的亲切和欣喜。

书林忆趣

所谓书林，有二义。一谓书籍之林，或谓书海。一谓书家之林，王春渠《当代名人书林》的"书林"，就是这个意思。荀子曰："学莫便乎近其人。"我之学书，有尺寸之功，皆得益于与书林高人来往，其间趣事，可略叙一二。

最早认识的书家便是袁子琳老师。他师从颜楷，隶书擅长《张迁碑》，行书线条瘦硬如柴，自成一家。胸有成竹，行笔稳健。尝云："作书要笔锋内蕴，不作金刚怒目态。笔力要豪迈，结构要紧密，疏处可使跑马，密处不令通风，就是这个悟景。"时人有作吼书，其实古已有之，唐李颀《赠张旭》记载张旭作狂草，即"露顶据胡床，长叫三五声。兴来洒素壁，挥笔如流星"，其实是一种如痴如醉的写作状态，并非哗众取宠，袁老师得之。袁老师作字，酣畅淋漓，到最后一笔，全神贯注，力透纸背，绝无强弩之末之态。当其对众挥毫，观者皆屏息，如观行为艺术。至收笔，一齐喝道："袁老师最后一笔来了！"意思是"快点躲开"，渠县人竟传为歇后语。

曹宝麟是王力先生高足，王先生在世时招收研究生，条件之一是字要写得好。他说："不肯好好写字的人，何能好好做学问?"研究生毕业后,曹宝麟分配到安徽师范大学任教,其时我从该校中文系唐宋文学专业研究生毕业,回四川工作,故缘悭一面。学长潘啸龙从芜湖来成都作学术讲座,为我牵线,遂与曹宝麟书信往来,竟为神交。曹兄来信皆毛笔书写,精美不逊宋人法帖。第一信写道:"啸天兄如晤,大札诵悉,作赵瓯北诗赏析,愿学焉。吾兄手笔不凡,《唐诗鉴赏辞典》中多有击节之处,真才子也。"获赠墨宝多幅。尝从网上调看其作字视频,见其执笔位置甚高,而点画精准,控笔自如。启功先生追忆其观摩白石老人刻印,操作过程并无美感;我从视频看启功先生作字,感觉亦如之。然看曹宝麟作字,过程本身便是一种享受。

多年前,什邡女学生张燕送我一本书画月历,我看选材制作皆称上乘,问是谁人所做,她说洪厚甜。张燕的先生是什邡县(今什邡市)文化局长,要约我吃饭,我便问能请出洪厚甜否,她说能。洪厚甜读过《唐诗鉴赏辞典》,想学诗,而我想习字,所以言谈有缘。那时他在四川省政协书画院,见面的机会很多。有一次他到彭州书法班授课,带我旁听。那天讲得不多,只说行笔,须知哪里起哪里止哪里行,怎样起怎样止怎样行,然后拿过一本隶书字帖,一摞字条,开始示范,一纸条俩字,笔笔精到,字字出彩。然后吩咐班长拿去复印,一个学生一份,每人摊得真迹一纸。洪厚甜书《百梅诗册》讫,请我作序,问值,遂请书《将进茶》一幅,皆出在手上也。

韩天衡从海上来草堂办师生联展,下了请帖,约好献诗。成都方面在门里会所为韩先生洗尘接风,主办方忙昏了头,我到场找不到坐签,甚觉无趣即走人。韩先生遂电话相约,次日草堂茶叙。我说,从视频看韩先生用刀,与石面有一定倾斜度。韩先生一听来劲，道：昔人刻印，入石较深。高明如吴昌硕，其线条并非一刀而就，不满意处，即有复刀。他用冲刀带批削，入石浅。所有的线条，两面的字口，是一刀去，一刀来，不做。他说，昔人在刀法上达到绝妙者唯吴让之，赵之谦的刀法不能与吴让之比。又说，年轻时看舟子划船，桨入水浅而得力，船行甚疾。桨入水深，船行则吃力。由此悟到用刀之道。

顾妙林出身农家，学习条件很差。1958 年前后，几位从上海高校下放到农村改造的"右派"教授派住顾家，教他把字写好，由此对书法产生了浓厚兴趣。及长，更加勤学好问。在上海先后师从著名书家刘小晴、顾振乐（曹宝麟的舅父），并登门求教过沈迈士、朱东润、陈从周、苏仲翔、任政等名家，在外地，则请教过沙孟海、刘江和启功等先生，可谓转益多师，渐入佳境。四十年前，他读到拙著《唐绝句史》，遂有来信，我见他毛笔硬笔书法俱佳，于是书信往来不绝，每信必获赠墨宝，至有册页相赠。若非勤于临池，而生性澹荡，何能出手阔绰如此。

何开鑫和冷柏青是好朋友，皆醉心诗词写作。何开鑫的女儿何玫霖是我指导过的研究生。由我主编的《岷峨诗稿》是四川省诗书画院（冷为该院副院长）的院刊。因此，多年以来我与何、冷二君过从甚密，获益颇多。苏轼《与谢民师推官书》说："大略如行云流水，初无定质，但常行于所当行，常止于所不可不止，文理自然，姿态横生。"虽是谈文，也合书道。因为书法属于造型艺术，每个汉字在书写过程中的结体，历代书家都做过大量的有益的尝试，不加揣摩，何能"姿态横生"。所以我主张："在家须临帖，出门放开写。"冷柏青说："这话别人没有说过。"其实《随园诗话》说过这样的话："人闲居时，不可一刻无古人；

落笔时，不可一刻有古人。平居有古人，而学力方深；落笔无古人，而精神始出。"

龚自珍谓："书家有三等：一为通人之书，文章学问之光，书卷之味，郁郁于胸中，发于纸上，一生不作书则已，某日始作书，某日即当贤于古今书家者也，其上也；一为书家之书，以书家名，法度源流，备于古今，一切言书法者，吾不具论，其次也；一为当世馆阁之书，唯整齐是议，则临帖最妙。"持论甚高，而不能以身作则。1964 年郭沫若为《鲁迅诗稿》作序曰："融冶篆隶于一炉，听任心腕之交应。朴质而不拘挛，洒脱而有法度。远逾宋唐，直攀魏晋。世人宝之，非因人而贵也。"庶几得之。

赭山师表　锦瑟解人

刘学锴师在与余恕诚师合作完成了《李商隐诗歌集解》（全五册）、《李商隐文编年校注》（全五册）、《李商隐资料汇编》（上下册）——以上各书皆由中华书局出版，及独著《李商隐评传》《李商隐诗歌研究》，悄然退休之后，仍笔耕不辍，新近又完成了《温庭筠全集校注》《温庭筠评传》《温庭筠选集》等项目，可谓著书等身，且皆传世之作。

余老师最近在电话里说，刘老师近居北京，平时都在家，只是每天早晨、晚上有两个时间要到小儿子刘欣（已成家）那里，替他们烧饭。鲁迅《答客诮》云："无情未必真豪杰，怜子如何不丈夫。"刘老师之谓也。我又听某老师说过，他在师大住刘老师对面同一楼层，从窗口看刘老师与儿子谈话，虽不闻其声，但从儿子的站姿和时间的长度，已感觉到他是怎样的一位严父。刘老师有二子，长子英卫毕业于中国科技大学，幼子刘欣毕业于北京大学，俱已成立。《战国策》载赵太后质触龙曰："丈夫亦爱怜其少子乎？"触龙对曰："甚于妇人。"亦刘老师之谓也。

刘老师精于治学之外，爱好厨艺，在师大是出了名的。我和汤华泉是他和余老师招收的第一届研究生，毕业时，刘、余老师为我们饯别，刘老师亲自下厨烧鱼做菜，记忆犹新。做学问，在刘老师是小菜一碟；事烹饪，在刘老师则大有学问。老子云："治大国若烹小鲜"，真不欺也。

刘老师为人儒雅，着中式服装，不苟言笑。师母潘老师性格淑婉，家庭气氛温馨和睦，世罕其比。师兄潘啸兄告诉我，他曾与刘老师一起出席某个学术研讨会，主办方搞了个晚会，晚会气氛与与会者情绪俱臻佳境，人人都出一个节目，那天晚上，刘老师唱了一段《楼台会》（越剧梁祝），很有味道。刘老师在师大是话题人物，他能唱越剧，我却是第一次听说。由此可知，刘老师从骨子里是一位极有情调的人。

刘先生 1933 年 8 月生于浙江松阳县，幼即聪颖，四岁入小学，九岁入初中。从小喜欢阅读古代诗文小说，尤喜唐诗。1952年考入北京大学中国语言文学系，有志于研治中国古代文学，尤其是唐代诗歌。时值院系调整，北大中文系著名学者云集，古代文学方面由游国恩、林庚、吴组湘、浦江清、季镇淮等学者分别执教。作为古代文学科代表，他有机会经常接触名师，转益求教，多方面汲取其各具特色的治学专长。先生入学前稍经坎坷，作过乡镇小学教员，生活较清苦，能入北大深造，深感机会不易。又自谓资质平平，唯有将勤补拙。北大藏书丰富，他往往提前自学课程基本内容，系统阅读古代重要作家别集，为以后治学打下了扎实的基础，学习成绩一直名列前茅。

1956 年本科毕业，免试录取为北大首批副博士研究生，跟从林庚先生研治魏晋南北朝隋唐五代文学。1959 年北大新建古典文献专业，刘先生得以留校任教。在魏建功、周祖谟、吴小如诸先生的指导帮助下，较快掌握了古文献学的基本内容，并独立开设了校勘学课程（当时许多重点高校均未开设此课程），并参与了古籍整理概论课程的建设和讲授，历时四年。由于在诗学和文献学两方面都训练有素，对他后来的古籍整理与研究，打下了扎实基础。1963年因夫人下放，刘先生要求随调安徽，先在合肥师范学院中文系任教，后移教芜湖赭山，在安徽师大中文系工作至今，先后开设过历代散文选、唐宋文学、李商隐研究以及唐宋文学专书选读与研究、唐宋韵文等本科和硕士学位研究生课程，招收、指导硕士研究生。

刘先生的著述，以"文革"为界，可以划分前后两个时期。从1957年到"文革"前夕，主要是在有关学术刊物上发表古代文学研究论文。如《〈长生殿〉的主题思想到底是什么》（1957年4月7日《光明日报》"文学遗产"第151期，署名丁冬）《选本也应该百花齐放》（1961年9月8日《光明日报》"文学遗产"第380期，署名丁一）、《几点关于古典文学研究的建议》（1961年12月17日《光明日报》"文学遗产"第393期，署名丁山）、《王昌龄七绝的艺术特色》（1963年2月17日《光明日报》"文学遗产"第451期，署名冯平）、等等，既有对名著主题思想的争鸣，作家艺术个性的探索，也有对研究方法、方向的思考，思想敏锐，切中时弊。提出了诸如应该适当注意反面现象的研究、多研究一些规律性的现象、多注意一些特殊的文学现象、多注意一下目前文学创作的实际，等等。这些见解在当时即产生较大反响。

先生为文不喜过多的引经据典，更不取贴标签的流行作法，坚持实事求是的原则，对具体问题作具体分析，坚持两点论，不为复杂的现象迷惑，故能抓住问题的要害，避免片面性。如在

《长生殿》主题思想的争鸣中，刘先生立足于作品的客观实际，从悲剧理论的高度出发，指出李杨爱情渐趋专一的过程，同时也是一个痛苦和残酷的过程；这一爱情悲剧的深刻原因即在于悲剧人物的阶级地位和生活方式；此剧成功地塑造了一个亲手制造了自己悲剧而又至死不悟的帝王的痛苦灵魂；而"重圆"的结局只是一种善良的徒劳，作品的蛇足。

在当时的唐诗研究中，盛唐诗歌受到冷落，而艺术性研究更为薄弱。为此，刘先生撰写了《王昌龄七绝的艺术特色》，这是一篇短小精悍、令人耳目一新的力作，文章通过李王绝句的分析，不仅精辟地概括出王昌龄七绝的艺术特色，连李白七绝的个性也被显露无遗，而全文不过两千字。《知人论世》（1961 年 11 月 2 日《光明日报》）通过一、二名篇的思考，上升到理解、评价作品的一般性原则，同样益人心智。然而，接踵而至的政治运动和"文化大革命"，使刘先生卓有成效的研究工作被迫中止，他为王昌龄诗集整理所作的大量工作毁于一旦。在此期间，他曾被下放中学教书，历时四年。专业书籍也只剩下一部马茂元的《唐诗选》。

十年动乱结束之后，刘先生与余恕诚先生携手合作，致力于李商隐研究。先后出版了《李商隐诗选》（人民出版社 1978 年初版，1986 年增订再版）、《李商隐》（中华书局 1980 年）、《李商隐诗歌集解》（中华书局 1988 年）等专著；还发表了《李商隐的无题诗》《李商隐开成末南游江乡说再辨证》《李商隐生平若干事迹考辨》《李商隐与宋玉——兼论中国文学史上的感伤主义传统》《李义山诗与唐宋婉约词》《李商隐的托物寓怀诗及其对古代咏物诗的发展》等一系列单篇论文。

李义山诗风与李白、杜甫不同，多用比兴象征，隐晦朦胧，意蕴深曲。刘、余先生审度对象的特殊情况，认为与其勉强撰写以著者己意为主的新注，不如集思广益，以集解新笺的方式来整理研究，较为实用。无论编著诗选或集解，都注重实证，避免臆测；同时注意在社会、历史与文学形象之间寻求中介，并结合运用心理学、美学的理论与方法，以避免把李诗本事化、标签化。"文革"以后，随着拨乱反正的深入，义山诗成为唐诗研究热门，从者蜂起。而如刘、余先生这样积十数年之心力，孜孜矻矻，由诗选——评传——集解，滚雪球般地壮大成果，为义山诗学奠定了坚实基础者，在学界罕有其匹。

《李商隐诗选》是人民文学出版社"中国古典文学读本丛书"之一，这本《诗选》选目精而分量适当，注解详博（释词、笺事、阐意、谈艺兼营），资料翔实，前言扎实而附录有用，能作深入研讨诗人生平和全部作品之导引，在丛书中水平及层次均属上乘。《李商隐》是一本部头甚薄而内容颇不菲薄的评传，它首次系统论述了李的生平和创作道路；透辟地剖析了李诗的艺术特色，阐明其在文学史上的地位和影响，具有相当的学术价值。而《李商隐诗歌集解》共五分册百余万言，是李诗的会校会注会评会笺本。在冯浩《玉溪生集笺注》后，为读者提供了一部经过全面整理、资料丰富、使用方便的新校注本，成为对李商隐研究的一项持久的贡献。

除了李商隐研究以外，刘先生历年来还发表了三百余篇古典诗词的鉴赏文章，与赵其钧先生等合撰了《唐代绝句赏析》正续编、《历代叙事诗赏析》。刘先生注重对作品的感受领悟而不务空言，力求抓住作品中确实值得称道借鉴的特点，深析透彻，为文雍容大度而又轻灵洒脱，多能惬心贵当，受到广泛的好评。

刘先生貌清癯，侍人真诚平易，绝无崖岸高峻之感。写字作文，一笔不苟，风格悉如其人。笔者是先生指导的首批硕士研究生之一，事先生三载有余，耳濡目染，获益良多。每登门拜访，先生相见无杂言，唯学是讲。当面衡文，俱能指点得失，决不隐瞒观点。而从不对人作背后批评。同事、诸生皆乐于相亲。

先生虚怀若谷，循循善诱。忆昔在芜湖，我对郭老《李白与杜甫》的某些论断不满，为文大加訾议，刘先生批云："我个人完全同意《訾议》中对杜甫及其作品的看法。如果要从郭老这部著作中汲取经验教训的话，我以为一是勿迷信，二是勿自必，而真诚的'左'与欺世盗名，在主观动机上毕竟是有区别的。我总觉得还是要以正面、深入的研究为主。新中国成立前后，总的来说扬杜抑李是主要倾向，人们对李，实际上并不那么理解。而今尊杜的倾向似更有发展之势。杜甫确实值得景仰，但终究是封建时代的诗人，局限、缺点都是客观存在。即以诗歌艺术而论，在封建时代，也有专门批评他的人。还是要批判地继承，要'爱而知其丑'。"读之不由人不心平气和。

缅怀余恕诚老师

余恕诚老师不但是唐诗学家，而且可能是继闻一多、林庚之后，最重要的唐诗学家之一。因为唐诗学者虽多，但提到唐诗总论，闻一多《唐诗杂论》，林庚《唐诗综论》和余恕诚《唐诗风貌》，可以说是标志性的著作，研究者所绕不开的。从 20 世纪 80 年代初开始，余先生将相当一部分精力投向对唐诗风貌及其成因的潜心研究，有计划地撰写了十多篇很有分量和创见的系列论文，其中发表在《文学遗产》上的就有六篇。其专著有《唐诗风貌》（《唐诗风貌及其文化底蕴》）《唐诗与其他文体之关系》《诗家三李论集》等。他的一些重要观点，如高层政治生活对李杜创作的影响（这一点他得益于郭沫若《李白与杜甫》，而且他和刘学锴先生对此书的价值有迥异时人的非常一致的看法）；如王昌龄、李白等人以一般征人口吻写作的边塞诗，与高、岑等军幕文士以自我抒怀为主的边塞诗的异同；如论唐诗对时代反映的深度、广度及其所表现的生活美，特别注重对有唐一代士人的精神风貌、胸襟气质；而对唐诗的整体刚健物质作追本溯源之论，又特别注目于魏晋南北朝直至隋唐这一漫长的民族大融合过程所带来的胡汉诸民族精神文化的摩荡和融合及雄强之气的注入，从而对唐诗阳刚之美在气象、内质、情态方面的突出表现作出有力的说明。（以上表述采自刘学锴先生为《唐诗风貌》一书所作的序言。）

十年动乱结束之后，余恕诚老师与刘学锴先生携手合作，致力于李商隐研究。成果颇丰，详见《赭山师表 锦瑟解人》一文。

早在上世纪古典文学鉴赏热兴起之前，余老师就应中央电视台、人民文学出版社之约，撰写唐诗鉴赏文章。上世纪八十年代初，上海辞书出版社率先出版《唐诗鉴赏辞典》，在全国出现了长达近二十年的鉴赏类书出版热。而《唐诗鉴赏辞典》迄今印行近三百万册，创造了出版行业的一个奇迹。而这部辞书也获得了国家图书一等奖。而这部书的大量的赏析文章，出自于刘、余老师为首的安徽师大写作团队。其中刘老师撰写达八十余篇，余老师撰写七十余篇，作为他们首届研究生，刚毕业的本人撰写一百二十余篇。此外赵其钧也撰写了相当数量的辞条。宛老（敏灏）年事已高，也象征性地写了几篇。总共要占去全书百分之三十的篇幅。如果说当代唐诗研究有一个鉴赏学派的话，中心就在安徽师大，领头的就是刘、余老师。我在校念书时，他们就曾经教导我说，说不要贵远贱近、鄙薄此道，远不所有的专家学者都长于此道。如果没有刘、余老师的教导，就不会有《诗词赏析七讲》《诗词创作十谈》《周啸天谈艺录》等著作的出版。

在学科建设和培养人才方面，我这里只谈谈毕业之后，余老师对我的关心和帮助。毕业后，刘、余老师和我一直保持着通信往来。母校成立了以余老师为主任的中国诗学研究中心后，2003年中心以刘学锴先生的名义申报了一项《诗情画意的安徽》的项目，余老师电话约我回母校做这个项目，主要是构思框架和拍摄图片。出版社的人告诉我，余老师说用我可以一以当十，这个话有点近乎偏爱了。做这件事，我最为受益的是，弥补了在校攻读研究生期间除了芜湖，就没有去过安徽别的旅游景点之遗憾。同时还写下了《徽州民居》《太白醉月歙砚歌》等诗篇。而且就是在母校这个学术平台上，我认识并受知于王蒙先生。余老师在2015年的一封来信中写道：

> 诗集收到。昨天王蒙先生来师大作学术报告。今天中午我送王蒙由铁山宾馆出发去南京机场。啸龙赶来告别，把你的诗集递给我。这样，我们正好在车上欣赏你的大作。王蒙接连称赞："写得真好""写得太好了！"王蒙夫人也在旁边，她还记得你的《洗脚》《人妖》等篇。他们俩说当时就很欣赏。王蒙在车上朗诵了你的《洗脚》《人妖》《纽扣辞》等篇。说你的《人妖》是"仁者之诗"。"关心现实""很幽默，又很雅""写到这样真不容易"。问你在做什么？跟师大是什么关系？建议你寄上两本，一本给王蒙、崔瑞芳，一本给秘书彭世团。

不久以后，王蒙先生即有成都之行。他让彭秘书从网上查到我的电话号码，于是我们有第一次晤谈。那时他就主动地说要写一篇诗评。后来写了三篇。而同年，余老师在另一封信里说：

> 今晚在灯下，几乎把《欣托居歌诗》都读了一遍，真是一种享受。第一，我觉得这个集子已经不单薄了，印刷得又极好，足以传世；第二，既是道地的旧体诗词，又极富有时代感；第三，《欣托居歌诗》证明旧体诗词是有生命力的，今后还会有大放光

芒的时候。

直到去年，余老师在生命最后的日子里，还和我有几次通信，他在一封信里谈到《邓稼先歌》：

《邓稼先歌》写得神完气足，读来感人，即使放在盛唐优秀诗篇中亦毫无逊色，获华夏诗词大奖是当之无愧的。我始终认为创作是第一位的，你走的路子是对的。

因为我是完全认同庄子"齐生死"的观念，从不承认"永别"这样的说法。所以我不认为余老师与我们隔着不可逾越的鸿沟。我在与余老师最后的通信中，没有回避这个终极问题，我认为应该把"视死如归""置生死于度外""时刻准备着"这三句话作为座右铭，同时对人生持积极的、肯定的态度。余老师回信说，他完全赞同这样的看法。

我愿重申这一态度，来纪念余恕诚老师。

我诗何幸上君口

　　2005 年 11 月 1 日下午，我在家中接到一个电话，电话那头自称是王蒙秘书。我问是崔建飞同志吗。他说不是，是王蒙新来的秘书，是小彭。小彭说王蒙同志已经收到你寄去的书，请你等一等，王蒙同志要和你通个电话。于是在电话那头，我就听到王蒙的浑厚的声音，有几分沧桑、几分伉爽的声音。王蒙说他此刻就在成都，住望江宾馆。前两天他去过安徽师大诗学研究中心，从余恕诚老师手中看到我的新书，说他在车上对同车的人念了书中的一些作品，很开心……接着他问了我的年纪。虽说是初次通话，王蒙说话就这样爽直，脱口而出，一点也不矜持，一点也不讲门面话，真是性情中人。于是我提出要去望江宾馆看望他。他说，那好，不过你可不要请我吃饭，我也不要请你吃饭，大家方便一点。——其实我也有这个意思。于是在电话里说好，晚上七点半到八点之间，我去宾馆见他。

　　我初遇王蒙，是 2002 年安徽师大李商隐研究年会上。作为成就卓著的作家和学者，王蒙理所当然受到与会者普遍的敬重，叨陪的、想和他说话的人太多。我一向很自觉，所以就没有说上话。不过，因为他给师大学生作了一个题为《论无端》的学术报告，妙趣横生，比方说李商隐诗是中国传统诗歌中的一个变数；比方说应该承认诗歌创作有感情的抽象化，感情弥漫的可能，导致解释的不确定性；比方说李商隐诗的语言具有活性的感觉，可以重组；比方说有些从道德上、价值取向上属于负面的东西，也可以成为艺术和审美的对象，等等，皆益人心智，令我浮想联翩，下来作了一首歌诗，连同别的几首歌诗，一并寄给了王蒙。信上提到我读过他的旧体诗。很快我就收到了来自国家文化部办公厅的一封信，寄信人是王蒙秘书崔建飞，信中说来信已转王蒙同志，王蒙同志读了大作，现将回信呈上，欢迎联系等等。王蒙在信中说："感谢来信，读了您的诗、书法，非常佩服，我的那些东西则多属（无师自通的）野狐禅，不足挂齿的。"又及："《洗脚》与《人妖》两首，奇诗奇思，真绝唱也！"

时间一晃，三年过去，拙著《欣托居歌诗》由四川文艺出版社出版。当时我寄出了一批书，有给安徽师大诗学研究中心几位师友的，也有给王蒙和他的秘书崔建飞的。拙著是很寻常地寄出的，可寄出以后，它却好像有了一点灵性，好像老是跟着王蒙转，似乎它与这位文坛大家特别有缘似的。说来也怪，平素我给余老师寄件，一般都会寄给他本人；但这次寄给余老师的书，却一并寄与师兄潘啸龙，请他转送。兹事纯属偶然，却做成一个机遇——书直接到了王蒙手上。

王蒙回到北京，马上又要到四川了却几件公事，包括出席纪念巴金的会、出席全国政协在成都召开的研讨会、到新繁为艾芜扫墓等等，就在这个当儿，他收到了我的寄书。于是，他一路上就带着这本书，一直看到成都，最后从封底广告语中"四川人的幽默感"一语，恍然想起余老师说过我在四川大学工作，便请秘书小彭和我联系。小彭从网络上查到我的电话，于是就有了文章开头的那一幕。

王蒙下榻在成都望江宾馆，宾馆紧邻沙河，离四川大学不远。我去时带了一个学生、《成都晚报》文化新闻部的邓秋，帮我记录和摄影。

在宾馆房间中，我们看到王蒙身着便服，红光满面。王蒙劈头就说，看了你的诗我真的很高兴，现在好多的人写旧体诗，就完全没有那个诗味儿，别说《唐诗三百首》，我看他一百首也没有看过，就看五十首也好哇。王蒙说，我看你性情和我比较相近，你写诗很包容，比如《人妖》，当然你不提倡这个东西，诗中也写了"荷尔蒙"之类负面的东西，但关键是你能指出，它却也开放出了一朵别样绚丽的花——我最欣赏的就是这种胸怀和态度了。我自己写诗也走这个路数。再如超级女声，有的人一提起呀就痛心疾首、必欲除之而后快，我不这样想。我喜欢交响乐，喜欢河北梆子，喜欢昆曲……但我不排斥超级女声。你也写了超级女声，你甚至写了"央视蛋中欲觅刺"，——我当然不能这样写，我这样写时，中央台第二天就要找我来了。超级女声我前前后后看了三个月，度过了一个轻松愉快的夏天。王蒙兴奋的表情中带有几分孩子似的天真。他说，你不是追星族，我也不是。你发过短信支持谁没有？我是一个也没有发过。但是我感兴趣，感觉看了很轻松。一开头，我比较喜欢和支持张靓颖，但我后来发现，她在回答问题时眼光有些躲闪，另外那两个孩子似乎更加单纯一些，所以结果还是有道理的。

话题回到旧体诗词，王蒙说，中国人写作诗词，没有西方那个知识产权的观念，西方人写诗是卖钱，安徒生把诗写在小本儿上给人看，看的人是要付钱的。安徒生写诗卖不了钱，就转写童话，于是一举成名。李白、杜甫写诗，没有类似观念。我经常对人讲一个比喻，中国诗词就像一棵大树，哪朝哪代诗人的作品都是那棵树上的枝叶。他说，最近在《文汇读书周报》读到一篇文章，文中说苏词的"乱石穿空"几句是剽窃诸葛亮的，就引来争论说，诸葛亮那篇文章是伪作，不可靠的。其实就可靠，也仍然只叫化用，而不能叫剽窃。比较极端的例子是中国人的"集句"。曹禺改写巴金的《家》，冯乐山屋里挂的那副对联，一边"人之乐者山林也"、一边"客亦知乎水月乎"，一句《醉翁亭记》、一句《赤壁赋》，但对得那个好啊，这里"水月乎"、那里"山林也"，这里"客亦知乎"，那里"人之乐者"，连虚词都对得很稳很妙。在中国人的诗词创作中，我觉得你哪句诗好，拿来化用在自己的诗里，是完全可以的。毛泽东诗词里的"一唱雄鸡天下白""天若有情天亦老"不就化用自李贺吗，这不叫剽窃。当然你不能全抄，全抄就成剽窃了。

王蒙还说：你的诗有个性，有的诗别人写不来；另外一个好处，就是用语指明了出处。于是他问注评者管遗瑞是谁，我说是一个学生，但已形同朋友了。在长达一个多小时的交谈中，王蒙还提到赠潘啸龙的诗，并顺便说起他很喜欢师大诗学中心刘、余几位先生以及其他几位年轻人；还提到《Y先生歌》，和我切磋了一下"歪"的读音及其在方音中的语义——读平声是横蛮的意思，读上声是伪劣的意思；还提到红楼人物题咏，说对四儿、五儿、芳官那些人物应予更多的注意，你说妙玉"弗洛伊"，芳官就更是"弗洛伊"了。王蒙的记忆力是惊人的，我发现他对诗中注文也看得很仔细、记得很清楚，如《纽扣辞》所引夏衍《整人歌》等，他随口就能说出。

　　古人说"诗对会人吟"，但我过去做梦也没想到过，拙诗的会人中竟会有王蒙这样的高人。一下想到李贺的《高轩过》。《唐摭言》记载了那诗的本事，大意说，李贺之作初传京师，引起了文豪韩愈、皇甫湜的注意，二人就命驾亲临李贺之门，从而面试之，李贺便为他们作了《高轩过》。在诗中，李贺形容韩愈、皇甫湜是"入门下马气如虹，云是东京才子、文章巨公"，而他却自称"庞眉书客"（"庞眉"是形容未老先衰的样子）。于是在夜访王蒙归来后，我乘着余兴，写了《高轩过一首呈王蒙先生》，诗中除偶用《高轩过》诗语，还化用了杜甫《宾至》"岂有文章惊海内，漫劳车马驻江干"及苏轼《是日宿水陆寺寄北山清顺僧二首》"遥想后身穷贾岛，夜寒应耸作诗肩"句意。此外，因为毛泽东《致臧克家等》一信说："我历来不愿意正式发表，因为是旧体，怕谬种流传，贻误青年。"所以诗有"润之犹恐传谬种"之句。而诗中最关键的一句还是"我诗何幸上君口"。

大白小白

竹林村来了两只白狗，一大一小。

我管大的叫大白，小的叫小白。有一阵，它们常常出现在我的必经之路上，天天能看到。

它们是本地狗。大白身材颀长，小白像个玩具熊，体形并不相同。但极其相似的是它们的双眼皮，一模一样的，一望即知是一家子。

令人诧异的是，大白不是母狗，而是公狗——依照常识，动物是知其母不知其父的。小白不过是几个月的小狗，却跟着一只公狗流浪，它的母亲在哪儿呢——这里肯定有一个故事，可惜我不能知道。

更令人诧异的是，这两只白狗总是干干净净的，好像从来没有脏过。相形之下，那些由主人领着溜达的宠物狗，一个一个的都未免有点邋遢。

大白小白，虽然无家可归，却一点没有惶惶然的样子。大白的肚子常常瘪着，我于心不忍，便在路边买了一个馒头，掰成几块，放在附近的空碗里，大白不卑不亢地看上一眼，一副不吃嗟来之食的神情。我一咬牙给它买个肉包子，没想到结果还是一模一样。

小白则不同，它是一唤即至。没有食物的时候也是如此。反正它知道你对它好。每次跑近，不是围着你摇头摆尾、活蹦乱跳，就是躺在地上翻滚示好。它不像别的狗那样，对人深怀戒惧，呼之不能通其意——这是我最喜欢小白的一点。

因此，每次路过那个地方，我的目光都会下意识地四下搜索，多数时候都能发现小白的踪影。只要用舌头咂出一点声音，它都会扭头看过来，然后载欣载奔，欢跳而至。即使前一刻还在和大白嬉戏，也会如此。大白也不以为意，一副见惯不惊的神情。

我从来没有遇到这样善解人意的小狗，想不喜欢它都不成。

回来对家人讲起，老婆听了心动，便说，何不领回家来。

但是，我家曾经养过好几回猫，死后都葬在校园的塔柏下，每一次都令人神伤。还有一重麻烦，就是宠物生病时，送医院输液，要陪掉许多时间。还有，举家外出时，必须先找地方托管，弄得很不洒脱。所以我犹豫。

不过，我每次出门，都会带一点狗粮，笼络一下小白。通常，小白会跟着我走很长一段，甚至一直跟到楼下。当它跟到楼下时，我站住不走，撵它道：好了，好了，回去吧。

小白怔一下，便知趣地扭头跑了。

有时路过老地方，见不到小白，就会有一点担心，怕它被别人引走，再也看不到它。但坚持搜寻一会儿，远远又会发现它的身影，跟别的狗疯着呢，心里这才踏实下来。

然而有一天，担心成为现实。小白不见了踪影。

我还是希望小白会回来。一天过去了，小白没有回来。两天

过去了，小白仍然没有踪影。到了第三天，我不得不认了现实
——小白是不会回来了。它一定被人收养了，也就是说，有人先
下手为强了，小白应该是在一个我所不知的地方过它的新生
活了。

光阴荏苒，几个月时间过去，小白该长成半大狗了，纵使相
逢，应不识了。

大白依然在竹林村出没，从没有见过它寻寻觅觅的样子。

大白出入竹林村，最初，门卫见了它是要赶的。门卫赶它，
它只走开就是，一点不恼的样子。门卫是个单身男子，满脸胡
楂，样子很凶，心地还好。后来，他夸起大白来：这只狗照闲
事，晚间巡逻，它跟着搜寻楼道，忙上忙下，殷勤得很。说到喂
狗，胡楂嗔道：你别瞧它，满挑嘴的，孬了还不爱，净挑肥
肉吃。

我问，这狗住在哪儿。胡楂说，那边有辆车，一直找不到主
人，后座窗户就那样开着。又恨恨地说，那边有个住户肇得很，
老拿棍子打人家，狗又没有惹他。

下次路遇大白，我就站住，对它说：跟我走吧。大白也站
住，我以为接下来它会跟我走，但当我一迈开脚，它犹豫了一
下，往一边去了。

下次遇见它，我又这样说。结果还是一样。

冬天很快到了。

一个夜晚，窗外的风很大，阳台的雨盖和玻璃全都在响。忽
然听见敲门的声音，楼道的灯有声控装置，跟着亮了。从猫眼望
去，并无一人。把门打开，意想不到的事发生了：门口站着大
白。它轻轻动着尾巴，身体微微发抖，臀部有一处伤口出了血。

它被人戳了。

那个晚上，老婆用热水毛巾为大白擦拭了全身，将伤口处用盐水洗净，涂上油膏，喂了一盒牛奶，并在墙脚垫了一床折叠的毛毯，收留了它。

大白成了宅狗。

大白的生活有了规律，每天套上绳子，放一次风，到草地上行行方便，其余的时候，和别的宠物一样，待在家里，饮食无忧。本想，它应该是满足了。然而后来出了一件事，推翻了我的看法——那件事我们称之为"大白造反"。

事情是这样的，那天，我和老婆去参加一个聚会，忘乎其形地玩了一天，很晚才回家。推门一看，就傻眼了。屋子里遭了贼似的，东西扔了一地。

大白安静地趴在屋脚的毯子上，一副等待发落的神情。

后来发现，门口的墙壁上留下了几排深深的爪痕。

于是我明白，大白到底逍遥惯了，有一个不羁的灵魂。

怎么办呢，白天放它出门，晚上留它过夜好不好呢——这应该是个好主意。

没想到，就从放它出门的那天起，大白也不见了踪影。不但晚上没有回来，第二天还是没有回来。

四下打听，终于有了消息。有人说，他亲眼看见一条白狗，在竹林村跳上一辆私家车的后座，车主根本没有发现情况，就关上车门，匆匆开车走了。车牌号，谁会去记它呢。

好心人呀，如果你见到一条本地白狗——双眼皮，体形修长，毛色洁净，步态安详，务请拍个照，提供线索则个。

只要看到照片，我会立马认出它的。

我兮何有　谁欤安息

　　端午节前一天，也就是我得到姑妈去世消息那天，下午上课之前我从《华西都市报》上看到一则消息——丁聪逝世，终年九十三岁。报道说，丁聪走前对家人交代：一不设灵堂，二不开追悼会，三不留骨灰。这位一辈子被人称做"小丁"的漫画家，曾在电视访谈中说，老来唯一的爱好就是隔几天上书城买几本新书，至于买来的这些书身后何处去，他是全然不管的——对他的这种态度，我真是钦佩之至。

　　便想起不久前毅然赴死的韩国前总统卢武铉，遗言有道：别埋怨，生和死还不是一回事。又说，火葬了吧，在我们村的周边立个碑就可以了。虽然对他那种死法我并不欣赏，但对他的视死如归的这几句话，却是肃然起敬的。子曰："知耻近乎勇。"盖贪财者必贪生——皮之不存，毛将焉附。多见巨贪犯案，第一个想法是求活，例子不举了。一个不贪生的人，要说他贪财，是怎样也说不过去的。不用调查，我就深信卢武铉的麻烦是久站河边的湿脚，是久处高位的未能免俗，是大道如青天我独不得出。

　　又想到赵朴初的圆寂，立下的遗嘱是：遗体除眼球归同仁医院眼库，其他部分，凡可以移作救治伤病者，请医生尽量取用，用后，以旧床单包好火化。不留骨灰，不要骨灰盒，不搞遗体告别，不要说安息吧。偈云：

生固欣然，死亦无憾。
花落花开，水流不断。
我兮何有，谁欤安息。
明月清风，不劳寻觅。

我最欣赏的就是他的四不主义和"我兮何有，谁欤安息"八个字的偈语——真是彻悟之人，不枉一辈子学诗，不枉一辈子事佛。

不设灵堂，可以为活人省钱省心。造纸的资源是有限的，不要堆砌那么多的花圈。不要放哀乐干扰邻居，不要给人提供一个乱糟糟打麻将的场所。菱窠集杜联语云：岂有文章惊天下，莫教鹅鸭恼比邻。人走茶凉，也要这个样子。

不留骨灰好，连海葬也有些多事。可以洒向郊野。植树葬也不错，有益于环保。

骨灰不留，骨灰盒自然也就没有用。现在骨灰盒越做越贵，做成了一个产业，可不是什么好事。据电视播报，最近出了一个案子，某地坟园多座坟墓被敞、骨灰盒被盗，家属皆收到了疑犯的敲诈信，或呼天抢地，或哭笑不得。用庄子的话说，这叫："为之骨灰盒而盛之、则并与骨灰盒而窃之。"不是多事又是什么。

不搞遗体告别，也是为活人作想——遗容不雅，多数都是脱形的，哪怕化了妆也不舒服。再说，灵魂都出窍了，跟遗体告什么别呀。亲人看一看，验明一下正身就行了。谁不爱美爱面子，谁愿意别人在身后"瞻仰"遗容呀。"瞻仰"遗容是侵权的行为，和偷窥隐私性质相近。真的想念了，不如看遗像，而且要选逝者自己满意的看——例如杨析综同志的那张遗像，多鲜活呀。

不要以为这是小事。葬俗观念的改变，事关环保，事关世道人心，做好了，可促进移风易俗，则太平世界的到来也会快一些。

当然，这和很多的事一样，需要从上面的人做起。

梦幻四季亲历记[①]

"九寨沟，你至少得来四次。这里的海子终年碧蓝澄澈，在阳光照射下五彩斑斓，四季之美各有千秋：春景的灵动羞涩，夏景的活力舒展，秋景的绚丽多姿，冬景的简洁宁静。不同季节来，你会有不同的美的感受。所以你至少得来四次。"

九寨沟风景名胜管理局的同志在见面会上振振有词地说。说来惭愧，同行中的省外作家，年纪比我轻的，都多次来过九寨沟。我这个四川人，却是第一次来。亏我多年以前，还为摄影家四川画报社社长王达军题写过"九寨沟"的书名呢。那是一个大开本（260mm×370mm）高质量高规格的影集，全名叫《梦幻四季九寨沟》。我的弟弟、油画家周七说，九寨沟是摄影家的天堂，却未必是油画家的对象，那种艳丽是增一分则太蓝、减一分则太绿，意态由来画不成，只好留给镜头去表现。单凭读图，我已领略到九寨沟一年四季勾魂摄魄的姿容。真的想去。却因为总有其他事缠身，没有忙去。直到九寨沟发生地震，景区旅游暂停，才想起我还欠九寨沟一个约会。

[①]　编者注：本文作于 2017 年，特此说明。

约会终于来了。四年前我曾接到来自马尔康的邀请，那里是阿坝州的首府。本来一口答应了的，临时家中却出了点事，未能成行，不免有些遗憾。这次直接得到九寨沟的邀请，自然是机不可失了。

虽然是震后，正值枯水期，但天气很帮忙。预报连日小雨，实际上却是一雨便晴，晚雨早晴。早起完全是春光明媚的感觉。5号晚上抵达九寨沟县，住黄浦大酒店。次日早饭后，就近参观非遗展示中心。这时太阳已经照到广场上，站在大楼的阴影里，我清楚地看见对面的天空中，有半轮下弦的月亮。顿时想起武则天为自己起名所造的那个汉字——"曌"。说来也巧，这次活动人员名单中，有位工作人员也以此字起了个单名，她叫梁曌。日月并明的景色，过去我也见过，但持续时间都没有这个上午那么长——直到十一点还能看见。于是我相信武则天造字的灵感，一定来自亲眼见过类似的天象，而且以为祥谶。

活动的启动仪式结束，采风团就马不停蹄，前往九寨沟县南边约勿角乡（"勿角"意为偏沟）的英各村的下勿角白马山寨观光。这是一个纯白马藏族的半山村寨，素有"白马风情后花园"之誉，目前处于半开发半原生态，是远近闻名的侴舞①之乡。车子到达山寨，已是艳阳高照。寨子里男男女女，穿上了节日的盛装，等待远方的客人。女子着装五颜六色，帽顶插着漂亮的标志性的羽毛。男子穿着镶有花边的白色长袍，扎着腰带，利落而大方。美少女跑在前头，为客人献上红色的哈达。跟上来的，是一

①　侴舞意为吉祥面具舞，汉语俗称"十二相舞"，应是远古"百兽率舞"的遗存之一。一般由七、九、十一人表演。

群手捧青稞酒的妇女。地势较低的文化大院（游客中心）的坝子里，跳起了面具舞。坝子正中央，升起了帅大的火盆，为这个赤日炎炎的上午火上加油。人们围着坝子站成一圈。一个约莫三岁的小孩，走到火盆边，伸出手烤了一下。这个有趣的动作，显然不是因为冷，而是因为他懂得一个道理——火盆是用来烤手的。大人们也不失赤子之心，模仿篝火晚会的样子，沉浸在营造的意境里，手拉手唱起深情的歌曲，跳起欢快的火圈舞，情绪都很投入很放松，没有一个表现出怕热的样子。客人们纷纷加入队列，或是受到气氛的感染，或是为了摆 pose 拍照。

午餐安排在临近的罗依乡，这里也有一个很大的坝子，两边设有遮阳的帐篷，桌上摆满美食和瓜果。客人们坐在阴凉的帐篷里，观看在太阳坝里表演的熊猫舞和南坪曲子弹唱。客人中有四位省作协干部，各具半个主人家身份——因为曾经长期在阿坝州生活和工作。他们是主席阿来、秘书长张渌波、诗人龚学敏和《四川文学》主编牛放。仅此一端，就可知阿坝州与四川文学是何等有缘了。九寨沟县旧名南坪县，当地人能歌善舞，流传着许多民间小调，《采花》即其一焉。这个曲子，我是从小耳熟，但不能详（这次才知道它是南坪小调）。我的故乡渠县，在"文化大革命"前，有个曲艺团非常活跃，有一群穿着绫罗绸缎的姑娘指夹筷子敲着瓷盘，能唱四川各地的民间小调，保留曲目就有《采花》。不过在当年，这首歌的主题句被改作"采花人盼着红军来"，反复咏叹。这个改动非常成功，只要听到旋律，不经意就会唱出这个主题句来。我上小学时，有个极顽皮的同学叫李远华，喜欢恶搞歌词，听到这个旋律，会情不自禁地唱出一句奇怪的歌词——"菜花蛇咬到蛤蟆（读切马）造孽"，叫人忍俊不禁。

这次我通过手机百度，终于看到完整的歌词，并相信它一定出自于民间。有两句歌词特逗。一句是打头的"正月里采花（哟）无花采"，另一句是"冬月里腊月无（哟）花采"。明明唱的是"采花"，却有三个月"无花采"，岂不大煞风景？倘若文人作词，最多只保留一句"无花采"。民歌却重复了不该重复的"无花采"。不过，实话实说，也很有趣。还有，"四月间葡萄架（哟）上开"、"七月里谷米造（哟）成酒"、"十月里松柏人（哟）人爱"，说的都不是采花，未免跑题。然而，正是这些地方，表现了民间歌手的出口成章，随兴发挥，本色可爱。都不必改。改了反而太迁，反而是多此一举。

到宾主合影留念的环节，演员怀抱着琵琶坐成一排，且弹且唱。阿来、龚学敏等站在演员身后，齐声应和之。这天晚饭（已移到保华乡）进行到一半时，应主人所请，阿来又即兴独唱了这首歌。既不忘词儿，也不跑调。唱的人是唱不够的样子，听的人是听不够的样子，琵琶起舞换新声，情景十分动人。据阿来说，其实他也是现学，他记性好，又注意到当地人演唱这支歌，带些方音，如反复出现的"月"字须唱如"约"（这是个入声字），因为土，才是原汁儿原味儿。

当晚住九寨悦榕庄。山庄附近是一个高尔夫球场。这是我所住过的环境最美，陈设最考究的酒店，应是为打高尔夫球的人量身定做的。我们入住前，先坐游览车环绕高尔夫球场一周，观赏风景。沿途的草地，树林，湖泊，无不令人心旷神怡。我们在一处高地下车，这里遍地菊花，满树红叶。正值夕阳西下，使人如对秋光。我外出采风，从来只拍风景不自拍。这一次，我却坐下来，请人为我拍了一张留影。说遍地菊花并不准确，这不是采菊东篱下的菊花。手机"形色"软件告诉我，此花名为大滨菊，来自西洋，开在夏季。这里的红叶也不是一般的枫树，而是柳叶枫，正名鸡爪槭。"形色"这款软件发明得真好，等于熟读《诗经》，多识于草木之名。有人讲俏皮话，说是有了"形色"，拈花惹草就更方便了。重庆诗人李元胜对我说，"形色"也不完全可靠，有一定误辨率。此言不假。我见过一位调皮的姑娘以"形色"辨人，多数情况下被告知是"人"，等于不说。有一次被告知是"菠萝"——因为那人长得太胖。真是会开玩笑。

7号这天的日程安排，是用一整天参观九寨沟景区。好一个中国速度，一日看尽长安花呀。九寨沟处于群山环抱的Y字形山谷中，以诺日朗为中心，由树正沟、日则沟和则查洼沟组成，旅游开发区达140平方公里，景点呈梯形分布。树正沟以"树在水中生，水在林间流"为特色，是九寨沟的主沟；日则沟以钙化沉积形成堤埂，围成众多湖泊为特色，也是精华所在。由于地震对基础设施的破坏，道路正在抢修，这两条沟暂不对外开放。眼下对外开放的，只有则查洼沟，这是一条生态黄金线。九寨沟接待游客，高峰期每天可达4万人，进沟是既看风光，又看看风光之人。近来每天只许进2千人，可以专心看风光了。

明代旅行家徐霞客说："登黄山，天下无山，观止矣。"后人演绎为：五岳归来不看山，黄山归来不看岳。今人又演绎为：黄山归来不看山，九寨归来不看水。可见，水于九寨沟，是造化神秀之所钟，是其得天独厚之所在。

悦榕庄早起，就看到了九寨沟之水的一种形态——云海。因为夜雨晓晴，雾气蒸腾，云从半山腰慢慢涨起，漫延开来，填满了沟壑，一时水漫金山。在黄山或峨眉山看云海，云顶的高度低

193

于山顶，犹如站在大海之滨，对着茫茫云水，日出的景观尤为壮丽。悦榕庄却不同，因为地势偏低，看到的是云海滔天，附近的山头就像一个个海岛，旭日的光芒从云层后透射出来，天空的光线层次显得极为丰富。我向前走去，见崖边坎上站着一人，从背影认出那是牛放。他的光头，中式白衣和略显富态的身材，由于云海的衬托，更像一个得道的高僧。我吆喝一声，他就回过头，露出了特有的慈眉善目，我抓拍到一张照片。

九寨沟之水的主要形态，当然是海子和瀑布。从成都到九寨沟县，我们乘大巴而来。到达目的地，即分乘三辆中巴。这天，我们经过了荷叶寨、火花海和树正寨，进入则查洼沟。经过下季节海和上季节海，抵达该沟最远处的景点——长海。当天下车观赏的景点，依次为长海，回头路上的五彩池，还有双龙海瀑布。九寨沟丰富的地下水，通过喀斯特岩石的作用与过滤，溢出地表，极为清纯，湖水在阳光的照射下，成为艳丽的碧蓝。湖底的钙化沉积和藻类，对阳光的选择性吸收和反射，使湖水色彩的层次极为丰富。长海是九寨沟最大的一个海子，全长7.5公里，深处可达八九十米，靠冰碛物阻塞成湖。海边伫立着一棵独臂老人柏，左边光秃秃，右边生长若干虬枝，也被人形象地称为旗树。雨后艳阳，天公作美，客人们沿着长海边的栈道，一边步行，一边拍照，一边将照片发到朋友圈里，群友见之，无不惊叹九寨沟居然是这样的空阔而宁静。

五彩池也是冰碛堵塞湖，其水来自长海，是个玲珑剔透的水池，水深六七米，常年面积五六千平方米。由于水底生长着大量藻类并有钙化沉积，在阳光照射下呈现黄、绿、青、蓝、紫等色彩。由于是枯水季节，水池面积大大缩小，在森林栈道的包围下，更像是神仙遗忘在大千世界中的一个笔洗。双龙海瀑布景观并不大，没有诺日朗瀑布、树正瀑布那样的名声，瀑布从凹凸不平的山坡上泻下，形成数十重泉流，亦备极生动，慰情聊胜于无。

这天的午餐安排在陵江乡的羌活沟，这是一处深山老林，有公路可通。我坐在副驾的位置上，视线开阔，道旁茂树成荫，道路从中穿行，所见风光爽极。不时会看到一些废弃村落，在丛林里吃草的牛犊和小马。司机说，这里的牲口都是敞放，自由自在，无人看管。因为政策很好，老林里的居民已迁到山外，过上便利的生活，这里就成了寂静的山林。车子开到山脚的一处草坪，周围已停着若干小车。草坪边上一字儿搭设临时的帐篷，桌上摆满瓜果、土豆、荞麦饼和餐具。草坪中央有两个烧烤架，吱吱嘎嘎地转动着，正烤全羊呢。空气中弥漫着羊肉的香味。有人唱起动人的歌曲，歌声在林间回荡。客人们坐到桌边，品尝新鲜的车厘子，一边随兴交谈。工作人员提来大桶羊杂炖萝卜汤，专人司瓢，用一次性纸质汤碗逐个为客人添汤。汤碗上桌，撒一把葱姜香菜。就着汤进美食。用四川话说，那真是不摆了。

8日从九寨沟县返回成都。夜里下过一场暴雨，清早又是晴天。有人担心塌方，牛放却很老道地不紧不慢地说，如果连日下雨，岩石的缝隙涨满了水，是很容易出现塌方和泥石流的。一雨便晴，岩缝里的泥水便不饱和，反而有黏合作用，把土石粘得紧紧的，比较安全。当然，这事还得看运气。

大巴车过了上寺寨，海拔逐渐升高，便看到两边的树林，缀上了星星点点的白花，细看是雪。车往前开，积雪越来越多，不光树上有，地上也有。司机说，这一带昨夜下了暴雪。车上的人望着窗外的雪景，无不惊喜莫名，都想停下来拍照。司机说，前面还有好的呢。果然，道旁树上的积雪越来越多，全都像塔柏似的，分不出谁是谁。峰回路转，有时看见远处的雪山，近在眼前，大巴车一直上到弓杠岭，才停下来。原来这是山脊，道路比较宽阔，不妨碍交通。司机也不限时间，让大家尽情赏雪，合影，到树后方便。美女们下了车，又上车，换上鲜艳的服装，选一块雪地，团起雪球扔向镜头，回到了儿时的样子，个个不怕冷。其实也不冷。季节毕竟在那儿，树上的积雪一见阳光，已在滴水，却没有冬季化雪的冷。从上寺寨到弓杠岭，约有 40 公里路程，好一派北国风光。大巴车再行，到达松潘县岷江源头，仍是大灰泥漫了三千界，完全认不出来时的样子。是人都说，这样不期而遇而又酣畅淋漓的赏雪，从来不曾有过。

　　于是想起《梦幻四季九寨沟》那个书名，说的是一码事。我说的则是另一码事。在短短三天中，我们梦幻般地经历了春夏秋冬四季景色。春水满四泽，夏云多奇峰，秋月扬明辉，冬岭秀孤松，全都有了。曲终奏雅，还遇上了六月雪。古人说六月雪是冤，而我们的感觉呢，是一点儿也不冤。

无与伦比的短信写手

朋友见面问，最近为什么老不写博客。

是啊，应出版社之约，写一本自道所得的书，刚杀青。我对社长说，这个题目真是出到巴篓里了，我很愿意写这本书，写起来很受用。不过，要是不约的话，我也未必写。

写作的间歇，几乎每天逛一次书店，每次买几本新书，这与我的写作并无太多关系，只是早年读郭沫若的"轮船每天要煤烧，我的头脑里每天需要三四立方尺的新思潮"，中毒太深。见了书、想买就买，我真快乐！知道该买什么书，我真快乐！

在这些书中，有一本某社为纪念安东·契诃夫逝世百年而编的《札记与书信》。契诃夫平生除小说戏剧外，几乎没有别的文章，但有札记和书信。契诃夫的灵感与思想火花，全放在这些文字中。

俄罗斯从来不是一个富足的国家，但这个民族在精神上却非常之富有。二十世纪的中国"以俄为师"（孙中山语），我认为无论如何是一件很幸运的事。

不仅"十月革命一声炮响给我们送来了马克思主义"，还有随之涌入的俄罗斯文学（包括谦恭地认为自己应排在九十八位的契诃夫）和儿童文学，《我看见了什么》《马特维也夫在学校里和在家里》《表》（鲁迅译），成为我们那一代人挥之不去的童年的美好记忆。

俄罗斯的森林和冰雪、伏尔加和伏特加，还有俄罗斯的文学插图，永远使我和画家老弟（周七）神往。

契诃夫写得多么好啊，有时只是只言片语，也令人有所感悟。随便摘录一些吧。

1

望着温暖的夜晚的天空，望着映照出疲惫的、忧郁的落日的河流和水塘，是一种可以为之付出全部灵魂的莫大满足。

2

此地的土壤好极了，如果往地上插一根木架，过一年会长出一辆马车来。

3

在俄国的饭店里，干净的桌布散发着臭味。

4

最让人啼笑皆非的人，是小地方的大人物。

5

宁可挨蠢人一顿揍，也不要受他们一通夸。

6

善良的人甚至在狗的面前也感到害羞。

7

孤独的人上餐厅和上澡堂是为了找人聊天。

8

请求穷人的帮助，要比请求富人的帮助来得容易。

9

人越木讷，马越能理解他。

要是生活在今天，契诃夫将是一位无与伦比的短信写手。他早年笔名契洪特，专在报纸上发表篇幅短小的幽默作品，有些是无甚价值的笑料和趣事，相当于网站雇佣的写手。直到名作家格里戈罗维奇写信给他，要他尊重自己的才华，契诃夫才幡然醒悟，开始严肃地对待创作，最终写出了《万卡》《苦恼》《草原》等一系短篇和中篇杰作。

契诃夫的文字是有深度的、诗性的文字。他说过，上帝是早已不存在了，但是，每当我听到教堂的钟声，还是相信有一个叫作天堂的地方存在。高尔基则说，契诃夫的小说里活动着形形色色的小人物、灰色的人物，他的作品中发出一个声音：人不应该这样活（大意）。

安东·契诃夫，俄国小说家、戏剧家。

生于 1860 年，殁于 1904 年。

享年 44 岁。

小说要写出最好的白话

　　小说要写出最好的白话，像《蜀籁》记录的白话。小说成功与否，在于人物形象鲜活，即使故事记不全，却牢牢记住了某个人的某句话（如"透明心肝玻璃人儿"、"大有大的难处"、"瘦死的骆驼比马大"、"千里搭长棚没有不散的宴席"、"这样大族人家若从外头杀来一时是杀不死的"、"山高遮不住太阳"、"摇卜郎鼓的爷爷拄拐棍的孙子"等等），某个细节或段子（如黛玉葬花、宝钗扑蝶、伶官画蔷、宝玉出家、武松打虎、鲁提辖拳打镇关西），就像诗人须写出让人记得住的佳句，小说家也必须写出经典的细节和对话。

　　有几个朋友对拙作《金锣人物素描》念念不忘，也是因为记住了那只颠覆认知的老鼠、放电影之夜的偷窥、伍二娃的馋嘴等等。

人之初　性本善

近年来我讲古代文学课，是我讲一半，学生讲一半。学生讲，须自己选题——古代文学可以，现代文学也可以，只要沾文学，只要讲出你真爱的话题，只要做成 PPT，与老师同学分享，都可以。

今天，轮到了邹觅，一个聪俊可爱的女生，选讲的是张爱玲的一篇短文——《爱》，这篇散文不过三四百字，全文如下：

这是真的。

有个村庄的小康之家的女孩子，生得美，有许多人来做媒，但都没有说成。

那年她不过十五六岁吧，是春天的晚上，她立在后门口，手扶着桃树。她记得她穿的是一件月白的衫子。对门住的年轻人同她见过面，可是从来没有打过招呼的，他走了过来，离得不远，站定了，轻轻地说了一声："噢，你也在这里吗？"她没有说什么，他也没有再说什么，站了一会儿，各自走开了。就这样就完了。

后来这女子被亲眷拐子卖到他乡外县去做妾，又几次三番地被转卖，经过无数的惊险的风波，老了的时候她还记得从前那一回事，常常说起，在那春天的晚上，在后门口的桃树下，那年轻人。于千万人之中遇见你所遇见的人，于千万年之中，时间的无涯的荒野里，没有早一步，也没有晚一步，刚巧赶上了，那也没有别的话可说，唯有轻轻地问一声："噢，你也在这里吗？"

邹觅念了一遍，便说，这篇散文写了一个春天的回忆，一棵桃树，一次人生邂逅，就说了那么一句话，朴素极了，却很深沉、隽永。我以为接下来她会阐释何以深沉、隽永，却没有。只见她向同学们发问："这句话为什么那么深沉、隽永呢？"看四下没有一个同学回答，她就解嘲地说："哦，不知道吧，不要紧，以后你们会知道的。"大家就笑了。她又说，这个故事的教训是"不如怜取眼前人"。

邹觅下了讲台，我接着她的话说，朴素、深沉、隽永，这些都对。"不如怜取眼前人"，就不对了，不是这么回事儿，"眼前人"可不是路人。不曾拥有，你叫她怎么"怜取"呢。这么一句话，这么一点点情节，又是怎样的深沉和隽永呢，换句话说，此文写出了怎样的人生况味呢？有没有同学愿意用一两句话评点则个。

"李兰君。"因为她总是第一个举手的人，所以我调侃道："永远的李兰君。"

大家又笑了。

李兰君说："我愿意用纳兰性德的两句词来解读这件事——'赌书消得泼茶香，当时只道是寻常。'"

我说，这可不一样。赌书消得泼茶香，是李清照和赵明诚小两口常做的游戏，一个人讲出一句书上的话，另一个人须说出那话在书上的页码，李清照经常赌赢，笑得把茶水都打泼在怀中。虽说都是怀旧，李清照所怀的旧，纳兰词中所怀之旧，毕竟是经历过的旧；而张爱玲文中所怀之旧，原是什么故事都没有发生的呀。

接下来发言的叫张婷，一望即知是个聪明的女子。她的解读是："遇到了，就不要错过。"

我说，这话也好。但桃树下的女子，实在反应不过来的。因为太青涩了，那个对门的男子，也不会太老到，所以她是"遇到了，一定错过"。

下一个发言的，我忘记问她的名字，她的解读是："众里寻他千百度，蓦然回首，那人却在，灯火阑珊处。"

我说，不对不对，"众里寻他千百度"，是心中先有一个目标，然后有意识地去找。就像"百度搜索"，先输进一个主题词，再打回车，啪，出来了！但这篇文章写的，恰如邹觅所说，完全是一次邂逅，不期然而然的。还有发言的吗。

再下一个，叫邱竹君，因为前次她讲过一个专题，所以记得名字的。她说了两句熟语："有缘千里来相会，无缘对面手难牵。"

我说，"无缘对面手难牵"，有一点儿像了。但还不是。若说无缘，为何那个春天偏偏又遇着他。当然，说有缘也不对。毕竟只站一会儿，就各自走开了，就这样就完了。于是，我在黑板上写了两行字：

空有相怜意

未有相怜计

　　我说，这是柳永的两句词。人生有一种况味，就是彼此产生了好感，只因为人太青涩，没有进行下去的办法。当有了人生经验，知道该怎么办的时候，水都过了几丘了。至于那一树桃花，不免使人想起一首唐诗来："去年今日此门中，人面桃花相映红。人面不知何处去，桃花依旧笑春风。"张爱玲是知道这首唐诗的。至于那一句话——"噢，你也在这里吗"之所以深沉，因为是冰山一角。冰山下面呢，是潜意识里一辈子的念想，难道不是吗。至于对门住的那个男生，如能再邂逅，和他讲起这回事，他也许一样的记得。但也不排除另一种可能，就是他想半天，最后不好意思地说："噢，想不起来了。"

　　于是我记起了儿时一件事，小学一年级的事。小学生发蒙，要写一段时间铅笔，配上一个胶擦。铅笔用熟了，才发钢笔。对于一年级小朋友来说，这可是一件大事。我记得当年发的是黑色钢笔，班主任老师很上心，在每一杆笔管上，都刻了学生的姓名，涂成白色的字，十分醒目。我家的对门有一位女孩，是我的同班同学。人很水灵，在我眼里，就跟白雪公主似的，她的名字中间正好有一个"雪"字。那时候，学校里都兴男生跟男生耍，所以我和她虽然你知我识，却很少说话。偏偏就在发钢笔的第二天早上，在上学必经的马家巷子的巷头，遇见了她，于是就并肩走过这一条巷子，彼此不约而同地，从书包里掏出新钢笔来，一边走，一边放到一起来比，当两个名字比到一起的时候，有一种莫名的感动从我心中油然而生。当巷子走完的时候，故事就完了。

　　往后还有无数次的上学，无数次过马家巷子，却再也没有和她一道走过巷子的机遇了。然而，我一辈子都记得那个情节，而且有一种温暖的感觉。

　　正是：人之初，性本善。

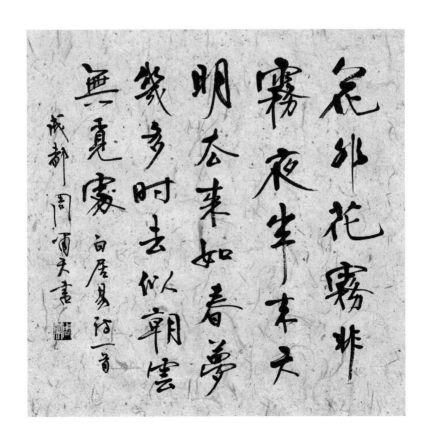

寻猫启事

养猫原是为了避鼠，后来却养出了感情。

最初想要一只短毛的猫——因为长毛的猫掉毛很难打整，但忘了说这一句话，六妹便从宠物市场替我将猫买到了——一只白色的波斯猫，长毛的，这就是非非（后来起的名字）。

那时我住川大绿阳村三舍的楼上——那是一座一楼一底的旧式砖木结构的公寓。非非来时，尚未断奶。毛茸茸一团，托在掌心，分量甚轻。放地上，已知躲人，殊可怜也。

将水果箱当头挖个圆洞，做成一个窝，放它躲进去。用小碟盛牛奶置于洞口，一会儿，它便伸头来一点点地舔，殊可爱也。

非非小时贪玩，最会玩乒乓球。丢一个球给它，它可以像踢足球一样，满屋子追着跑，玩得很疯，直到将乒乓搞到家具后的墙缝里为止。当它想起来时，便会到处去寻，往墙缝里看。为了撇脱，干脆买一打乒乓球，一个一个地丢给它。直到所有的乒乓球都进了墙缝，再移开家具，一一捡出来。游戏又从头开始。

有一种意见——鱼不能称宠物，因为鱼不会惦记人。猫狗则不同，都会惦记人，所以是宠物。当然，被惦记不一定都好——被贼惦记就不好，其结果必遭算计。但猫狗不是贼，它们对人惦

206

记，是依恋和信赖，凡出于依恋和信赖的惦记就很好。

非非不但惦记人，而且能在一家中分出谁最亲，谁次之，谁又次之。饿了，就找最亲的人。最亲的人不在时，再找次亲的人。余类推。

非非知好歹。家中来客，非非的态度颇有差等——或一见就亲，或一见就毛，或一见就怕。一见亲的人，大抵家里也养着猫，身上沾有猫气，亲切。一见就毛的，大抵是喜欢逗猫惹狗寻开心的人。一见就怕的有两例，皆女士，怕得毛骨悚然的样子，什么原因，我和妻都搞不懂。

非非成了大猫后，每天都有一次放风——到楼下花园里溜达溜达，吃一点点草。《养猫须知》说，猫用舌头清洁体毛，会将梳下的毛咽进肚里，吃草能治病，主要是有利于排泄。

一天，非非在花园玩，我从楼道下来，它的脑袋在门口露了一下，没认清人，受了惊似的一窜，出门看时，全不见踪影。以为它钻进了阴沟，用碟子盛了牛肉干，放在洞口，几个小时过去，也不见出来。肯定不在洞里了。我骑自行车在校园里找了几圈，也不见非非的踪影。

非非失踪了。是夜有雨。

我惦念起非非来了。其实倒也不怕它流浪，就怕它出了意外。第二天，只好老老实实打电话请教六妹，因为她有养猫经验，周围团转的养猫人遇到问题，都会请教她。

六妹说，肯定是附近哪一家门没关好，非非窜进去躲了，别人没发现，出不来了。应写"寻猫启事"，多复印几张，遍贴于邻近楼道，留下联系方式。又说，启事台头的"猫"字，应该画一个猫头来代替，这才能引起路人的关注，达到广告的效果。

我立马照她的意见办了。第三天，就有人打电话来，说家中发现一只白猫，钻到洗衣机的后背厢里，死活不出来——就在隔壁楼道。于是我带上改刀，上那户人家，将洗衣机后背的盖板打开。一看，果然是非非，这才将它抱了出来。那人千恩万谢，说幸喜联系上了主人，不然如何是了。

　　于是知道，那家还养了两只狗。狗在家时，非非不知吓成什么样子，也不知躲在哪里。这天，狗出门放风，非非便抓紧时间钻出来偷吃狗粮，没想到被那家主人发现，一撵就撵到洗衣机里去了。

　　猫择生，不像狗那样大气，主人出远门，寄养很难。所以，鼠患既绝，我一度寻思将非非送与别人。适逢红牌楼那边有一退役空军很想要一只猫。经同事牵线，我和妻将非非装进一个大提包——送猫不能装在开放式的篮子里，受惊后会中途跑掉的——骑了一个多小时的自行车，才送到那户人家。

　　移交时，我把事先写好的"养猫须知十条"交到那人手里，有一条是：

　　猫初至，主人用碟子摆放猫粮即可。千万别理它。一旦猫主动进食，才可以接近。

　　谁知那人爱猫心急，当晚就违规操作，竟去抱它，结果被咬一口，全家都害怕起来。第二天我得知这一消息，知道非非在那家待不下去，向天长吁一声，便打的赶到那人家中。非非躲在柜子底下。我轻轻唤了一声，非非便露出头来，我一把逮了，装进提包，将它带走。

回到家里，非非将所有的房间都走了一遍，意甚消停。

我接非非回家，来回打的，花了五十块钱。

一路上，的哥挖苦我道："你这只猫送贵了。"

从此我就打消了将非非送人的想法。

2004年，非非死于肾衰竭。葬于塔柏之下。

非非走后，楼下有流浪猫来乞食，历十余日而去。

月亮最爱小朋友

一

儿童对月亮是有特别的感觉的，差不多各地都有关于月亮的童谣，家乡的童谣开头是："月亮走，我也走……"

其实是人走，月亮才走。人停，月亮即停。其间道理应由几何学来解释，但在感觉上仍是神奇而美妙。

记起一件往事——

儿在上幼稚园的时候，一夕散步，见天上月，忽然对我说："月亮最喜欢小朋友了。"我很惊异，便要他把道理说给我听。

"不信你站着不动。"他说。等我站定，儿便开跑，一边跑，一边欢呼道："月亮跑起来了！月亮跑起来了！"

跑了一圈，回到跟前，便叫我跑，他却站定不动。当我跑时，儿便笑指天上月说："月亮不跑。"

诗曰：

爷立儿走月即走，儿立爷走月不走。

儿太聪明爷太痴，月亮最爱小朋友。

诗是天成的，容不得平仄讲求，《中国韵文学刊》选载我这首诗，列为古风。其实，列为七绝也得。它的相间相重全在字面上，感觉与声调的相间相重，和一般的绝句一样的有韵律。用黛玉的话说："若意趣真了，平仄虚实不对都使得的。"

二

《红楼梦》第二十八回有个著名段子：

薛蟠登时急的眼睛铃铛一般，瞪了半日，才说道："女儿悲——"又咳嗽了两声，说道："女儿悲，嫁了个男人是乌龟。"众人听了都大笑。薛蟠道："笑什么，难道我说的不是？一个女儿嫁了汉子，要当忘八，他怎么不伤心呢？"众人笑的弯腰说道："你说的很是，快说底下的。"薛蟠又说道："女儿愁——"众人道："怎么愁？"薛蟠道："绣房蹿出个大马猴。"众人呵呵笑道："该罚，该罚！这句更不通，先还可恕。"宝玉笑道："押韵就好。"

提到这段子，便想起一件事儿。

那是个初冬，我住彭州，有段时间天气一直不好。一天清早，突然放晴，阴霾一扫。从寓所五楼的阳台上往外一看，西岭雪山像海市蜃楼一般清晰地浮现在眼前，很近很近——从来没有过的感觉，一下就想起杜甫"窗含西岭千秋雪"的诗句来，从而引发了我的诗兴，当即成诗一首：

入冬小雨接轻阴，一夜寒多报可晴。

忽地平明天慢卷，雪山一带近丹城。

写罢，情不自禁地吟哦起来。

"好诗——"

背后叫了一声——童声，回头一看，原是安儿——刚上小学，年方七岁。

这大大出乎我的意料，立刻追问："好在哪里?"

他不假思索，答道："押韵!"

好诗——押韵!

和贾宝玉的见识不谋而合。

后来遗瑞兄将这首诗编入《彭州古今诗词选》，简评道："此诗写眺望雪山的情景，一路起承转合，在天气、温度的接连变化中，迤逦渐入佳境（雪山、丹城对比鲜明），笔法轻灵自然，给人以韵味无尽的感觉，确是好诗。"——"确是好诗"四个字，就是冲着"好诗——押韵"这个言子而来的。

三

再说一个故事吧。

那时候，电话尚未普及，学校开始给教授家免费安装座机电话，成为校内新闻。殊不知安了电话的人家，也添了烦恼——电话铃从早到晚响个不住，却多是陌生人的电话——请传唤近邻接听。传也不是，不传更不是。教授家人抱怨道，这下好了，成了传达室了，一天到晚吵死人!

儿只知表面的风光，不知个中的烦恼，那段时间，总是问我："爸爸几时评教授?"我知道这个问题等于"我家几时安电

212

话"，就告诉他那些教授伯伯家的烦恼，末了说："你看，安电话有什么好呢？——吵死人！"于是儿不再问。

一日，不经意间，儿又问："爸爸几时评教授？"

我回过头，他显然已记起上次的谈话，脸上立刻就露出不屑的神气，幸灾乐祸的神气，像念《三字经》一般，念道：

评教授，安电话，吵死人！

逗得我和妻哈哈大笑起来。

四

还有一个故事——就讲这一个了。

一次，儿随我上街，看到人家办丧事。哀乐声中，守灵的人三三五五围着桌子，嗑瓜子，打麻将。儿指着一旁的录音机，问："这是做什么？"

我说："这是风俗，家里死了人——都得放哀乐。"

儿做出懂事的神情，说："二天爷爷死了，我们也买一个来放哈。"

我慌忙纠正他——不可以说这种话。

儿不服，道："我是说——二天！"

婚礼致辞

一

儿子安安新娘兰兰在世纪城举办婚礼。亲戚朋友来贺者甚众。除周家郑家兄弟姊妹，及安安兰兰的同事友好外，从重庆来的有春芝的诸弟妹，我们的众多老友。婚礼会场由安安兰兰亲自选定，节目亦由其自主安排，不用我和春芝操心。我的任务是婚礼致辞，致辞中我引用了欧阳修《醉翁亭记》"人之从太守游而乐，不知太守之乐其乐也"一语，来说父母是以儿女的快乐为快乐。致辞后，有小朋友拿着笔记本来到面前，要求我把说过的话重说一遍。

二

学生石东华新娘小石举办婚礼，致辞如下：

各位来宾，石东华是我的学生，上次见面，我第一句就是"你变年轻了"。在席间他介绍一位年轻女子说这是小石。当他第二次说这是小石时，我就问"你和她什么关系"。他说是男女朋友，还说举行婚礼时要我致辞，我当即答应了。但我一直觉得他欠我一个故事。不过，刚才两位新人的相互表白，把这个故事补上了。

婚姻是一种缘分，缘分这东西是说不清道不明的。明清时调山歌挂枝儿有一首《缘法》："有缘分那在容和貌"，情人眼里出西施嘛；"有缘分哪在钱和钞"，有钱更好，没钱也不是问题；"有缘分哪在先后相交"，年龄差距也不是问题，在什么时间遇到也不是问题；"有缘千里近，无缘对面遥。你就是用尽千般心计也，也要缘分来凑巧"。

希望两位新人珍重缘分。西洋婚礼牧师常说，无论贫穷或富有，无论健康或疾病，都要把这个缘分进行到底。

有客只须添水火

　　说到粥，史书即有"黄帝始烹谷为粥"的记载，周代又有"行糜粥于仲秋"的风习。唐宋之际，都市设有粥铺，而人际交往中亦有以粥食馈赠的习俗——李商隐即有《酬寄饧粥》诗云："粥香饧白杏花天，省对流莺坐绮筵。"在古代农业社会中，简易而实惠的炊餐，莫过于粥。

　　明人张方贤《煮粥诗》云：

　　煮饭何如煮粥强，好同儿女细商量。
　　一升可为二升用，两日堪为六日粮。
　　有客只须添水火，无钱不必问羹汤。
　　莫言淡泊少滋味，淡泊之中滋味长。

　　诗以精明而风趣的口吻，赞美煮粥不失为一种济贫的办法，"有客只须添水火""两日堪为六日粮"——如此精打细算，是何等令人佩服呀，难怪四川人把粥唤着"稀饭"。言念及此，不禁心里就酸酸的——因为我的家乡地处川东山区，经济长期贫困，从前县人在外，常被人刻薄道："坐飞机过贵县上空，能听到喝

216

稀饭的声音呀。"于是敝县别称为"稀饭县",民间的诗人以"稀饭"为题吟咏道:

一喝一条漕,一吹一个泡;
三天一泡屎,一天一桶尿。

平心而论,粥是谷物的一种普通的吃法,正如前引明人诗结尾所说,这种吃法虽淡泊而颇有滋味。同时,它与清贫也并无必然的联系——脱贫致富而爱好吃粥者,至今不是大有人在么。记得小时听大人讲一个民间故事,说是有个皇帝第一好吃,却久厌山珍海味,遂出游州县,希望换换口味。每到一地,即由当地名厨接驾,略不合意,即斩立决。所到之处,杀人渐多,邻州旁县,莫不谈炊色变。后到一地,当地厨师均不敢掌灶,公推一位傻子主厨。临了,那傻子献上的御膳,只是稠粥一碗,泡菜数碟。殊不知皇帝吃得津津有味,当即赐给傻子官爵,并赏银无数。这故事我以为是很有意味的。

稻米是国人的主粮,它含有淀粉、脂肪、蛋白质及多种矿物质,热能极为丰富,而粥的吃法,最易吸收,老少咸宜。故活到八十五岁高龄的诗人陆游,有《食粥》诗曰:"世人个个学长年,不悟长年在目前。我得宛丘平易法,只将食粥致神仙。"这应是他的经验之谈。

然而,因为粥食家常而便宜,所以餐厅旅馆,反不常备,而旅途中人最为渴想。所以出差旅游,吃腻餐馆,啃厌干粮,幸而归来,"在家千日好"这句话的真意,往往通过一碗糜粥得到完美体现。而叫我至今难于忘怀的,是峨眉山道之中,芜湖码头之上：那些以大碗热粥、小碟咸菜招呼顾客的小店。我以为那些小店店主，真是功德无量。

粥的煮法简单，其实也有讲究。一般说来要用新米，熬得稠稠的才香。不过在夏天，于米不必苛求，注水可以稍宽，煮的时间适当缩短，水是水、饭是饭，喝起来倒特别解渴。粥的品类，据明人高濂《饮馔食笺》所载八十八种，清人黄云鹄《粥谱》所载竟致二百余种之多，而民间通常所用不过数种：绿豆稀饭饶有清香；红薯稀饭妙在清甜；蔬菜稀饭加入少许盐油，特别爽口；腊八粥的配料则稍为复杂，通常加入花生米、豆腐干、肉丁、胡萝卜丁等等，于腊月八日食之，别具一番风味。

旧时煮粥多用鼎罐。而今有了压力锅，煮粥特别方便。加阀上气，几分钟就成，而且一锅之中，干稀随宜。煮法：将锅中米向一边倾侧，加水至与米的高边平齐，加阀上气后五分钟即可关火，再过十余分钟后打开锅盖，则锅的一边是干饭，一边是粥，可以满足家人不同的需要。

在中医所谓的药膳中，粥也扮演着很重要的角色，李时珍《本草纲目》载粥类五十五种，不可遍举。一首《粥疗歌》曰：

若要不失眠，粥中加白莲。要得皮肤好，粥中加红枣。气短体质弱，粥中加山药。退烧要对症，粥中加芦根。脾胃有毛病，粥中加薏仁。便秘亏中气，藕粥最相宜。粥疗能降压，胡萝卜常加。夏令防中暑，荷叶同粥煮。若要双目明，粥中加旱芹。

读者诸君倘有以上烦恼，不妨一试。

218

幸生无事之时

——《魅力宕渠》前言

前辈寇森林先生，曾任渠县县委宣传部长，离休后笔耕不辍，最近主编了《魅力宕渠——渠县旅游诗词歌赋》一书，共收录了遍布全国五六个省市的 210 多位作者 400 余篇作品，堪称洋洋大观。命我作序，且提供了一篇现成文稿。

不敢掠美，恭录如下（略有改动）：

渠县，古称宕渠，位于四川省东部，达州市西南部，面积 2018 平方公里，人口 150 万，渠江纵贯南北，公路铁路、水上航道交错成网、四通八达，是川渝鄂陕结合部的重要交通枢纽。渠县自然风光秀美，历史文化厚重，人文景观神奇，民俗风情淳朴，是古賨国都，享有中国汉阙之乡、中国黄花之乡、中国竹编艺术之乡的美誉。

渠县文化厚重，人杰地灵。其土著先民为能歌善舞、骁勇善战的賨人，曾助姬发伐纣，助刘邦兴汉，并建立成汉，在历史上书写了壮丽的篇章。他们刚柔并济，创造了慷慨激昂的巴渝舞，传唱了清新活泼的竹枝词，缔造了辉煌灿烂的賨人文化。

渠县依山傍水，风光秀美。千里渠江流金溢彩，如黛远山似梦似幻。水的滋润铸就山的灵秀，马鞍山、文峰山、八濛山峰峦叠嶂、翠木葱郁。賨人谷奇山奇水奇石景，古賨古洞古部落。千山林果、万亩黄花清新自然、景色宜人。渠县人文荟萃，景观奇异。土溪城坝遗址（賨国都城）向世人讲诉着曾经的辉煌。雕刻精美的汉阙冠绝全国。清代文庙、三汇文峰塔巍然屹立。贵福红色纪念园铭刻先烈遗迹。文峰夕照、濛山晓雾等八景，素负盛名。渠县民风淳朴，风情独具。渠江号子壮怀激烈。三汇彩亭令人叫绝。刘氏竹编精妙绝伦。饮食文化风味独特。渠县咂酒声名远扬。

近年来，渠县实施文化与旅游融合，建设与经营并举，全县旅游产业快速发展。在不久的未来，渠县賨人文化、汉阙文化、三国文化、红色文化、新农村文化等五大特色文化旅游将相互辉映、魅力四射。

具体而言，就是形成以賨人谷景区为龙头，与土溪城坝遗址交相辉映的悠远神奇、风景旖旎的賨人文化旅游精品线路。以中华汉阙园（汉文化长廊）为核心与贾家寨组成博大精深、恢宏豪迈的汉文化旅游精品线路。以王平故里为支撑，与八濛山公园形成古朴清鲜、景色怡人的三国文化旅游精品线路。以贵福红色纪念园为中心，与柏林水库湿地公园形成钟灵毓秀、风光如画的红色文化旅游精品线路。以马鞍山公园为主体，与狮牌、谭坝、清河新村综合体及中望新村环线形成宁静悠远、清新自然的新农村文化生态旅游线路。

规模宏大、功能完善的渠县游客集散中心拔地而起，与精巧别致、工艺精湛、文化浓郁，堪称巴蜀一绝的文庙，古风古韵的三汇彩亭，独具地方特色瓷胎竹编、宕府咂酒、三汇特醋、琦鑫黄花等为代表的旅游商品和旅游纪念品将大放异彩。

这差不多已是一篇现成的序言。读完之后，我便有话可说。

首先，这篇文稿所谈到的家乡渠县的人文自然旅游资源，固然是客观存在的，而文中的旅游观念，却是改革开放以后才有的。

其次，这本书汇集了古今人之作，而古人所作不足 40 首，不过全书的十分之一。其余 300 多篇，都出于今人之手，达到古人存诗的十倍之多。其中最突出的作者，如邓建秋存诗 50 余首，一人就超过古人存诗的总和，其他如罗安荣、郭绍歧、杜德政、寇森林、李同宗等，均存诗不少，足见吟兴之高。而所有这些今人之作，又都是改革开放之后写作的。这就是说，渠县人对家乡风物的吟咏，有过一个断档的时代，而这个断档，恰恰出现在我们这些与新中国同龄的人的青少年时代。

那是新旧政权更迭的大变革的时代，天天看到标语口号（我最喜欢的一条标语是"移风易俗，改造中国"），就像时人天天看到广告一样。还有墙头随时更新的法院布告，画着红勾，直到现在我清楚记得"徐良珠"这个名字，因为每张布告的结尾都有他的戳记——书写体的，前面则是标准字体——渠县人民法院院长。那个年代，阶级斗争天天讲，政治运动频仍，群众集会频繁，高音喇叭刺耳，公拘公捕公判大会很多。"大跃进"时代有一阵写诗的群众运动，出了本《红旗歌谣》，反映上头提倡的冲天干劲，绝无流连光景之作。那个年代，文字容易贾祸，真性情人不免噤若寒蝉。

不过，我并不像有些人那样，认为那个年代一无是处。依我看，"移风易俗，改造中国"就好得很。第一是结束了几千年的宗法社会，生活在宗法社会中人，尤其是青年之痛苦，巴金、曹禺那一代人最为清楚。中国文学名著《焦仲卿妻》《红楼梦》《家》《雷雨》都触及这个话题。第二是结束了袍哥把持社会和军阀土匪林立的乱象，连张大千年轻时都被土匪绑过票，每每想到这样一点，我就觉得自己幸运。

我也不像有些人那样，对现实这也不满那也不满。我倒觉得是今胜于昔。第一，外国人不敢小瞧中国人了。不但如此，而且有了"中国威胁论"。这反过来说明，中国确实强大了。想想，一百年前的中国是什么样子，几十年前的中国又是什么样子，话就不必多说。第二，老百姓都说政策好。我在银行，听见两个太婆议论时政，一个说："当官的太腐败"，另一个说："管他呢，共产党把老百姓生活搞起走了的。"一次，听一位老同学讲，渠县河边推过河船的人说："现在政策这样好，哪个鬼才去加入'自由宗'。"这位老同学平生坎坷，生活贴近底层，心态却好，彼此所见略同。第三，我上小学时看期刊上谈二十一世纪，说生活可以好到每天都能吃上鸡蛋，还有糖果。赫鲁晓夫谈共产主义，也说是土豆加牛肉。如今看来，真是夏虫不可语冰了。虽说生态环境遭受破坏、令人怵目惊心，而人均寿命偏又与日俱增。你说是不是今胜于昔。

当然，两极分化、贪腐、体制改革等，也都是实实在在的问题。但凡是问题，都是需要时间来解决的。何况历史总是在二律背反中前进，狄更斯《双城记》中说：

这是最好的时代，也是最坏的时代；这是智慧的时代，也是愚蠢的时代；这是信任的年代，也是怀疑的年代；这是光明的季节，也是黑暗的季节；这是希望的春天，也是失望的冬天；我们的前途无量，同时又感到希望渺茫。

换个方式，也可以这样讲：

这是最坏的时代，也是最好的时代；这是愚蠢的时代，也是智慧的时代；这是怀疑的年代，也是信任的年代；这是黑暗的季节，也是光明的季节；这是失望的冬天，也是希望的春天；我们的希望渺茫，同时又感到前途无量。

《四川省方志简编》谈到渠县的地利，说是"扼川北水陆之冲"，也就是交通要道吧。但在改革开放以前，渠县人没有"旅游"这个观念。我在青少年时代，至少到上高中吧，只听说土溪有汉阙，没有见过；听说临巴有老龙洞，没有去过；真是孤陋寡闻。如今展读寇老提供的文稿，怎不感慨万千。

古人有一说，叫"幸生无事之时"（欧阳修《丰乐亭记》），也就是说，幸生和平时代。想想中东、想想伊拉克、想想利比亚、想想叙利亚吧，哪有什么旅客呀？有的是难民。只有和平国度中人，才有旅游之事。比方北宋庆历年间，天下太平，连偏僻的滁州，都有旅游之事。见之于欧阳修《醉翁亭记》：

至于负者歌于途，行者休于树，前者呼，后者应，伛偻提携，往来而不绝者，滁人游也。……已而夕阳在山，人影散乱，太守归而宾客从也。树林荫翳，鸣声上下，游人去而禽鸟乐也。

然而禽鸟知山林之乐，而不知人之乐；人知从太守游而乐，而不知太守之乐其乐也。

　　欧阳修在这篇传世的游记中，着重提出了为官者须与民同乐的思想，这是一个关系到长治久安的话题，在今天仍不失其现实意义。时下干部队伍中，正在开展的群众路线教育实践活动，所要运到的目的，不正是如此么。

　　邓小平有句名言，叫"四菜一汤好"。老人家来成都，住金牛宾馆，一天吃完饭，独自坐在一把椅子上，自言自语："应该满足了。"这件事，是我亲耳听他的妹妹邓先芙女士讲述的。

　　总之，《魅力宕渠——渠县旅游诗词歌赋》出版，是值得庆祝的。

　　我为家乡感到骄傲，也为"幸生无事之时"感到幸运。

谈读书

讲座题目是某某定的，我不倾向于这样的题目。人人都可以讲，而且人人都这样讲。并非自成一家的题目，或自成一家的说道。不得已，我还是用这个机会，把个人平生读书的体会与各位分享一番吧。

一　人所知道的我都想知道

在上小学高年级的时候，我读到一本小册子《谈天才》，其中有几句话使我终生受益。一句是马克思说的："人所知道的我都想知道。"有点接近子夏所说的："日知其所亡，……可谓好学也已矣。"从此养成了广泛的兴趣和爱好，而这门学问与那门学问，往往触类旁通。所以很容易悟道。

另一句话是"要学好一门学问，先学好它的 ABC"。记不得是谁说的了。所以每学一门功课，基础的部分，总是要特别记牢的。尤其是像数学那种逻辑性极强的学问，一步不懂，不学下步。语文学习可有跳跃性，但语法、修辞和逻辑，还得老老实实地学一遍。

第三句话是巴甫洛夫说的"循序渐进"。原话是"循序渐进，

循序渐进，再循序渐进"（《给青年们的一封信》）。这个句式列宁也用过："学习，学习，再学习。"也就是说，知识在于积累，既不要急于求成，也不要猴子掰苞谷，掰一根丢一根。所以背诵和动笔，应该成为终生的习惯。这样自己会变得越来越聪明。

二 读好书是跟聪明人对话

世界上不学而能的事，只有本能，吃喝拉撒睡。此外皆要通过学习得到，前人的经验可以直接传给后人，故谚云："不听老人言，吃亏在眼前。"然而，人通过耳食得到的，毕竟有限。最方便的途径，莫过于读书。所以读书相当于与聪明人对话，你会得到许多启发。最近我在地摊上看到一本《尺牍精华》，收录的都是古人信件。人在信中，大都说真心话，所以很有看头。我翻到一个父亲写给儿子的话，马上就掏钱把这本书给买了。这段话是：

初读古书，切莫惜书；惜书之甚，必至高阁。便须动辄圈点为是，看坏一本，不妨再买一本。盖惜书是有力之家藏书者所为，吾贫人未遑效此也。譬如茶杯饭碗，明知是旧窑，当珍惜；然贫家止有此器，将忍渴忍饥作珍藏计乎？儿当知之。（孙枝蔚《示儿燕》）

这段话和一般人讲都要爱惜书不同，他讲了另一番道理，而这一番道理，恰好成为那一番道理的补充。你照他说的做，就会非常受益。

我在儿时，进书店经常看到墙上张贴着高尔基的话，觉得都是好话，就永远地记住了。一句是："热爱书吧，书是人类进步的阶梯。"另一句是："每一本书都在我的面前打开了一扇窗子，让我看到一个不可思议的新世界。"高尔基见托尔斯泰，对他谈自己青少年时代遭遇的磨难，托尔斯泰说，你的经历可以使你走向坠落，可是你却如此善良。其中最重要的原因，就在于高尔基热爱读书，而书中有驱人向善的力量。

三　一息尚存书要读

知识好比海洋，人生极为有限。所以读书必须勤奋，活到老，学到老。孔子说："朝闻道，夕死可也。"不要说没有时间，时间像海绵里的水，只要挤，总是有的。胡适对学生作演讲，称："每天花一点钟看十页有用的书，每年可看三千六百多页书，卅年读十一万页书。十一万页书足可以使你成为一个学者了。"什么是学者，学者是专精一门学问的人。十一万页书就可以成就，平均下来，每天也不过十页书。贵在坚持。

有一首流传很广，托名颜真卿的诗："三更灯火五更鸡，正是男儿发奋时。黑发不知勤学早，白发方悔读书迟。"（"发奋"一作"读书"）古人有很多类似的说法。齐白石以一个木匠，最后成为一代艺术大师，不是光画画就成的。他刻过许多勉励勤学的印章，"一息尚存书要读"是其中的一方。漫画家丁聪，九十多了，每次逛书店，都忍不住往家里买书。别人问他这些书将来怎么办，他说，生前享受读书的快乐这就够了。身后的事，他是不管的。读书人应取这种态度。

四　世界上的好书本来不多吗

有人说世界上好书不多，梁实秋就这样说过。"许多最伟大的作家往往没有什么凭借，但却做了后来二三流的人的精神上的财源了。柏拉图、孔子、屈原，他们一点一滴，都是人类的至宝，可是要问他们从谁学来的，或者读什么人的书而成就如此，恐怕就是最善于说谎的考据家也束手无策。"（《好书谈》）我认为这是一个智者的失言，没过脑子的话。不像是梁实秋应该说的。

孔子没读书受益吗？"孔子不仕，退而修《诗》《书》《礼》《乐》……读《易》，韦编三绝。"（《史记·孔子世家》）这话怎讲呢？何况孔子自称"述而不作"，换言之，他的一点一滴，都不是原创，而是传承、传授、传播。其源头是什么呢，除了周礼以外，还应包括商周时代其他的文化遗产，如六艺等等。

老子没读书受益吗？"老子，楚苦县厉乡曲仁里人也……周守藏室之史也。"（《史记·老子韩非列传》）单凭"周守藏室之史"这个身份，你想他该读过多少的书。司马迁的身份和老子的身份也差不多，他出自史官世家，自称"百年之间，天下之遗文古事靡不毕集于太史公"（《史记·太史公自叙》）。所以《史记》这样的巨著，由司马迁而不由他人写出，绝不是偶然的。

"尽信《书》，则不如无《书》。"（《孟子·尽心下》）这也是一句好话。对梁实秋关于好书少的言论，切莫相信。不过在信息爆炸时代，在出版爆炸的时代，垃圾书也很多。好书往往淹没其间，读者有披沙拣金的本领，才能往往见宝。

五　要有一个必读书目

有一句好话是"百分之八十的工夫，要花在百分之二十的书籍上"。家中藏书，主要部分应该是属于这百分之二十的书，包括经典著作，专业书，常识书和奇书。这样，你百分之八十的读书时间，可以用在家里。百分之二十的时间，才需要上图书馆。

人生有限，不能把时间花在可读可不读的读物上。应该有一个"必读书目"。我很小的时候，从父亲所订的《语文学习》上发现一个"必读书目"，敏感到这是一个好东西。一直把它珍藏着，并作为读书的指南。清代学者王鸣盛说："凡读书最切要者，目录之学，目录之明，方可读书；不明，终是乱读。"（《十七史商榷》）

除了拥有"必读书目"，还必须把精读和博览（浏览）相结合。读书如吃饭，要有一个好的胃口，不要太狭隘。培根说："读书使人充实，讨论使人机智，笔记使人准确。读史使人明智，读诗使人灵秀，数学使人周密，科学使人深刻，伦理使人庄重，逻辑修辞使人善辩。凡有所学，皆成性格。"

六　不动笔墨不读书

这句话是徐特立说的，是读书人应有的良好习惯。俗话说："好记性不如烂笔头。"而聪明的读者，则要善于把书读薄，即从一本新书中，汲取新鲜的养料。所以读书必须勾勾画画，读完一本书，必须立刻把勾画的部分，抄录在卡片或笔记本上。这样就能把书读薄，把要点记住，相当于刻在脑海中，一辈子磨洗不掉。

托尔斯泰说："身边永远要带着铅笔和笔记本，读书和谈话时碰到的一切美妙的地方和话语都把它记下来。"俄国作家契诃夫的写作札记，全是只言片语，如"在俄国的饭店里，干净的桌布散发着臭味"、"人越木讷，马越能理解他"、"最让人啼笑皆非的人，是小地方的大人物"等等。这些只言片语，比长篇的日记更有用。契诃夫小说中充满妙语。

七 好读书不求甚解

读书固然要动脑子，"学而不思则罔，思而不学则殆"（孔子），但也不可以钻牛角尖，即把书读死。有人读"春江水暖鸭先知"（苏轼），却提出一个问题："为什么不是鹅先知?"还有人读"千里莺啼绿映红"（杜牧），说"谁看得见，谁听得见?"读"东风不与周郎便，铜雀春深锁二乔"（同），说："措大不识好恶。"这都缺乏正确的读书态度。

有些初学者，没有体会到文言的语感，就轻率指摘，实为不惯。须知，凡有定评的名篇佳作，你只需接受，或拿来，为之同化，而不是固执己见。陶渊明说："闲静少言，不慕荣利。好读书，不求甚解。每有会意，辄欣然忘食。"（《五柳先生传》）一方面不求甚解，一方面又要会意，这才是正确的态度。

毛姆有一个相类的说法："没有人必须尽义务地去读诗、小说或其他可归入纯文学之类的各种文学作品。他只能为乐趣而读。"

八 学而时习之 不亦乐乎

学到的东西，要付诸实践。毛泽东《实践论》有一个比方，拿到一枝好箭，不能只在掌中把玩，而要把它射出去。比如先前提到那位父亲教儿子不可惜书的办法，不妨照着做。实践还可以补充书本的道理。"读书补天然之不足，经验又补读书之不足。"（培根）陆游有一个说法是："纸上得来终觉浅，绝知此事要躬行。"（《冬夜读书示子聿》）

九　读也写在其中矣

"一切好的作品，都在告诉我们怎样写。所以小说作法之类的书，我是从来不看的。"（鲁迅）"要精通一门学问，最好是写一本有关该学问的书。"（朱光潜）

有的人写不出来的时候抓狂，我认为这是人生的一个误区。阅读可以得到与写作同等快乐，等于参与了写作。我还有一句话："诗唯恐其不好也，不必出于己；好诗唯恐其不传也，不必为己。"写不出的时候，正应该读。兴会来时，拿来就是。邓小平第三次复出，在家高吟"大梦谁先觉"，有谁比邓小平更当得起这首诗呢。读得多了，一切东西都会为我所用，所以杜甫说："读书破万卷，下笔如有神。"贺铸说："吾笔端驱使李商隐、温庭筠奔命不暇。"

说平台

　　古希腊哲人阿基米德说过一句很牛的话："给我一个支点，我可以撬动地球。"对于一个具有文学创作潜质的人，话则可以这样说："给我一个平台，我可以成为作家。"

　　郭沫若二十来岁时，在日本学医，从报上读到时人的新诗，自己也试着写。写了便往国内投稿，最初未获发表。1919年夏，上海《时事新报》副刊《学灯》易人，新任主编宗白华从来稿中发现署名"沫若"的几首新诗，读之甚喜，即予采用。这次变成铅字的经历，一下打开了郭沫若的才思，从此一发不可收拾。宗白华后来回忆说："近一年的时间，每天晚饭后到报社去看稿子，首先是寻找字体清秀的日本来信，这就是郭沫若从日本不断惠寄来的诗篇。我来不及看完稿就交与手民，当晚排印。我知道《学灯》的读者也像我一样每天等待着这份珍贵的、令人兴奋的精神食粮。"就这样，才有了后来开一代诗风的《女神》。

　　1952年，香港报人查良镛从《大公报》调往《新晚报》，而该报因梁羽生的《草莽龙蛇传》写完后，新派武侠小说断档，引起读者不满。于是该报《天方夜谭》版编辑及总编辑罗孚一齐鼓动查良镛，即以金庸为笔名，上去抵挡一阵。但查氏从来没有写过武侠小说，甚至任何小说也没有写过，迟迟不敢答应。只是禁不住对方再三怂恿，这才想出一个题目《书剑恩仇录》。至于故事和人物，心里完全没底。编辑却派了一位工友到查家守候，说晚上九点钟之前无论如何要一千字稿子，于是查氏就坐到桌前，写了一个老者在塞外古道上大发感慨，这个开头下面接什么都成。笔下老者形象，就以眼前逼稿的工友为模特儿。小说连载后，风行一时，确立了金庸新派武侠小说家的地位。

这是平台造就作家的两个著名的例子。

固然，并非人皆可以为沫若，人皆可以为金庸。古人说，"诗有别才"。其实小说也有"别才"。"别才"即"文学创作潜质"。这种潜质首先表现为真爱，即是一个真正的爱家。爱到不能释手了，爱到欣然忘食了，于是乎蠢蠢欲动，于是乎无师自通——话虽如此说，其实也就"有师"了，此即鲁迅所说，"一切好的作品，都在告诉你怎样写"。要之，一个不读书的人，一个读书读不到份上的人，是成不了一个作家的。

话说回来，创作的第一推动力，是创造性情绪。第二推动力，是社会的认可。有人捧一捧，你会更来劲。有人骂一骂，你可能不写了，也可能改弦更张。所以，一旦有了作品，平台的作用就很重要了。因为作品需要展示，而作者需要反馈。而平台，则有层次的差别。草台也是平台。但上草台，到底不如上"梦想剧场"、"非常六加一"来得好。所以，能上春晚，是很多学艺者心中的梦。出名的最好办法，就是借助权威的平台。徽班进京，就是借助权威平台。其结果是不但造就了许多名角儿，而且造就了一个剧种——京剧。所以做着文学梦的人，都想在省级以上的刊物发表作品，诗歌上了《诗刊》《星星》《绿风》等等，小说上了《人民文学》《收获》《十月》等等，都不啻是一种奖赏，都标志着一种社会认可。

然而，越是权威的平台，越是稿挤。而且，就像越是名校，越是要抢好的生源一样；越是权威的平台，就越是向名家倾斜。对于关系稿，平台是很排斥的，虽然不得不上一点。而自由投稿的命中率之低，也是情在理中之事。除非真是一匹黑马，遇见了真的伯乐。再加上一点关系，那就更好了。此外还有一法，就是自己做平台。鲁迅和茅盾创办过《译文》，茅盾接编过老牌的《小说月报》，巴金创办过《文学季刊》和《烽火》，都是作家自己做平台的著名例子。

自己做平台，而且要做成品牌，主编一定要得人，换言之，主编得是那个人。单凭征稿启事，一大堆自由来稿，是绝对编不好刊物的。送出去，也会成为别人的"不藏书"。编者除了要识货，还要能主笔，还要眼观六路，耳听八方，胸罗全局，盘点库存，秉鉴持衡，择善而用。要知道文学是一个江湖，心中要有一个点将录。比方说《诗文渠县》，诗以杨牧打头，然后有许强，有龙克，小说以贺享雍打头，然后有王甜，有明春，这就是点将的意识。稿子不但要从来稿中选，更要五湖四海去约。用我的话说，菩萨要一个一个地拜。菩萨，不一定全是大腕名角，世间隐姓埋名的真人也很多，就怕你不知道。据我所知，一本辑刊，其中的好稿，往往不是投来的，而是拉来的。就看你能不能得到信息。如本辑《诗文渠县》中，李学明、任芙康、贾飞的稿子就是拉来的；《下野力》一文是编者特约的，作者就不甚有名；《条幅翻身及其他》一文，甚至是编者顺手牵羊，从偶然翻到的一本渠县人自费出版的书中剪辑而成的；《王小波的家世》是从网络上下载而来的。这些来路不同的稿子，都成为书中的亮点。当然，还不止这些亮点。

《诗文渠县》初集出版于2006年，策划人为何本录与李同宗，他们不耻下问于我，我就谈了上述理念。他们居然照着办了。当样书送到杨牧兄手里，杨牧翻了一翻，就说一句话，大意是：这看上去哪里像一本县级出版物；就是放到省级以上的图书馆，也毫无愧色。杨牧兄看书，眼光一向是挑剔的。一本书要过得他的法眼，也不容易。这是一种社会认可。表明《诗文渠县》打造了一个不错的平台。于是不过一年，《诗文渠县》就出了续集。

如今，李明春当了渠县作协主席，雄心勃勃，小说是一篇接一篇地写，书是一本接一本地出，好消息一个接着一个。早已是乐此不疲。近日又与何本录、陈科相约，要将《诗文渠县》继续编下去。而且说干就干，编成了第三辑。约我写一篇新的前言，对面难推。只是以前说过的话不好再说了，于是说一说平台，作为这本书的前言。

管遗瑞的书

一

管遗瑞将他有关杜诗及古近代诗词的文字选汇为一集，题曰《浅尝集》，嘱我写一篇前言。我近年来虽有些散淡，对于这件事却是不能推辞的。算起来我与遗瑞已有二十年交谊，彼此"年相若也，道相似也"——叙起齿来，遗瑞还"生乎吾前"，我和他在名分上虽为师生，实际早已形同朋友了。

遗瑞入成都师专（今西华大学彭州分校）中文系干修班为班长时，由我执教唐代文学。在我二十余年执教生涯中，考试阅卷，基本上是不给学生判满分的——只有遗瑞是个例外，几乎每次考试，我都给了他一百分。理由很简单，他的古代文学功底扎实，和班上同学相比，明显地不属于一个层次。他的文字功夫很好，回答问题要言不烦，几乎到了文不加点的地步，字也漂亮，一切都显得训练有素。而这有素的训练，却主要得力于自学。

遗瑞是个真正意义上的读书人。照我的看法，并不是上过学、念过书、取得过学位的人便够格称读书人。世上多数人读书是为了生计、为前程不得不读，难免视书为敲门砖。龚自珍《咏史》

236

有"著书都为稻粱谋"之句，如改一字，为"读书都为稻粱谋"，对于他们是很合适的。而真正的读书人是读书解味的人，对这样的人来说，读书本身就是一种乐趣，是充实精神世界的东西，哪怕派不了实际的用场，也不能辍书不读。真正的读书人又是爱书的人，在生活上尽管节衣缩食，而好书却可以轻易掏空自己的钱袋，就像李清照在《金石录后叙》中描述过的那样。真正的读书人是会读书的人，心里常有一个书目，学问自然就好。真正的读书人还有一种本领，似乎单凭嗅觉就知道一本书的好坏，所以尽管出版物泛滥、垃圾渐多，也能取次于书丛"拔"出好书来。

今人搬新居，大致都会布置一个书房。从书房的陈设和藏书，是可以知人的。简易的书架上堆放着各种高校教科书和外语、政治考试学习指南的，大抵是准备考研的学子，一旦目的达到或放弃，那些书会很快就贱价处理；精美的书橱中陈列着包装豪华而急就的套书的，大抵是本无工夫也无兴趣读书的暴发户，书的配置只有房屋装饰上的意义。如此等等，不一而足。

遗瑞当然也有一个书房，陈设雅洁，藏书不少——多为文史类书籍，是他多年辗转各地，从新华书店、古籍书店乃至从北京琉璃厂淘来的——其中杜诗各种版本及相关研究著作，购置特多，一看即知其人学有专长。记得有人说过这样的话："百分之八十的行动包含在百分之二十的文件之中。"据我的理解，这是说，做学问的人百分之八十的功夫要花在百分之二十的基本文献上，当你拥有基本藏书，那么，你就只需花很少的时间上图书馆了。从遗瑞藏书的情况可知，他历年撰写发表了不少关于杜诗的研究论文，就不是偶然的了；关于杜诗的论文在这本文集中形成一个主干，也不是偶然的了。我以为一部文集有主干和没有主干、主干部分好和不好，是很关紧要的；就像写字，"主笔有差，则余笔皆败，故善书者必争此一笔"——这话是清人刘熙载在《艺概》一书中说的。

李白、杜甫是唐诗的两大宗师，蜀中有李白故里、杜甫草堂，四川人可以引为自豪。依据对李杜诗爱好倚重的不同，世人大体可以分为爱李、宗杜两派——爱李、宗杜的说法，出自清人沈复《浮生六记》中记载的作者与他那位可人的妻子之间的一段对话：

> 余曰："唐以诗取士，而诗之宗匠必推李、杜。卿爱宗何人？"芸发议曰："杜诗锤炼精纯，李诗潇洒落拓．与其学杜之森严，不如学李之活泼。"余曰："工部为诗家之大成，学者多宗之，卿独取李，何也？"芸曰："格律谨严，词旨老当，诚杜所独擅；但李诗宛如姑射仙子，有一种落花流水之趣，令人可爱。非杜亚于李，不过妾之私心宗杜心浅，爱李心深。"

撇开人们的性分差异不论，依我感觉判断（未经统计量化分析），患难年代中杜诗的爱好者较多，在承平岁月里李诗的市场较大。在文化市场日趋娱乐化的今天，青年人群之中，实在是以爱李为普遍（当然，在今天的爱李派那里，李白是被浅俗化了的），以宗杜为难能。"非杜亚于李"，时世所趋也。遗瑞表明宗杜立场于此时，似乎显得有些不合流俗，但是，这与他经历过共和国的艰苦岁月，尤其是经历过"文化大革命"那一段灾难岁月大有关系，要不然他对杜诗的理解哪有如此的深切！

关于收在这本文集中的文章，作者在后记中已作了很好的说明，其内容和文字的好坏，读者是自有掂量的。我这里只想说，我个人对这本文集的基本质量是怀有信心的。理由很简单，因为我信任它的作者。杜甫诗歌和古近代诗文，是遗瑞兴趣所在，是他揣摩很熟的东西，而他一向做事认真，基本功又好，写文章不尚空谈，质量自然就有保证。也正是基于这样一种信任，在我忙不过来时，常常会拉他合作。比如，我先前主编《唐诗鉴赏辞典补编》《元明清名诗鉴赏》二书，他就是一个重要的合作者。最近，上海辞书出版社吉明周先生来电说，《唐诗鉴赏辞典》经二十年市场考验证明为可传之书，他代表该社征得我的同意，拟将《唐诗鉴赏辞典补编》之诗并析文，悉数收入新版的《唐诗鉴赏辞典》——对于遗瑞来讲，这也该是一件值得欣慰的事吧。

忽然想起一件佚事，附记于此：陶道恕先生，川大中文系老教授，是一位深于诗词之道而其言蔼如的长者。陶家悬着一幅集《离骚》的对联："曰两美其必合，指九天以为正。"给人印象很深——据说是当年陶先生结婚时，一位名师书赠他的。有一天，我和他在川大校园相逢，陶先生笑吟吟地对我说："最近杜甫研究学会开会，我终于认识管遗瑞了。"言讫，凑近补充一句："我原先看见你们经常一起合写文章，本以为是个女生；殊不知会上相逢，大出意外，原来是个男士！"

唐代民间流行一种说法：芝麻要男女同种，收成才好；现代民间谚语也有"男女搭配，干活不累"之说。难道写文章也有这样的道理吗？陶先生本意是什么，我始终没有问。

二

管遗瑞修订《浅尝集》既毕，又将历年所撰赏析文字纂为一集，名曰《管见集》，要我再写一序。近年来，我对索序之类的事一概敬谢。唯于管君此请，不能如此者，以其撰写诗文赏析，本是我拉下水的也。在《浅尝集》前言我曾讲过，"我先前主编《唐诗鉴赏辞典补编》、《元明清名诗鉴赏》二书，他就是一个重要的合作者"。

这里只提到两本书，其实何止这两本书！收在《管见集》中的诗经楚辞、元曲、小品文等等名篇赏析，大抵都是应我之约而撰写的。

我曾对人说："古希腊哲人阿基米德说过一句很牛的话：'给我一个支点，我可以撬动地球。'对于一个具有文学创作潜质的人，话则可以这样说：'给我一个平台，我可以成为作家。'"（《说平台》）遗瑞就是有这种潜质的人。我做的事，就是为他提供了些许平台。

当然，赏析不是创作。但赏析接近创作，甚至可以说是一种再创作。我写过一本《诗词赏析七讲》，说到赏析要得法，须识字（认识特殊诗词语汇）、知人、论世、得（诗）法、会意、吟诵、比较。关于"会意"，我是这样看的：

会意可以说是最活跃的因素。识字、知人、论世、诗法，目的在于对诗歌的客观意义予以确解；而会意，则是运用读者自身经验，对诗意能动地加以阐发。前者可以使我们读懂莎士比亚的哈姆雷特，而后者则可以成立我们自己的哈姆雷特。所以，虽然莎翁笔下只有一个丹麦王子，却不妨"一千个读者有一千个哈姆雷特"。

又说："赏析之乐，就存在无法而法与不可穷尽之中。诚如新都宝光寺那副著名的对子所说：'世外人、法无定法，然后知非法法也'。"

近年来在从事诗教活动中，我非常强调一句话："读到什么分上，写到什么分上。"在回答《中华读书报》记者问时，我这样讲：

在读的过程中，对经典文本、经典作品的好处妙处体会深刻，融化在血液中，就会体现在写作上，自己写时就越会把古人的那些好处拿下来，这叫下笔如有神。比如写古风，起码的要求，《古诗十九首》要背得非常熟，那是最经典的文本。还有三曹七子的五言诗，陶渊明的五言诗，然后是唐代李杜，如《春日醉起言志》，如《赠卫八处士》等，还有王孟的古风，等等。拿来作为此时此地自己写作时的参照。

而对于初学者，赏析文章不可不读，是因为对经典之作，常苦于读不到份上，总有一些不甚了然的地方。读好的赏析文章，等于请教高明，得其点拨，可以解惑，可以豁然开朗。

而赏析文字高明不高明，全看写家是否读到分上，是否说到分上。说到分上，如同点穴。

那么，管君这些赏析文字，是否读到分上、说到分上了呢？我想，读者心中有一杆秤，自能分辨，勿需我来饶舌。我只想道明一个事实，就是他历年来交给我的赏析文章，我从来是照单全收，没有作过任何改动的。是为序。

叶宝林想套住太阳

　　《套住太阳》是叶宝林的第三部诗集，也是一本律诗专集。单看书名，你准认为是本新诗。打开这本诗集一读，你会觉得作品与书名是匹配的，可称旧诗新做。

　　他的前两部诗集，分别叫《大漠红柳》《回头明月》，也是旧诗新做。高昌说，"能够读到那种刘庆霖式的奇思妙想，生趣盎然，鲜活灵动，洒脱清丽，摇曳生姿"。刘章对其中的若干首诗，直说喜欢，有一首还"特别喜欢"，那就是《月下偷瓜》：

　　夜笼青纱帐里钻，偷瓜半抱过河滩。
　　回头明月空中望，从此一生不敢看。

　　这是一首绝作。写儿时偷瓜，其结果是留下一辈子的心病。诗中有一个细节，那就是偷瓜归途不经意地一个发现："回头明月空中望"！有一篇天才的侦探小说，名叫《鸟看见了》，写一个杀人犯的心病。为了这个心病，那人变成了一个捕鸟者，由此露出马脚，给破案提供了线索。而宝林这首诗，也可以命名为"月亮看见了"。真是不谋而合——我做到了！

这首诗，还只是童趣组诗中的一首。其他几首也不错——"蝗虫胜过籽虾香，几抹炊烟退野狼。马褂煽风篝火旺，圆圆小肚滚斜阳。"（《野餐蝗虫》）"百灵云朵唱天空，雨后山花野火红。二马溪边互啃痒，虹桥一架已心通。"（《二马啃痒》）"光身裸日放歌吟，纵马携风过树林。跃过长沟轻抖手，蝶飞两翼指间擒。"（《纵马追蝶》）

巴乌斯托夫斯基说，对生活、对我们周围一切的诗意的理解，是童年时代给我们的最伟大的馈赠。如果一个人在悠长而严肃的岁月中，没有失去这个馈赠，那他就是诗人。叶宝林就是这样的人，其每作一诗，必有生动细节——"马褂煽风篝火旺"非亲历者不能道，"二马溪边互啃痒"非牧马人不能道，足见物我同情，极富诗味。

清水翻开已浊汤，一锅小米煮斜阳。

虚编柳笊为空眼，漏得金黄日子香。（《笊篱捞饭》）

笊篱捞饭在东北，为人人日常所有，而别人诗中所无。"存在几千年无人写"（刘章语），偏他写了，而且写得有滋有味，足见兴趣之佳。诗中借代的运用（用"金黄日子"代小米粥），句子成分的活用（以"斜阳"作"煮"的宾语），得力于对新诗的借鉴。

黄绸紫缎晾芳菲，欲过墙头争日晖。

潮湿心情摊满院，一时化作彩云飞。（《晾衣绳》）

这也是一首佳作。这首诗的三四句特别出彩，湿漉漉沉甸甸的心情，因五彩的衣物一晾，变得好了。运用借代（以"潮湿心情"代洗好的衣服）和通感（说"心情"以"潮湿"），完全是新诗作派。"彩云飞"，古典中倒是有，如李白之"只愁歌舞散，化作彩云飞"，晏几道之"当时明月夜，曾照彩云归"，却不是这个意思。诗人用来写晾在绳子上的五颜六色的衣服，很有创意。

《套住太阳》中，七律占的比重是很大的。七律却是近体诗（格律化）运动的成果，是文化了的诗，断难出口成章，不但要天机清妙，还要饱学。陆游示子诗说："汝果欲学诗，工夫在诗外。"诗外工夫不仅指生活，也指博览群书。不能单凭天机清妙。毛泽东摊书满床，尚且说："我偶尔写过几首七律，没有一首是我自己满意的。"然而，经他同意发表的七律，没有一首是不好的。像"独有英雄驱虎豹，更无豪杰怕熊罴"那种遭人评弹之句，是不多的。

当代七律高手颇多，聂绀弩是一个。他是先做古风，越做越短，忽然觉得对对子好玩，于是改做律诗。七律则是在回北京后，买了一些名家诗集读、抄、背，请朋友指点后才正式做的。聂绀弩的经验很宝贵，值得宝林记取。

第一，属对（对对子）是七律的看家本领，须下大功夫。李商隐论初唐说："当时自谓宗师妙，今日唯观属对能。"我看"属对能"也不简单，小技巧有大学问。譬如，何以反对优于正对，流水对优于呼应对，意对优于工对（如数词相对，不如数词对准数词等等），无情对优于正常对，等等，其间妙理，值得终生揣摸。

第二，诵读须下功夫。聂绀弩抄过的书，《少陵集》是一种。

此外，还有义山集，陆游集，等等，这是唐宋七律的经典。黛玉教香菱学诗，叫她先把王维的五律一百首，杜甫的七律一百二十首，李白的七言绝句一二百首，读得滚瓜烂熟（这叫把古典名作的形象、意境、风格、节奏铭刻在脑海中，一辈子磨洗不掉）；然后再把陶渊明等六朝诗人（还可上溯汉诗、诗骚）看一看。这样语感才对，才不会像说川普（麻辣普通话）、洋泾浜那样不对劲。这样才能站在前人肩上，摸得更高。

第三，旧诗新做，不能一味新做。在绝句可者，在七律未必可。聂绀弩已是趋新的人了，尚且强调："新旧（诗）异体并存，实为两物，各不相能。"王蒙曾把诗词比作一株中华文化巨树，强调今人所写，必须与之匹配。不光是声律，还有裁词、铸句、属对、意境、风格、节奏、语感等等，都得匹配。对古典名作没有认真读认真背，大量读大量背，下笔必然不伦不类不入流，读起来不对劲。还不如写快板写顺口溜。即便是绝句，也还有文人体。王昌龄绝句，李商隐绝句，王安石绝句，亦不可不熟。

我曾主张三条：书写当下，衔接传统，诗风独到。衔接传统，对于七律就尤为重要。未审宝林以为然否。

关于李明春

一

李明春的文学创作，起步于2010年下半年参与"渠县知青回忆录"的写作。那是一本口述历史性质的书，编辑思想是——不要诗歌、不要抒情、不要议论，只需"讲出你的故事"，是一本口述历史。李明春的回忆录叫《山梁上的足迹》，较为完整地记录了作者上山下乡的始末，家常话，传奇性，生动的细节，干货很多，共一万七千字，读之不觉其长。成书过程中有个花絮：编者搞平均，准备只录五千字，我打一个电话干预了这事。我认为一部多人集中，要特别珍视"榨秤"之作，搞平均是一种损失。我的这番话起了作用。

李明春一发不可收拾，倚仗这本叫作《背城年华》的知青回忆录提供的生动细节，编织了一个长篇《风雨紫竹沟》。由于这本书受制于"真实"，甚至"核实"（白居易诗论有之），还不能算是严格意义上的小说创作。

李明春很快就弄明白了这一点，于是写了《生死纠缠》。题材，故事情节，人物，语言都上了一个台阶。逐章发表于网络，大受读者欢迎。运气也不错，《小说选刊》当年笔会，给了他一等奖。虽然一等奖发了二十个人，仍属来之不易，何况名列前茅。这次获奖经历使李明春进入圈内，他认识了一些人，也开始为人认识。

李明春意识到先天不足，于是开始"恶补"，大量阅读小说理论著作与经典作品，边读边与人讨论。他的写作一开始就是"开放"式的，"把心交给读者"的。他逐渐形成习惯，每写一篇小说，甚至每写一章小说，都丢出来与人讨论。这种做法，好处是及时得到反馈，可以因受到启发而及时调整思路。风险是，好比"大路上打草鞋"，容易受到干扰，破坏创作情绪。但李明春胆子大，他在小说界、评论界、省作协、高等学府广交朋友，平等对话。他其实清楚自己的缺点，只是要通过讨论来求证。他顺听逆耳之言，即使不以为然，也能不动声色。他因此从中获益。

严羽说"诗有别才"，小说亦然，作者要"是那一家人"。李明春阅世很深，熟悉中国农村、城镇和官场的文化生态。他热爱生活，足智多谋，点子很多，是个阿凡提式的人，所谓"人在故事中"。他干过鸽协、棋协，都是锲而不舍，做到极致才罢休。表达，是他的人生乐趣。他健谈，通晓老百姓的语言，绝无学生腔。以"我手写我口"，所以绘声绘色，语言有味，能使闻者解颐，读之容易终卷。他又是个"知不足"的人。不肯重复自己。不断自我否定。在《生死纠缠》以后，写出了"和二"、"大哥二哥"那样堪称典型的性格，又写出了《老屋》那样情节单纯，着重沧桑感、人生况味的咀嚼的小说。逐渐把握了小说文体的本质。

以往的四年，李明春主要力气用在短篇创作，他一面写、一面探索规律，取法乎上。偶尔涉及中篇，也有不俗的表现。长篇与中篇，元无本质区别。所以我有理由相信，在下一部长篇中，他也能证明自己。

二

最初认识李明春，只知道他当过县文教局长，经营过一个绿荫园，是一个普通的文化官员和一个成功的业主。

对他有更深一步的认识，是参与《背城年华》的编事，读到他写的自传体散文《山梁上的足迹》，全是干货。我书的前言中介绍这篇文章道："洋洋洒洒近两万言，完整地记录了作者上山下乡的始末，既是家常话，又富于传奇性，充满丰富的细节，读之不觉其长。"

青年作家王甜也说："这本书（《背城年华》）里处处跳跃着鲜活的细节，让我这个写小说的人大大感叹：写小说编都编不出来！比如李明春《山梁上的足迹》里面有个细节：'我'找食品站站长走后门批条子，批一两斤肉，站长害怕写纸条成为徇私的把柄，不写在纸上，就在'我'的手板心里写上'解决肉两斤'，还加盖公章，'我'到了肉摊把手板向师傅一摊开，师傅就卖了两斤肉给'我'，之后还不忘把'我'手板心里的字迹和公章印记给擦掉。就这一个细节，把那个特殊年代的很多东西都表达出来了。"

顺便说，当初，责编因为此文太长，与他文篇幅不相称，决定节选五千字。我知道了，期期以为不可，赶紧打电话给该书主编，要求全文刊载。我说，这样的长文，是对全书的贡献。像这样的书，全靠几篇有分量的作品来支撑。

从《背城年华》开始，李明春的写作冲动，一发而不可收。他接着就根据这本书提供的素材，创作了一部长篇《风雨紫竹沟》。杀青后，他曾忐忑不安地问我，这本书稿有没有出版的价值。我说，肯定有。不过，出版社不会作本版书出它，只能自费出书。直到你写出名了，像贺享雍那样了，就不愁出版社不接招。

接着，他接二连三写了几个中篇。有一篇题为《生死纠缠》，写作的由头是县委书记智赚刁民的真实故事，题材是计划生育——牵扯到人权与国情的极敏感极纠结之事。这篇小说较之唯生活真实的《风雨紫竹沟》有长足的进步。阿来看过，颇有好评。竟在当年的《小说选刊》笔会上，获得了中篇小说一等奖。最近，他的中篇小说《荡涤》，又获得华文出版社年度中篇小说一等奖。可谓捷报连连。

小说亦如诗，诗有别才，小说亦有。李明春是写小说的那块料，生活阅历丰富，又会讲故事。虽然起步晚，但起点高，出手快，劲仗大。前次去北京领奖，进入了小说圈子，听了刘庆邦的讲座，对小说艺术有许多新的感悟。汪曾祺有句名言："写小说就是写语言"，近来李明春在琢磨生活的同时，十倍地重视琢磨语言。

李明春坚信，小说语言要好，一定要有诗歌的修养。近日小聚，他带了两本书——一本是《诗人说诗》（其中有我三篇文章），一本是《流沙河诗话》，摊开来问了我好几个问题，我看书上画了不少道道，折了不少角角。接下来，他借着酒劲，和桌上几个人的推毂（看来也是他安排好的），非要拜我为师不可。推脱不得，我只好这样想——韩愈说："孔子师郯子、苌弘、师襄、老聃。郯子之徒，其贤不及孔子。"他这是师法孔子。陆游说："汝果欲学诗，功夫在诗外。"他拜我为师，道理和陆游也差不多——即"汝欲工小说，功在小说外"。

当日我曾要求，消息不出包间之外。

不料，第二天在座的苗冰就把消息抖落到蒙山论坛，李明春也跟进了一篇文章。

今一并收录，立此存照。

【附】

给老师一个说法

李明春

我与周啸天教授素昧平生，这两年在渠县文学圈子里厮混才有接触，来往也多在作品上。他是诗词大家，学他自然是从诗词开始。启蒙文章是他的《敬畏新诗》，我从中的获益，胜过此前我关于诗词的知识总和。后来，读了他的《金锣人物素描》，开始成了他的粉丝，到读《诗文渠县》上他的两篇小说时，已是铁杆了。

说到诗词，我是未曾学文先学诗，现在许多年轻人仍是这样在教孩子，学说话就开始背"床前明月光——"，到底是不甚了了。从旧体诗到新体诗的演绎，两者的特点，当前的状态，诗的发展趋势，我是在周老师的书中获得的。我的阅历浅，他的观点别人怎样看，我不知道，但我是坚信的，甚至认为，今后有人论及此类命题，还离不开我周老师的这些著述。最近，我浏览了一些关于诗词的论述，更坚持自己的看法没错。

不仅诗词鉴赏，而且写小说也向他学。初学写小说有一个写什么到怎么写的过程。当我咬着笔杆不知写什么的时候，我把周老师的《金锣人物素描》反复揣摩。一个捉耗子而且没有捉到的小情节，在他笔下写得惊心动魄，诡谲怪诞。文中，耗子突然不见，在我看来没戏了，可周老师的笔锋一转，从情节叙述一下转到人物的心理描写："什么是恐怖，不是走夜路，不是看狰狞鬼脸，而是有一个东西明明在你面前，却莫名其妙地消失了。"最近才看到，沈从文就是这种写法。他的弟子汪曾祺不赞成。若是我就不会去改老师的。就像我学周老师的笔法，现在写小说就爱发感慨了。

老师的有些东西，也不是你想学就能学到手的。还是《金锣人物素描》中的情节，作者与仁兄去偷看一对恋人的亲昵，当看到男方在女方床前坐下来，应该描写观看者心情了，若是我大致会这样写，"心一下提到了嗓子眼，屏住呼吸，伸长脖子，踮起双脚，期盼着……"但老师笔下奇妙，自己没一个字，直接把鲁迅《社戏》中的一段录下来："老旦终于出台了，老旦本来是我所最怕的东西，尤其是怕他坐下来唱。……那老旦当初，还只是踱来踱去地唱，后来竟在中间一把交椅上坐下了。……我忍耐地等着，许多功夫，只见那老旦将手一抬，我认为就要站起来了，不料，他却又慢慢地放下在原地方，仍旧唱。"怎么样，没人有鲁迅写得好吧！没人有周老师想得到吧！

这次酒席上，我把短篇小说《曾火炮骂娘》给他看。读到文中"这'他妈的'不知出自哪里"时，他一眼就指出："怎么没有出处，鲁迅就有篇杂文叫《论他妈的》。"像这些地方，我是没法学的，这需要如海一样的知识储备。周老师出身书香门第，自幼酷爱文学，是"童子功"。要我现在来积累词汇，如他一样旁征博引，无一字无来历，那要了我的命也做不到。若老师今后要教"论夺换"，只有请他直接跳过。

宕渠大侠（苗冰）写《大爱拜师》，有网友说我虚心，哪知其实是心虚。拜师对我来讲，求个名正言顺，须知文章贵在言顺。对老师来讲，我偷师学艺两年多，言不言，语不语，话都没一句，着实应该敬杯酒，正儿八经地拜个师，给老师个说法。

一有黄英便不同

"我不是歌迷"，一开口我就对黄英这样说。

我听歌是一个纯粹的机会主义者，投机取巧。无论任何赛事，超级女声也好，快乐女声也好，我是不看海选的。直到十进七，七进五，五进三，精彩纷呈了，才一场不拉地看。所以我得到的全是好印象。

有的人看赛事，专看海选，殊不知媒体唯恐不扯眼睛，怎么怪怎么拍，大众固然是捧腹不已。然而正人君子无不大跌眼镜，留下的印象很坏。王蒙和我在成都见面，说的第一件事就是超女。他说，你我性情相投，我喜欢昆曲、梆子、交响乐，也听超级女声。所以，我猜王蒙听歌也是取巧的。

"我不是歌迷，但黄英的歌声打动了我。"在快乐女声进入十进七的阶段，关于渠县快女黄英的信息，就不断地传进我的耳里，甚至有人说她可能夺冠。能不能夺冠我不管，关键是她的歌声打动了我。说得细一点，是她那原生态的、富于野性的歌声打动了我。

当时我就对自己说，只要黄英晋级前三，就一定要为她写两首诗。

这样说时，诗兴已经有了。

黄英唱歌给我的突出感觉是，一些歌被她唱好了。比如说《太阳出来喜洋洋》这首家喻户晓的四川民歌，小时候就听潘载桃（渠县歌唱家、渠中音乐教员）唱，后来又听刘晓庆唱，都没有觉得这首歌有怎样好。然而黄英申喉发声，一切都不同了，太阳真的就出来了，好得不得了。

还有电影《闪闪的红星》插曲《映山红》，这首歌的歌名，远没有它的主题句著名，它的主题句是"若要盼得红军来，岭上开满映山红"，以前是李双江唱，唱来唱去，习以为常了，没感觉了。然而黄英申喉发声，一切又不同了，映山红真的开了，红军真的回来了，连黄英的歌迷都叫"映山红"了。

还有电影《刘三姐》插曲《山歌好比春江水》，黄英一唱，也觉无可比拟，用四川话说——不摆了。

总之，只要是山歌，那就无出其右。

黄英在歌坛就是一个异数，一个另类。

既然是异数、另类，就算有人爱之欲死，也不能高踞榜首了。因为榜首永远是属于正大一路的。

其实，夺冠不夺冠，对黄英来说一点也不要紧，在我看来，前三名、尤其是二三名，其实是不相上下的。这一点黄英自己也应是心中有数的。

黄英进了前三，我就写了题为《渠县快女黄英晋级全国三强》的两首诗，发在博客上、《濛山文艺》上，也被学明兄《老家在渠县》一书所称引。

能当面将这两首诗边讲边读给黄英听，我很高兴。第一首是：

岂必名流即教坊，红歌一曲动湖湘。

宕渠汉阙夸天下，还与黄英作故乡。

第一句需要解释——"教坊"是唐代国立音乐机构，这里指正规音乐院校。在进入全国十强的快女中，黄英是唯一没有经过音乐院校专业培训的歌手，其声气通于天地，俨然精灵。我们渠县是全国保存汉阙最多的地方，一向称为"汉阙之乡"。三国出了个名将王平（他出名在于一次败仗，失街亭他是担了一定责任的，虽然主要责任在马谡），又称"王平故里"。现代出了大诗人，又可称"杨牧故里"。

然而，全国电视观众知道渠县，却是因为黄英。黄英是使渠县知名度空前提高的人。所以，渠县自然也被人称为"黄英故乡"了。

作为家乡人，我感到高兴。

第二首诗是：

赛到三强花事浓，千红不及映山红。

巴人惯唱爬山调，一有黄英便不同！

《映山红》是黄英演唱最精彩的歌曲之一，也是黄英粉丝约定的称呼。"爬山调"即《太阳出来喜洋洋》，黄英一唱，顿觉他人一无是处。

这两首诗，戴文渠会长连连称好，我居然不谦逊地说自己心中有数，写诗要一句砸一个坑，书面语叫"掷地有声"——诗有这种写法。当然还有另一种写法，就是四平八稳。

话讲完了，我就拿出一幅立轴，打开来，在上的斗方就是我自弓的这两首诗，在下的斗方是我画的一幅《三甲图》——三朵牡丹，最上面的那朵是黄色的。我当时只顾说我的话，没有看黄英的表情，但后来从一个细节可以看出，她欢喜这个礼物——在离开茶楼的时候，别人帮她拿起这个卷轴时，黄英却从别人手中把它拿到自己手里。在通常情况下，出于礼貌，人们是不这样做的。

旁观者对黄英当时的表现有所记录，刘国老前辈写道："当他把这集诗、书、画为一体的卷轴赠送到黄英手中时，黄英十分感动，并连声说'谢谢'，这时，镁光灯闪烁，照相机咔嚓。座谈会达到了高潮。"

诗人晓曲写道："《三甲图》寓意深远，充分表达了对小英子已取得成绩的赞许，深切蕴含对后辈的关爱与鼓励，……与会成员无不惊羡，英子自是欣喜与感激！我无意中分明看到了英子擦拭激动的泪花！"

黄英此次来蓉演出任务重，时间紧，却专门挤出午饭前的一个小时赴会，真是顾念乡情。

事有凑巧，当天晚上，看到山东卫视"说事拉理"栏目播报一条电视节目，正是关于黄英的。

题目有点煽情，叫《快女黄英并不快乐的选择》。

讲述还算平实，说的是黄英成名后，在养父和生父之间发生了一些不愉快。

我觉得这事不会给黄英造成太多的烦恼。换言之，对于黄英来说，这事容易摆平。

从电视访谈即可判断，黄英的养父和生父都是很善良的人。养父之家是一个人情味很浓的家庭，父女、母女间没有任何隔阂。黄英成名后，养父产生了"既得之，患失之"的心态，有点防范心态，也是人之常情，不必大惊小怪。时间一长，慢慢地就好了。

黄英在成长的过程中，生父与养父家时相往来，黄英与同胞姐妹们有着联系。而约定俗成的道理，是世上抱养出去的孩子，生父母是要断绝来往的。所以比较起来，黄英还是很幸运的。

黄英成名后，生父母并无争夺之意，只是对黄英比过去要稀奇一些，这更是人情之常。

当然，黄英的生父母应该感谢养父母，因为没有他们的养育和偶然带来的地缘关系，黄英和彩虹艺术团还有缘分吗，黄英还会是今天的黄英吗，实在难说得很。

我相信，两家还会和好如初的，只为他们有一个共同的心愿——为了黄英好。

黄英上有四个姐姐，下有一个弟弟。

因为一定要这个弟弟，父母才生下黄英。黄英应该好好关心弟弟。

从电视上看，这弟弟是个懂事的孩子。

我看见了什么

邓天柱老师的新书将出版，嘱我写一篇前言。

我小时候住在渠县城关一小——那是我父母的工作单位。渠县文化馆就在一小的对面——那是邓老师的工作单位。有十多年时间，我们是抬头不见低头见的，所以很熟。却因为那时他是成人，我是小孩，存在代沟，缺乏交流。后来我上大学、读研究生，毕业之后，一直在外地工作，彼此至今也没有机会交谈，所以又很生。所以答应写前言后，我的心其实是忐忑不安的。

我小时候看过一本苏联读物，书名叫《我看见了什么》。对这本书我永远只记得十来页内容，却非常喜欢这个书名。因为它符合我的一个写作理念，就是：写作能力是从看书中得来的，看到什么分上，才可能写到什么分上。换句话说，写作的好歹，完全取决于"我看见了什么"。邓老师的诗文写得好不好，取决于他看见了什么。而这篇前言写得好不好，则取决于我看见了什么。而且，我只能看见什么说什么。

邓老师做了一辈子群众文化工作，孜孜矻矻，从来没有离开过渠县。他的写作一得配合党的宣传，唱响主旋律；二得贴近群众生活，有地方特色；三得适合表演，为群众喜闻乐见。他的写作，与王小波独来独往的写作，甚至与杨牧心在天山的写作，实在是大不相同的。他的写作是贯彻了毛泽东《在延安文艺座谈会上的讲话》精神的，是以歌颂为主的，是为工农兵服务的。

邓老师书稿文体庞杂，古今雅俗荟萃，内容却是一以贯之的，一言以蔽之曰：歌唱家乡渠县。歌唱家乡的历史，歌唱渠县的变化。说是文体庞杂，大体上还是可以分为两类。一类是民间体裁，属于通俗文艺范畴，主要是曲艺和说唱，包括歌词、快板、民间小调、新民谣、诗体故事剧等等。另一类是传统的却又边缘化的文体，包括律诗、辞赋等等。在这两类文体的写作上，作者的造诣不一样。

曲艺和说唱，是这部书稿中最为可贵的东西，也是邓老师的当行本色。素为士大夫所鄙薄，而为人民艺术家所重视。在今人中，尊重并身体力行从事过通俗文艺创作的人中，就有老舍、赵树理、汪曾祺这样一些一流人物。新中国建立，老舍回国不到一个月，就写作了大鼓书《过新年》，歌颂新时代。他的一生中写过鼓词、相声、数来宝、坠子等等，配合形势和宣传，不计其数。邓老师在文化馆的创作，就是属于这一路数的。

在群众文化生活相对贫乏的年代，通俗文艺创作对于广大人民群众，无异乎雪中送炭，功不可没。记得小时候看过一些演出，如歌唱丰收年的《螃蟹歌》，如反映群众学习文化的《我不跟你说吗还是没得法》，看之不厌，终生难忘。我始终坚持这样的看法，一个文学爱好者懂得并爱好通俗文艺，只会为他的写作加分。反过来，完全不知道通俗文艺的好处，则只会限制他自己的造诣。还是举一段邓老师写的唱词，来欣赏一下吧：

农家乐，好快乐，一饱口福摆几桌，

鲜美热烙坛子肉，心肺汤圆各吃各。

锅魁板鸭鸡八块，松花皮蛋由你剥。

接二连三东坡肘子九大碗，咂酒抿甜荞起喝。（《龙船调》）

梅尧臣论诗歌之妙，说是"写难状之景如在目前，含不尽之意寓于言外"。在邓老师笔下，农家乐坐席的难状之景，不是如在目前吗？作者非常熟悉民间的语言，这一段唱词写得很"溜"，可以说是到口即消，很适合表演，很容易赚得观众的笑声和掌声。虽然没有一个字赞美改革开放，却已将不尽之意，寓于言外了。

说到这里，想起当知青时的一件事。一天，公社书记请来回乡探亲的军队文工团一位导演——人称易眼镜——临场指导知青宣传队排演。易眼镜把所有节目过了一遍，开始评点。他对那些主打节目如样板戏，还有从别处学来的红歌、热舞，不置一辞，唯独对我们自编的对口词大加赞赏："这才是本地风光——要多创作这样的招牌节目。"邓老师书稿中曲艺和说唱，就是本地风光，是他的招牌节目。正因为如此，邓老师这本书，就可以从众多渠县人的诗文集中脱颖而出，不是"黑毛猪儿家家有"，而是作者的"灵蛇之珠"和"荆山之玉"。

谁为人民写作，人民就会记住他。谁为渠县写作，渠县就会记住他。所以我认为，渠县和渠县人民，是会永远记住邓天柱这个名字的。

至于律诗和辞赋，那是邓老师的业余爱好，写到目前这样也不容易。律诗是中国传统诗歌最精粹的样式，易学难工。在成都，有一位高人说："格律上的问题，半天工夫就解决了。语言上的问题，十年工夫不一定过得了关。"这句话门外汉简直就不会懂。怎样才算高水平写作呢？举个例子吧，汶川地震后，有人这样写："探身火海莫辞劳，野有哀鸿啼未消。知尔从来重孝悌，好生推及到同胞。"内容是父亲送儿参加救援。前两句是合格水平，后两句是高水平——写得自自在在，而又感人至深。邓老师目前的诗，已经达到了前两句的水平，离后两句的水平还有差距。

为什么说不容易呢，原来有一个硬的指标，就是我曾见过邓老师诗被《岷峨诗稿》所录用。《岷峨诗稿》是一本骄傲的诗词杂志，创办人是几位老干部（有马识途），偏偏拒绝"老干体"。刊物创办之初，张爱萍上将曾给这本刊物惠寄过一首词，是关于老山前线的，换了别人，会如获至宝，先登为快。然而，此刊的编者认律不认人，不予刊登，只影印手迹于编尾，算是对张将军的一个交代。从此，张将军不再有寄稿之举。

一之谓甚，其可再乎！"再"是什么呢，前四川省委书记、政治局委员杨汝岱，业余写作诗词，但他的作品也从没上过《岷峨诗稿》。这是多么古怪的一本杂志啊，尽干些蠢事，然后，就留下佳话和美谈。在我看来，一切民间组织收费和免费奉送的名头，都不能信以为真。唯独作品上了《岷峨诗稿》，是一项很硬的指标。

辞赋肇源于楚骚，而形成于骈体，是一种贵族文学。一讲声律，二讲骈偶，三讲典故，四讲藻绘，既能充分展示汉语的魅力，又会大大束缚人的思想。六朝名家，多如过江之鲫；三唐以后，渐渐趋于边缘。今人于工程竣工，新店开业，报纸征文，邀人作赋，不过装点门面，活跃气氛耳。作者一要妙悟，二要饱学，三要不端架子，四要不落俗套，五要文白兼善。天机清妙而学富五车者，偶尔为之，便成妙谛，如郭老之《〈鲁迅诗稿〉序》，Y先生之《成都东郊沙河赋》，甚合我意。郭老之作，我至今能全文背诵，非妙文而何：

鲁迅先生无心作诗人，偶有所作，每臻绝唱。或则犀角烛怪，或则肝胆照人。……鲁迅先生亦无心作书家，所遗手迹，自成风格。熔冶篆隶于一炉，听任心腕之交应，朴质而不拘挛，洒脱而有法度。远逾宋唐，直攀魏晋。世人宝之，非因人而贵也。然诗如其人，书如其人，荟而萃之，其人宛在。苟常手抚简篇，有如面聆謦欬。春温秋肃，默化潜移。身心获益靡涯，文章增华有望。

这是大家风范。邓老师之赋与郭老之赋有一个共同的好处，就是短得好。而当今以赋名"家"者，览之不过尔尔。至有一间未达，或差之毫厘、失之千里。越写得长，马脚露得越多。故作者寥若晨星。此可为知者道，难与俗人言也。

小子无畏，畅所欲言。未审邓老师以为然否？

262

杜德政学诗

一

在《诗文渠县》序言中，我曾说过——旧体诗创作在渠县文学中是一道风景。在这个领域中，完全是今人胜于昔人的。雍国泰老师高踞一席。在他身边，还一批诗词唱酬者，如杜德政、颜伟邦、郭绍歧诸君子，彼此如切如磋、如琢如磨，延续着中国人以文会友的传统，蔚为景观。

我提到几位诗翁中，杜德政是与众不同的一位。杜家先世本读书人，德政年少时，却因家境贫困而失学。他当过学徒、做过店员、打过工，新中国成立后先后在粮食、水电部门工作。从他的自叙可以知道，当年为了确保工程建设、农业增产，他到处为单位采购电器设备，几乎跑遍半个中国，费尽唇舌与人周旋，克服物资紧俏、运输不便种种困难，完成任务，克尽厥职，直至退休。一生经历似与诗文无缘，然而，他却偏偏是一个爱家。当他退休之后，有了时间，就把勤勤恳恳的精神用到习诗学文上来，进步甚快。

杜德政的文字生涯是从逢年过节为人撰写联语开始的。二十多年以前，他曾通过在达县师专中文系念书的儿子，将一副叙写渠县山川人文的二百余字长联，请教于硕学名师雍国泰。这副对联虽风力未成，然框架结构初具规模，给雍老师留下了较深印象。齐白石有一印曰："老悔读书迟。"杜德政何尝没有这样的感慨，但是他并不灰心。子曰："朝闻道，夕死可矣"，杜德政就有这样的精神，又深知师承的重要性，就在那一年冬天，他诚恳地将雍老师延请至家中，执弟子之礼，虚心问学。这一段称得上渠县文坛佳话的往事，雍老师饱含深情地记叙道：

　　是年冬，余返家乡渠城度假，寓居老友欧阳荣选处，一日欧偕一老人来，为我介绍，即前联作者杜德政同志也……语言谦谨，态度诚朴，与人恭而有礼，可谓彬彬君子者矣。以后多日常来欧君处畅谈，思慕与求知之切溢于言表。老而好学，实堪钦佩，余亦敬而重之。又数日，杜邀我去他家居住，云系郊区，楼空人少，清净宜人，余亦觉欧家小楼狭窄，来客稍众，实仅足容膝，遂乐就焉。杜宅在北城郊区山坡上，楼可六层，杜居其巅。凭栏远眺，渠江如带，山岭纵横，水色山光，尽收眼底，高瞻远瞩，令人心旷神怡，豁然开朗，此真我多年来寻而未得之雅居也，欲穷千里目，何如此楼居！幼读《黄冈竹楼记》云其楼优点特多，宜弹琴，宜围棋，宜咏诗，今以此楼观之，已觉"登东山而小鲁也"。三五之夜，连床话诗，趣味盎然，有时不觉更漏已残，晨鸡报晓。以后杜君成诗数百首，多孕胚于此。楼不在丽，有诗则馨，此余之所以喋喋不休而话兹楼之胜也。

　　荀子云："学莫便乎近其人。学之经莫速乎好其人。"我常对人说，像书法、国画、篆刻、诗词这样的中国功夫，有师承和无师承是不一样的，觉得高人指点，必事半功倍。若自个儿摸索，似是而非，是要付出走弯路的代价的。杜德政的七律最后写得像模像样，从外行变成内行，从爱家变成会家，实有得力于与雍老师的朝夕相处。使自己的诗达到了"工稳"的程度。什么是工稳？如写农村风光："平畴百里沐春风，一片丰收笑语浓。大豆摇铃铺地绿，高粱擎炬映天红。银棉似锦喜云集，金谷如山愁库容……"形象鲜明，措语妥帖。颂扬邓小平："政坛起落经三度，天下安危系一身。港澳回归大业举，工农并驾小康存"，重点突出，概括精当。咏诗文渠县："诗文渠县播寰中，锦簇花团春意浓。古宕风流存汉阙，斯人偁傥傲苍穹。宫墙万仞历千载，翼德三军战八濛。野鹤闲云滋后学，欣托翰墨自芳丛"，裁辞得当（"古宕风流，花团锦簇"取杨牧题词，"宫墙万仞"取文庙红墙匾额），衔接自然。诗词要做到通人的地步，谈何容易。就是做到工稳，也不简单。"站似一棵松，坐似一口钟"，只有在桩子稳的基础上，才能"走似一阵风"。如果没有站稳，就开始跑，就像习书者从狂草起步，是要摔跤的。

　　杜德政十余年间孜孜矻矻，筹措出版了三部诗集，依次为《土木子诗稿》《桑榆诗稿》（与雍老师合著）《野老诗集》，而今《宝田遗韵》又将付梓，可见他的执着了。一个人，为什么要写作？为什么要节衣缩食地出书？我看有两个原因，一是为了回报生活，因为人的一生中受社会受亲友受大自然之馈赠多矣，写作可为一种回报的方式。二是因为向往不朽，曹丕说，"年寿有时而尽，荣乐止乎其身，二者必至之常期，未若文章之无穷。是以古之作者，寄身于翰墨，见意于篇籍，不假良史之辞，不托飞驰之势，而声名自传于后"（《典论·论文》）。当然，传与不传，传到何种程度，有赖于多方面的因素，不可力强而致。然而，写与不写，回报与不回报，向往与不向往，是大不一样的。有此向往的人，真体内充，知足常乐，精神面貌，自与常人不同。杜德政红光满面，笑口常开，实有得力于作诗。虽然八十三了，却完全不像风烛残年的样子。所以，我认为他还有时间和进步的空间。

二

杜德政老先生《宝田遗韵》要出续集，既请杨牧、李学明、罗宗福作序，又令我作序。我转弯抹角对他讲了一个故事——去年上海辞书社命我写《毛泽东诗词鉴赏辞典》前言，编辑得寸进尺问："能不能请王蒙同志也写一篇？"我应声说："行。如果王蒙同意了，我就不写。"因为序是一本书的"弁言"，一本书一篇序是天经地义的。好比戴帽子，再好的帽子，一个人戴一顶就够了。编辑听了我的话，立刻收回了后一句话。

但这一回杜老不容分说，他就要戴四顶帽子，这在法律上是没有明文禁止的。孟子说："挟太山以超北海，语人曰'我不能'，是诚不能也。为长者折枝，语人曰'我不能'，是不为也，非不能也。"杜老要我写一篇前言，非"挟太山以超北海"之类也，是"折枝"之类也。我不得不写。不过有一重难处，就是我先前写过一篇，把要说的话都说了。所以，我还得把主要意思再说一遍（本文因前文已道过详情，故不再赘述）。

此外，就没有什么可谈的么？当然还有。那就是我几次回渠县，杜老都诚恳地说要拜我为师，一点都不像开玩笑的样子，直令人不敢当，况且"人之患在好为人师"。但我想到韩愈说："孔子师郯子、苌弘、师襄、老聃。郯子之徒，其贤不及孔子。"杜老要以我为师，一定是效法孔子师郯子之意了。这样一想，我就心安理得起来。既然如此，我在谈了杜老诗的好处后，也就可以谈一谈他的不足了。

杜老这部续集的稿子，取次一观，有一个印象，就是它的目录上布满渠县人的名字，他差不多为他所认识的每一个渠县人写了一首诗。如果遇到喜欢开玩笑的唐代人，一定会称他这本书为"花名册"了。何以言之？初唐四杰中有两个，一个叫杨炯，一个叫骆宾王。骆宾王写诗喜欢用数目字，当时的人就戏称他为"算博士"；杨炯写诗喜欢用古人的名字，当时的人就戏称他的诗为"点鬼簿"。为每一个认识的人写一首诗，不是一件容易的事。要写得出采，就更不容易。人怕交浅言深。如果不是深交，就难写得切贴。是深交，又难写得出采。不过，确实有写得既切贴又出彩的诗，在雍老师的诗集中：

学理从文情意真，闲吟一卷叩诗门。

杏坛总是向阳地，桃满春原李满林。（《赠李满林》）

这是妙手偶得，赠酬诗都要写到这种份上是很难的，所以雍老师的赠酬诗写得并不多。当然，杜老正不必以雍老师之是非为是非。雍老师不这样写，并不等于杜老就不可以这样写。就像杨炯可以写他的"点鬼簿"一样，杜老也可以写他的"花名册"。但天下有些事是不可无一，不可有二的。所以我郑重地主张，杜老对此享有专利。意思是说，杜老这样写了，其他的人就不要这样写了。

最后，请允许我引用雍老师赠杜德政的旧作，改易二字，作为此文的结束吧：

杜君门第本书香，克绍箕裘早入庠。

家计艰难辍翰墨，世途坎坷惯农商。

萧萧白发文章富，冉冉流华业绩煌。

敦厚忠诚人共仰，欣逢盛世好称觞。

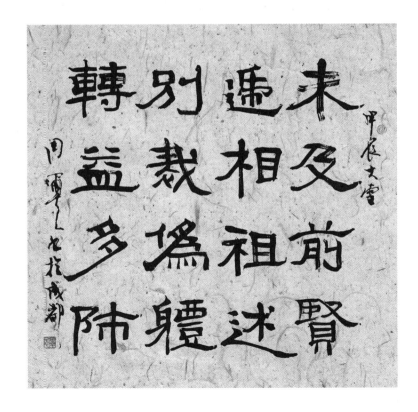

刘国著书

刘国同志是我念初中时的老校长，他在编写出版自己的诗文《春潮集》《春潮续集》之后，已近八十高龄，还想编著一本写人的新书。最近打电话给我说，这本书经与人商议，拟定名《春潮实录——渠县部分成功人士访谈集》，嘱我写一篇前言。

老校长之所以要我写前言，不仅因为我是学生，喊得听；而且因为老校长编书之前，先征求过我的意见，我表示过支持。理由之一，对老人来说，著书是健康的一种表现，反过来又促进健康，是长寿之道。理由之二，一位名人（偏偏这会儿我记不起他的名字）讲过，任何的人生，再普通不过的人生，只要如实加以记录，都有阅读的价值，都会给人以启迪，何况乎"成功人士"。还有，"访谈"是从我开始，又是我建议采用这个形式的——因为面对面，容易得到第一手的材料。

称接受访谈者为"成功人士"，是一种权宜之计。"成功人士"其实是一个模糊概念。我们和周围的人，一生中或多或少有所作为，或多或少得到过学校、单位、社会、政府的表彰，都有"成功"的经历。然而，伟大如孙中山，临死之时念叨"革命尚未成功"——还不认为自己是成功人士呢。还有，一个社会评价较高，却因为郁郁寡欢，自缢身亡的人，与另一个声名平平，却始终快乐自信，终其天年的人，哪一个更加成功呢？

是不是叫"知名人士"更好一些呢？

叫"知名人士"也有问题。"知名人士"也是模糊概念。比如拉登、奥巴马，应该是全球知名了，但你问向街头的收荒匠，却未必知道。同乡快女黄英，知名度应该很高了，但很多正儿八经的人拒看娱乐节目，他们不知道你说的是哪一个黄英。而生活中的每一个人，又都会被某一圈子（至少是亲戚、朋友、同学、单位）中人所知名，这样一来，"知名人士"的头衔，又无施而不可了。

在闲谈中，我喜欢问人一个终极问题："你觉得人类会不会从宇宙中消失？"对方只要想一想，都说："会。"（当然，生命现象则是另一回事。）可悲的是，人类在向自然拼命索取的同时，正加速自己的消失。从飞机上俯瞰大地，那几块湿地、几痕江河，真可以形象地叫作"弱水"。而这些水还在遭遇污染，土地中的重金属含量是越来越多。一部科教片说，当人类从地球上消失，只消两百年时间，大自然就会把人类留下的痕迹打扫干净，渐渐恢复元气。所以，我最敬佩的人，是从事绿色和平运动、投身动物保护的人，可惜，他们都不能叫"成功人士"。

然则人生的作为，还有意义吗？当然有。苏东坡说："盖将自其变者而观之，则天地曾不能以一瞬；自其不变者而观之，则物与我皆无尽也。"人的一生是短暂的，人在短暂的一生中，也能充分享受到大自然的赐予。凡是该做的事，都尽管做、抓紧做。人类在宇宙间的存在也是短暂的，只要不自作孽，也能相对地长久。凡是不该做的事，尽量克制，不要去做。

270

苏东坡还有一首诗，是写给弟弟的："人生到处知何似？应似飞鸿踏雪泥。泥上偶然留指爪，鸿飞那复计东西!"人们便用"雪泥鸿爪"这个词，来譬喻人生往事。所以这本书的书名，也可以叫"雪泥鸿爪——渠县部分知名人士访谈录"。老校长又说，这本书编了，以后想再编，也只编最后一本，放到追悼会上发。追悼会结束，遗体捐给医院解剖，一不要墓地，二不留骨灰，拉倒了事。我闻之，抚掌大笑，认为这是正确的方向。

　　一切都是"雪泥鸿爪"。

　　人生的最后归宿，天知道，那真是"鸿飞那复计东西"呀！

谒陈子昂墓

应遂宁市陈子昂研究会之邀，乘动车经遂宁赴射洪，为当地文化干部作讲座。午后驱车往金华陈子昂墓，同往者谢会长、海霞、田文春。墓在广兴镇龙宝小学对面，围墙环绕，闻有一聋哑人守门，不遇，遂绕道小路，从墓园正面入。林木幽深，时值雨霁，返景入林，其境至清，路墙及砖石台阶，青苔覆盖。左转上台阶数级，即至墓前。墓面朝梓水，四面青坟起，层峦叠翠。唐时有碑，宋时隳颓重建，明成化间又重建。清康熙间植古柏五十八株，犹然森爽。后墓毁于"文革"。新千年前始重修陵园，砌石，恢复土冢旧貌，然鲜有游人，网间或谓"惨不忍睹"，过其其辞。僻静未必不好，以更近古陵园之原生态也。瞻仰既毕，遂面向梓水而行，道旁塔柏两行，乱堆着一些油菜秆，空气中弥散着腐草气息。途遇聋哑守门人，口中咿呀有声，伴以手势，不知所云。至梓水岸边，作物茂盛，景物明丽，有人垂钓，兴尽而返。

二〇一八年戊戌五月十一日。

272

普陀山拾禅

"普陀山拾禅"是一个极好的题目。

这个题目表明，收在这个集子里的诗，与禅有着密切的关系。其中有一首诗，径题作《诗与禅》。诗中写道：

可以把诗全读成禅，不能把禅都读成诗。

这是出人意表的。作者的诗常常是出人意表的。

然而，对上半句话，也许有人会列举若干反例和她抬杠。因为在一般情况下，诗是诗，禅是禅。诗的立场是执着人生的，而禅的态度则通向彼岸的，似乎有些风马牛不相及。然而无可否认的是，诗之高处却又往往入禅。这又是为什么呢？

美国诗人弗罗斯特说："诗始于喜悦，止于智慧。"——这真是一语道破天机。

原来诗通于禅，有两个关键词。一个是"喜悦"。一个是"智慧"。

先说"喜悦"。喜悦，在创作论中又称兴会、兴趣。陈衍《石遗室诗话》云："东坡兴趣佳，每作一诗，必有一二佳句。"人们不免追问：他何以能"兴趣佳"？答曰：他能放下。能放下，禅宗谓之入定。东坡的佳趣，亦可谓之禅悦。

唐人常建诗云："清晨入古寺，初日照高林。曲径通幽处，禅房花木深。山光悦鸟性，潭影空人心。"就表现着这样的禅悦，或喜悦。在《普陀山拾禅》中，读者亦处处可以感到这样的喜悦。例如：

山中有雾，淡淡的树影像流动着的曲谱。

忽然我听到了鸟鸣，跟着也学叫几声。山这边，水那边，林子里，涧水旁，高音，低音，和声，竟有许多鸟先后鸣叫起来。

鸟语是天籁，平和，婉转，妩媚，亲切。

鸟语是世界语。(《鸟语》)

这首诗的前两段只是描写，使这种描写富于感染力的，正是洋溢在字里行间的喜悦。这种喜悦，一直贯穿到后两段的议论。可以说，正是因为这种喜悦，使得作者的写作很在状态。不在状态的写作，作者会感到索然无味，当然也就抓不住读者。只有在状态的写作，才能做到津津有味，也才能紧紧抓住读者。这首诗的最后一句"鸟语是世界语"，是曲终奏雅，使全诗意境得到升华，可谓"止于智慧"。

接着说"智慧"。智慧，在创作论中又称理趣、意蕴。东坡在颖州时，一个正月的夜晚，夫人王氏说："春月胜于秋月色，秋月令人惨凄，春月令人和悦，可召赵德麟辈来饮此花下。"东坡大喜道："此真诗家语耳。"所谓诗家语，就是有所发明之语，见道语，"止于智慧"之语。如"今夜偏知春气暖，虫声新透绿窗纱"（刘方平）、"最是一年春好处，绝胜烟柳满皇都"（韩愈）、"竹外桃花三两枝，春江水暖鸭先知"（苏轼）、"小荷才露尖尖角，早有蜻蜓立上头"（杨万里），等等。所谓"一花一世界，一叶一菩提"。印度诗人泰戈尔说，大自然是他亲密的同伴，她手里藏了许多东西，要他去猜。而他没有不一猜就中的。禅宗所谓禅机、禅悟，佛语所谓般若、正见，也便是"止于智慧"。在《普陀山拾禅》中，读者亦处处可以领略到这样的智慧。除了前面提到的"鸟语是世界语"，又如：

听见月光下林子里的小松鼠掰摘松果，听见窗户外高树上一片黄叶飘落，听见潮水与堤岸对话，浪花和沙滩絮，听见风动幡动心动……

万籁俱寂，仍是众音杂陈、天地交响的世界。（《声音》）

这首诗的前段是描写，是"始于喜悦"，后段画龙点睛、揭示出动与静、声与静的辩证关系，是"止于智慧"。这差不多就是王摩诘《鹿柴》《鸟鸣涧》所达到的境界，所谓"高处入禅"。然而，这已不是传统的诗词，而是地地道道的新诗。

于是读者看到，所谓禅诗，与大自然、与山水有着非常密切的关系。梁诗人吴均说："鸢飞戾天者，望峰息心。经纶世务者，窥谷忘反。"就是说山水能涤荡人的心胸，能启迪人的智慧，使之觉悟。所谓"得江山之助"。然而，有什么地方比普陀山更能助人拾得禅思呢。所以，我说这个题目极好。

《普陀山拾禅》虽然与山水、自然息息相关，却并非隐者之诗。收在这个集子里的诗，有太多对社会的关注，有太多对人生和世相的揶揄——是揶揄，不是讽刺。因为作者捅破那层窗户纸，只需一星半点的唾沫，并不使劲着力，其机锋常在有意无意之间。

有一点点幽默，有一点点冷峻，有一点点悲悯，有一点点忍俊不禁。诗味是隽永的。

在普陀山看日出，海边到处是人，最期盼的是日出前那一刻。曙光初露，人们翘首以待，凝神屏息，见证这天地间光辉一刻的到来。

日出很短暂，欢呼过后，人们各自走散，只留下长长的背影。

放眼人生风景，世事大抵如此。（《日出》）

放在五十岁后看美貌，放在七十岁后看权势、看财富，放在一百岁后看道德文章，会看得更明白。（《时间差》）

这很使人想到以"小女贼"自命的钱海燕，人们这样形容她和她的文字："一个热心冷眼的聪明人在众人背后悄悄说的知心话：机智、俏皮、有趣，口吻玩世不恭，但原则不容动摇"、"类似格言，但不像格言那么四平八稳"（宋遂良）、"试想、若没有夜深人静的玄思默想，没有长时间独处的心注构思，没有家常便饭的大量阅读写作，没有比什么都重要的信手涂画，她哪来那么多奇思怪念，精妙处让人蓦然震悚回味无穷……"（林之云）

《普陀山拾禅》成书时，最好一诗一图，而且插图的最佳人选莫过于钱海燕。不过，我不知道钱海燕的行情涨到哪里去了，何况她又姓着"钱"。

要是作者自己能画就好了。

诗者，释也。这话的一层意思是诗境通禅。另一层意思是诗是释放。

人秉七情，应物斯感，或为之激动，或为之困惑，或为之神往，"心有千千结"。必释而放之，才能复归平静。如果通过语言来释放，得到的结果便是诗。什么是诗人呢？我一向的看法是：凡是用全身心感受、琢磨人生而又有几分语言天赋的人，只要写作，便是诗人。

《普陀山拾禅》再一次坚定了我的看法。

洪银的诗

2012 年令我最难以接受的事，是赵洪银兄的突然离世，而且事情发生在日历上最后的一天。

赵洪银是苍溪县人，做过该县县长、县委书记，退休前是四川省林业厅常务副厅长。退休后，家乡的基层干部、老百姓，逢年过节都要打电话问候他，到成都办事，都不会忘记带点土特产去看他。这次，他的骨灰运抵川北苍溪老家时，近邻乡亲男女老幼闻讯，自愿顶风冒雪去张爷庙梁迎接——做官做到这个分上，用四川话说——也就不摆了。他平时身体很好，办学会的事孜孜不倦。出事的当日，他就正在省社科联办事，前一刻还好好的，后一刻就发生心肌梗死，竟至不治。怎不令人悲痛。

洪银的爱女在电子邮件中说："爸爸是倒在他钟爱喜欢的千古事上，因为他常说：'文章千古好，仕宦一时荣。'"如此看来，这篇纪念洪银兄的短文，如果只谈他的为人而不及他的诗，将来难免有车过腹痛之虞的。一定得讲一讲。

介绍赵洪银，人们经常会提到一句诗。不过，这要从他的朋友张健说起。李维嘉老每次见到张健，都要说："你和赵洪银两人，是不写老干体的厅级干部。"张健经常讲到这个事，讲完之后，便自嘲道："而已而已——"其实并非"而已而已"。赵洪银送张健之任剑阁县长，做过一首七绝，前两句是："天降大任于张郎，七十二峰肩上扛。"这就是人们经常会提到的那句诗。剑阁县是剑门关所在之地，山有七十二峰。诗句中的"七十二峰"四个字是现成的，但"肩上扛"三字却难得。一个"五行山"就可以把孙悟空压趴，怎么可能将七十二峰"肩上扛"呢？但赵洪银就这么说了，读者也这么认了——因为受赠者是新任县长。这个句子在表情达意上的形象化，有想不到的好。我曾书写过这首诗，跋语说："古有'红杏枝头春意闹'尚书，今有'七十二峰肩上扛'厅长。"虽是戏语，也是表示对这句诗的激赏。

赵洪银擅长五言律诗。这种诗体在唐代曾是主打的诗体，也是科举考试采用的诗体。在近体诗中为体最尊。唐人习诗，大多从五律写起。洪银习诗，也是如此。1999 年，他曾随省上春节慰问团赴甘孜藏族自治州理塘县慰问当地群众，作过一首五律：

> 莽莽白云外，高原访理塘。
> 年关逼瘦腊，风雪打毡房。
> 戚戚悲儿女，哀哀叫犬羊。
> 使君休再问，流泪已浪浪。

理塘县在海拔四千米以上，属高寒地带。这首诗表达了作者对民生的关切。"年关逼瘦腊"一语相当耐味。清人说，学诗须从五律起，充之可为七律，截之可为五绝，充而截之为七绝。不仅是一种经验之谈，也是记忆近体诗诸多格律的提纲挈领的方法。再看一首 1987 的七言律诗，题为《酬乡贤李有为先生》：

云台拔起接云峰，二水回环绕九龙。

梅石情怀天地合，兰台意气古今通。

苏生更赖一宵雨，馥郁还凭三月风。

自在江流逐浪去，梨花时节总相逢。

值得一说的是这首诗的颔联。盖明清时代苍溪出了两个好的县令，分别叫沈梅石、李兰台，作者时任苍溪县县委书记，因以为榜样。而"梅石""兰台"的字面，又天然凑泊，所以为佳。顺便说，这是一首次韵之作，难免要受到一点拘束，如一起的"云台"二字，与当句的"云峰"、四句的"兰台"出现了不必要的重字，是小疵。

但我认为评价一个诗人，要看他最好的诗写到多好。好比跳高，要以跳得最高的一次纪录成绩。洪银兄最高的一跳，我以为是《丹巴女》：

明丽丹巴女，嘉绒彩绣衣。

未老莫相见，相见惹相思。

这首诗最出彩的是第三句，"未老莫相见"，完全出人意表。为了说明这一点，不妨讲一件真事。一次，我接到一位高中女同学打来的电话，对方报上姓名，问我记不记得。我说："怎么会不记得，你是我们班的文娱委员嘛，你在哪里？"她说在我单位收发室。我就让她等着，驱车就去。当我进了收发室，没见着人。退出门，四处张望，还是不见人。忽然想起，收发室那一位看黑板的老妞，莫非是她？果然是她！这也难怪，时光过去四十年了。这便是刻舟求剑的道理了。后来我写过一句词："重逢乍见须惊。"还有一事，是从专题片中看来的——刘海粟晚年见初恋表妹，悔之不迭——把感觉完全破坏了。所以，按常理应是——既老莫相见。

说"未老莫相见"，是不按规矩出牌。然而，诗有反常而合道者。此句便是。且看末句是怎样解释的——"相见惹相思"。因为丹巴姑娘太美，相见了会有想法，不加制约会犯错误——你又不是未婚青年。四川话说——乱想汤圆吃，是不可以的。

小结一下，这首赞美丹巴女的诗，第一，写出了心动，人同此心，心同此理，所谓人见人爱。第二，写出了自持，即发乎情、止乎礼义，不是一把拉住别人的手不放。第三，写出了俏皮，不怪自己乱想，反怪丹巴女太美，是无理而妙。第四，写得在理——女人怕老，白居易说"红颜未老恩先断"、何况已老，又是有理而妙。全诗既有人情味，又有对人性的揶揄。至于"未老莫相见"的句调，则是从韦庄"未老莫还乡"脱化而来的，是读书受用的结果。这首诗入围第三届华夏诗词，得了个优秀奖，表明评委有眼光。如果不拘题材，在我看来，评个二等奖，未尝不可。

五绝一体是唐人的偏长独至，此体离首即尾，离尾即首；虽好却小，虽小却好；最要一气蝉联，篇法圆紧。唐诗如"君家何处住""君自故乡来""打起黄莺儿"等，最为得体。我以为洪银兄的这首五绝，就做到了章法圆紧，也有同等的好。

刘道平与《三声集》

　　《九歌·少司命》云："悲莫悲兮生别离，乐莫乐兮新相知。"二〇一四年因四川省政协主席陶武先之介绍，认识了刘道平同志。道平同志阅历丰富，廉洁自律，性情爽朗，谈吐大方，毫无官气。与之相处，实人生乐事。

　　其时道平正热衷习诗问道。孔子说："三人行，则必有我师。"一不小心，我便成了"三人"中的一人。道平有一句口头禅："我这个学生，是不好教的。"一则因为他要打破砂锅问到底，二则因为他要和老师抬杠。话说回来，若要对道平学诗下一评语，我认为，可以概括为"三好"。

　　一是"好写"。清人钱泳说："凡事做则会，不做则安能会耶？"道平勤于写作，几乎遇事入咏，每日不可无诗。怎样才能动笔呢，依我看，起码得有好句。"立片言以据要，乃一篇之警策。"（陆机）好诗是靠好句撑起来的。苏轼的《惠崇春江晓景（一作晚景）》，是靠"春江水暖鸭先知"撑起来的。许浑的《咸阳城东楼》，是靠"山风欲来风满楼"撑起来的。如果没有这一句，就不要写七绝；如果没有这一联，就不要写七律。写了也白写。道平同志是懂这个道理的，每作一诗，必先得句。例如《咏竹》：

拔节青山入翠微，虚心惯见白云飞。

一朝截作短长笛，便喜人间横竖吹。

这首诗的三四句便是好句。这里的"吹"字双关，既是"吹笛子"的"吹"，又是"吹捧"的"吹"；"横竖"亦双关，既是横笛、竖笛的"横竖"，又是反正。此联本非对仗，却给人以工对的感觉，措语之妙也。全诗针砭人性的弱点，意既到位，语亦随之。这样的诗，不会不传。读者忍不住传，写了便不白写。或谓一二句"拔节""虚心"落套，但这一二句的落套，是为了三四句的不落套。所以必须如此。

自《诗经》《楚辞》以来，传统诗词特重比兴手法，苏轼说："作诗必此诗，定非知诗人。"道平同志也懂这个道理，所以他不会一味模山范水，不会止于合辙押韵，例如《高压锅》：

一阀千钧头上重，天旋地转口难封。

若无舒缓盈胸气，便付安危儿戏中。

咏物诗要做好，不能止于咏物。白居易说诗要"补察时政，泄导人情"，但若直接把这个道理说出来，则不是诗。诗须有联想，须有意象。"高压锅"便是作者因联想而寻得的一个意象。高压锅重要的设计是其头上之"一阀"，重量虽轻，作用极大，谓之"千钧"亦宜。其妙用在于适当出气，使锅里的压力，保持在一个安全的度上。不准出气，可能酿成重大事故。三四点到为止，有举重若轻之妙。

有人说，诗不是写好的，而是改好的，有时是别人改好的。王之涣的"黄沙直上白云间"，是被传抄者抄成"黄河远上白云间"的，竟成名句。李白《静夜思》的"举头望山月"被明代赵宦光改作"举头望明月"，"床前看月光"被清代沈德潜改作"床前明月光"，《唐诗三百首》一并予以采纳，遂成通行版本。晏殊《浣溪沙》"似曾相识燕归来"，是出于下属王琪的建议，用来对"无可奈何花落去"，竟为千古名联。毛泽东的"原驰蜡象"，"蜡"原作"腊"，是臧克家建议改的。凡此种种，并没有产生著作权纠纷。《论语·子罕》云："子绝四：毋意，毋必，毋固，毋我。"这就是说，人不要先入为主，不要自以为是，不要固执己见。道平深知这个道理，与人酌诗，往往从善如流。例如《都江堰》：

千秋郡守盛名传，浅作长堤深凿滩。

鱼嘴争流何太急，向前一步自然宽。

这首诗写到第三句，诗情达到高潮，如足球在球门附近滚来滚去，就差临门一脚。末句"向前一步自然宽"便是临门一脚，进球得分。而这句诗，是与友人商榷的结果。

二是"好读"。人的写作能力是从哪里来的？人的写作能力不是与生俱来的，而是后天阅读受用的结果。故我对学生说："读也，写在其中矣。""读到什么分上，写到什么分上。"

当代人有一个误区，就是常将传统诗词等同于近体诗词，以为跨进格律这道门槛，就算会写。殊不知格律这个门槛很低很低，聪明人说，平仄问题只需半天就可以解决，而语言问题十年不一定过得了关。不懂这个道理的人，每日指物作诗，尽心安排平仄，追求到了拗救，逢人就说："我已经写了几千首了。"遇到这种事，我只能善意地规劝："几千首够了，数量超过白居易了。暂时不用再写，花点工夫来读吧。"

与诗词写作直接相关，须读古今诗词的选集、别集和总集，以及历代的诗话词话著作；其次须读古今中外文学名著，以及文艺理论著作；其次须读古今中外人文科学名著；其次须读形形色色的奇书、杂著（曹雪芹连制作风筝的书都读）。人生最怕心胸狭隘，与人无趣。阅读，可以造就心怀悲悯的人，腹笥甚广的人，有趣的人，诗性的人。

道平同志生在一书难求的年代，却嗜读如命，饥不择食。阅读所及，至于风水宅经，麻衣相术。后有机会上党校，在老师指导下系统阅读中外政治理论、文史哲名著，读书逐渐有了系统。他好学善思，成绩优异，经常名列前茅。学诗以来，得武先同志惠赠书两大袋，对诗词理论知识进行了恶补。腹有诗书，进步甚快。

第三是"好谈"。朱光潜说，要精通一门学问，最好写一本有关该学问的书。讲谈的作用，也是一样。必须对所学了如指掌，方能口若悬河，头头是道。苏东坡说："诗三分，诵七分。"在我看来，一个人能记诵古人的名篇，却不能记诵自己写出的诗句，肯定是语感出了问题，用记性不好来替自己缓颊，是怎样也说不过去的。道平同志以文会友，言必称诗，每自诵近作，逸兴遄飞，任人评弹。谈读书心得，辄得其要旨；道写作经验，则如数家珍。常将朋友的聚会，无形中弄成雅集，如坐公益论坛，与会者无不称善。

综上"三好"，成就了道平的诗词，也成就了诗人刘道平。

这本诗选，是作者近年之作，几经删汰而成。定名"三声"，取"风声雨声读书声，声声入耳；家事国事天下事，事事关心"之义也。诗词最忌公共之言，反之，最喜独到语、未经人道语。主旋律题材之所以难写好，就在易落公共之言，成为"老干体"。道平则不然，如写《访贫》：

> 泥径孤村冒雨行，打工人去暗心惊。
> 几多触目几多叹，一半抛荒一半耕。
> 孙傍柴门呼客到，翁停竹帚带愁迎。
> 脱贫事业谈何易，不觉东山新月升。

蜀中诗家郭定乾点评：贫困村之所以贫困，多半是受地理环境的限制，比如土地贫瘠、缺水、道路不通等，在这种环境中靠农业生产来维持温饱已属不易，倘遇自然灾害，种庄稼就是赔本生意，因此就有大量的贫困村男女青壮入城打工挣钱。留守农村的就只有老人和孩子。由于缺乏劳动力，原有的熟地也只能"一半抛荒一半耕"了。诗中的"泥径"，意指道路艰难。"孤村"，意指环境偏远。"柴门"，照应"贫"。颈联形象生动，很有画意。在整个访贫过程中作者没有一句冠冕堂皇的慰问语或鼓励语，而更多的只是叹息，这样，我们反觉得它真。因为"脱贫事业谈何易"。诗以景语作结，尤觉饶有余味。作者是一位老干部，但诗中无一句"老干体"语，难得！

总之，什么样的人，写什么样的诗。谓予不信，请读《三声集》。

红颜应是不倾城

2017 年秋，重庆诗词学会会长凌公泽欣郑重其事拜托我一件事，要我收白帝城诗词大赛银奖得主向咏梅为女弟子。向咏梅生于奉节县，年不满四十，美女，单身，信奉爱情至上主义。凌兄介绍完毕，我即诚恳地建议她拜滕公伟明为师。凌公闻言，怂然以家长口气说："不！就是你了。愿君勿复言。"碍于交情，我不好再说什么。

我之所以犹豫，一则因为孟子曰"人之患在好为人师。"（《孟子·离娄》）对诗词江湖中招揽学徒，行三叩九拜之礼的做法，向来不以为然。二则因为滕公是向咏梅的知音，写过一篇《好词多在女儿家》的讲稿。我听他在街子古镇的青春诗会上宣读过。他说："最近这几年，词坛涌现不少优秀作者，而以女孩子居多，值得关注。我的涉猎面不广，就以张小红、刘能英、向咏梅为例，向读者推荐。"说到向咏梅时，他道："她走的是传统的路子，却又充满新意，这是很不容易做到的。"然后拈出《鹧鸪天》四首，逐一点评。

小径深藏一路春，斜红倚翠蝶纷纷。轻风惹梦无关我，飞鸟

牵情有锦邻。寻往事，数心痕，浑然不似去年身。晚亭竹椅悠闲坐，只是身旁少个人。(《鹧鸪天·黄昏》)

滕评：男女相思之词，词句全部妥帖，又觉得与古人不同。首先我们把注意力放到"晚亭竹椅悠闲坐，只是身旁少个人"上，感觉到情真意切，而又具有现代感，这就是她的过人之处。然后再看上片，"轻风惹梦无关我，飞鸟牵情有锦邻"，这才意识到她作了这么好的一个铺垫，可谓天衣无缝。

汽笛声催暮色来，谁人惘惘立长街。车流似水身旁过，底事如烟人海埋。心字梦，者边排，云笺和泪不堪裁。从今漠漠晨昏里，只把光阴寸寸捱。(《鹧鸪天·有寄》)

滕评：这也是描写刻骨相思之情，纯传统的。"从今漠漠晨昏里，只把光阴寸寸捱"，捱字用得何等精当。别忙，上片"车流似水身旁过，底事如烟人海埋"，也不可放过，缺了它就没有现代感了。

又把鸳鸯纸上涂，春花写尽藕花孤。相逢或恐尘缘浅，别后犹怜情分疏。云缱绻，雨扶苏，琴心依旧似当初。胭脂惹醉扬州梦，忍教阑珊对不觚。(《鹧鸪天·寄月》)

滕评：这首词传统味更加浓烈。我们从哪里去寻现代感呢？心理描写。"相逢或恐尘缘浅，别后犹怜情分疏"，这是怀疑，心灵深处的话。"胭脂惹醉扬州梦，忍教阑珊对不觚"，借酒消愁，不算新鲜，新意在"忍教阑珊对不觚"，把孔夫子"觚不觚，觚哉觚哉"这个典故用活了。可谓个性表达的极致。

梵我尘心证一如。菩提树下恨难沽。情深缘浅凄然泪，梦暖衣单惆怅书。思过往，忆当初，情怀是否已萧疏。来生若得移心术，奴作君来君作奴。(《鹧鸪天·月夜》)

滕评：这是埋怨男方的话。爱之深，则恨之切也。"情怀是否已萧疏"，这是追问，但是这个女孩儿仍是痴情的，"来生若得移心术，奴作君来君作奴"，再定来生之约，何等感人，而用玩笑话说出，更觉趣味无穷。

单凭这篇文章，向咏梅就该拜滕公为师。不拜滕为师，而以我为师，我若泰然受之，是对滕公的不敬。我若知会滕公，这话如何说得出口。我对凌会长坦诚讲了这番顾虑。还是咏梅会玩脑筋急转弯，择日先认滕公、雷老师为干爹干妈，明年（2018）再行拜师敬茶之礼。一下子就把事情摆平，一切都顺理成章起来。

我于向咏梅词，曾一言以蔽之曰：断肠词，在宋即朱淑真流。她觉得不受听，后来为当代蜀诗作点评时，特拈出我早年写的《枕函辞》一首，顺手一击："这是作者集中保存不多的少作。周老师曾多次称我所写的词为'断肠词'，我则说周老师此诗可肠断数十段矣。"哈哈，抓住老师的小辫子了。其实"断肠词"没有什么不好，不就是伤心人为自个儿写心呗。为自个儿写心，恰是词体的专长。况周颐《蕙风词话》卷一："吾听风雨，吾览江山，常觉风雨江山外有万不得已者在。此万不得已者，即词心也。而能以吾言写吾心，即吾词也。"完美主义者，爱情至上主义者，在现实生活中，是最容易受到伤害的。在心为志，发言为诗。写出来，必然是断肠词。王国维《人间词话》说："词之为体，要眇宜修。能言诗之所不能言，而不能尽言诗之所能言。诗之境阔，词之言长。"这段话讲出了词体有别于诗的特点，讲得非常好。在古人做得最好的是秦观，经典词句是："自在飞花轻似梦，无边丝雨细如愁"（《浣溪沙》），陈廷焯《白雨斋词话》引他人语云："少游词寄慨身世，闲情有情思。他人之词，词才也；

289

少游，词心也。得之于内，不可以传。"

向咏梅填词，深合于词心说，这是题实施之，或体实施之，谓之得体。且看她的得奖诗词《三峡红叶》：

借得天边一片霞，三山染就绛云纱。
隔江忽有情歌起，红叶折来当鬓花。

这是一首七言绝句，也是一首竹枝词。这首诗美在意境，像一个女郎在玩自拍，把三峡的远景和近景叠在一起。天边的红霞，山上的红树，眼前的红叶，都叠到一起。女郎正在自我陶醉之际，远处更有人为她唱起了情歌，诗中人被塑造成活脱脱一个阿诗玛了。这首作品，很好地表现了作者的生活理想和意趣。受制于题材，获银奖也就是最高奖了。

前人称写诗填词为铸句，杜甫自称"为人性癖耽佳句"，佳句于诗词是非常重要的，相当于作品的种子。陆机《文赋》说："立片言以据要，乃一篇之警策。"向咏梅作为高中学语文教师，对于这一点，是心领神会的。例如《逛街》：

长街柳色又青青，过客闲游第几程？
只道擦肩无肯顾，红颜应是不倾城。

一二句写长街柳色，诗中人对春季闲行的美好景致却并不在意。三四句写她在意别人的回头率。像罗敷那样"耕者忘其犁，锄者忘其锄"，有百分之百的回头率，该有多好。"红颜应是不倾城"，这一句很出彩，不仅是自嘲，而且是不忿，可以当作反话听，即骂过客瞎了眼。写这种题材，作者须从自己跳出来，揶揄人性，才能出彩，写出少女的敏感。

苏轼说："作诗必此诗，定非知诗人。"诗词写作，构思很重要。向咏梅也重视构思。比如《搭错车》这首小诗：

夜色清寒载梦行，风声挟裹汽车声。
眼昏只道来时路，未料人生错一程。

搭错车本来是日常生活中经常会发生的偶然事件，就事论事，本无诗意可言。作者用这个偶然的生活事件，来譬喻人生情感难免的遭遇。骂自个儿"眼昏"，慨叹"未料人生错一程"。便有以小见大的效果，能够引起普遍的共鸣。

一般说来，向咏梅擅长于填写双调、中调。但她对慢词也有染指，有的也写得很好。如《金缕曲·访李依若故居》：

怅立空庭久。问平生，命途多舛，覆翻谁手？坠玉何郎频摧折，竟作先衰蒲柳。真应了，情深难寿？故卷遗踪何处觅，看长天仙乐催云袖。跑马曲，为君奏。　　一春花事成枯守。叹西风，恁般情恶，恁般荒谬。纵有云鬟常作侣，留取琴心依旧。怎禁得，樊篱栏厩。看遍人间多少事，总不过，情理难参透。风雨里，雪霜后。

这个李依若，就是尽人皆知的《康定情歌》的歌词编写者。"李依若的一生，无疑是悲剧性的，在那个极'左'的年代，他的思想不被人理解，才华得不到施展，他的不幸，也是那个时代千千万万知识分子共同的遭遇。'叹西风，恁般情恶，恁般荒谬'，这既是对那个荒唐时代的否定，也是对自由、和谐、人性回归自然的真切呼唤。此作没有沿袭一般凭吊词上阕写景下阕抒情的传统模式，而是景与情融，在写景的同时抒情，抒情的同时写景。于此可以感受到作者的情感脉动是不规律的，是不受压抑的，是随着眼前景象的铺开而恣意迸发的。这样情与景交相渗透，达到了较好表现主题的效果。"（《当代蜀诗点评》何革评）

我在大学课堂教授中国古代文学课程四十年，人称"桃李满天下"。在校外，我只做讲座，不收学生。如今却带着几个得意的门生，多是由于头面人物推荐，或由权威机构分派的。比如刘道平（曾任四川省人大常委会副主任），就是由四川省政协前主席匋武先同志引荐，后经中华诗词学会导师班正式招生。邓建秋、李宗元则是由巴山文学院招收分派的。向咏梅是由重庆诗词学会会长凌泽欣引荐的。这些学生，大多在师从本人前，就写得很上趟，甚至很成熟，可以为师门增光的。这和名校之所以为名校，首先占住了生源好这一条，完全是一个道理。

我的教学模式，一是开个书目让学生自己看，二是茶叙闲吹。我尝戏说，学生的亲疏，可以见面次数予以量化。向咏梅是见面较多的一个。一则因为她在龙泉洛带古镇教书，而龙泉驿有诗词楹联学会，又有一个从事诗意教育探索的教科所（周兆伦工作室），每年都会请我去作相关讲座。咏梅是他们借重的对象，于是有叨陪的机会。二则每于春暖花开，或橙黄橘绿之时，咏梅必先预订雅座，邀我偕师母（春芝）同赴龙泉赏花品果，谈天说地。有一次谈到下午4：00，我欲告辞，邀春芝附和，道："时间不早了，师母挂念着家里的狗狗呢。"咏梅道："那得看师母怎么说。"春芝毅然站到咏梅一边道："吃了晚饭再走。"说罢两个哈哈大笑。一个学生若得到师母的欢心，也就等于得到老师的欢心了。

最近龙泉教科所立项支助向咏梅诗词选的出版，咏梅要我写个前言，我随口就答应了。同时又收到一个喜讯：写了这么多年的"断肠词"的向咏梅，终于收获到"意中人"，且就要喜结连理了。于是我用诲汝谆谆的语气，对她说道：不许再写"断肠词"了。再写，就是无病呻吟了。

可爱的编辑

一

若要问我印象最好的编辑是谁，我会首先想到小谢。有好几本对我说来很重要的书，都是在她手里出的。小谢看稿，碰到她觉得可疑之处，便以铅笔画线，拉到页边空白处，再打上问号，让作者阅清样时去重点核对。自己从不越俎代庖。所以出错很少。她又耐烦又敬业，是成事有余、败事不会的那号人。虽然粉黛不施、铅华弗御、衣着素净，不知别人感觉如何，我总觉其十分的妩媚。或许是编辑工作太苦，性价比太低，如今她早念完博士，转行到一所大学教书去了。

更早，我念研究生即将毕业，上海辞书社筹编《唐诗鉴赏辞典》的时候，人民文学出版社拟率先推出一本《唐诗鉴赏集》。看在导师份上，向我约了一篇稿子——关于一首绝句（韩愈《次潼关先寄张十二阁老使君》）的析文。初稿大约写了一千多字。看稿的是该社待退的老编辑李 sir（与游国恩同注《陆游诗选》者）。在他寄还的初稿上，天头、地脚、页边，密密麻麻批满了字——字不漂亮却极易识别——有鉴赏思路，有可资比较的材料，等等。在此基础上，我很轻易地写了第二稿，字数猛增到五千言——相当于一部《老子》。此文后被采用。如果说学锴老师的析文给我展示过一篇篇完美的范例，是"鸳鸯绣了从教看"的话；李 sir 对拙稿的圈阅，则不啻是金针度人了。我从此一发不可收拾，写了很多诗词赏析。说也奇怪，迄今为止，我没有看到一篇由李 sir 本人撰写的诗词赏析。

又想起巴乌托夫斯基在《金蔷薇》里讲的那个故事，摘录如下，与诸君分享罢：

有一次，老作家梭勃里给《海员报》一篇短篇小说，这篇东西层次不清，杂乱无章，虽然题材很有趣，而且确实写得很有才气。

编辑同人读了这篇小说，觉得很难处理。就这样潦草的样子发表是不行的。但谁也不敢去请梭勃里把它修改一下。——这倒不是因为作者的自尊心，而是因为他的神经过敏——他不能回过头来看自己写的东西，他已经失掉了兴趣。

"把原稿给我。我用人格担保，一个字都不动，今晚就把原稿遛一遍，"校对布拉果夫老头子请求道——他过去是风行俄国的《俄语报》的社长、著名的出版家塞钦的左右手，他有一个老报人那种不放过好作品的习惯。

布拉果夫在将近破晓的时候才全部搞定。

编辑部秘书重读一遍，呆住了：这是一篇简洁而流畅的小说，一切都变得清晰明朗。先前的杂乱无章和语言的涣散，一点影子都没有了——而且实实在在一个字也没增，一个字也没减。

"这真是奇迹!"秘书说，"您是怎么搞的?"

"光是打上了标点符号。梭勃里搞得一塌糊涂。我特别仔细地打上了句号。还有分段。这是件大事情，亲爱的，连普希金都提过标点符号。标点就是标出思想，摆正词和词的关系，使句子易懂，声调准确。标点符号好比音符，它们牢固地缚住文章，不让它撒落。"

　　小说发表了。

　　第二天，梭勃里冲进编辑部来，大声嚷道："谁动了我的小说！"

　　"假如您认为在尊稿上订正标点符号，就算改动的话，那么就算是我动了您的大作，"布拉果夫沉着地，甚至是无精打采地说，"因为我必得尽我校对员的职责。"

　　梭勃里向布拉果夫跑过去，握住了他的双手，用力地摇摇，然后抱住这个老头子，按照莫斯科的规矩，亲了他三次。然后激动地说：

　　"谢谢您，您给了我一个再好没有的教训。不过就是可惜太晚了——我感到我对以前的作品有罪。"

　　晚上，梭勃里把布拉果夫和几位编辑部同人拉到一起，为文学和标点符号，喝光了一瓶白兰地。

二

　　与编辑打交道，年深日久，便觉得编辑是最可爱的人。一则因为编辑为人作嫁，有恩于我。二则因为编辑质疑原稿，能使文本生色。例如我有一诗咏柳屯田，初题"雨霖铃"，编辑疑之，遂添一字曰"雨霖铃歌"，始觉到位。——当然，好心讨不到好报，好泥巴打不到好灶，也是难免的。

一次，受命选编一本诗文集，收入了雍老师（乃一方硕学鸿儒）一首题为《赠李满林》（李为进修校教师）的绝句：

学理从文情意真，闲吟一卷叩诗门。
杏坛总是向阳地，桃满春原李满林。

后二写得桃李杏春风一家，最后一句又巧妙嵌用对方姓名，令人拍案叫绝。可以说，就是冲着最后一句，选用这首诗的。每次校读清样，我都会将它逐字再看一遍。并无一字差错，方才放心。

责编是老资格编审，她工作认真，脾气温和，待人诚恳，令人感动。她为这本书选用了最好的纸张，装帧设计也完全尊重著方的意见，书印得大方雅致，拿到手里有一种说不出的愉悦之感。

得到样书后，我开始把玩，逐页翻看，到《赠李满林》一诗，我突然一愣，那诗的末句竟然变成了：

桃李满园春满林

这一气气得我差点吐血，顿时如芒刺在背。

我抓起电话，拨通了，便急匆匆地问：某某页，某某诗，最后一句，是谁改的！

电话那边传来她的声音：哎呀，是我改的。——大约她从来没见我急过，所以她的语气是小心翼翼的，惴惴不安的。

停了几秒，又辩解说：校对室有人说这句不大通——

我跌足道：哪有不通！是大通而特通！看看诗题，是赠给"李满林"的哟。这一改，妙处全无，是太没劲，是点金成铁——

电话那头的声音（很委屈地）：对不起——

我想，我是不是有点盛气凌人？于是口气一软，道：唉，改之前，你先讲一声也好啊——

太伤脑筋了，我何面目以对雍先生。

白纸印成黑字，还有什么办法。

又细细检查，还发现一处，乃章先生的绝句《冯焕阙》，原诗为：

冯焕其人史有征，其人其阙到今称。
国家保护弥珍贵，古雅绝伦难与朋。

"称""朋"押韵，韵属"十蒸"，原先也是核对过的。没想到第二句的"称"字，竟被编辑改成"日"字，不仅不押韵，而且还是个仄声字。真是连喷嚏都打不出来了。

最后只好贴改十数本，把作者应付过去。

三

近作《八级地震歌》，有几家报刊转刊。其中一家为核心刊物。样刊到后，便要先睹为快。打开一看，又是一愣——好端端一首七言古诗，被切香肠一般，等距离四句一节，切成了若干节七言绝句：

一山回龙沟中起，龙门九峰皆披靡。

高岸翻卷如怒涛，北川平夷青川毁。

天上黄沙地底雷，映秀瞬间成蒿里。

危楼断壁尽覆窠，十万烝民同日死！

　　前两节碰巧四句一韵，还说得过去。三节以下，就并非四句为韵了，于是完全错位：

合两峰兮起悬湖，山河改观一弹指。

几家出差免于灾？几家上班去不回？

　　虽然像吞下一只死苍蝇，心里作恶，但这一次总算学乖，不复声张。何则？一则木已成舟，声张开来，除了使编者不快，并无些许益处。二则这个错误外行看不出，内行一看就知道出错的原因，又何必多事。何况编辑的用心是好的——欲使版式美观。（唉，在做之前，先讲一声不就好了吗。）

　　《聊斋》云：论心不论迹。又云：无心为错，虽错不罚。我辈应作是想，应作是想。

诗教在海拔一千四百米的大山深处

山那边，有个自发的读书会。他们在对中小学生推行诗教。

叙永的叶子不久前往水潦彝乡走了一遭，回来告诉我这样一个信息，同时给了我两本学校自编的书，一本是《坛厂诗词教学》，一本是《读书会纪要》，她说："你应该为他们写点什么。"

我感到惊讶，因为在我的头脑里，诗教，无论如何是难以和彝乡、村校联系在一起，何况那所学校又在海拔一千四百多米的大山深处。

坛厂学校的十多位教师，在工作之余，有共同的诗生活。他们在每月的一个周末，会聚在一个土屋里饮酒赋诗。除了背诵名篇和赏奇析疑之外，还行令、作诗、撰联，活动搞得有声有色。而每一次活动，又详细记录在案。兹录一则：

浪子行令，要求："以秋为背景，写一顶真回文诗。第一句以'秋'字结尾。例：'休说汉宫秋，秋月罩西楼，楼前观残月，月落事事休。'（阿森作）"各会友完成情况如下：

阿森：忧虑怨寒秋，秋雨似泪流，流水送花去，去时人更忧。

杨帆：收回一楼秋，秋来人不休，休闲不是懒，懒惰定无收。

浪子：钩沉已深秋，秋收禾满楼，楼满人欢笑，笑眼识银钩。

曹老：头白意横秋，秋光万点愁，愁思何所似，似我雪满头。

春晓：休说天凉好个秋，秋风还在塞外留，留住秋风难留雁，雁来已是菊花休。

全部过关。诸君各饮一杯。

再录一则：

振森行令，要求："举一三个字的词牌，以词牌的每一个字为首字，举一句历代诗词，并注出作者和题目。限时十分钟。举例：西江月。西塞山前白鹭飞（张志和《渔歌子》），江畔何人初见月（张若虚《春江花月夜》），月明歌吹在昭阳（李益《宫怨》）。"各会友完成情况如下：

春晓：南乡子。南国风烟正十年（陈毅《梅岭三章》），乡音无改鬓毛衰（贺知章《回乡偶书》），子夜吴歌动君心（李白《白纻辞》）。

振森：满江红。满川风雨独凭栏（黄庭坚《雨中登岳阳楼望君山》），江流宛转绕芳甸（张若虚《春江花月夜》），红颜未老恩先断（白居易《后宫词》）。

肖飞：秦楼月。秦时明月汉时关（王昌龄《出塞》），楼阁玲珑五云起（白居易《长恨歌》），月既不解饮（李白《月下独酌》。

十分钟到，曹老未交卷，宣布自己罚酒一杯，并声称要在喝下罚酒后继续完卷。最后，他完成的情况如下：

曹老：人月圆。人闲桂花落（王维《鸟鸣涧》），月光长照金樽里（李白《把酒问月》），圆影覆华池（卢照邻《曲池荷》）。

看了这些记录，立刻记起"文革"往事：每到腊月三十晚上，家乡小城之中，一干趣味相投的年轻人聚在一位朋友家中猜谜——谜语都是自制的。一间陋室坐满了人，经常是寂静无声，大家坐着苦思冥想。只要有人猜中了，室内便一片欢笑。在那个没有"春晚"的年代，着实填补了一下精神空虚。

一切艺术都含有几分游戏的意味，诗歌也是这样的。由诗歌派生出的文字游戏很多，如酒令、诗钟、联句、步韵等等，不一而足。在孔子的"诗可以兴、可以观、可以群、可以怨"之后，还可以加一句"可以玩"。《红楼梦》大观园中人，就非常精通诗的玩法。从前两则记录看，坛厂读书会的会友们，对诗的玩法，也做到了心领神会。

玩诗的好处，除了充实精神生活而外，还可以积累创作技巧，丰富知识储量。

叶子说，她喜欢坛厂人，是因为一种平民情怀。我却说，其实坛厂人算得上精神贵族。换一种说法也可以，那就是，他们有贵族精神。

刘再复上凤凰卫视中文台"世纪大讲堂"讲贵族精神，大意说，人格上的贵贱，精神上的贵贱，是最重要的。就像晴雯，身为下贱，可是心比天高。人格的高尚，不是社会地位可以决定的。基佐《欧洲文明论》对贵族有个定义，他说贵族最重要的是要自我确立，自我确立什么呢？就是重要性来自自我，不是来自皇帝，也不是来自他人，就是心灵状态决定一切，不管物质财富如何，我们的精神可以很富有，很高贵。

孔子表扬他的爱徒颜回道："一箪食，一瓢饮，在陋巷，人不堪其忧，回也不改其乐。"（《论语·雍也》）这个颜回，就是典型的精神贵族。我曾经看过一部电视纪录片，一位记者采访峨眉山一位美貌的尼姑，说："当你看到寺庙中来的，那些成双成对的年轻恋人时，会不会觉得自个儿太苦呢？"那位尼姑放下手中的画笔，说："我心淡定，他们有许多的烦恼，苦的是他们。"我想，《红楼梦》中的惜春出家后，大概是这个样子。

坛厂学校老师不但自己有贵族精神，通过言传身教，还把这种精神传递给学生。他们自编教材，优化课程设置，对学生进行诗教。关于诗教，我认为，其目的主要是教人读诗、爱诗、懂诗，培养诗性的人。而并不要人人都成为诗人。诗性的人是心智健康的人，是优雅的人，是懂得敬畏的人，是懂得感恩的人，当然，也是爱美的人——有音乐的耳，有绘画的眼，有一颗诗心（童心）。孔子是诗性的人，颜回是诗性的人，那个尼姑也是诗性的人，坛厂读书会的会友和他们的学生也是诗性的人。

在坛厂，小学二三年级的孩子，就能背诵两三百首诗词。初中的学生，不少人已懂得诗词是怎样写成的，略举两首习作：

漫天云絮舞空中，气爽秋高感慨同。

扫去纤霞天更阔，蓝空万里待秋风。（杨旭娇《秋风》）

远看如烟似梦游，天笼地罩一篷收。

离乡游子思亲苦，尽写群峰顶上头。（贺叙萍《雾》）

坛厂读书会成立，迄今已逾十载。

他们所做的事，是许多大专院校的文科院、系所应该做，而未能做的事，所以令人刮目相看。

这是鸡鸣三省的地方，当年红军从这里走过。

如今，诗教在这里蹒跚。据说已经影响到云南、贵州的附近地区。也许有一天，它也能够星火燎原。

有文化没文化

写下这个题目，立刻想起"文革"中因为张铁生的缘故最后被"否"掉了的那次高考，达县地区语文考试的作文题目为"有出息没出息"。这个题目就像是套那个题目。那次考试我的作文在县上是夺了冠的，很得意，所以难以忘记。

这个题目却是这样想起来的：最近有关方面约我到草堂讲杜甫，使我记起一件往事。某年月日，学院组织到射洪县参观剑南春酒厂和沱牌酒厂，路过绵竹。在绵竹公园入口一个很打眼的地方，立有一块石碑，上面铭刻着一首二十八字的诗：

华轩蔼蔼他年到，绵竹亭亭出县高。

江上舍前无此物，幸分苍翠拂波涛。——杜甫《从韦二明府续处觅绵竹》

立刻和这块石碑合了一个影。我是研究过唐诗的，知道这首诗的来历——原是诗人杜甫初到成都，为了修建草堂，拉赞助，写给绵竹县韦县长的。唐代人称县令为"明府"，相当于今天的县长。韦县长名续，排行老二，所以题中称他韦二，即韦老二。

今天称呼排行，如喊孔老二、杜老二（按杜甫也排行老二，不好意思，我自己也排行老二），是不大礼貌的。在唐代就不一样，反倒是礼貌之至，在《全唐诗》中你会看到太多太多这样的称呼，有一两首诗甚至题为"赠王八员外"，决非骂人，反倒是恭敬得很，谁叫那个姓王的正好是老八呢。岑仲勉先生专著《唐人行第录》，颇享盛誉，实得李唐风气之助也。

　　说远了，回到杜甫觅绵竹的那首诗上来。原来杜甫到成都以前，已经拜访过绵竹的韦县长，所以修建草堂时就写信给他。诗中的"华轩"指绵竹县署，"蔼蔼"是竹子成荫的样子，"江上舍前无此物"是说草堂缺竹子，"幸分苍翠拂波涛"是说——请把绵竹县的苍翠分一点点到浣花溪上拂波涛吧，这一句最有诗意了，因为没有直说。直说就是——请送一批竹子到草堂的溪边，有诗意就会变作没诗意了。

　　绵竹县公园的这个诗碑，实在高明得很，它向游人表明，绵竹县是赞助过杜甫的。虽然在赞助的当时，杜甫还算不得怎样的要人，但是一千多年过去，杜甫阔了，成了文学史上数一数二的大诗人，绵竹的这笔赞助跟着增值，也是情在理中的事。就像开放之初，文物市场上一千元就可以买到的元青花瓷，如今已涨价到几百万元一样。这首诗刻成石碑，就是一张现成的城市名片。因为这件事，我对绵竹县的看法一直很好——有文化呀。当然，绵竹年画知名天下，就有文化。不过对我来说，那块诗碑留下的印象，要远为深刻。

　　与绵竹诗碑形成鲜明对照的事情，也发生在同一次参观活动途中。准确说是途经三台的时候，浮想联翩（在旅途中我总是浮想联翩）中记起三台是唐代的梓州，杜甫在这儿住过不短的时间，好像也建过一个草堂。便问邱院长来过三台没有，知不知道这回事儿。院长说，开会来过两次，一次也没听说。天下真有这么巧的事，正说着，我从路边的一根电桩上，就瞅见二指宽一个路牌，上面写着四个核桃字——"杜甫草堂"，画着一个箭头，指向背街的山。便快乐地提议，回程时在这里停一下车哈。

院长痛快采纳了我的提议，回程时，大伙就朝路牌指示的方向上山了。我心里一高兴，就饶舌说，山上一定有一块石碑，刻着"老杜平生第一首快诗"（这是浦起龙的话）——《闻官军收河南河北》。因为这首诗是杜甫在三台写的，中小学课本上就有。三台县若用这首诗做城市名片，比绵竹县那张城市名片还要爽呢。上得山来，却是大失所望，非但没有这样一块石碑，也看不到任何说明文字，四合院关门插锁，一派年久失修的样子。本来，从那块二指宽的路牌就应该想到这个结果，居然还是想入非非了。

又记起往年游新繁东湖，也遇到同样扫兴的事。东湖是李德裕开凿的园林，李是唐会昌年间名相，在政治上建树颇多，却因党争出为剑南西川节度使，遂凿此湖。今日国内有遗迹可考的唐代名园只有两所，东湖即其一。成都人来新繁住豪华宾馆，而不知有东湖者比比皆是，以苑池荒芜不治也。而地方干部，犹忙于"振兴经济"。当时填了一首词，结云："乞儿捧得金漆碗，犹数莲花沿市求。"

虽然如此，没文化三字，还是不能轻易出口的。这是因为有人讲过一件事，记起来觉得有些搅局。事件的起因在旅游业的媚俗风气，譬如桂林山水，自然形成千姿百态，导游解说之词必巧立名目而后快，甚而至于杜撰故事，肆意干扰游人想象，有诗为证：

命意迷真意，扬名或伪名。

青山终不语，黄口自多情。（王蒙《景名》）

我记起的那件事则是这样的：有一批高校教师，参观某地的溶洞，对上面提到的那种解说词不能忍耐，便不管不顾越位前行。导游小姐很生气，便扔给他们三个字——没文化！

可见有文化没文化这件事，实在是难说得很。

张大千与齐白石

张大千纪念馆前馆长汪毅赠送《张大千的世界》套书三种（分别为《回眸张大千》《聚焦张大千》《大风堂的世界》），相嘱为文。我即回赠拙编《百代千家绝句诗》（上下），表示书照收，文章可以免作。这不仅是因为我对张大千素无研究，而且对所谓"南张北齐"，私心更偏爱于齐——怕讲得不合时宜。不料再次见面时，汪兄仍旧话重提、词意甚殷，我不好意思再推，这就等于默认了。

近阅舒芜文集自序，有这样一段话："从小看惯了祖父的藏书和'不藏书'，后者指的是祖父不要的书，乱堆在小楼一角的地板上。我好奇，翻了看，原来都是同时人赠送的诗文集之类，已经尘蒙水渍的书上面，往往有序言、评语，许为'必传之作'，我不禁为这些作者悲哀。"又说："现在这个《舒芜集》，也许同样会'必传'到人家的'不藏书'堆内去，白费了出版社和编辑先生付出的精神与物质的代价吧。"

当今出版物之多之杂更新之快，令人目不暇接，十之八九的书刊都会有这样的忧虑。而《张大千的世界》，是不必有这样的忧虑的。这首先在于它是一本很好的图书。真正爱书的人，都会特别喜欢图书，因为有很强的观赏性。陶渊明说："泛览周王传，流观山海图。俯仰终宇宙，不乐复何如！"而他老先生所喜欢的插图本《山海经》，迅哥儿也喜欢——《阿长与〈山海经〉》中专讲了这样的故事。

在我的藏书中，有一本《白石老人自述》，也是这样的书——文好图也好。（顺便说，最近买到一本《叶浅予自传》，也是这样的书——作者与张大千也有交道，张叶之谊在师友之间，此书中的文章是好文章，插图更是美不胜收。诗很Y，但不影响全书的观赏价值。）读这样的书真是一种享受，读得连饭都不想吃的时候也是有的。读《张大千的世界》，也有这样的感觉。其中的老照片和文物图片尤其可读——这里不说看图、而说读图，是因为图片是会说话的。

比如，书中有一组图片，包括张氏兄弟在苏州网师园与善子所豢幼虎的合影、苏州报国寺高僧仰光受善子之请为"虎儿"说三皈并赐法名的图片、张大千所题"先仲兄所豢养虎儿之墓"碑刻图片，等等（见《大风堂的世界》第47页、第50—51页、《回眸张大千》第29—30页），就看得人浮想联翩，不禁对那只幼虎的大猫式处境，和张氏兄弟的顽童式的善意，唏嘘不已。如在当今，张氏之所作可能招到动物保护组织的抗议。不过，对于画虎者来说，养虎以便观察，正如艺术院校聘用模特儿不得视为淫秽一样，是另有说道的。齐白石缺少对虎的观察，很少画虎，即使画，也只作背面蹲踞势，这样可以减少了画的难度，有取巧、藏拙的意思。

然而白石老人对昆虫、水族的观察，却是细心得很的。据说上世纪三十年代收藏家徐某得张大千"绿柳鸣蝉图"，欲请白石

310

老人题诗其上，以为镇馆之宝。齐看画后说："蝉在柳枝上，其头应当朝上，绝对不能朝下。"遂拒绝了他的请求。张大千知道后默默地记着，在寓居青城山时，特别观察柳条上的鸣蝉，果如齐白石所言，然不解其故。后来在北平当面问齐，齐说，蝉头大身小，柳条细柔，若蝉头朝下，是抓不稳的。张氏点头称善。

　　《张大千的世界》中有大千 1928 年、1945 年、1970 年的鬻画润例影件（见《大风堂的世界》第 48 页、《回眸张大千》第 172 页），极具文物价值。又有大千居士与政要的合影多幅，如与宋美龄合影（《回眸张大千》第 94 页），与蒋经国合影（同书第 125 页），庐山图开笔时张群、张学良等前往助阵时的合影（同上第 161 页），足见大千的性格多可而少怪，古称"傍通"之士。相形之下，齐白石清高得近乎迂，迂得近乎可爱。《白石老人自述》中收"手书告白"道："中外官长要买白石之画者，用代表人可矣，不必亲驾到门。从来官不入民家。官入民家，主人不利。谨此告白，恕不接见。"（见《白石老人自述》第 200 页）。黄永玉在电视访谈中讲老人的故事说，新中国成立后，周恩来总理去看望齐白石，总理走后，齐问身边的人来者为谁，身边的人说是中央人民政府总理，齐竖起拇指道："角儿啊!"还有一事，是艾青讲的。一次他去看望齐白石，老人摸出一个纸条儿问，这是什么人哪，开口能成腔。艾青一看，是柳亚子书赠老人的一首诗。

　　《聚焦张大千》卷首即有张大千与毕加索的合影，称为中西方艺术文化交融的时代标志与重要象征，赞为惊天动地。关于这次"艺术峰会"，据《张大千传》（杨继仁著）所载，毕加索见张大千，当即抱出五册画来，全是用毛笔水墨画的花鸟鱼虫，开口便说："这是我仿贵国齐白石先生的作品，请张先生指正。"张大千先恭维了一番，然后就不客气地指出毕加索用笔的毛病，对他讲墨分五彩的常识，并提笔写了几个字，教了两手。毕加索激动地说，中国画真神奇。齐先生画鱼，没一点色、一根线画水，却使人看到了江河。连中国的字，都是艺术。——就连这次会晤，也扯得上齐白石。

张大千平生致力传艺课徒，衣钵一传再传，门庭广大，堪称桃李满天下。《大风堂的世界》对张氏画派作系统介绍，为张氏弟子及再传弟子作了叙录，为何海霞作了年谱，这些部分用力甚勤，是套书中最闪光、具学术性的。该书有一张1947年张大千在成都昭觉寺课徒的老照片，逆光拍摄，非常精彩。它活生生地记录了中国画家传统的、手工作坊式的、师傅带徒弟式的教学方式，那些身影，那些动态，那种氛围，非常感人。

书中记载大千对门人的赏识，如：简文舒每有所作，见者惊诧，大千掀髯微笑曰："吾道有传人矣！"这使人想起齐白石对门人的赏识，如在李可染画上所题："心思手作，不愧乾嘉间继起高手。"何海霞拜大千为师，张事后将100块银圆还给何："你送来银圆，执弟子礼，我如不收，非礼也；现在我还给你，表示师礼，你如不收，亦非礼也。我们都是寒士，艺道之交不论金钱。"艺林传为佳话。齐白石小气一些，但对李苦禅，好像也有类似的故事。此外，在张大千和齐白石的门人中，皆有美女，张氏门下尤多。《聚焦张大千》插图中有张大千赠李秋君的12把画扇（一面字一面画），悉为精品。新凤霞之初见齐白石，老人拉着她孜孜地看，家人予以干涉，齐白石很不高兴地说："我都这么大的年纪了，还不能看一看。"此所谓大人者不失其赤子之心者也。

《张大千的世界》一书封面设计用色为黑白红三色，与《白石老人自述》封面设计如出一辙。

民国女子　　成都故事

　　《峨眉山月》是刘锋晋先生的一部小说遗著，今年初在北京出版。

　　二十多年前，我曾与刘锋晋先生共事于牡丹之乡——彭县（今四川彭州市），因此常有机会登门请益。刘先生每将自作诗词抄在卡片上相示，不过，那时他没有提到写小说的事。流年似水，如今刘先生去世已满十年，其小说遗著《峨眉山月》即将付梓，先生的家属以清样相示，使我得以先睹为快。

　　小说初名《蝶仙传》，蝶仙乃是"碟仙"的谐音。四川民间有一种用碟子为工具的卜算方法：求卜人（两人或两人以上）将瓷碟倒扣在光滑的桌面上，以手指轻触碟底，由于桌面摩擦力小，求卜人闭目默祷时，随手指轻微颤动，碟子会发生位移，依照事先设定移动方向所代表的意义，便可预测凶吉。这种卜算方法即是"请碟仙"。据民国年间彭县人说，碟仙之所以灵验，是因为该县县城一位英年早逝的女大学生显灵。对于其本事（详后文），作者耳熟能详、不能释怀，故为之传。这样的写作由头，如果由蒲松龄来写，或许可以成就一篇"聊斋"。然而，刘先生的兴趣不在"志怪"而在"志人"。小说实际写了一位民国女子的不幸故事。故事发生于 1940 年至 1942 年的川西坝子，主人公叫柳蝶仙，事涉唐、柳两家。唐家有钱有势，柳家是小户人家（且依附唐家），故就家境而言唐优于柳。唐家儿子道生资质平平、未能升入高中、只能就读于书塾；柳家女儿蝶仙才貌双全、是省城女子高中的高才生，后来又考上了巴蜀大学。故就子女而言却是柳胜于唐。唐家儿子道生暗恋上柳家的蝶仙。家长议亲，并征得蝶仙的同意，举行了订婚仪式。蝶仙在大学期间因受时代思潮影响、且暗恋他人，遂疏远道生。后来又写信退婚。道生郁郁寡欢，患上肺结核病，不治身亡。蝶仙因精神恒郁，临考不慎坠崖而亡。

读完小说，我重新看了一遍作者的题记。题记全文是："怀念我曾经见到过和听说过的人们！他们都是些好人。他们在这个世界上存在过，但是现在都消失了。无论他们是伟大的，或者渺小的，我都怀念他们。愿他们安息！"不错，这是一篇"好人"的故事，作者爱他们。"他们都是些好人"这句话中的"他们"，不但是指男女主人公，还应该包括双方的家长及同学朋友。故事虽然有家长议婚，却并非全然包办。这与五四以来关于"家"的作品大不相同。在那些作品中，家长通常是头脑冬烘、思想顽固、作风专制的。而在这篇小说中，家长却显得那样开明开通、富于人情味。例如唐家提亲，对于柳家来说本应是求之不得的事，柳家家长却没有立即顺竿爬，而是顾忌女儿的感受道，"我们自幼宠着她，遇事顺着她，得跟她好好谈谈，再商量吧"。要不是征得了女儿同意，婚是订不成的。又如蝶仙退婚，对唐家来说是大失面子的事，然而当柳家表示歉意时，唐家家长却是竭力控制情绪说，"不能怪你，只怪道生和蝶生没有缘分"，这已超出一般的开通，简直肚大容人。道生资质平平，但是，他生在富家却无纨绔习气，遇事又知进退，是个佳子弟。蝶仙才貌双全，思想上进，敢于自作主张写信退婚，在她生活的那个年代殊属"新新人类"。女主人公身边的同学和朋友，几乎全是益友。小说提到些许恶人、小人，如陈慧生家乡那个袍哥舵把子龙贵山和他那个"虎妞"式丑女，以及造谣中伤蝶仙的人，或者并未出场，或者掀不起什么风浪，完全可以忽略不计。总之，这是一篇"好人"的故事，是一篇为"爱"而写的故事。

不禁想起曹禺的创作自白来——"我对自己作品里所写到的人和事，是非常熟悉的。我出身于一个官僚家庭里，看到过许多高级恶棍，高级流氓。《雷雨》《日出》《北京人》里出现的那些人物，我看得太多了，有一段时间甚至可以说是和他们朝夕共处。"曹禺笔下最得力的人物，不正是一些"高级"或不怎么高级的"恶棍""流氓"（如潘月亭、李石清、周朴园以及黑三、胡四等等）么？作者憎恶他们，作品中的好人之死应该由谁来"买单"的问题，答案是清清楚楚。而同样一个问题，在《峨眉山月》就说不清楚了——1. 订婚非纯然包办，故不应该由家长来"买单"；2. 蝶仙退婚没有遭遇实质性阻挠、舆论压力不大，故不应该由礼俗（或封建制度）来"买单"；3. 男女主人公固然陷入了个人苦闷不能自拔，但道生直接的死因是病魔，蝶仙之死更像是一个事故，故不应该由人物自身来"买单"。看来，这篇小说的主题不是反封建，而是伤逝和人生无常。

白乐天诗云："大都好物不坚牢，彩云易散琉璃碎"（《简简吟》），李后主词云："林花谢了春红，太匆匆"（《相见欢》），伤逝和人生无常，本是文学的一个永恒主题。蝶仙和道生的故事，又使人想起冯至翻译的海涅的一首诗。诗中说，一个青年爱上了一个姑娘，那个姑娘却爱上了另一个人，另一个人又爱上了另一个姑娘、而且和她结了婚，那个姑娘因此感到十分苦闷。诗中还说，这是一个古老的故事，但是它永远新鲜，谁要是正好遇上这样的事情，他的心就会裂成两半。《峨眉山月》的故事不正是如此么：道生爱上了蝶仙，蝶仙却爱上另一个人（郁文华），这人却又突然从她的生活视野中消失，结果蝶仙很苦闷、道生则更苦闷——至死方休。生活是一个编织圈套的高手，进套容易解套难啊。

这篇小说是有事实根据的。友人管遗瑞从钟树梁先生处听到过，并提供简要记录如次：抗日战争期间，彭县县城有一位美貌而又聪颖的才女叫刘沛仙，能诗善文，中学毕业后考入四川大学。本县富户之子杨本才追求刘，经杨家几次向刘家求婚，刘不得已，入学前与杨举行了订婚仪式。川大当时为避日本人的飞机轰炸，从成都迁往峨眉山。同校男生追求刘者甚众，刘虽以品行自持，却生悔婚之心，几乎断绝与杨家之往来，致杨不久因抑郁而死。杨家人甚为气愤，葬杨时将刘的照片、生辰八字一并入棺。不久，刘考取研究生，导师要求极严，刘拼命看书，钻研功课。一日在山间悬崖旁看书，不觉头晕，坠入崖中，被从崖底救起，然已成重伤，二日后去世。全校大为惋惜，开了盛大的追悼会，当时做挽联的极多，还有不少作诗的，咏叹刘的不寻常的一生。好事者或谓刘是被杨的冤魂摄去的，或添枝加叶谓刘死后成仙，或扶乩请灵，以卜吉凶云。

由此看来，作者并没有解构事实另起炉灶（否则小说可以写得更集中，冲突可以更强烈，人物性格可以更凸出，故事可以更

316

引人入胜）。小说中订婚之事原是征得蝶仙同意的，如果没有强大的外因或内因作用，退婚对蝶仙来说，本是难于启齿之事。而设定一个有说服力的外因或内因并非难事——比方说通过细节表明道生的平庸为蝶仙所不能容忍，比方说让唐家得寸进尺在订婚不久之后便要求提前结婚（蝶仙允婚时本有"四年读书期间不结婚"的先决条件），比方说让真正的爱情到来（赋予才华横溢的郁文华以更多的使命，让他更早出场而不是在小说过了五分之四的篇幅才出场，同时让他对蝶仙实施不可抵御的情感攻势）——凡此种种，都可以增强故事的张力。作者没有这样做，一定有他的理由。我想，理由之一应该是作者太忠实于亲见亲闻的人物和故事，他是爱事实甚于爱虚构的。

要之，这篇小说更像是一篇"特稿"——小说的附记恰好透露了这样的信息：这几年"我"（叙事人）在一家报馆当采访记者，为了写一篇关于"碟仙"的专稿，去峨眉找娄隐恕（其原型极有可能就是作者本人）采访一点写文章的资料。娄又介绍"我"去找何孟珍——蝶仙当年的好友。这样"我"就得到了有关蝶仙的较为详细的材料，包括一些零篇断简的诗词，于是引起我对传述蝶仙其人的兴趣。——这应该是作者收集材料、萌生写作动机的实际过程。

充其量是个短篇小说的素材，作者竟洋洋洒洒写了八万多字。其他的篇幅多为时代背景或故事场景的交代——诸如川西局势、社会风俗、民居建筑、各色人物（如道生在彭县的书塾同窗张云汉、李文清、娄贞野及其在成都的弟弟娄隐恕、堂妹娄若兰，蝶仙在巴蜀大学的同学周建国、何孟珍、陈慧生、李振飞、郁文华，李振飞在五通桥的家人如其父李明山、其妹李振跃，以及大学教授吴宓）等等。故事发展的空间涉及彭县、成都、峨眉山三地，小说中逐处都有李劼人式的场景描写，可以当着乡土信史来读，读之如看"老照片"。要之，作者继承了传统小说，尤其是唐人传奇"文备众体——史才，诗笔，议论"的优点。小说中的"史才""诗笔"，对于中心故事或许有点游离，却是这篇小说的"亮点"，是这篇小说最有读头的部分。例如，小说开头有这样一段场景描写：

时值民国三十年暮春，彭县城内一家大宅院里，春光融融，绿树欣欣，几十盆牡丹争妍斗艳，开得正好。正中堂屋北壁前，一张黑漆漆檀木圆桌闪闪发光，上面供有一尊观世音菩萨的白瓷钧金造像，高大庄严，令人肃然起敬。正中壁面，挂着一副大红洒金宣纸的对联，这是本县贺维翰太史亲笔所书。文曰："心正理明唯养气，家齐国治在修身。"书法丰腴，秀气之中，不免带有几分台阁体的意味。堂屋两边墙壁，分别挂着张善子和张大千的画幅。善子画的是一只猛虎，站在山崖上，昂首长啸，题曰："崖壑生风"。大千却是临摹敦煌壁画，画了一幅仕女图，线条流走，仪态庄严。

文中提到的贺维翰（1876～1948）乃彭县利安乡三合村人，清光绪甲辰（1904）科进士授翰林院庶吉士，旋升翰林院编修加侍讲衔，因丁忧返乡。1913 年后，在成都彭县两地讲学，致力于教育慈善事业。文中称他"博览群籍，道德文章书法名噪一时"，及新办"藤荫"书塾，课徒讲学，并直接指点女学生，都是信而有征的，所谓"其事核而实，欲采之者传信也"（白居易

《新乐府序》）——这也正是特稿之特点。

刘锋晋先生出生于世代书香之家（其父为大书家刘东父），祖上止唐先生在成都开"槐轩"以课徒，自清嘉庆至民国一百五十年间受业者达数千人之多。辛亥年（1911）任川汉铁路特别股东会会长的大书家颜楷，每帖毕必署"槐轩门人"引以为自豪，可见其影响之巨。这篇小说关于"槐荫"老宅的描写，就是以槐轩为蓝本的。小说中的娄家的姓氏，实即"刘"之谐音。

娄贞野的家，准确地说，应该是一个家族。这个家族有一百多人，他们聚居在一起，所以住宅是相当大的。他们的祖先大约在清朝嘉庆初年就迁来成都，到现在已有百多年的历史了。……走出敞厅，往右边走去。走不了几步路，迎面是一道圆门，这道门是和梅花墙连着的。圆门右边，那道墙继续伸展过去。墙下有一口古井，周围堆满枯黄的落叶。一棵极其高大的古槐挺立在井边。蝶仙这才明白，敞厅外面那块匾为什么题着"槐荫"二字。娄贞野带着几个人走进圆门，一进去脚下就是一道两边有栏杆的小木桥，桥下是池塘，它从桥的左边弯弯曲曲砌成圆拱，看去像是一个桥洞。这种瓦可能是特制的，不然就不会那么稳固。圆拱下边，往两旁形成斜面，这和普通屋面是差不多的。轩厅内，两边是往外斜伸的栏杆，有坐板可以坐，也可以凭靠。……

"老房子，传说多。"文中还插叙了一个狐鬼故事。这个故事和"碟仙"的故事一样，游离于中心故事，却不影响小说总体的纪实风格。作者生前雅善饮酒。他的一位邻居曾经回忆说，一个雪天，一大早就看见刘先生手端一个酒杯，独自站在教工宿舍的单元门口笑吟吟地赏雪——这是一幅活脱脱的子恺漫画。说起酒来，作者是蛮有感情的。小说中关于成都酒家、食店的描写，如关于"北打金街"的"关倒门"酒家和酒店中的那个打酒的老头儿的描写，真是神来之笔，令人过目难忘：

　　唐道生抬头一看，只见街角上的街牌写着："北打金街"。两个人走了过去。左边是一排铺面，几间铺子都取下铺板，敞开大门做生意。唯独一间铺子的几扇铺板几乎全关着。仔细一看，只有一扇铺板没有关严，还留有一条窄缝。娄贞野站在那里，他似乎也迟疑了一下，接着，伸过头去往门缝里探望，然后他推开门钻了进去。唐道生也跟着钻进去。刚进去，两个人都觉得里面一片漆黑。慢慢地才看清楚，……再一看，柜台里面还坐着一个老头子，胡须很长。此时正闭着眼睛，似乎在睡觉。娄贞野不说话，往里面走去，坐在靠板壁的方桌边，唐道生也跟着他坐下。老头子站起来了，他拿起一个竹筒做的舀酒提子，从小酒坛里舀了两杯酒，另外还拿了什么东西，慢慢走过来，把这些东西都放在两个人面前的方桌上。老头子又走到柜台后边，在那把竹椅上坐下来，闭上了眼睛，似乎世上的事情只有这些，到现在一切都已做完。……酒杯不大，但却是一种特制的方斗型的陶器，外面的釉是绿色的，红色的，也许还有其他颜色。另外的东西是两只竹编的小得可爱的笤箕，里面装着花生和一块豆腐干。娄贞野端起酒杯喝了一口，唐道生也喝了一口，只觉得酒味十分浓烈，有一股与大曲酒不同的酒香，直往鼻子里冲。……看一看那个老头子，只见他闭着眼睛，好像已经睡着了。"这里的酒是道地的五皇场干酒。成都的这种白酒有些是用船运来的，船老板喝了酒，沿途掺水，所以难吃。只有这家的酒是真正好酒。……你别小看了他，他在资阳五皇场开有烧坊。儿子媳妇在那里经营。他却偏要来成都开这么一个小店，又是关着门开店。俗话说'酒好不怕巷子深'，他这里却是'酒好不怕关倒门'。所以喝酒的人都把这家酒店叫作'关倒门'，把老大爷叫关大爷，其实他并不姓关。……"

关大爷这个人物的做派和神情以及"酒好不怕巷子深"的观念，在广告学已经成为一门显学的今天读来，有恍如隔世之感，正是：刘郎已恨蓬山远，更隔蓬山一万重！本土的读者尤其是老成都老彭县，以及有历史癖的读者，读到这样的文字，一定会感觉格外亲切，格外神往，当然也会有一点惆怅的。于是想起刘先生的一首咏昙花的感伤词（《浣溪沙》）来，姑录之以为本文之结束：玉样精神雪样姿，瑶台月下景依稀。风鬟露鬓是耶非？暮雨来迟魂欲断，朝云散尽梦难期。杜兰香去几时归？

我们的生活充满阳光

春芝，亲爱的老伴！近段时间你在家里经常说你想回家，问我能不能送你回家，使我语塞。我不知道你要回哪个年代的家。今天，全体家人、亲朋好友、同学同事、学生晚辈，齐聚于此，送你回永久的家乡。那也是所有人的永久的家乡。所以这不是永别，而是暂别。

你经常问我，和你结婚我有没有后悔，问我看上你什么。这样说吧，从四十五年前对你表白的那一天起直到今天，我对你一直怀有深深的依恋之情。当我生病的时候，有你在身边，病情就会减轻。永远不会忘记大病初愈后，你为我做那一碗酸汤面，永远不会忘记你从郭家桥菜市场为我磨制的一袋袋新鲜玉米。当你生病的时候，我伺候在你身边，我的心也特别踏实。

你有阳光的天性和朴素的心，从不自我，乐于助人。在人生的每个阶段都有朋友：从街坊邻居到初中同学，从知青朋友到大学同窗，从学生到同事，退休后的牌友和歌友，更不用说肖家周家杜家的姊妹兄弟。你年轻时特别能够放飞自己，任何时候都有人邀约（连买菜都有朋友邀约），任何时候都有自己的同伴。从来不干扰我的学习工作和社会交往。同你一起生活，一辈子不累。

直到 2019 年，也就是疫情袭来前的一年，七十一岁生日之后，你生病了，我天天陪你到市一医院输液，将近十天，之后记忆力衰退，活动空间开始收缩，最后和我形影不离，我们都深深体会到老伴的重要性。必须宅家时，你常难过地说："我又没有做错什么，现在没有一个人来约我。"

因为你的记忆力衰退，我逐渐顶替了你操持的家务劳动，当你站在一边，看我在厨房和洗衣机边忙来忙去，不管我怎么安慰你，你总是说着惭愧。年轻时我有一句玩笑话："你大我二十天，你得让着我。"老来时这话变成了："我小你二十天，你得让我做。"你最喜欢唱的一句歌词是"我们的生活充满阳光"。今年安安兰兰给你过生，你说："这些年我好幸福啊，最近这段日子特别幸福。"你的话温暖人心。

在你七十五岁的一生中，为女孝，为妻贤，为母慈，为姊义，为师良，为友益，所有人生角色，你都有担当，力争做到最好，做到没有遗憾，此外，并无杂念，你是一个纯粹的人。你对我的关爱是发自内心，而且总是挡我的话说："我没有你说的这么好。"

你年轻时身体好，热爱各项体育活动。我那时身体差，没想到能活过七十岁，老来身体反而好了，这很大程度要归功于你的照顾和陪伴。在你最需要我的三年里，我能一直陪伴你、照顾你，尽到老伴之责，除了谢天谢地，还得感谢你自己。

天地者万物之逆旅，光阴者百代之过客。古人为什么有那么多夜宴，那么多雅集？是因为"浮生若梦，为欢几何"，这是李白说的。最近三年，你和我参加过许多聚会，许多雅集，从重庆到成都，从内江到自贡，从瓦屋山到峨眉山，从天台山到华蓥山，从海螺沟到九寨沟，从平乐古镇到街子古镇，从温江到犀浦，从三圣乡到龙泉驿，从草堂到望江楼，从大山邻居到悦见云山，等等，如影随形，每一次都是真真实实的获得，真真实实的快乐。

我录制了很多歌唱视频，每天通过无线投屏，循环播放，使你感到无比开心，你对视频中的学生们满怀深情地说："我最近状态不好，死的心都有，但我没有哭过。这几天，我心里面想的全是你们，我看到你们其乐融融，心里就特别高兴，我深深感到，你们对我都是很好的。你们如果愿意接纳我加入到你们这个集体当中，凡是我力所能及的事，我都把它包下来，我会感谢你们一辈子的。谢谢。谢谢。"说完泣不成声。

春芝，你的一生，其实是过得很有质量的，很快乐的，很值的。就在二十天前，你还亲自出席了小孙女春陵的满月庆典，给人生画上了完满的句号，没有遗憾了。在没有你的日子里，我会保重自己，和儿子一家及所有亲朋好友一如既往地亲密相处，过你所希望我过的那种生活，替你尽你不能再尽的那一份责任。同时替你照顾好狗狗（端端）。

让我代表你和我自己，向帮助过你、关心过你、陪伴过你的所有亲朋好友、同学同事、学生晚辈致以深深的谢意，祝大家健康幸福，快乐每一天。

同时，要特别感谢成都海尔森医院，陪伴你、帮助你平静度过人生最后十八天的所有医护人员。谢谢。谢谢大家。

用心陪伴

2020 年 11 月应巴蜀中学邀请，赴重庆在该校三个校区做了三场讲座，春芝随行。其间她的侄女婧婧多次微信问候。婧婧是春芝最知心的一个晚辈，在道别后那个晚上，她给我发了一条微信，讲到春芝，甚为动情：

> 小时候最开心的事，就是大姑（指春芝）回来。她一回家，觉得整个家里都是快乐的气氛。我小时候特别调皮不懂事，但是大姑对我很好，去哪里都带上我。在我心里，大姑是那么能干、完美、强大、一直是老大的形象。一直关心照顾弟弟妹妹、侄儿侄女。真没想到她会得病，并且退化得这么快。这次回来，我感觉她更加糊涂了，表情都有些无神，也不知道叮嘱我了，非常心痛！哪怕她像以前一样骂我，我都会很开心。我知道她现在其实很幸福，糊涂也许还会少些烦恼。她没有无忧无虑的童年，现在变成老小孩，愉快地度过晚年。真希望她不要把我忘了，以后不要把我当陌生人。

"能干、完美、强大，一直是老大的形象"几句话，写得特别好，非常有力。寥寥数笔，勾画出春芝以往的形象。

今年我回重庆，春芝已离人世。我召集肖家弟妹和春芝生前友好聚叙，亲友都欣然赴会，春芝闺密牟仁玉说了一句朴素而深情的话："春芝走了，我们多不习惯的。"我说："我和春芝性格不同、爱好不同、家庭成分不同，

走到一起，完全是命运眷顾，因为我们在同一年上同一所大学同一个班同一个组，都是大龄青年，一拍即合，终身无悔。"

记得五十年前第一次到文星街，完全是一个贫民窟，住房破旧、狭窄、条件简陋，夏夜睡长板凳、凉笆棍，冲凉就是一个塑料罩子加一桶水，热水进桶，罩子就膨胀成一个浴室。半个世纪过去，肖家第二代、三代的生存状态，不知翻了几番，文化水准今非昔比。婧婧无师自通，成了诗人。郭佳熠四岁能诵《将进茶》。春芝一生的念想，成为现实。上一辈人，做梦都没有想到。

春芝是我生命中最重要的人之一。人生每个阶段都会遭遇孤独，需要抓手。对我来说，人生抓手最初是祖母，然后是母亲，然后是熊维，然后就是春芝。春芝病于疫情之年，不管能力怎么

退化，人在一天，我心踏实。然理智告诉我，相守的时间不多。希望时间流逝慢点，再慢点，让我陪好每一天。

春芝身体出状况，是70岁以后事。2018年9月的一个早上，前晚剥好盛在盘子里的石榴籽儿，她不记得是怎么回事了。春芝退休后最大的安慰，就是常有学生来看望她，称她"肖妈妈"。春芝70岁生日是她的前学生李莉组织了两个班的同学，在德阳给她办的。春芝致辞说：

> 我完全是带着一种享受的心情来的，说个良心话，我是一个比较善于克制感情的人（她强忍住没有掉泪），但是今天确实破防，不知道怎么表达内心的感动。再加上我现在记忆力不太好，已经步入老年痴呆这个行列，但我今天站在这里，感觉好像又要年轻了一点呢。

台上响起一片笑声和掌声，于是学生上台，给肖妈妈献上鲜花蛋糕，共唱生日快乐歌。

春芝从四川大学高分子材料系退休后，主要活动是每周一从江安花园乘校车到川大老校区文华活动中心，上午在老年声乐班唱歌。她有一搭子牌友，皆本单位退休老师，常去活动中心点打双扣。活动完了，便乘校车回江安花园，下厨、遛狗。间周持年卡去一次美容院做一次理疗。小日子过得还算惬意。

2019年8月的一天，春芝说头晕，宣称不再去老校区玩牌，因为出牌有错，怕影响牌友兴致。又提出新学期不再报名唱歌，更引起我高度重视，主张下学期我也报名，陪她一起去唱歌班，把歌唱下去，对健康有好处。

儿子获知情况，十分关切，专门抽时间陪她去医院就诊，经CT检查，大脑海马区萎缩，医生诊断为阿尔兹海默症初期。为了延缓记忆力衰退，我开了以下"处方"：一是督促她每天写一条日记，并在台历上做大事记；二是多与亲友见面或通话，经常与人互动；三是养好宠物，多一些遛跶；四是我减少出门时间，或带她一道出门，多一些陪伴；五是在家时让她动动脑子，玩玩拼图；六是晚上用手机放舞曲，陪她跳跳舞。

母亲这一角色，在春芝的人生中占有重要地位。儿子从小在她膝下长大，加之晚婚，母子相依较常人维持时间更为长久。儿子婚后两代人分住，在我看是两得其便，春芝在心理上却有一定程度的失落。生病后，儿子超过两天未通话，她的情绪就会低落。我只要有所察觉，就对她做心理疏导，这一点非常重要。

春芝常称舌痛，不能吃辣，带去口腔医院检查，并无炎症或溃疡。有时称腰疼，便给她作艾炙，或贴伤湿止痛膏。春芝有病以来，晚上起夜，会突然打开顶灯，一室雪亮，致人睡意全无。因为她记不住，这个事便无解。

春芝71岁生日，是回重庆大弟久长家过的。自从爹妈过世，久长家就成了春芝回重庆的落脚点，她回重庆也成了兄弟姊妹相聚的由头。这是春芝最后一次自个儿回重庆，这头有儿子送，那头有侄女萍萍接，不至于找不到回家的路。十天之后，春芝返程，带着严重的上呼吸道感染，发烧，声音喑哑，次日神思恍惚，情绪低落。我叫她起床去看病，她不肯起床。我问想做什么，她说想死。似有心结（她没说是什么）。我说你不要要赖了，快起来我陪你去医院。由江安医院派救护车，送市一医院挂发热科急诊，于是一连十天，由我每日陪同，去市一医院输液，方才痊愈。

春芝有一个幻觉，即她和二弟久贵住在大弟家，是被撵走的，这对她心理上的打击很大。2020 年 6 月当我知道这一点后，曾与久贵电话求证。久贵坚称绝无此事。事实是大弟久长因心脏犯病住院，一次家中无人，春芝和久贵进不了门，在长江边踱来踱去，时间较久而已。儿子说，经查相关资讯，AD 症患者每天有一小时左右发愣，想心事，把梦当真。盐酸美金刚必须坚持每天服用。

新年正月初十，与春芝、德珊、元松夫妇共赴半山园品尝蒋府家宴，并与华东、张妹飚歌。华东在地下室搞了一个歌厅，音响效果不错。春芝兴致好，最后一个人留在歌厅唱了很久。春天到来，与春芝同赴华阳南湖湿地公园，参加大学同学会，茶叙，唱歌，合影，尽兴而归。并有录像。

每天早上起来一件事，是告诉春芝脱掉睡裙，再穿上内衣，再罩上长裙，即可出门放狗狗。免得她磨蹭半天，不知从何做起。早餐煮鸡蛋，煮超市买回的黑芝蔴汤圆，我自己再熬一碗玉米糊，学会把日子过简单。

春芝经常问的一句话："最近和郭继伦联系没有？"每一次回答是一样的："一个月前我们一道去过天台山。""我也一道吗？""当然在一道。""他说什么没有？""等疫情缓解后我们再聚。"然后我反问她郭继伦是哪个年级的学生，她回答不上来。春芝面对电视上教歌的简老师，会认为是一对一教学，不敢随便离开半步。洗澡换衣服时，一定要避开电视屏幕上的人。

春芝怕拖累我，或觉得自己上不了台盘，经常说："下次活动不要带我，我和狗狗在家会好好的。"可事实上，只要十分钟见不到我，她会到处找。所以我不由分说，每次都令她同行。道平兄说："很少人能做到像你这样，连我也做不到。"许多次活动回家，她都情不自禁地说："他们对你好好喔，他们好喜欢你哟。"

在家中，我必须用电脑做事时，先安排好春芝。常通过手机无线投屏，调出简老师学唱歌，选每天八分钟的练声，反复数次春芝也不会烦。然后换个方式，百度选熟悉的歌曲跟唱，她就很开心，多数时候乐呵呵的，且不耽误我在电脑上做事。

她乐意干的另一件事儿，是打扫院坝的落叶。我让她在连衣裙内套上长裤，手臂戴上袖套，喷上花露水，即可防蚊。中午午休，晚上早点入睡，基本上就做到了每天不郁闷。她陷入消沉时，一支冰糕就可以化解。

春芝常常问我："我们什么时候认识的呢？""上大学的时候啊，南充师范学院，郭宽宏、马玉清、何熙玲、汪克立、龚秀英……是同班同学呀。""你想过要一个娃娃没有呢？""有啊，安安不是吗。"她像是明白又像是不太明白。于是我就把安安幼儿时代的相册拿给她看。她一边看照片一边拍打脑袋："怎么这些我都想不起来了呢。""所以才需要翻看老照片呀。""是不是我脑壳出问题了？""你记忆力不好了呀。""你为什么不给我说呢？""我说了的，只要你问我，都说过。""我不问你，你就不说了吗。"她陷入沉思，难过得都快掉下泪了："你也太能忍了吧。""你不是过得好好的么？""那是因为有你嘛，我觉得太亏欠你了。""话可不能这样说。打个颠倒，你也会和我一样，当然，我的点子可能比你多一点。"

春芝又问："我变成这个样子，到底是什么原因呢？""一般

330

说与老年有关，七十岁以上四个人有一个，八十岁以上三个人会有一个。钱来忠、商振泰、汪遐昌那么有本事的人，都掷到了这个骰子。""没有我，你过得更好。""一个人孤零零有什么好。说到底，人生在世，最亲的亲人其实是老伴。父母不会一辈子陪你，子女有子女的事，也不能天天陪你。现在条件多好！过去烧什么？蜂窝煤。蜂窝煤之前呢？散煤。过去洗衣服用搓衣板搓，现在往洗衣机里一丢就成了。真是天上人间，小时候做梦也想不到。有什么负担！你要这样想，七十岁前很健康，大头都赚到了，剩下的是小头了。"

春芝说："你太伟大了，没有哪个做得到你这样好。"我说："夸张了。可能我是比别人做得好些。""安安知不知道我的情况呢？""怎么会不知道，他带你去看病、开处方，你说他知道不知道？""他怎么就没对我说呢。""用得着经常说吗，习以为常嘛。""经你这样一说，我心里又好受一些。"

春芝经常发生一种错觉，比如放狗回家，总是说她掉了什么东西。明明出门只带一把钥匙、一条狗绳，多余的东西没有。她还是纠结得很，为了快刀斩乱麻，我就对她开玩笑道："我问你个问题，你掉了'密电码'（见《红灯记》）没有？"她说："没有。""你掉了'联络图'（见《智取威虎山》）没有呢？""也没有。"我说："那就没什么大不了的了，快不要再纠缠这事了。"于是一笑了之。

春芝早上醒来，静静躺在床上，忽然说道："我都不想活了。""为啥呢，是生活不开心呢，是哪个对你不好呢，还是病痛缠身呢？""都不是。我成了你们的拖斗。""什么拖斗不拖斗，我有这样的意思吗？""那是你口不说嘛。我感到自卑。""为什么要自卑呢？就算现在少做了一点，前七十年都做得够多够好了呀。什么拖斗不拖斗的，拖斗又有什么不好呢。一个车只有车头，没有拖斗，看上去就不像个车。所以拖斗也是标配呀。""经你这一说，又把我说高兴了。"春芝常说："我经常在想，我的命怎么这么好。我有时心里难过，和你摆谈几句，知道有这些事，就又高兴起来。要不是有你，我早不知死到哪里去了。"

早起春芝试穿绒衣，先试一件浅黄的、说螫人，又试一件淡绿的、又说螫人，换第三件黑的，用手抓了一把，说："这件对。"当她前脚出门牵狗遛弯，我后脚就跟出去，把她说螫人的两件绒衣，撂进捐物柜了。近年我遵循"七不留"的原则（通常指不留旧衣、旧鞋、杂物、破碗、枯萎植物、危险品、无趣摆件等长物），一年未穿的衣物，管它好不好，都撂进捐物柜，腾出收纳空间来。

春芝起床，想争一下气，不要我帮助就把内外衣穿好。她看着墙上的老照片说："我看到我爸爸了，大约我也活不太久。"我便想起祖母在最后日子里，没有多的食物，没有暖和的屋子，没有舒适的床铺，没有人陪她唠嗑。患青光眼而失明的她，整日卧床里辗转于病榻，默默地不知想什么心事，从不向人诉说，有一天她忽然说没有几天了，因为她看到死去的公公接她来了，就坐在门槛边。祖母恩深，却没有享到我的福；母亲恩深，也没有享到我的福；让我把该给祖母、母亲的那些回报，全给了春芝吧。

春芝看着她满周岁时与父母的合影，经常重复这样的话："我爸爸好帅气，那些人把他整得好惨，遭民生公司开除了，妈妈又没有工作。只好在街头摆摊摊配钥匙，维持一家人的生活，好艰难喔。我们假期天不上学了，都是在长江边砸鹅石块，堆成一堆堆，搬到船上过秤。肖久长照顾我，不让我挑石块，要过跳板，都是他挑上船的。这些事我都记在心上。我爸爸好爱我喔，一看到这张照片，我就很心酸。"我就接过话说："你妈走了十九年了，你爸走了十五年了，把你交给我了，我一定陪护好你。"春芝欣慰地说："我相信你会的。"

下一回，当她又讲到爸爸遭民生公司开除的事，我就说："下次回重庆去找一下民生公司，要他们给爸爸平反恢复名誉。"她哈哈大笑道："民生公司还在不在哟，那些人都死光了。"我说："那个整了你爸的人后来淹死了，也就不用追究他的责任了。"一句话把她说得开心起来。春芝情绪好时，谈及往事，会突然说一句："我是掉进福窝窝里了。"有时会突然感叹一句："幸福的肖春芝啊。"这种时候，我就很有成就感。

疫情之年，将客厅落地玻璃门外阳台，向外推出一米，做成一个露台，可接待十余人茶叙。作《借景》诗曰："柴门无钥对江开，次第风光扑面来。赊酒须为东道主，偷师适有右军才。三径不愁人洒扫，百花曷用我栽培！从来佳茗陪佳丽，更拓阳台为露台。"每当请客吃饭，对春芝来说，都是开心的一天。

《借景》诗重在"借"字，文言词为"假"。荀子说："假舆马者，非利足也，而致千里；假舟楫者，非能水也，而绝江河。君子生非异也，善假于物也。"造物者之无尽藏，不必占有，可以分享。做一个露台，可以借景。寻一家餐馆，可以借厨。附近有一家自贡人开的"家常菜馆"，一个电话告诉厨师，做几样荤菜，通常是春芝喜欢的酸菜鱼、香菇肉片、回锅肉，届时送来。我自己在家只炒两样新鲜时蔬，一餐就非常丰盛。春芝却谬夸我厨艺大有长进。

2022 年初，一个多月没有正经下雨，加之疫情期间不接待客人，花园疏于管理，几盆钵栽的花严重缺水，一向长得很好的幸福树，居然枝叶枯瘪，赶紧浇了点水。一天，午后刚刚睡下，春芝就翻身起床，穿好衣服，也不说原因。我只好起床到客厅为她开好电视，跟简老师学唱歌。春芝突然问："睡在我们床上那个年轻人走没走。"我才明白她产生了幻觉，便直接告诉她，只有我们两个在家，根本没有人来过。春芝突然又问："你叫什么名字呢?""回头看一下，这木板上刻着什么名字呢。""周某某。我知道你是个好人，但你不是周某某。""那谁是周某某呢。""我也不知道。"

春芝只要不经意，任潜意识支配的，认知都是对的。只要过脑子，就会感觉一切怪怪的，很难厘清。晚上遛狗回家，为了让她重温旧事，陪她在电脑上看了近三年的老照片，看得高高兴兴。有时她觉得房间陌生，老问最近一段时间我们上哪儿去了。还有，床铺对面墙上的电视，她也感到陌生，仿佛以前没有见过。又感觉电视里的人可以自由出入我们的空间。受俄乌战争新闻影响，又以为天下不太平。或受武侠片影响，疑心或有坏人进入。老是要问我，这个黑块块（电视屏幕）是什么时候装上去的，我解释说，那是电视机，上面出现的是平面投影。真有人进入，狗狗会叫。狗狗安静，说明没人进入。

晚上她上床先睡，大脑皮层没有抑制，一会儿又起床，到书房，看我正翻近两年一大摞的日记本。她就上前干涉：你不要随便翻这些东西，这是我家先生的。显然把我当作从电视屏幕进入房间的人。我见怪不怪，反问她："我不是你先生是谁?"她不好确认，讪讪道："不大像。"我调出手机图库里的结婚证让她看，她说："我怎么知道这是不是真的。"将信将疑，回床睡了。

　　看老照片，可以重温旧梦。春芝视力减弱，看相簿上的老照片不大方便。于是我选出电子文档中的老照片，转发到微信，通过无线投屏在小米电视上，让春芝观看，效果甚好。她很久没有出现认知障碍，播放老照片代偿了衰退的大脑功能，为之保存了记忆。看老照片，还增加了她的自信心，原来过去活得这么开心，原来耍过这么多地方，感到满足。当春芝一个人坐在长沙发上发愣时，马上通过手机无线投屏，将安安和她的合影投到电视屏幕上，笑容就出现在她脸上。然后就是那两段小合唱的视频，也很起作用，她会自然跟着唱，下意识以为屏幕上的人也看得见她。

　　天气好时，陪春芝逛江安校区，或绕湖行，或不绕湖另走一条道，沿溪行至僻静处，天上地下繁花盛开——天上所开为碧桃花，地上灌木花为百里香，兹境胜似桃源，拍照数帧，无不如意，心甚畅美。即发兄弟姊妹群、安安兰兰之家群，获点赞无数。

　　早上醒来，春芝问："你是到哪里上班？"我说："我们都退休十多年了，不需要上班。"又问："待遇呢？"我如实告诉她待遇不低。她就不再问了。过会儿，又问今天怎么安排。我说自由安排，你有什么想法。她说："没有什么想法，什么都不知道，像个白痴一样。"我问她记得郭宽宏不，她说怎么记不得。我就讲了一下宽宏的近况。问她别的，一时就想不明白了。于是起床，放狗。吃早餐，跟简老师学唱歌，开始平凡而静好的一天。

　　一天早上，春芝醒来，说："现在睡醒了都没有什么感觉了。整个人感到很颓废。"我很惊讶于她的用词准确。又调侃道："李白就颓废，烂酒的人才颓废。"然后就放《乡愁》的音乐给她听。春芝跟简老师学唱歌，忽然很受伤的样子，对我说，简老师瞧不起人，好像很鄙视她这个学生。

后来出现的节点事件，是春芝如对真假猴王，不知道什么时候有两个先生，一个是自称先生的我，一个是字画署名的先生（其实还是我）。她对我说："最近我要做这个事（指寻找真先生），"她说："你现在不能放任何信息出去。我现在也不敢出门，免得被别人说三道四。我最好一个人过，死了都没关系。你自己另外找个地方。我一定要把这个事情弄清楚再说。"头天晚上她洗脚，我给她拎拖鞋时，她还幸福满满地说："谢谢，亲爱的先生。"这会儿却完全不记得了。

春芝清醒时，自我评价变低，时有消极想法，时而自语道："我知道自己活不了多久，但还是想尽量多活些年，你们都对我这么好。"我回应道："人过七十，就需活好每一天。"她又自语道："要是哪天我突然摔下去就死了，就不给你们添麻烦了。"我答道："哪有什么麻烦，你不在才麻烦，我会想你的。现在生活这么好，一切都有保障，自由自在的。"她说："你这样一说，我又好受些。"

4月12日春芝74岁生日，想起王小波最喜欢杜拉斯的一段话："对我来说，我觉得现在你比年轻的时候更美，那时你是年轻女人，与你那时的面貌相比，我更爱你现在备受摧残的面容。"（《情人》）晚上安安兰兰带蛋糕来，给春芝过生日，过了一个愉快的晚上。在吹蜡烛前，春芝双手合十，说了令人感动的话："这些年我好幸福啊，最近这段日子特别幸福，谢谢你们。"

下午继续翻拍老照片，无线投屏放给春芝看。她突然说出很诗意的一句话："日子就这样飘走了。"是呀，如果没有老照片，失忆的人生就是一片空白；有这些老照片，才知道过去的人生原来这么嗨。春芝瞟眼看见我手机桌面上有美女，误以为我另有女友或家人。我说："这是网图，你我才是老伴关系。"春芝高兴道："原来还有这么一说！"

一连几天，春芝的情况好许多，最主要的原因是每天都看兄弟姊妹合唱视频，过生日视频及老照片，听安安、婧婧、队队等发来的音频，比较而言，视频和音频作用最大。使她部分消除了精神寂寞，感觉到自己并没有成为边缘人或多余的人，仍有那么多人围绕着她，对她好，因而感觉温暖、感动。我想，这个创意是不错的，是我陪护阿尔茨海默症病人的宝贵经验。

当春芝不知道我是谁，为什么要和她待在一起时。我便讲上大学，耍朋友到结婚，从堡子中学到成都师专，从成都师专到四川大学，从望江校区竹林村到江安花园，近五十年生活的梗概。她听得云里雾里的。我说儿子之所以放心地住在楼上，就是因为知道老爸老妈在一起，老爸会照顾好老妈。老爸就是我。她承认我对她很好，我说原因就在于我是你最亲的人。此外就是儿子最亲。兄弟姊妹也是亲人，但不能比的。最后把她说高兴了，吃了一支冰糕，才高高兴兴上床睡觉。

一天，春芝正在跟着视频唱歌，我坐到她旁边的沙发上，她突然认出我，问"你搬回来住了吗"。歌声停后，她说，一会儿问你个事。我把视频屏蔽掉后，她问："你为什么不理我？"我说没有啊，你唱歌时我正做事。她不以为然，说："我可没做什么对不起你的事。"看来是真认出我来，应该是她潜意识里少了的那个人出现了。

春芝不认识我的时段，一般发生在晚上上床未很快入睡，或清晨醒来期间。表现为情绪低落，不配合吃药吃饭，拒绝深入交流。觉得被孤立，人言可畏，怕不良影响。对着屏幕上的照片，一个人会喃喃自语，我早上听见一句是"咋办呢"，在这种时候，她会感觉活着没有欢趣，不想多活。

一天，春芝早起情绪很好。跟合唱视频唱歌后，连声道谢，又低声问我："他们是不是对我好些了。"晚上春芝准备睡觉前，忽然问我晚上住什么地方，建议我最好明天白天再来。于是又纠结起来。我看时间才6：30，于是联系安安，他从德阳回程，还在车上。于是我让他来家一趟，亲自感受一下妈妈犯糊涂时的状态。

一夜，我起夜看时间是4：30，发现春芝醒着，但很安静。问她，她说："你什么时候来的，我还以为我快死了，他们都虐待我，大声呵斥我，是从楼上赶下来的，我是水流沙坝的，下里巴人，他们不待见我。"我顺着她的话说："我一直跟着你的，没有人敢欺负你。"她很开心地说："还有这么好心的人。"她的幻觉，与童年时代的不幸遭遇有关。

次日，早饭前我去了一趟书房，电视黑屏，我出书房，发现她在找我，很严肃地平和地对我说："我觉得出了问题了，这些人都不理我了。我不想活了，这样活着一点意义都没有。我也不悲哀，因为活着和死了没什么区别。活着只是给你们添麻烦。不过你放心，我也不会自己去死。反正我是要走的人，不是你那样想的。"

从儿子的微信空间看到，他那天有了新的兴奋点，就是兰兰第一次感到胎动，我马上给他点赞。当天上午10：00，郭继伦

338

来车，接我和春芝到神仙树九天一都茶楼，与原成都师专物理系系主任范家绰及夫人林亮天，原成都师专校长现任成都电影电视学院党委书记王小林及夫人李新红，及物理系 90 级学生刘家颖夫妇、黄茂林等小聚。李新红见面就提到春芝过去帮她做过衣服，以及春芝引领成都师专服装潮流等事。春芝如听天书。

一次，春芝从洗手间出来，说："我该说什么呢，我想和安安说几句话，以后可能说不上了，我过去还是多喜欢他的。"然后我放了音频和视频，她又缓解。然后放小合唱，她也跟着唱，唱完一首歌，就吁一口气，对屏幕上的兄弟姐妹连声说谢谢，感激他们不离不弃。

一天，春芝突然对我说了些表示感谢的话，我说亲人不说这些。她又说到不久于世的话题。我说人固有一死，最后都到天国相见，但活着不想这些为好。我给她放儿子的音频，她对音频有所回应，但比平常冷淡许多。放婧婧的音频，亦复如是。放老照片，觉得添堵，要求不放。我对她讲一些积极的话、鼓励的话，她不屑听，道："不说这些。"出门遛狗前，甚至对狗狗说："我还是争取过好这几天，不添麻烦。"总之是情绪消极，很难开导。我疑心她有主意阴在心里，觉得必须看紧一些。

次日清晨，春芝情绪正常，跟着视频合唱了两曲，说"谢谢大家"。在乐曲停止后，却不想继续下去，躲到厨房这边，要我把电视关闭。说："以后不再见了。"我估摸这还是一种自暴自弃的心理作怪。然后随她的意，一起带狗外出，回来后，让她打扫院坝。总之，在早上她有一段例行的情绪低落。过了这一时段，认知正常了，就要好许多。

于是我早上第一件事，就是主动告知春芝我们从什么地方来，是什么关系，我们收入不菲，免得她有生活无着的担忧。然后一同放狗，果然没有出现情绪低落的情况。下午春芝感觉不好，来对我说："我可能过不了这个坎了。"什么坎呢？她说："我一直是兢兢业业的，没有做错什么，现在所有的人都不待见我，我一个人孤零零带一条狗生活，很可怜。"声音暗哑，精神委顿，感觉无助，说："别人都不要我。"我说："我要你呀，安安要你呀，我们是一家人，不管别人怎样。"

春芝在客厅，我上洗手间时，就在电脑屏幕上调出一张我和她的双人照，我离开书房后，发现她试图和照片上的我说话，见照片的我并不说话，就很不开心。儿子说，有一次母子路遇，春芝认出儿子，且上前拉话，知道儿子要上班。她抓住这个机会诉说，她现在是饥寒交迫——其实根本没这回事。大约她的思想又回到童年那段困苦的岁月，觉得生活难以为继。江安花园虽好，不是久恋之家。这就是认知障碍。

道平兄相约瓦屋山之行，成都轨道交通集团的何阳纵早上9：30到达江安花园大门，接我和春芝出发，先于峨眉山东区医院做核酸检测，晚餐后到峨眉山清音阁入住酒店。车未到清音阁前，天已黑尽，弯多路陡，何阳纵不免嘀咕。我坐副驾位，因久未说话，坐我背后的春芝忽然对何说："小伙子对不起，我刚才上错车了。"我在副驾位置，知道春芝没看见我，马上提高嗓门说："没有哈，我在车上。"春芝这才把心放回肚子里，连连自责。

回江安花园后，春芝忧心忡忡问我，在这里还可以住多久，简要回答是：我会一直陪着，不会离开的。春芝任何时候要下去打扫花园，都别拦着她，在打扫花园的过程中，她最能找到感觉。春芝有时找事做，会把洗过晾在金属笘箕里的碗，重洗一遍，我也尽她。

一天，春芝在客厅竟然失声痛哭，口中喃喃念叨自己没有做错什么事，怎么会沦入这样困难的境地，哭得好伤心好可怜——不像是为身体，而是为处境，有很强的被迫害的感觉，比如说提到"一群人""笔记本"之类。我不明她所想的究里，只好一直说着宽心话，帮她释怀。人生进了下半场，恰如《红楼梦》写到八十一回，张爱玲说，天日无光。

次日雨霁，天气凉爽，和春芝一同遛狗。从十一栋前走到路口时，明明我就跟在身后，春芝忽然冒出一句：先生怎么不见了呢。我笑说道，你还要找哪个先生呢。她瞅了我一眼道，你比他要秀气些。我们回家，方才进门，她又大声朝里屋喊："啸天，啸天。"我又纠正了她。可见她意识中确实把我和先生当成了两个人。

春芝认知比较清楚时和我谈心，有很重要但容易被忽略的一段话，她说她经常想争取多做些事，想来想去却总是想不清头绪，这才发现自己什么事都不会做了，所以觉得活着没意思。她说，我现在确实很糟，又不能读书，也不会写。我正要插嘴，她说，你让我把话说完。她说："有一件事拜托你。虽然我也没多少钱，请你把它分成几份，分别写到该写的人头上，哪天我走了，好交到他们手里。"

一天，从老照片看到三十年前文庆洁和女儿的合影，想起春芝在堡子中学教书时，每遇到安儿发烧须进城打针，都是文庆洁接待，安排住处。与她交好的还有一位年长的女老师，也给过很多帮助，这份恩情真的是永远难忘。遂微信竹中的邱绪胜，打听文反洁夫妇的下落，以便有所交代。

春芝早上醒来第一事，思考类乎人生哲学的基本问题，我身在何方，我从何处来，将到何处去，常吵着要回"家"，总在期待出发。春芝不午休，有许多莫明其妙之问，弄得我疲惫不堪。突然想到电视剧或可解围，早起即找到《红楼梦》八七版，更新至六集，自动切换到《西游记》。果然可以安抚春芝，我便午睡了一两个钟头，精神特别好。

春芝虽然脑子越来越不济，但有几个意念还是清楚的，当我帮助她穿连衣裙（我理好裙子，双手捅进两个袖口，把她的双手拉进袖口，其余的事她自己搞定），或系后背的腰带时，或呛咳后端淡盐水给她漱口时，她会暗哑着声音说："只有你才对我这么好了。"另一句话是："我变成这样，自己都觉得很悲哀，别人看了也觉得可怜。"我赶紧说："有我在，事情不会那么悲哀。"

春芝的前学生刘家颖因自贡同学胡泽其邀约要好的同学李勇、朱世艳、晏琰、曾桂荣等聚会，共进晚餐。并请学长郭继伦夫妇接春芝和我与会。见到刘家颖及众学生，春芝一切显得正常了。我在席间打趣道，"肖妈妈"有时要我去把先生找回来，这种事我最难办。春芝竟然即刻笑道："你们别信，那是他编的。"郭继伦插嘴道，周老师做得只有那么好了。在餐桌上，我指派学生每人依次唱一首歌，录下十分钟视频，大有用处。

这段对话的视频，我曾发给朱姐，朱姐回复：从视频看，春芝很幽默。她说你编的，说明你也幽默。除了幽默，真实情况到底如何，可否告知？前年知青聚会，见她尚可。近期看照片，她只是瘦了些。真像你说那样，就要重视。她是真不识你，还是想让她多陪她？她能否单独出门，活动与以前有何区别？等等。

这次回家，我每天就通过无线投屏，反复播放当时拍摄的十分钟学生联唱视频，春芝每天都看得很投入，伴随每一支曲子处，她都会翩翩起舞。这个太管用。晚上九点，儿子兰兰一齐下楼，气氛顿时变得温馨。我突然明白一件事：每当春芝要找先生，问题的实质是害怕那个未回来，而这个又走了，留下她一个人怎么办。必须给她一个定心汤圆吃。于是我当着安安兰兰的面，对春芝说："我是不会离开你的！"兰兰感动地说："年轻人讲那么多情话，都不如这一句好。"

2022年9月7日白露节，下午五时许孙女春陵降生人间。学生的歌唱视频使春芝感到时时处在关爱中心，每觉受之有愧，说："这些学生每次带着好吃的来，唱完歌就走了，一点也不求回报，凭啥子嘛。每当想到这一点，心里就怦怦地跳。"当天她甚至对着这个视频作了一番告白，原话是这样的：

> 我处在这种状态，时间很长很长了，心里早就有死的想法。这几天，我心里面想的全是你们（哽咽），我一直状态都不好，但我坚持着没有哭过，我看到你们那样的其乐融融，心里就特别高兴，我特别希望能跟你们在一起生活。我身边确实没有格外的人得，而且一切好的东西都没得。但是我深深感到，你们这些朋友们对我都是很好的。我内心确实感到非常高兴。你们如果愿意接纳我加入到你们这个集体当中，凡是我力所能及的事，我都把它包下来，跟大家一起，把工作都做好。我会感谢你们一辈子的。谢谢你们。谢谢。（泣不成声）

我心里难受，及时用视频把这段告白记录下来。通过它，我触摸到了春芝的内心，触摸到她的感受。我决心把她陪得更好。晚上她睡下又起身到书房门口张望我时，我毅然把电脑关掉，上床陪她，简略追述了我们的婚恋史，告诉她，这个缘分不但是她的福气，也是我的幸运。春芝说，听你这样讲，我心里感到热乎乎的。

　　收到微信视频，安安当爸爸了，一米八的个子，一手提包，一手提篮，轻松走在月子中心的过道上，特写镜头最后停在摇篮里的娃娃身上。便想起春芝常说：我爸一表人才，那些整他的人都嫉妒他。另一句话是：我爸对我最好了。她说，小时候爸爸对她说过话，但说过些什么，都记不起来。尽量如此，春芝还是最爱爸爸。有爸爸真好。

　　安安微信："月子中心洗完澡，擦身子抹润肤油。其他小朋友都很安静，就她拼命叫，拼命扳，张牙舞爪。"想起安安出生时，我在安徽芜湖读研究生，春芝由闺密马洪文护士陪伴，在重庆生下安安，九斤，顺产，痛苦可想而知。春芝却骄傲地对我说，产房里就她一个人没有叫喊，只是双手抓紧床当头的抓手，拼命生孩子。

　　一天，上午照做核酸。回家后安排春芝在客厅短沙发上休息，我在长沙发休息，狗狗拴在短沙发边，一个多小时休息得很好。然后吃一支冰糕，再发歌唱视频，在学生唱得最嗨的时候，春芝说了句："谢谢大家，你们不要抛弃我哟。"她伤心哽咽，流眼抹泪难过一阵，又问我见过她以前的模样没有，我找出两本放大照片簿，让她看了，看得她百感交集。她说："今天你来了，我特别高兴。"

安儿发了张春陵趴在他身上睡觉的图片，并微信：妈妈今天还好？我复：妈妈清早上午都很好，午后有一段情绪沮丧，晚饭后又好了。具有规律性的。现在她睡下，我就可以在电脑上做点事，白天基本上陪着她说话。他复：下午会比较难捱。妈妈这两年得病，老得很快。我知道儿子心痛，便复：她食量大不如前，多数东西不想吃，能的吃有黑芝麻汤圆，虽还吃肉，但量都不多。白天不想休息，晚上睡眠还好。

一日，表弟劳炼夫人玉莲微信说，她姐已和刘仲余联系上了，告诉了手机号。说她正在重庆，有知青朋友上门，一个便是牟仁玉，正聊到春芝呢。于是晚上7：00我拨通电话，与刘仲余畅叙达两小时。交谈内容为双方2019年以来的近况，及叙旧。春芝听得很开心，有时直接与仲余简短对话。这是近年来最高兴的事之一。

次日清晨，春芝情绪特好，没有重复平时的那些问题，还说这个天气，躺着舒服。这是最好的状态。我在书房编稿，她在旁边看，语调平和地说："我支持你好好活。有啥事我能做的，可以派我做。"在看歌唱视频时，又对我平静地说了一句："学生对我真的很好。我可能是最后一次了，你还可以继续。"

因为俄乌战争电视新闻的影响，春芝连日为被迫害的妄想幻觉所困扰，总觉得住在这里很不安全，要求我到安全的地方去，留下她看家，自信还扛得住。有时她把电视剧里的情节与现实混淆，如看了王熙凤协理宁国府，她会反复交代须把分内的事做好，免得遭到处分。对剧里使用的令牌特别敬畏，并有提到。

2022年10月5日，春芝不知咋的扭了腰，并未在意。次日春芝情绪特好，我们说笑着，就像两个大儿童，她对我的称呼除朋友、先生外，还多了一个哥哥。腰部扭伤却没有减轻。7日阴雨，春芝起夜，腰疼几乎不能动弹，需要扶助，方才勉强上了厕所。8日清早我起床，春芝也醒了。我先要放狗出门便便，嘱咐她在床静卧，等我回来再起床。放狗回来，她已挣扎坐在床边，仍是动弹不得。后来借助双拐，上了洗手间。回来便按她的意思，帮助她穿上衣裳，她千恩万谢说："全靠你们这些朋友。"

忽然想到家里有一频谱仪，往年江哥送的。经年不用，淡忘了。中午赶紧用起来，给春芝照一下腰伤。在成都师专时，腰部扭伤，医院让照"神灯"，这是最常用的理疗办法。但我离开不过20分钟，春芝就大声叫我名字，我赶过去时，发现她爬到床中间挣扎不起来，因而大发脾气，指责起我来：什么朋友，这样对我，把我弄到这么个鬼地方来，不知安的什么心。从她的冒火，可知感觉难受。

春芝腰疼睡不着，便生幻觉，不发烧而多谵语。有一阵她要我睡在身边，说怕一下就走了。起床还是艰难，有时会突然发脾气。陪护春芝的难点，是她并不配合，对她的叮嘱转身就忘了。喜欢随手拾地上的垃圾，抱狗狗。晚上和安儿通电话，讲了一下情况。春芝看学生歌视频，又情不自禁说了一句："他们对我真的很好喔。"

10月11日是家族的重要日子，月子中心将举办孙女春陵的满月仪式。春芝的处境艰难，却关乎孩子一生的念想，再艰难也不能缺席合影。早上春芝起不了床，我主张用医用尿壶床上方便，避免腰部损伤，以确保下午出席活动。其时春芝已出现尿潴留，小腹胀得梆硬，哪里解得出来。中午一点曾师车到，人逢喜事精神爽，春芝没说不舒服，强忍病痛去了月子中心，强打精神，努力把最好的一面展示给亲人。见到婴儿她口中说个不停，语言流畅，用词准确。我看冲喜之说有一定道理，心想，这下又多了一种治病方法了。万没有想到是回光返照。

此后春芝就倒床了。清早我出门放狗，她躺着叫住我，央求道："你千万不要扔下我一个人走了哈。"之后不断要求上厕所，却每次都未解出来。如此反复折腾，两个人一夜未睡，精疲力竭矣。六妹得知此状，转告更妹立即找到熟人，告知开江人杨传业所办成都海尔森老年病医院，在黄河中路有一个分院，就在家门口（川大东门）。

在更妹帮助下，安儿与杨总取得联系，医院即派救护车送两位年轻女护士上门，使我第一次看到插管的显效（一次放出的尿液，竟有平时三倍之多）。春芝在插管后，当着护士家人面呼呼大睡，痛苦全消。让人心头一块石头落地。有这一次经历，才知道春芝说的全身都痛，主要原因是膀胱积尿加骨质疏松。我也长了知识，改变了对导尿的认知，原来这种插管可以立马减轻病人痛苦。

次日清晨，春芝醒来，人虽憔悴，却因睡眠充足，表情安稳而眼光散大，双瞳深不见底，与其说看见我不如说感知到我，兴奋之情异于平常，自语道："有先生真好。"于是我给她喂了一次水，对她描述昨夜发生的事，她舌头弹出表示欢快的响声。我用更妹送的手机直播支架，录下这一段视频，在关掉视频的时候，想不到她突然唱了一句："我们的生活充满阳光。"早知道不该关机。

早上8：00亲家母到来，坐床前和春芝拉话，春芝特别兴奋，话很多，都是表示高兴感恩的话，但舌头似乎短了一截，显得口齿不清，我突然想起老年人曾说过一句话（这是时日不多的征兆）。赶紧躲进厨房，泪水模糊了双眼。稍后，亲家母和上门探视的邻居张三妹在病床边劳唠嗑，我给春芝定时放尿，春芝突然申明道："我是女生。"张对春芝说："你这个真是上辈子修来的福。"春芝面露欣悦之色。

10月14日春芝入院，住进七楼六病室，她十分配合。我们到时，更妹也到了，杨总亲临，陪我们唠嗑。安儿替妈妈办完入院手续后，我们把春芝交给的护工杨阿姨，离开时嘱咐她好好听护工的，春芝突然说出三个字："我要哭。"

海尔森医院的出现于我，像西天取经路上遇到一座小庙。我每日从江安校区南门入，乘共享单车穿越校园至东门出，对面不远就是医院，中午即在医院搭伙，午后待春芝入睡后离开，在杨阿姨的手机上，留下我录的视频对话，大意是我须回家带狗狗，明天再来。16日那天，见到春芝精气神较往日为佳，安详平和，她见我第一眼说："我还以为你不来了，我要死了。"

17日去医院，发现春芝精气神不如昨天，声音有气无力。杨阿姨说春芝今天没咋吃饭，因为春芝躺着不便吞药，所以她把钙片捣碎和在饭里喂她，口感不好。我说有输液补钙，钙片就不要了。以能吃饭，人舒服为重。春芝对我强作欢颜。我附在她耳边说："我是先生，我爱你。"她口齿含混地说："谢谢'我爱你'。"我到六楼问过春芝小便带血的问题，医生说作了处理，更无多话。

此后春芝昏昏沉沉，疲惫不堪，随时可以打盹，随时可以清醒，一醒来只有便意，告诉她解在纸尿裤里即可，她虽点头认可，却又面露难色。往日纠结于其心的问题（何时回家，联系郭继伦没有，端端怎样）不再提起，也没有特别挽留我多待一会儿的意思。难道这根管子插上去就取不下来了？难道这一躺下去就再也爬不起来了？难道这一次出门就再也回不了家了？三个字：不晓得。

次日给春芝送去一包纸尿裤的同时，将兰兰给春芝买的一件过冬的新衣，送给杨阿姨。另给春芝增加一项理疗，即针灸项目，以轻腰部疼痛。春芝认出我来时，叫出"先生"二字，尽量露出微笑的样子。有时皱紧眉头，叫一声"我的妈妈也"，杨阿姨便用开塞露帮助她排便。我用手掌拍拍她的额头和面颊，希望她感觉舒服。杨给春芝喂中饭时，春芝吃到一半就不想再吃，杨还要再喂，被我制止。我的意思是，一切以病人感觉舒服为前提。这顿不想吃，下顿再喂就好。总不要勉强。

10月20日去医院，春芝见了我露出笑容，见别人也这样。只没有语言交流的兴趣和能力，思想上已无负担。由于春芝已不识人，加之疫情未解封。所以亲友欲来探视者，皆婉言谢绝。唯郭继伦、朱世艳等学生，或单位代表探视，是不能挡驾的。

春芝当年那么好的身体，据安儿分析，有两件事使她急转直下：一件是十年前在竹林村，发过一次烧，她不肯去医院，拖成了肺炎，使脏器受损，还被医生狠狠批评了一顿。另一件，就是在竹林村五楼到四楼的阶梯上摔那一跤，摔成压缩性骨折。这次腰椎间盘突出，竟成压垮她的最后一根稻草。

10月28日接到海尔森于医生电话，说春芝病情加重，体内电解质混乱，有甲减、肾衰、低血压、贫血、发炎、轻微脑梗诸多问题，不进食，靠输液，若不输液，血压就噌噌往下掉。需家人云一趟医院，看是否要转院。我知道这种知会是例行公事，明确回复，一切措施都上，但不转院。于是上了呼吸机和心电监护，生命体征平稳，一直沉睡（轻度昏迷）。家属签了病危通知书，另外加了两种补血的自费药（输液）。

10月31日去医院看春芝时，她吸着氧、输着液，睡着了，发出均匀的鼾声。医护人员走进走出，给她抽血去化验。我又给杨阿姨带去一件新衣，反正春芝也穿不着了。窗友郭宽宏、马玉清奕医院探视，在病室小坐聊春芝的病情，宽宏认为我做的一切，对春芝来说已经是尽心了。

11月1日接到滕运电话，称滕伟明已于上午9：00往生极乐世界（今天是他的生日）。灵堂拟设在辛夷处。我联系小李，乘车直奔金府路而去。在四川省诗词协会办公室，书写了挽联："悲欣一梦成何况味亏今世，风雪八台宜有歌诗胜古人。"省诗协同时张贴讣告。家属说，我们的及时到场，使滕公的丧礼规格提高了一个档次。

11月2日清早醒来，打开手机看时间，是凌晨4：44，心里咯噔了一下。复睡去，6：00接到安儿电话，说妈妈情况不好，医院催家属赶紧过去。我即随安儿开车直奔海尔森医院而去。兰兰先到。我和安安到达时，春芝还上着呼吸面罩，人已归天。我俯身将脸贴到她冰冷的脸上，顿时失控，汪然出涕，复很快克制，用纸巾把泪擦干。毕竟哭出来了，心里好受些。安儿一面说爸爸不哭，一面忙殡仪馆那头的事。我回家撰写挽联："举目悉亲之子于归常克己，齐眉偕老今生何事不如人。"

事后兰兰告诉我，办完丧事，安安在床头哭了很久。并说，想起过去每次下楼，都能看到妈妈爸爸一道遛狗，从今以后，再也见不着这道风景了。安安还说，半年前自个儿早有预感，妈妈常把"没得好想活了"这话挂在口头，对狗狗却有另一说："端端这么乖，奶奶争取多活几天。"又说，妈妈住院那天早上，兰妈去看她时，她对兰妈说："你们几个好乖哟。"兰妈道："明明只有我一个人，哪来'几个'呢？"妈妈说："还有你背后站的那两个。"说得兰妈汗毛倒竖。兰妈回家对安安说起这事，安安解释说："妈妈近年看端端，也经常把一只狗说成两只狗。"

春芝在我建议下，原来每天简单写个日记，以帮助对近事的记忆。她照做了两年，写到2020年1月26日，觉得写日记成了负担，就不记了。两年五本软面抄，历年若干本无偿献血证，是她留给我的珍贵遗物。2019年11月7日她写下"我们的生活真的充满阳光"这句话，她在生命的最后关头还脱口唱出这一句歌。给点阳光就灿烂，真是情商很高的一个人，难怪亲友学生都喜欢她。

洗脚歌本事

洗脚房之崛起于服务行业，乃九十年代事。世人于吃喝之外，兼请洗脚，竟成时尚。

人要洗脚，一是为讲卫生，二是可以健体。"天天洗脚，当吃补药。"儿时洗脚，常听大人说这样的话。古人也说："沧浪之水浊兮，可以濯吾足。"（《孟子·离娄》）只是沧浪水冷，洗冷水脚，还达不到健体的目的。何以言之？脚离心脏最远，血液循环至脚，已呈强弩之末势。睡觉前用热水泡一泡，洗一洗，才能促进血液循环，有助于睡眠之香甜。洗脚房墙上，大都张贴有《足部推拿按摩图》，通过穴位和经络的道理，说明浴足的好处。俗谚说"当吃补药"，信不诬也。

在日常生活中，人们总是自己洗脚、自己进补，就像老百姓说的"各人洗了各人好"。不过也有例外情况，如大人帮小孩洗脚，事属天经地义；孝子替老母洗脚，里巷传为美谈。除了这些特殊的情况，替毫不相关的人洗脚，那就只能是一种服务了。既然是一种服务，最终发展成一种行业，也是有一定道理的。经济发展了，人均收入增加了，分配分配再分配，洗脚房与美容店同时出现，是有一定道理的。

以服务性的洗脚提供享受，古已有之。《史记·郦生陆贾列传》有一个刘邦洗脚的故事。大意是：沛公刘邦至高阳传舍，使人召郦食其。郦生至，入谒，刘邦正倨床使两女子洗脚。他一边洗脚，一边接见郦生。郦生老大不高兴，于是长揖不拜，并责问道："足下想助秦攻诸侯呢？还是想率诸侯破秦呢？"刘邦骂道："竖儒，天下同苦秦久矣，故诸侯相率而攻秦，何谓助秦攻诸侯也？"郦生对骂，道："必聚徒合义兵诛无道秦，不宜倨见长者。"刘邦骂他不过，于是辍洗。

进洗脚房洗脚，和任何一种由服务行业提供的享受一样，是要掏钱的。囊中羞涩，是洗不起的。中国人联络感情，一向是请客吃饭。随着时代而进步，富的人多了，知道了洗脚的好处，如今也请客洗脚。我就是这样被人请进了洗脚房的。

一批八十年代毕业的学生搞同学会，由当了老板的赞助，一人出资大家爽。内人当过这班人的班主任，遂延为上宾；我作家属，在特邀之列。重逢高兴，必尽兴，闹到深夜。尚未入睡，却有人轻轻敲门，原来是赞助人自己开了小车，邀了两位要好的女同学，来叫内人和我同去洗脚。我虽从未进过洗脚房，却也知道这是特殊的待遇，不能拒绝。如果拒绝，倒显得老师没有见过世面。所以一声不吭地去了，好像家常便饭似的。

洗脚房的规矩，是由小姐替男客洗脚，由男生替女客洗脚。从不进洗脚房的人，很容易产生不雅的联想。为什么服务的人和接受服务的人，一定要性别相异才成，不然反倒觉得别扭呢？道理太简单，不必请教李银河女士而后明白。"男女搭配，干活不累。"何况进洗脚房，本来就是为了放松。好比跳交谊舞，男带女跟，方为自然；女搂女，男搂男，在舞场上究属弱势。我曾请教洗脚的小姐："有女客人请小姐洗脚的吗？有男客请男生洗脚的吗?"小姐笑道："怎么没有？女的倒也罢了。有一位男士来这里，就只要男生洗脚，而且固定要某位男生洗脚。我们私下议论，都认为他有点问题呢。"

社会上流行着一句俗谚："男人有钱就变坏，女人变坏才有钱。"和歌舞厅、美容店有 Y 场合一样，洗脚房也有 Y 场合。客人或有非分的需求，老板投其所好，也是有的。我不做卧底，详情不能知道。但亲眼见一位款爷请客人洗脚，进房就对小姐打情骂俏，说："今天我这几位客人，全都是受伤的男人，可要好好侍侯啊。"听语气，便知他是常客。

洗至中途，老板推门进来，瞧着大款，笑吟吟不说话，却对正埋头洗脚为款爷洗脚的小姐吩咐道："不要给他洗！"大款应声对小姐道："看来，你老板明天不想上班了。看我不炒他鱿鱼才怪!"戏言既毕，老板正经道："快起、快起，跟我去验货。"小姐闻言，匆匆替大款擦脚，大款从容起身，对同房洗脚的几位客人共一拱手，道："单已签过了，诸君慢慢洗罢。弟有事不能久陪，先走一步。"当夜一去未回。

见识了洗脚房后，一时浮想联翩，兴不可遏，几乎是一气呵成，写下了一首《洗脚歌》。前述在生活中只露冰山一角的事，诗中点到为止。虽要说明的是，诗中有一处用了《史记·货殖列传》中提到的一个人物，即巴蜀寡妇清。司马迁说，"巴蜀寡妇清，其先得丹穴，而擅其利数世。清，寡妇也，能守其业，用财自卫，不见侵犯"。诗中用她来代称款姐，是取语汇现成而已。另外还用了两处语典，一处化用自唐人杜牧《赠别》诗句"春风十里扬州路"；另一处则化用晋人鲁褒《钱神论》"钱之为言泉也，无远不往，无深不至"。

诗成之后，随兴寄给了几位师长或朋友。西南师大中文系熊宪光兄复函说："《洗脚歌》一首毕现人情世象，实可谓：'莫道诙谐为戏墨，行间字里走风云。'"熊兄是启功先生的弟子，在师大教授先秦文学。他所谓的"戏墨"，是指我在诗中以"三十年河东，四十年河西"（《儒林外史》）之"河东"，与"河东狮吼"的"河东"相映带，随意打趣一下。川大中文系已退休的陶道恕教授回信，也表达了同样的意思："结尾数句，尤所欣赏。此类题材，既要近俗，又不可伤雅，足下掌握得体也。"作家王蒙则评点道："《洗脚》《人妖》（指本人另一首《海南兴隆观人妖歌》）两首，奇诗奇思，真绝唱也。"文字交往中的奖饰之语，不得信以为真，"绝唱"是不敢当的，一定要说它的优点，以古人所谓"有事可据，有义可陈"八字以尽之，足矣。

何须台后辨雌雄

    学院创收小有所获，组织教师春游海南，事在公元 2002 年。3 月 20 日，乘机从成都飞达海口，次日向三亚出发，夜宿兴隆。导游是一位能说会道的小伙子，据他介绍，是夜唯一可以安排的观光项目，就是观看人妖表演。"人妖"是一个带有歧视的称呼，然习以为常，遂不能改。在海南，或称"红艺人"。

    据说兴隆的"红艺人"来自泰国，很正宗。同事中却有人说，那是宣传，并不正宗；而且 150 元的入场费，也太离谱，有点敲竹杠的意思；导游将从中得到丰厚的回扣，更是一个公开的秘密。于是大多数人反应冷淡，饭后即回旅馆房间看电视去了。气得导游的小伙子嘟囔道："到兴隆不看人妖表演，来海南干吗，机票钱都白花了。"

    幸有我和新闻系的几位同事，好奇太过，觉得不看白不看，遂跟定导游，进了勾栏。当夜表演场面劲爆，声光效果俱好，只是空气差点。演至中场，扩音器通知"红艺人"某某在楼道过厅恭候，有意合影者，请带 50 元钞票。怕中途离场失却座位，我们中当时只去了李苓老师一位。看完人妖表演，大家都觉得 150 元花得并不冤枉。

拒看人妖表演的同事，有一个理由是："要看就看男的，要看就看女的，不看不男不女的。"此言差矣。须知这是看表演。人妖的男扮女装，恰如京剧之有旦行，越剧之有生角，不过是反串而已。反串表演有其独到的魅力，是有定论的。梅兰芳因此而成为京剧大师，范瑞娟、徐玉兰等因此而成为越剧名角，孰能非之？我觉得看人妖表演，亦当作如是观，不可别存妄念。

人妖表演完全是一场"硕人秀"。人妖在前台表演，把身后的伴舞女郎——真正女子的风光，全抢光了。这与表演者个子大小有关。这使人想起《诗·卫风·硕人》的"硕人其颀"来。"硕人"即高个儿美人。在任何选美或模特儿大赛中，身高永远是一项重要标准。近距离的日常接触，只要身材比例匀称，哪怕娇小，也不失为美人。而舞台表演，选美作秀，皆属远看。唯有硕人，才能尽得风流。舞台审美效果确有一个视觉冲击力的问题，即以抢眼为美。所以传统戏剧表演，演员穿的厚底靴子，可立刻拔高人物10公分，提高其可视性，道理不过如此而已。人妖身段多在一米八〇左右，故能放大女性之魅力于舞台之上。不过，远观效果好，不一定宜于近看。率先与人妖合影的李苓老师回来对我们说："在灯光下近看，毛孔粗，喉结大，表情职业化，远不如在台下观看效果为佳。"

人妖的来历，据导游小伙子说是这样的：泰国的贫民，为生活所困，将生得乖巧的男孩子，从小卖给专门培养人妖的艺校。孩子在艺校学习歌舞技艺，定期注射雌激素（荷尔蒙），在心理上自我定位为女性，以适应特殊的演艺生涯。性别本是天生的，性别角色却是后天培养的结果。由于长期服食注射激素的缘故，人妖的年寿甚短，据说平均年龄只有三四十岁。闻者不免感到可悲。据说人妖自己并不悲观，他们成年后，经常参加各种层次的选美活动，而在选美中胜出，是他们每一个人的梦想，也是他们家人的梦想。

诚然，人妖的道路不是自己选择的，但仔细想来，世上又有哪一个人是完全由自己决定自己一生道路的呢？"无可奈何"不是人生一个永恒的话题么？"变了泥鳅，还怕黄泥巴糊眼睛？"人妖无暇自悲，他们的表现却是那样敬业，那样出类拔萃。我不能知道他们的表演是否会永远被拒于大雅之堂以外，但他们分明已做到了雅俗共赏，赢得一阵阵的掌声。

人妖表演有一保留节目名 ONEMAN－WOMAN，虽然是独角戏，表演者却将身体的一半化妆为男、一半化妆为女，两面可交替呈现、亦可同时呈现为男女拥抱状，伴以男女声对唱的方式，演绎一对恋人的故事，惟妙惟肖，令人神移。当夜独自表演男女二重唱那位"红艺人"将每一部声音，都唱得那么投入、那么到位，令观众心灵为之震颤。

怀着一种复杂心态，我写了《人妖歌》。诗中有些句子，化用自昔人。如杜甫《自京赴奉先县咏怀五百字》："中堂舞神仙，烟雾蒙玉质。"白居易《简简吟》："大都好物不坚牢，彩云易散琉璃碎。"周敦颐《爱莲说》："香远益清，亭亭净植，可远观而不可亵玩焉。""飘柔"一词，借用于洗发露商标；"踏摇"一语，出于南北朝到唐代的一种歌舞性戏剧表演名称《踏摇娘》。

附记：回成都以后，与川大研修班学员语及此事。一位电视台主持人忽然问我道："周老师，您看的是什么级别的表演？"我实说不知道级别一事。她即夸口她看过顶级的人妖表演，说别的都没有什么不同，只是在谢幕的时候，场内灯光忽暗，舞台上的表演者一齐将裙装下摆刷地打开，展示真实的性别，随即下场，全场为之愕然。

海啸一来便倾城

2004 年 12 月 26 日电讯，印度尼西亚苏门答腊岛附近海域当地时间 26 日上午 8 时发生里氏 8.9 级地震，并引发海啸。连日以来，各大媒体于此次灾难均有报道。斯里兰卡、泰国、印度、印尼、马来西亚、孟加拉、缅甸、马尔代夫等东南亚和南亚八个国家死亡人数累计约 20 万人，仅印尼一国死亡人数即超过 17 万人。据信，这是 200 多年来后果最为惨重的海啸灾难。据地震学家分析此次地震和海啸起因，乃印度洋版块和亚欧版块相碰撞、在海底形成高 10 米、长 1200 公里的隆起地带所致。此次地震释放的能量相当于一千颗广岛原子弹。

这场世纪灾难被称之为"地球心跳"。由于两百年不遇，所以它的到来是始料未及的。人们在突如其来的灾难面前的第一反应，难怪是那样措手无策，几乎完全懵了。据一个名叫斯瓦蒂·西亚加拉简的目击者向 NDTV 电视台描述说："最初看到海啸的情景，简直就像无边的大海站了起来，走向你的大门口。"另据目击者说，海啸第一波到来时，将无数的鱼儿抛上海岸，海滩上的人竟欢呼起来。《诗·小雅·鱼丽》："物其多矣，维其嘉矣。"大概这就是这欢呼声所包含的内容。正当这些人期待着下一个奇迹发生时，第二波却像是数十米高的水墙，迅猛推至，将所有的人都扫荡了、吞没了。

在平日，人类总是喜欢夸说自身是何等伟大，喜欢说人为万物之灵，喜欢说人体有何种何样的特异功能。然而海啸一至，很轻易地就打破了人造的神话。因主演《少林寺》一举成名的功夫巨星李连杰，是亲身遭遇了海啸的一位名人。在影片中的李连杰，是那样的神乎其技，几有金刚不坏之身。海啸来时，李携娇妻弱女住在近海的一家宾馆，巨大的海浪破窗而入，隳突叫啸，将室内家具都搅动得漂浮旋转起来，化作激怒的猛兽，胡乱搏人。李连杰在慌乱中抱起女儿夺路逃生，脚部竟为家具所伤，幸无大碍。文坛大侠金庸是亲眼看到海啸的又一位名人，据说老人家站在楼顶上看到遍地的横流时，脸部失色，连连嗟叹人命的浅危与渺小。

耐人寻味的是，在突如其来的灾难面前，蒙童的智慧竟然超过成人，而禽兽的直觉更是远逾于自称物灵的人类。报载，有个来自欧洲的小女孩看到第一波海浪，便警告母亲说，老师曾经讲过，当海水迅速退去的时候，就会有更大的海浪袭来。小女孩的母亲信了孩子的话，紧急叫唤海边的人们向高处逃生，于是和她们在一起的那群人，得以躲过灭顶之灾。《老子》第六四章说："其安易持，其未兆易谋。"动物的表现便深"未兆易谋"之机，预感到灾难的临近，禽兽们在海啸到来之前便高飞远走。所以有报道说：海啸过后，遇难者尸横遍野，却看不到一具动物的尸体。还有一个如同传奇的故事：泰国游乐场的一群驯象，在海啸到来前一刻拒绝表演，相呼狂奔，引主人及观众逃至安全高度，相多的游人因而获救。

时代跨入 21 世纪，人类在强大的自然力面前，依然显得如此渺小。"人定胜天"这句话，因海啸而引发最新一轮的思考。越来越多的人感到，人与自然需要和解。此外，文明在不断进步，而现代社会中人在无尽的压力面前，内心变得更加脆弱。抑郁症困扰着越来越多的人，而患病者并不是穷苦的人，而更多的是白领和高校学生。投阁坠楼之事时有发生，见诸报端。心理咨询正在因此成为一项前途无量的职业。这时，海啸给人们上了一课，它使很多的人搁置了复杂的内心焦虑，使他们的人生哲学变得简单明快起来，借一位劫后余生的记者的话来讲，那就是："我真切地感受到，好好地活着比什么都重要。"

　　海啸之后，出现了一些阴暗的东西，发生了"饥寒起盗心"一类的事。最令人齿冷的，莫过于灾后在印尼发生的歹徒打劫华裔，致使 3000 人逃难，使我同胞雪上加霜。然而，令人欣慰的是，巨大灾难也导致了人性的回归，唤醒了人类的同情。不同的国度、不同的人种在联合国的旗帜下，争相把援手伸向受灾的国家和人民。如香港艺人成龙、曾志伟等组织演艺界募捐甚力，令人感动。大陆富豪一向对慈善事业较为冷漠，个中原因不一。不过，在此次海啸之后，大陆民间和演艺界人士也陆续掀起了献爱心的行动，殊属可喜。而各国政府更是忙活起来，中国政府在整个救援活动，由于展示了一个负责任的大国形象，而赢得了国际声誉；美国政府似乎也希望通过救援行动，来修补由于发动伊战对它的国际形象所造成的负面影响。

　　在这场全球性的救援行动面前，人们更加感到战争的荒谬。《庄子·则阳》篇中有一个寓言，说的是一个国家在蜗牛的左角上，号触氏；另一个国家在蜗牛的右角上，号蛮氏；就那么大一点点地方，两家还时相争战，死伤无算，没有宁日。在海啸面前，世界上许多地区冲突，都更像是触蛮之争。

最后还有一点补充，就是在此次海啸中，北欧人遇难较多，而华人遇难人数极少——其中来自大陆者不过一二人。究其原因，主要有二：一、大陆游客虽然并不拮据，却也不像北欧游客那般阔绰，所以一般不住海边宾馆；二、大陆游客组织纪律性较强，一般随团行动，很少有人外出猎艳，而红灯区一般都靠近海边。

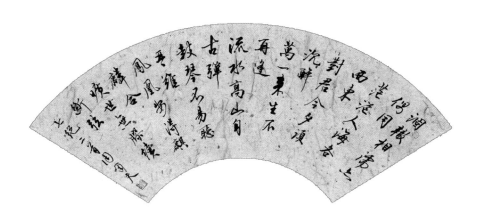

生命递在众人手

2008 年 5 月 12 日汶川特大地震发生时，我午睡不过 40 分钟，想来是被震醒的。脚一踏地，便意识到是地震。我做梦也没想到成都会这样子震法，橱柜上的摆设掉了一地，墙上的一块镜屏也摔碎在地。第一反应是推开门、跣足而走——后来才知道这样做是错的。在当时，想到的只是尽快逃离。

当我已坐在楼边的小花园石凳上，才发觉自己只穿了汗衫内裤，别人也好不了许多，身上只围一条浴巾的都有。花园已聚满了男男女女宠物狗。大地还在震颤。人们的视线毕集于疟疾发作一般的楼房。以为楼就要塌了。地震却突然停止。接下来，移动信号全无。外地短信却不断传来：重庆地震；石家庄地震；内蒙古地震……给人的感觉像是遭遇了恐怖袭击。

终于，一楼收到凤凰播报，才知道发生了八级地震，震中在汶川映秀，距成都市直线距离不超过 90 公里。

映秀，多么熟悉的地名。儿子小时，妻曾两次带他和学生们一道去参观那里的水电站。

管遗瑞从彭州来电话了，说有灾民从银厂沟徒步逃生下来，说亲眼见到轰隆隆冒起一座山，旁边的两座山轰隆隆往中间一倒，就合成了一座山，银厂沟没了，大海子、小海子也没了。那都是我们过去常去的地方。《小雅·十月之交》云："高岸为谷，深谷为陵"，沧桑景观，真的及身而遇了？刚放下电话，立刻又给他打回去——如果再见到那人，请留下他的姓名和联系方式，我想将来再听他复述复述。

近日坊间流传一句话：上帝在最后一秒拯救了成都。

有人说，幸好地震发生在白天，一个羌寨的房屋全塌了，而村民多在地里干活，只死了一两个人，否则一百多号人将无子遗矣。有人说，不幸地震发生在上班上课时间，要是早发生一个小时，有多少鲜活的生命将得以幸存。幸乎不幸，是人能安排的吗？

一位孩子因为被调到市里参加演出排练，同学都死了，她却幸免于难。两对膝下无子的老伴刚上青城后山，即遭遇山崩，两个男人都死了，两个老妇成了未亡人……走运不走运，是人能祈求的吗？

一时间，有多少个市，多少个县，多少个集镇，多少个乡村，多少个学校，多少所医院，多少个废墟，多少个人被埋进了瓦砾堆，多少人正在经历炼狱之苦，只为交通阻绝、余震不断，有多少救援队伍被拦在山外……人有百手，手有百指，不能指其一端；人有百口，口有百舌，不能明其一处也！

最苦莫过家长，明知道孩子就在废墟之下，听得到哭喊，却心伤莫救。徒手刨不动断裂后搅在一起的预制板，大型器械一时还进不来（要等到两天后）。真是徒呼奈何，度秒如年，心中流血，眼底成灰……再坚强的人经历这样的惨苦，都会留下抚不平的创伤吧。

人不能搬石头打天。责难指向了房产商。地方政府慑于群众压力，立马组织专家调查。头上悬着达摩克利斯之剑，房产商铁青着脸闭目无语双手合十——让该来的都来吧，阿门！

温家宝总理在地震发生的一小时内及时抵达灾区，部署救灾。上了废墟，手划伤了，卫生员要替他包扎，被他推开了。"我不管你们怎样（困难），我只要这十万群众脱险！"才说罢话筒一摔。"是人民在养你们，你们看着办！"因心长不免语重。

上面明令救人第一，倾输国帑，不计成本。大规模调动部队，无异于打一场战争。

直升飞机运送大型器械，运送伤员，叹为观止……

平时听说有人轻生投水，他人冒死相救，会想，值得吗？这次看新闻：动辄十余人十余小时才能拯救一条性命；有一个小分队进入九峰山，搜寻一位据目击者说受了伤、可能还活着的上山进香还愿的妇人，经过两番周折，居然找到了奄奄一息的她，而余震山崩随时可能发生……真的让人张口结舌，心悦诚服，大开眼界……

不言放弃，即使回天无力劳而无功。"只要有一线生机，就要尽百倍努力"，绝不是一句空话，也就是说落到了实处。"以人为本"在这里得到了最好的诠释。

三岁小孩的敬礼，引起了国人情感的共鸣……

全球华人同胞慷慨捐资……

志愿者不绝于路……

"国难当头时，万众最一心"——世界再次领教了并不丑陋的中国人。

当然，也有风言风语——天高地迥，隔膜太深，让别人去说吧，没有别的法子。

地震之初，我曾想医院怎么办呢。后来听说，华西医院正在进行一台肝脏手术，肚皮打开了，地却晃动起来。副院长各处通知避险，来到手术室，主刀医生说非得把手术作完不可。副院长说，那也好，我就站在这儿陪你。其日为护士节，当班护士说，那时什么都不能想，只想着病人。现在想起来，倒有点儿后怕了。

卧龙保护区内屋舍坍塌，熊猫四散奔逃，管理人员遍山寻找，一只一只地抱了回来，场面感人。人员有伤亡，熊猫完好无虞。

为了防止疫情，某县却下令屠狗。灾民看到那些和自己一样满身尘灰的狗，窃窃私语：老天都放过了，你我如何下手！联想到废墟上的搜救犬，狗真是人的好朋友呀，可人又算怎样的狗朋友呢？世法平等。怎么狗与熊猫的待遇就有这样大的差别呢？

再没有比一场八级地震更让人触目惊心，更让人眼花缭乱，同时又更能发人深省的了。不能释怀，故为之歌。

与尔明朝满载还

2014 年八月，拙著《将进茶——周啸天诗词选》获得了第六届鲁迅文学奖诗歌奖。十月晋京领奖。成都《华西都市报》派出一位记者跟随。晚上，记者打电话给我，问："周老师，你此刻心情如何？"她这样问，是因为当时网间颇有吐槽者。我应声回答道："两个字，踏实。"因为我知道，这个奖为什么会颁给我。那时我对吐槽者有三句话反问："我获奖还是你获奖，我在意还是你在意，我内行还是你内行？"

第二天晚上，中国作协在现代文学馆颁奖，铁凝女士致辞。一位北京记者到场采访，问我有没有诗。我说真还有一首，又说："你把本子递过来，我写给你。"他递过本子，我很快写下题为《草船》的七言绝句：

> 今夕凭君借草船，逢逢万箭替身穿。
>
> 同舟诗侣休惊惧，与尔明朝满载还。

"草船"是《三国演义》中的故事，中国人尽人皆知。我获鲁奖，网上有"水军"鼓噪，声音搞得很大。这是一个触动，由此浮想联翩，量子纠缠一般，找到了"草船"这个意象。联想一旦达成，于是援笔立就。"今夕凭君借草船"，是说中国作协今天给我颁发了一个鲁奖，好像是借给我一条草船。"逢逢万箭替身穿"，是说随着鼓声大作，便有水军在对岸放箭。"逢逢"是鼓声，"替身"是稻草人，水军眼中的靶子。"同舟诗侣"是指支持我的诗友，以及广大粉丝。当时有诗友说："我本来安慰你，却先被你安慰了。"因为他们看到我若无其事，完全没把吐糟者放在眼里。"与尔明朝满载还"，是说明天我们将收获十万支箭，满载而归。

这首诗写作过程中，由此及彼的联想，有两个很讨巧的契合点。一个是"水军"，北魏有水军，网上也有"水军"。另一个是《三国演义》中孔明借的是十万支箭，而鲁奖当年的奖金是十万块钱。这就非常好玩。写诗若不好玩，就是自讨苦吃。

又过了一天，我乘飞机回成都。回到成都，就收到一个学生从北京发来的报影，是《北京晚报》对鲁奖颁奖活动的新闻报道。通栏标题是大号黑体字的两句诗："同舟诗侣休惊惧，与尔明朝满载还。"风光无限。

最近，不止一个微信好友，转来一位网名"大雅说诗"的点评："四川周啸天获鲁迅文学奖，民间颇有微词，忖曰：天下衮衮诸公，几人得副大名，老子特为尔等受骂挡灾耳。遂作《草船》云：'今夕凭君借草船，逢逢万箭替身穿。同舟诗侣休惊惧，与尔明朝满载还。'笔力思力俱臻东坡，诚妙作耳。"

点评中对"逢逢万箭替身穿"的揣度，是作者未必然，读者何必不然。我的本意是说那些放箭的人射不着我，而他们放出的箭全都成了我的收获。因为他们的吆喝，招徕很多读者。比如王蒙先生，就是在听到呿喝，马上到网上搜寻到《邓稼先歌》一诗来读。读后十分激动，谓之"诗中有血，句中有泪"，立马写就《读'邓稼先歌'札记》，先后在《成都商报》和《文汇报》上发表。这种收获，等同"借箭"。必须感谢那些放箭的人，他们也成全着我。至于"大雅说诗"认为《草船》一诗"笔力思力俱臻东坡"，表明我又多了一个知音。

不让易安专美于前

2018年达州有一次组织采风，请一些诗家到万源的八台山（大巴山第二高峰）采风。当地有一个景观，叫作"八台山日出"，就是清早起来看日出。约定清晨六点钟起床，我在六点钟前就醒来，静悄悄的。我赶紧起床看时，所有人都提前上山了。于是我沿着山道往山顶上跑，跑到半山腰，就看到日出的景象，使我感到非常惊讶。地平线上，好像融化了一炉铁水，映红了天边，持续了几分钟。我突然想到汉代贾谊《鵩鸟赋》的几个句子："天地为炉，造化为工。阴阳为碳，万物为铜。"由于非常兴奋，浮想联翩，就得了几句："阴阳一线，炉水通红。看欲流钢，欲流铁，欲流铜。"再一想，这个调调从哪来的呢？这是平时阅读记住的一个调调，对了，应该是《行香子》。

于是坐到电脑前，把得到这几句写下来，作为《行香子》的结尾。然后再回过头写头一天登山的情况。过片接着写看日出，与先前觅得之句连接起来。写完之后，不用别人表扬，自己觉得这一首词是写好了的。为什么呢？由于先找到了几个佳句，来自眼前景。这就有了作品的种子，然后佳句就会生长。从前面生出相关的词句。那一次采风，大家公认这首词是写得最好的。

词曰：

> 巴山绵亘，八叠为峰。几千转、跃上葱茏。气违寒暑，
> 服易秋冬。竞霎时雾，霎时雨，霎时风。崔呼起早，目极川
> 东。浑疑是、开物天工。阴阳一线，炉水通红。看欲流钢，
> 欲流铁，欲流铜。（《行香子·八台山日出》）

《中华诗词》常务副主编刘庆霖著文说："作者看日出的时候，恰巧我也在场。那天早晨的太阳从大巴山升起到钻入云层，只有 2 分 47 秒。可就在这短短的时间内，天地的壮美被诗人抓住了，作者把这一瞬间的天地，比喻为天工开物时的'熔炉'，'浑疑是、开物天工。阴阳一线，炉水通红。看欲流钢，欲流铁，欲流铜。'诗人不但看到了美，也感受到了力量，并将这种力量付于笔端，有一种'天人合一'意象，把天地自然和人放在平等交流的位置，我把它叫作'生命思维'，诗人捕捉到自然之力量，便会增添笔力。这首词便是成功的一例。"

著名诗人星汉点评："下片煞拍'看欲流钢，欲流铁，欲流铜'绝佳。由宋应星的《天工开物》说起，把太阳初升的'阴阳一线'比成'炉水通红'，贴切形象。星汉尚未见前人有此比喻，既然啸天吟兄于此道出，恐怕也就绝后了。这种'彗星式'的作品，在诗史上只能出现一次。"

最近，这首词被当地刻石立于景点。多个好友从微信转来一个网名"大雅说诗"的帖子，点评道："易安词云：落日熔金。四川周啸天衍之为《行香子·八台山日出》曰：阴阳一线，炉水通红。看欲流钢，欲流铁，欲流铜。气象更见飞动，不得让易安

专美于前。"其实，我写作的当时，并没有想到李清照这四个字。经他这样一说，倒真像有这回事，"落日熔金"不正是说太阳落下去的时候，就像熔化了一团金属么。所以这个点评是有所发明的，使读者对李清照的那个名句，有了更新的认识。

今生何事不如人

　　作诗的过程，首先是触动："人秉七情，应物斯感。"（刘勰《文心雕龙·明诗》）"感于哀乐，缘事而发。"（班固《汉书·艺文志》）于是乎有所发现、在心为志，此之谓兴会。于是乎形象思维极其活跃，"浮想联翩，夜不能寐。"（毛泽东《七律二首·送瘟神》）于是乎产生联想、产生意象，由此及彼，由表及里。于是乎心有戚戚，读书受用，而产生好句。皆由"沉浸醲郁，含英咀华"（韩愈《进学解》），"立片言以居要，乃一篇之警策"（陆机《文赋》）。于是乎谋篇布局，读书受用，"天机云锦用在我，剪裁妙处非刀尺"（陆游《九月一日夜读诗稿有感走笔作歌》），"大江无风，波浪自涌；白云从空，随风变灭"（沈德潜《唐诗别裁集》），"看似寻常最奇崛，成如容易却艰辛"（王安石《题张司业诗》）。哪怕是一首小诗，也要经过上述过程。

　　2022年6月18日，我在赴内江市讲座的途中，收到儿子的一条微信："是个妹妹。"我便心领神会地知道是个什么意思，同时也知道儿子很高兴，于是我也高兴，欧阳修《醉翁亭记》所谓："人之从太守游而乐，不知太守之乐其乐也！"这便是触动，于是很想表达。于是浮想联翩，围绕"生女"这个话题，口占一绝，来得极快，在途中就作成了：

生儿得力长精神，生女纯棉袄似春。
我既生儿儿育女，今生何事不如人！

关键词为"生女"，首句偏从"生儿"着笔，这是联想："生儿得力长精神"。随口表扬儿子一句，却发自真实感受。看似冲口而出的一句大白话，其实有读书受用的成分。"得力"一词出自杜甫《无家别》，原话是"生我不得力"，因为战乱、主人公没有尽孝："永痛长病母，五年委沟

溪。"本是痛心的一句话，拈来反用，便带劲。"长精神"出自刘禹锡《酬乐天扬州初逢席上见赠》，遂为唐宋诗之常用语，用在这里，也很带劲。第二句落到"生女"——"生女纯绵袄似春"，把今人所谓"小棉袄"这个词化用到了句中，这就是元稹偏爱表彰的"当时语"（《酬孝甫见赠》）了。第三句合起来，作入"生儿育女"四字，加以拆分，用顶真格："我既生儿儿育女"，这一句是提唱，于是乎全力灌注到第四句："今生何事不如人！"这是

表现高兴的一句话，真力弥满，却是翻自晚清诗人江湜《五月二十日生一女》诗之颔联："得女他时翻是累，今生何事更如人。"一字之改，一字之差，心境、三观完全不同。这首诗还有一个凑趣之处——6月18日为父亲节，诗中有一对父子，两个父亲。题为《父亲节在道获儿微信将添孙女》。